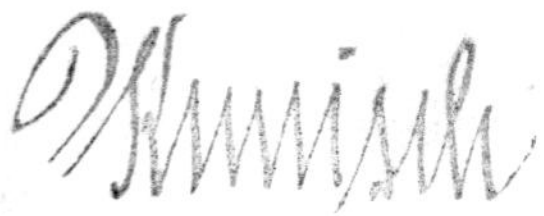

Aufklärung auf wienerisch

Mit 19 Illustrationen nach zeitgenössischen Vorlagen

Herausgegeben
und mit einem Nachwort versehen
von

JOACHIM SCHONDORFF

PAUL ZSOLNAY VERLAG
WIEN · HAMBURG

Umschlag und Einband: Werner Sramek
Fotosatz: Typostudio Wien
Druck und Bindung: Wiener Verlag
Printed in Austria
ISBN 3-552-03209-6

CIP-Kurztitelaufnahme der Deutschen Bibliothek
Aufklärung auf wienerisch / hrsg. u. mit e. Nachw. vers. von Joachim Schondorff. – Wien, Hamburg: Zsolnay, 1980.
ISBN 3-552-03209-6
NE: Schondorff, Joachim [Hrsg.]

Aufklärung
auf
wienerisch

1

Wien, im Grundrisse

WIEN, IM GRUNDRISSE

Man berechnet in Wien gegenwärtig die Zahl der Einwohner auf 250.000 Seelen. Die Stadt, innerhalb der Festungswerke, beträgt im Umkreis gerade eine halbe Stunde; sie hat in allem 1350 Gebäude. Die Häuser der gesammten Vorstaedte belaufen sich ungefehr auf 4000, und werden noch immer vermehrt.

Politische Rechner versichern, daß sechzehn bis siebzehn Millionen Gulden (ungefehr anderthalb Millionen Pfund Sterling) jaehrlich in dieser Stadt zirkulieren, von denen allein zween Drittheile durch Pracht und Aufwand in Umlauf gesetzt werden. Ich weiß nicht eigentlich, in welchen Jahren diese Verrechnung gemacht worden. Wenn sie ehedem richtig war, so darf man seit der Regierung Josephs wahrscheinlich eine oder zwo Millionen jaehrlich wegstreichen, die Er durch weise Einschränkungen erspart.

Jeder, der von seinen ehemaligen Einkuenften etwas erfahren lassen mußte, wird natuerlich deswegen lamentiren. Indessen können die Staatsklugen nicht verneinen, daß eine solche Reduktion und Einschraenkung allerdings nothwendig war, und daher dem Staate selbst zum wahren Vortheil gereichet, ob sie gleich auf der andern Seite den Umlauf des Geldes mindert. Muessen denn die Kassen des Staats erschoepft seyn, um einige Buerger oder Diener desselben in den Stand zu setzen, mehr verschwenden und besser schwelgen zu können?

Die weiblichen Geschoepfe sind in Wien weit zahlreicher als die maennlichen – eine traurige Bemerkung fuer die Schoenen dieser Stadt, zumal in einer Zeit, wo die meisten Maenner entweder nicht heyrathen können, oder nicht wollen.

Wenn es wahr ist, daß im Durchschnitt auf drey Maenner vier Weiber kommen, so ist, nach obiger Hauptsumme, anzunehmen, daß sich 143 000 weibliche und nicht mehr als 107 000 maennliche Geschoepfe hier befinden, wie man denn wirklich aus der allgemeinen Seelenbeschreibung behauptet, daß das weibliche Geschlecht gegen 40 000 Personen staerker sey, als das maennliche.

Wien ist eigentlich als der Kopf des oesterreichischen Staatskoerpers anzusehen. Es scheinet, daß er beynahe zu groß sey: wenigstens hat er manchen Auswuchs, der noch ueberdies voller Laeuse ist. Ob es rathsam waere, die Auswuechse desselben abzuschneiden, will ich eben nicht sagen; aber ihn vom Ungeziefer zu reinigen, moechte sehr erspriesslich seyn.

Der dritte Theil seiner Bewohner ist sicher unter die Unthaetigen zu zaehlen, von denen man die meisten ohne Bedenken fuer Müssiggänger oder Tagdiebe halten darf. *Vide* Läuse. –

Man steige auf den St. Stephansthurm, oder gehe auf den sogenannten Wienerberg, um den ungeheuren Klumpen von Steinen zu uebersehen, aus denen Wien besteht. Es gleicht einem unersaettlichen Schlund, der aus allen Gegenden der Monarchie die fruchtbaren Fluesse und Stroeme an sich zieht, und verschlingt. Es ist im Grossen das, was der bekannte Wirbel der Donau im Kleinen ist – man sagt, daß der dritte Theil des ganzen Stroms sich darinn verliert.

Welch ein unsaegliches Gewimmel von Menschen aus allen Klassen und Staenden, vom frühesten Morgen bis in die spaeteste Nacht! Stutzer und Sesseltraeger, Schauspieler und Exjesuiten, Aerzte und Todtengraeber, Advokaten und Beitelschneider, Kapuziner und Friseur, Huren und Wundaerzte, Fuersten und Kutscher, Fleischhacker und Geburtshelfer, Wechsler und Barbierer, Juden und Buchhändler, Poeten und Hebammen, Juwelier und Pflasterer, Maurer und Fleischer, Negozianten und Taschenspieler, Excellenzen und Thuersteher, gnaedige Frauen und Fratschlerweiber, Zuchthaeusler und Gluecksritter, Domherren und Stubenmaedchen, Bettler und Großhaendler, Kanzellisten und Tagloehner, Offizier und Putzhaendlerinnen, Stallmeister und Exnonnen, Freygeister und

Maulesel, all' diese kreuzen sich durcheinander, und wer diesen Mischmasch sehen will, stelle sich einen Tag auf den Graben.

Welche Mannichfaltigkeiten der Phisiognomien! Welche seltene Modelle von Koerpern! Welcher Stoff fuer Denker zu unzaehligen Betrachtungen! Welche unermeßliche Gallerie von Bildern!

JOHANN RAUTENSTRAUCH

UEBER DIE EINWOHNER VON WIEN

Man muß auf den Gedanken kommen, daß Wien sehr bevölkert sey, wenn man das Gedränge auf den Straßen der eigentlichen Stadt siehet. Allerdings sind die Einwohner Wiens mehr ausser ihren Häusern, als z. B. die Einwohner einer bloß manufacturirenden oder bloß handelnden Stadt. Processionen, öffentliche Segen, feyerliche Hochämter und andere geistliche Solennitäten; dann Lehnsertheilungen und dazugehörige Aufzüge, Galatäge, dahin gehörige Feste, große Gastereyen, Besuche und das ganze damit verbundene Schwärmen der modischen Welt, Schauspiele, Thierhetzen, Maskeraden, das Hin- und Hergehen so vieler Handwerker, Taglöhner, Bedienten, alles dieses setzt die Einwohner Wiens mehr in Bewegung, als die Einwohner irgend eines andern Ortes.

Oesterreich hat mehr große Vasallen an Fürsten und Grafen, als irgend ein anderes deutsches Land; und fast alle diese halten sich den größten Theil des Jahres in Wien auf. Ein Theil der großen Vasallen Böhmens und besonders Ungarns wollen ihre großen Einkünfte lieber in Wien als auf ihren Gütern verzehren. Die Residenz zieht Gesandte und Abgeordnete von allen deutschen Fürsten hieher. Eines der höchsten Reichsgerichte, der Reichshofrath, ist hier, zu dem theils an sich eine große Anzahl von Personen gehören, theils eine große Menge hergezogen wird, welche Processe sollicitiren.

In allen großen Residenzen wird man finden, daß sich Fremde aus den Provinzen und aus andern Ländern aufhalten. Aber ganz besonders ist dieses in Wien zu bemerken. Es wird keine Stadt seyn, außer allenfalls Amsterdam, wo man so vielerley Nationen zusammensiehet, und gewiß ist keine, wo man so vielerley Sprachen reden hört. Eine Menge Deutsche aus allen Ländern, besonders aus den südlichen, strömet nach Wien. Es ist unglaublich, wie viel fremde Menschen vom gemeinen Volke nur aus dem Reiche durch schwäbische und baierische Schiffe wöchentlich dahin gebracht werden. Die Reise ist bequem und sehr wohlfeil. Wien gefällt den Fremden; und an Nahrung und gutherzigen Leuten fehlts auch nicht: also lassen sie sich daselbst nieder und leben so gut sie können.

Außer den Deutschen siehet man Italiener, Schweizer, Elsasser, Böhmen, Mähren, Polen, Russen. Besonders bemerkt man viele Ungarn und Siebenbürger; welche sich zwar seit 40 Jahren sehr dem Hofe genähert haben, dennoch aber noch immer Nationalgeist und Liebe zum Vaterlande in hohem Grade besitzen, wovon eines der geringsten Zeichen ist, daß sie ihre so schöne Nationaltracht beständig beybehalten.

Eben so sieht man (besonders in der Leopoldstadt) viele Nachbarn Ungarns in ihrer Nationalkleidung, als Illyrier, Bulgaren aus der Moldau, Griechen; besonders auch Türken, deren sich beständig einige der Handlung wegen in Wien aufhalten; auch wohl Armenier, Maroniten u.a. Unter den Niederländern, die sich hier aufhalten, sind verschiedene der berühmtesten gelehrten Namen, z.B. van Swieten, de Haen, Jaquin u.a.; so auch unter den Engländern der berühmte Ingenhous. Unter den Italiänern sind wenigstens 3000 oder 4000 Meßpfaffen, welche von einer täglichen Messe, oder allenfalls von einer kümmerlichen Information leben. Franzosen finden sich in ziemlicher Anzahl in Wien, wo finden sich die nicht? Auch von ihnen sind viele Meßpriester, französische Mamsellen, deßgleichen Kammerdiener, Friseurs, Köche, Glücksritter und Schriftsteller. Die Juden, welche unter dem jetzigen Kaiser die Freyheit erhalten haben, Handwerke und freye Künste zu treiben, wodurch diese Nation gewiß dem Staate nützlicher werden kann, sind bis jetzt noch nicht in großer Anzahl. Wie hoch izt von ihnen das sogenannte Toleranzgeld bezahlt werde, weiß ich nicht zuverläßig. Es betrug sonst in Wien für jeden Kopf täglich Einen Gulden. Die Gemeinde brachte die vorgeschriebene Summe unter sich auf, und jeder Hausvater zahlte für seine Hausgenossen, der Reiche für den Armen. In dem K. K. Edikte vom 2. Januar 1782, die Judenschaft betreffend, wird gesagt, daß ein ausländischer Jude, welcher sich in Oe. setzen will, bey dem Kaiser selbst um Erlaubniß anhalten, und zu Bewirkung desselben sein Gewerbe, Vermögensstand und zugleich anzeigen solle: „was er für die ihm zugestandne Toleranz entrichten zu können glaube."

In Deutschland ist gewiß keine Stadt, wo Fremde in so großer Anzahl vorhanden sind, als in Wien.

FRIEDRICH NICOLAI

WESS GLAUBENS BIST DU? ANTWORT: ICH BIN EIN WIENER

Frage: Weß Glaubens bist du?
Antwort: Ich bin ein Wiener.
F. Was ist ein Wiener?
A. Ein Wiener ist ein Mensch, der selbst nicht recht weis, was er ist.
F. Woran erkennt man den Wiener?
A. Den Wiener erkennt man, sobald er das Maul aufmacht.
F. Was muß jeder Wiener nothwendig wissen?
A. Die vom maennlichen Geschlechte muessen nothwendig wissen:

1) Wo man den besten Wein schenkt, und wo Kirchtag ist.
2) Was die Partie *Quarambol* kostet.
3) Wo die besten Kegelbahnen sind.
4) Welcher Hund in der Hetze am besten Solo faengt.
5) Welcher Fiakre am schnellsten faehrt.
6) Muß er wissen, als Accessist den Hofrath zu spielen.
7) In Gesellschaft den Kasperl zu machen.
8) Uiber galante Krankheiten zu scherzen.
9) Die Damen mit Zweydeutigkeiten zu unterhalten.
10) Endlich muß er die *Histoire scandaleuse,* und den Preiskourant von allen mitleidigen Schwestern wissen.

Die von weiblichen Geschlechte muessen wissen:

1) Welche die herrschenden Moden sind.
2) Wie sie die Wachsamkeit ihrer Eltern und Maenner hintergehen koennen.

3) Wer die besten Deutschtaenzer sind.
4) Wo man das beste Gefrorne bekoemmt.
5) Die Kunst, sich um die Haelfte groesser zu machen, als sie von Natur sind.
6) Mehr auszugeben, als der Mann einnimmt.
7) Die Spiel- und Tanzregeln frueher als den Katechismus.
8) Muessen sie von allen Lustbarkeiten wissen.
9) Muessen sie die Verdienste ihres Liebhabers nach der Anzahl Flinserln zu berechnen wissen, die er auf der Weste hat.
10) Endlich muessen sie mit 12 Jahren mehr wissen, als im vorigen Jahrhundert ein Maedchen von 25 Jahren wußte.

F. Wie heissen die Tugenden der Wiener?

A. Sie heissen:
1. Glaube.
2. Hofnung.
3. Liebe.

F. Was glaubt der Wiener?

A. Die vom maennlichen Geschlechte glauben:
1) Daß es nirgends besser leben sey, als in Wien.
2) Glauben sie, daß sie deutsch reden.
3) Daß sie Engländer sind, wenn sie Picknick's geben, Punsch trinken, und einen runden Hut aufsetzen.
4) Daß sie nichts mehr zu lernen brauchen, wenn sie einige Schulen absolvirt haben.
5) Glauben sie, daß alle Reicher Schwaben sind.
6) Endlich glauben sie alles, was ihnen ein französischer oder waelscher Windbeutel vormacht.

F. Was glauben die vom weiblichen Geschlechte?

A, Die vom weiblichen Geschlechte glauben:
1) Daß sie gut erzogen sind.
2) Daß sie die Wirthschaft verstehn, weil sie das Kuechengeld herzugeben, und Eyer im Schmalz zu machen wissen.
3) Glauben sie, daß es genug sey, eine Wienerinn zu seyn, um einen Mann zu bekommen.
4) Glauben sie, daß ihnen Besuche von großen Herren Ehre machen.

5) Glauben sie alle schoenen Sachen, die ihnen junge Springer vorsagen.
6) Glauben sie endlich die Erziehungskunst vollkommen zu verstehen.

F. Was hofft der Wiener?

A. Die vom maennlichen Geschlechte hoffen:

1) Angestellt zu werden, blos, weil sie Landeskinder sind.
2) Hoffen sie, daß mit dem Amte schon der Verstand kommen werde.
3) Hoffen sie auf einen Terno in der Lotterie, um ihre Finanzen zu verbessern.
4) Hoffen sie, daß ihnen die gebratenen Voegel ins Maul fliegen werden,

F. Was hoffen die vom weiblichen Geschlechte?

A. Die vom weiblichen Geschlechte hoffen:

1) Große Frauen zu werden.
2) Hoffen sie, als Frauen thun zu duerfen, was ihnen einfaellt.
3) Hoffen sie, der Himmel werde alle Tage voll Geigen haengen.
4) Endlich hoffen sie, der Herr Gemahl werde sich gutwillig regieren lassen.

F. Was liebt der Wiener?

A. Die vom maennlichen Geschlechte lieben:

1) Ihre liebe Wienstadt mit dem Stephansthurm.
2) Ihre Heiligenstritzel, Oratewuerst mit Wermuth, und die geweihten Osterschunken.
3) Alle auslaendischen Thorheiten.
4) Die Ferien, und ueberhaupt alle Taege, wo sie nichts thun duerfen.
5) Endlich lieben sie jedes huebsche Maedchen, das sie das erstemal sehen.

F. Was lieben die vom weiblichen Geschlechte?

A. Die vom weiblichen Geschlechte lieben:

1) Ihr Gesicht ueber alles.
2) Ihre Mieder, Bouffantes, und hohen Absaetze.
3) Jeden hergelaufenen Windbursch, sobald er sich fuer einen Grafen oder Baron ausgiebt.

4) Alles was Stiefel und Sporn traegt, und mit Pferden umgeht.
5) Lieben sie jede Maennerhand, an der ein brillantener Ring steckt.

F. Wie viele Gebote haben die Wiener?

A. Die Wiener haben zehn Gebote.

F. Wie heissen sie?

A. Für die Maenner heissen sie:

1) Du sollst deinen Balg über alles hochschaetzen.
2) Du sollst an Sonn- und Feyertagen dich lustig machen, und durchbringen, was du in der Woche verdienet hast.
3) Du sollst nebst deiner Gemahlin ein huebsches Stubenmaedchen, oder andern gesunden Dienstbothen halten.
4) Du sollst unsern Herr Gott einen guten Mann seyn lassen.
5) Du sollst tadeln, was du nicht verstehst.
6) Du sollst nicht denken.
7) Du sollst bey keinem Gewuerzgewoelb vorbeygehen, ohne Austern zu essen.
8) Du sollst deine reichen Schwaeger in Ehren halten, auf daß es dir wohl ergehe.
9) Du sollst bey Leibe nicht zu viel arbeiten.
10) Du sollst auf alle Neuerungen schimpfen und huebsch beim Alten bleiben.

F. Wie heissen die Gebote der Wienerinnen?

A. Die Gebote der Wienerinnen heissen:

1) Du sollst bey Leibe keine Redoute, Nachtmusik oder Feuerwerk auslassen.
2) Du sollst in keinem Fiakre fahren, sobald du eine gnaedige Frau geworden, und lieber bis ueber die Waden im Kothe gehn.
3) Du sollst dich jederzeit ueber deinen Stand tragen, und ja bey keiner Mode die letzte seyn.
4) Du sollst allen jungen Maennern steif in die Augen sehen; denn offne Blicke verrathen ein gutes Gewissen.
5) Du sollst von keiner deutschen *Marchande de Modes* eine Haube kaufen.
6) Du sollst deinem Manne nie ein freundliches Gesicht machen,

außer wenn du Geld, oder ein neues Kleid von ihm verlangst.

7) Du sollst nie weniger als 6 Becher Gefrornes essen.
8) Du sollst daher gehen, als wenn du gelaehmt waerst; dadurch werden dich viele fuer eine grosse Frau halten, die an das Pflaster nicht gewoehnt ist.
9) Du sollst keine andere Buecher als Romanen lesen.
10) Endlich sollst du wenigstens im Jahre einmal an einem oeffentlichen Orthe Ohrfeigen austheilen, damit die Leute von dir reden moegen.

F. Wie viel zaehlt der Wiener Seligkeiten?

A. Der Wiener zaehlt 8 Seligkeiten.

F. Was haelt der Wiener fuer eine Seligkeit?

A. Der Wiener haelt fuer eine Seligkeit:

1) Einen steyrischen Kapaun im Sauerkraut, oder Muescherln.
2) Eine Spazierfahrt ueber Land.
3) Das Nationaltheater in der Leopoldstadt.
4) Die Heze und Ochsentheilung.
5) Ein Woyta.
6) An Sonn- und Feyertaegen am Graben stehen, und das Maul aufsperren.
7) Einen Tanzsaal.
8) Ein neues Kleid von Kontrabandwaare.

F. Wie heissen die Seligkeiten der Wienerinnen?

A. Die Seligkeiten der Wienerinnen heissen:

1) Eine schoene Garderobe und Equipage.
2) Lange Toilette nach einem langen Schlaf.
3) Kaffee und gute Jausen.
4) Ein wenig Leutausrichten.
5) Opern, Konzerten, Komoedien, Redouten und Spiele.
6) Kostbare Geschenke; waeren sie auch vom Manne.
7) Ein gefaelliger Hausfreund.
8) Ein vertrautes *Tête à Tête.*

Joseph Richter

TAGESORDNUNG DER STADT

Es ist ein interessanter Anblick, wenn man betrachtet, wie eine Familie von mehr als zweymahl hundert tausend Koepfen, so wie die Stadt Wien eine ist, ohne Verabredung, ohne Zwang, ohne selbst daran zu denken, eine Art von regelmaessiger Tagesordnung haelt, wo jede Stunde ihre Beschaeftigung hat, und Tausende von Menschen zu gewissen Zwecken und Absichten vereinigt oder trennt, die sie, dem Ganzen unbeschadet, auch zu andern Zeiten ausfuehren koennten, aber doch um die einmahl angewohnte Stunde unternehmen, und dadurch die Harmonie des Ganzen unterhalten.

So entsteht jene Abwechslung von Thaetigkeit und Ruhe, von Laerm und Stille, welche den Tag ueber auf den Straßen und Plaetzen der Stadt herrschen.

Ich nehme einen gewoehnlichen Wochentag aus der Mitte des Fruehlings oder Herbstes zur Zergliederung an.

Zwischen sechs und halb sieben Uhr morgens trippeln die geringen Dienstmaedchen aus den Kuechen der Herrschaftshaeuser und aus den Zimmern der Buergerhaeuser im nachlaessigen Morgenanzug, mit dem klappernden Paternoster in Haenden, in die Kirchen. Ihre Liebhaber, die Kutscher, Leibhussaren, Hausknechte ermangeln nicht, sich ebenfalls dort einzufinden, und auf diese Art der Religion und ihren Herzensbeduerfnissen Genuege zu thun. Auf dem Weg nach Hause wird in einem der geringern Kaffehaeuser ein Fruehstueck genommen, womit gewoehnlich das Maedchen ihren schnurrbaertigen Getreuen regalirt.

Indessen wird es auf dem Hof, der Freyung, dem Wildprettmarkt, dem Fischmarkt, der Seilerstatt, dem Bauernmarkt ziemlich lebhaft. Die Kraeuter- Obst- Milch- Eyer- Gefluegel-weiber sind nun daselbst mit ihren Butten angekommen, formiren sich in langen Reihen, und legen ihre Waaren zu Kauf aus. Eben dieß geschieht um die naehmliche Zeit in den Hauptgassen aller Vorstaedte. Ein ganzer Strom von Koechinnen ergießt sich ueber diese Gegenden, und fuehrt eine ganze Schoepfung von Gemuese, Butter, Eyern, Huehnern, Enten, Kapaunen, Tauben, Kalekutschen Haehnen, Fasanen, Voegeln etc. mit sich weg ... Gegen acht Uhr trippeln die Weiber und Toechter der geringern Kanzleybeamten, Kuenstler, der Herrschafts-Offiziere, in eine abgetragene Dormeuse und Saloppe gehuellt, mit dem Faecher in der Hand, auf eben diese Plaetze, und maeckeln mit einer laecherlichen Mischung von Stolz und Knauserey um die ihnen noethigen Lebensbeduerfnisse . . . Man hoert eine spashafte Abwechslung von Hoeflichkeiten und Schimpfreden. Die Stimmen der meisten Marktweiber sind wie halb heisch und dabey doch aeußerst scharf, sie fallen mit einer stechenden Heftigkeit auf das Trommelfell; ihre Zunge hat eine Volubilitaet, welche der geuebteste Redner nie erlangt. Das groeßte Gewirre auf diesen Kuechen-Magazinen dauert bis gegen zehn Uhr, wo es dann abnimmt.

Bis um neun Uhr sieht man keine Kutschen von Distinction auf den Straßen; nur die Fiaker bringen hier und da eine wohlhabende Buergerfamilie, oder einen Hausbeamten aus den Vorstaedten herein. Dagegen sind die Straßen noch mit Holzwaegen, Bierwaegen, Fleischwaegen, Gueterwaegen, und andern oekonomischen Fuhrwerken uebersaeet.

Um halb neun Uhr marschirt eine Armee von ungefaehr vierthalbtausend Mann aus: es ist die Armee der Dicasterianten. Die Bataillons derselben sind das Bataillon der Sekretaere, Registranten, Adjuncten, Conzipisten, Protocollisten, Kanzellisten, Accessisten etc. etc . . . Nach diesen folgen drey hundert Waegen, mit Kanzlern, Vicekanzlern, Praesidenten, Vicepraesidenten, Referenten, Archivaren, Raethen, Registratoren u. a. beladen. Alles dieses trabt nach der Staatskanzelley, Reichskanzelley, Kriegskanzelley, Oesterreichisch-Boehmischen Kanzelley, Ungarisch-Siebenbuergischen Kanzelley, Niederlaendischen Kanzelley, auf das Rathaus, zur Obersten Justizstelle, Muenze, Oberst-Rechenkammer, Religions-Commission, Studien-Commission, zur Regierung etc. etc.

Gegen zehn Uhr wird es in den Hauptstraßen aeußerst lebhaft. Man faehrt zum Fruehstueck, zu Toilett-Visiten. Die Kaffeehaeuser fuellen sich an.

Um halb zwoelf Uhr bis zwoelf geht und faehrt die andaechtige schoene Welt zur Kirche. Die hoeheren Toechter der Freude, deren Garderobe-Zustand glaenzend genug ist, um die Helle des Mittags und die Lorgnetten der Luesternen zu ertragen, kommen um diese Stunde ebenfalls in die Kirche. Es sind der heilige Erzmartyrer Stephan, und der heilige Erzengel Michael, deren Patronanz sie am fleißigsten cultiviren, weil der Weg zu den Tempeln jener Heiligen ueber den Graben und Kohlmarkt fuehrt, die schon seit langen Zeiten der verjaehrte Tummelplatz der oeffentlichen Galanterie sind.

Indessen pflanzen sich die Stutzer, Pflastertreter, und Mueßiggaenger klumpenweise auf den Graben, und vor das Milanische Kaffehaus. Sie erwarten, mit den Guckglaesern in der Hand, das *Ite missa est* der beyden benachbarten Kirchen, und halten dann Musterung ueber das zurueckkommende andaechtige Geschlecht.

Um zwoelf Uhr senden die Dicasterien ihre subalternen Arbeiter wieder zurueck. Diese machen entweder einen kurzen Besuch bey ihrem Liebchen, oder sie gehen eine halbe Stunde spazieren: beydes geschieht, um sich vor der Mittagstafel eine kleine Bewegung zu geben, und den Appetit zu schaerfen.

Zwischen zwoelf und Ein Uhr sieht man viele Waegen, mit vier und sechspaennigen Postzuegen, gegen die Leopoldstadt hinrasseln. Es sind die Damen von hohem Adel, die mit ihren Freundinnen oder Kindern eine Spazierfahrt in den Prater machen, um die Fruehlingsluft zu genießen, und das ewige Sitzen des Tages durch diese Bewegung zu unterbrechen.

Die schoene Welt vom Mittelstande nimmt um diese Zeit ihren Zug nach der Bastey, welche von halb zwoelf bis nach Ein Uhr – bey schoenem und gelindem Wetter – sehr glänzend ist, und die Wachsamkeit mancher Mutter ueberlistet.

Der gemeine Mann speist um zwoelf Uhr; der mittlere Buerger, und der Beamte, welcher um drey Uhr wieder in der Kanzelley seyn muß, um Ein Uhr; die Leute vom Stande um zwey Uhr; und einige vom hoechsten Adel noch spaeter.

Nach Ein Uhr werden die Fußgaenger auf den Straßen ganz duenne; es rennen aber noch viele Waegen hin und her, welche die Raethe aus den Kanzelleyen abholen, und zur Tafel nach Hause fuehren.

Um zwey Uhr ist es ganz stille und einsam auf den Straßen. Jedermann sitzt bey Tische, oder schluerft, nach schon vollendetem

Essen, eine Schale schwarzen Kaffee; oder lehnt sich, zur Befoerderung der Verdauung, auf das Kanapeh.

Um drey Uhr eilen die Dicasterianten wieder zu ihren Dintenfaessern.

Gegen halb fuenf Uhr erneuert sich die Lebhaftigkeit wieder. Menschen, Pferde und Waegen fuellen die Straßen an. Die Haelfte eilt zu ihren Arbeiten und Berufsgeschaeften, die andere Haelfte zu ihren Vergnuegungen. Dieß ist die Zeit der Abend-Promenaden. Man geht, reitet, faehrt, auf die Bastey, nach dem Belvedere, in den Augarten, in den Prater, auf das Lusthaus, nach Schoenbrunn, Herrnals, Waehring etc etc. Es sind die Entschaeftigten; die Damen mit ihren Hausfreunden: der Mann koemmt etwas spaeter nach. Die Liebhaber und Liebhaberinnen der Spektakel, koennen nach dieser Promenade auch noch das Theater genießen.

Nach sechs Uhr waechst der Laerm in den Hauptstraßen der Stadt am heftigsten. Die Kanzelleyen schließen sich; die Arbeiter aus den Vorstaedten legen ihre Werkzeuge nieder; die Oeffnung der Spektakel ist nahe; die Stunde der Abendgesellschaften rueckt heran; der groeßte Theil von Handarbeiten hoert um diese Stunde auf; viele Waarenstaendchen und Buden werden geschlossen.

Das Heer der Kanzelleymaenner ergießt sich wieder ueber die Gassen; die Vorstaedter draengen sich hastig gegen die Thore ihrer Weltgegenden; die große Welt fliegt im Galopp, daß die Funken aus den Steinen springen, nach den Komoedienhaeusern, und in die Gesellschafts-Saele; der Buergersmann traegt seine Personal-Maschine in das Bierhaus, oder zu seinem Nachbar; jene unzaehlbaren Weiber, die in allen Gassen alle Arten von Lebensbeduerfnissen zum Verkauf aushaengen, und herumtragen, tackeln ihre Tagesstaendchen ab, und helfen mit ihren Butten auf den Ruecken das Gewuehl vermehren, und die Passagen verstopfen.

Wird ein neues Schauspiel, oder eine neue Oper gegeben; so macht das Getoese der Wagenraeder, das Stampfen der Pferde, das Bellen der Kutscher, ueber den Graben und Kohlmarkt hin, ein ganz hoellisches Conzert. Man koemmt nicht ohne Lebensgefahr ueber den Michaelsplatz, weil sich dort die Waegen von vier Seiten her kreuzen . . . Auch die Menge der Fußgaenger ist in dieser

Gegend so groß, daß man keine sehr delicate Lenden und Nasen haben muß, wenn man sich um diese Stunde hierher wagt.

Dieses Gewuehl dauert bis gegen sieben Uhr; darauf folgt eine allgemeine Stille. Nur einige Spaziergaenger schlendern, wie verloren, in den groeßeren Gassen umher.

Sobald die Daemmerung einfaellt, erscheinen die gutwilligen Maedchen von der aermeren Sorte, die sich nicht anziehend genug putzen koennen, um in der Mittagsstunde zu erscheinen. Der gewoehnliche Strich dieser Zugvoegel geht meist ueber den Graben, Kohlmarkt, und Hof: ihre Erscheinung dauert spaetestens bis zehn Uhr. Diese elenden Geschoepfe, welche von manchem theoretisch strengen Moralisten so schlimm behandelt werden, verdienen im Grunde eben so viel Mitleiden als Verachtung, denn ihre Lebensart ist, bey allem Anschein von Munterkeit, gewiß eine der armseligsten ... In Vergleich mit den oeffentlichen Maedchen anderer Staedte, sind die Wienerischen auch nicht so frech und ausgelassen; sie zerren euch nicht beym Arm, laufen euch nicht durch den Koth nach, wie die Maedchen in Paris; alles was sie thun, um euch zu erhaschen, das ist ein feuriger einladender Blick im Vorbeygehen.

Nach neun Uhr erneuert sich das Getoese. Die Spektakel sind zu Ende; die Gesellschaften gehen auseinander. Dieser Auftritt dauert aber nicht lange; die Waegen eilen nach Hause; und die Fußgaenger zerstreuen sich bald.

Um zehn Uhr werden alle Privat-Haeuser geschlossen. Man sagt, dieß sey ein Polizey-Gesetz. Fuer eine so grosse Stadt, deren Haeuser so weitleufig und so sehr mit Menschen angestopft sind, hat diese Anstalt ohne Zweifel eine sehr gute Seite: ohne dieselbe wuerde sich eine Menge von liederlichem Gesindel, Hausdieben, Beutelschneidern, Staenkern, etc, in die geraeumigen Hoefe und Gaenge der groeßeren Gebaeude verkriechen und es der Polizey unendliche schwerer machen, die in der That erstaunenswuerdige Ruhe und Sicherheit zu erhalten, wie sie es wirklich thut. Von der andern Seite aber hat es die Unbequemlichkeit, daß jeder Hausbewohner mit dem Schlag zehn Uhr vor seiner Thuere seyn, oder dem gewoehnlich nicht hoeflichen Hausmeister die Oeffnung des Hauses mit einem Groschen bezahlen muß.

Von halb zehn Uhr an, patrullirt die Kavallerie in der Stadt und den Vorstaedten.

Wenn man das Gewimmel und die Menge Menschen, welche sich des Tages ueber auf den Straßen herum treibt, gesehen hat: so begreift man kaum, wie es zugeht, daß nach elf Uhr die Straßen der ganzen Stadt so aeußerst still und menschenleer sind. Ihr koennt um elf Uhr den Durchmesser der ganzen Stadt machen; und es begegnen euch kaum funfzig Personen, die noch aus einigen Wirtshaeusern und Kaffehaeusern herausschleichen . . . Meines Beduenkens entsteht dieß vorzueglich aus zwey Ursachen: die Menge der Vorstaedter, welche sich des Tags ueber in der Stadt beschaeftiget, hat sich zu Anfang der Nacht in ihre Quartiere außer der Stadt zurueckgezogen; und die Sperrung aller Haeuser, um zehn Uhr, treibt viele Leute vor jener Sperrstunde nach Hause, um das Capital des Thorgroschens zu ersparen.

Zwischen zwoelf und halb ein Uhr fahren noch einige Waegen aus den großen Pallaesten vom Souper nach Hause. Der geringe Buerger, welcher schon schlaeft, wird durch das Rollen dieser Carossen aus seinem Schlaf geweckt; und seine zuechtige Ehehaelfte ist darueber nicht boese. Mancher junge Wiener hat seine Existenz dem naechtlichen Donnergerassel der Kutschen zu verdanken.

Um zwey Uhr Nachts erloeschen die Laternen in der Stadt . . . Und vier Stunden nachher faengt sich der naehmliche Zirkel von Laerm und Stille, von Gewimmel und Ruhe, von Arbeit und Vergnuegungen wieder an; und er wird dauern, so lange Wien die Hauptstadt eines so großen, reichen und maechtigen Staates, so lange sie der Sitz eines so großen Fuersten, eines so zahlreichen Adels, und der Wohnpunct einer solchen Volksmenge ist.

Im hohen Sommer und hohem Winter herrscht einige kleine Abaenderung. Der Sommer leert die Pallaeste aus: ihre Bewohner ziehen nach Boehmen, Maehren, Ungarn, und auf das platte Land von Oesterreich. Der Winter sammelt die Zerstreuten wieder, stiftet Bekanntschaften, Liebschaften, Ehen und Freundschaften: er ist die Seele der Staedte, und gibt ihnen neues Leben.

Johann Pezzl

BRIEFE EINES EIPELDAUERS ÜBER SEINE ANKUNFT IN DER STADT

Herzallerliebster Herr Vetter!

Gestern sind ich, der Hiesl und unsre zwey Schimmeln frisch und g'sund in der Wienstadt ankommen.

Auf dem Weg ist mir gar nichts Merkwuerdiges begegnet; ausser umgschmissen hat mich der Hiesl ein paar Mal. Es kann aber weder ich, noch der Hies, noch d'Schimmeln was davor, sondern d'vielen Loecher, und d'Gruben, die, wie ich mir einbild, auf den Poststrassn so Modi seyn muessen.[1]

Was ich fuer eine Freud g'habt, wie ich dem Stephansthurm gsehen, das kann ich dem Herrn Vetter gar nicht bschreibn.[2]

Das ist ein spassiger Thurm! Bald hat ihn der Herr Vetter auf der rechten, bald auf der linken Seite; jetzt stoßt der Herr Vetter fast mit der Nasn dran, und gleich drauf ist er wieder so weit von einem weg, daß man sich d'Augen aus dem Kopf schaun moechte.

Anfaenglich hab' ich glaubt, der Thurm oder wir sind verhext, oder daß mich der Hiesl aus Schelmerey so herumfuehre: da hat mir der Hiesl aber auf sein Seel g'schworn, daß's der schnurgerade Weg nach der Wienstadt sey, und da hab' ich erst recht ueber den Spaßvogel lachen muessen, der den schnurgraden Weg so Quanti verdrati angelegt hat.

Sonst ist mir gar nichts zug'stossen, als bey der Linie hat ein Soldat auf den Hiesl grufn: halt! und da sind zwey Herrn zum Kalesch kommen: der eine hat im Wagentrueherl herumgrabelt,

[1] Weiß der dumme Eipeldauer nicht, daß d'Strassn in d'Pachtung gebn sind, und glaubt er dann, daß d'Pachter d'Narren umsonst seyn werden? 'S würd ihnen ein schöner Profit übrig bleiben, wenn s' jedes Loch zumachen wollten.

[2] Nun, das will ich ihm gern glauben. Das haben noch alle Ausländer gsagt. Es ist halt auch der einzige Thurm in der Welt, und d'Wienstadt wär gwis nicht so berühmt, wenn s'den Stephansthurm nicht hätte. Der Türk hat sogar Respekt dafür g'habt, wie er vor Wien glegn ist, und hat lieber d'andern Häuser zusammengschossn, als den Thurm. 'S grosse Erdbeben hat ihn auch nicht umgworfen, sondern nur ein wenig g'bogn, und wenn's schon über hundertmal eingschlagn hat, so hat der Donnerkeil doch nie zunden. Ja 's Wienerblattl wird blos deswegen so häufig g'lesn, weil der Stephansthurm d'rauf g'stochn ist.

und der andere hat mich am ganzen Leib klein abgriffen, so wie's d'Frau Mahm macht, wenn s' ein Kapauner kauft.

Endlich habn s' mich gfragt: ob ich nichts Mauthbares habe? drauf hab' ich g'antwort: ich hab nichts. Da habn's ein finsters G'sicht gmacht[1], und zum Hiesel gsagt: fahr zu! – – und der Hiesl hat Hy gschrien.

Darnach sind wir in d'Vorstadt kommen. Da habn's just d'Latern anzunden.

O Jemini, das sieht schoen aus. Fast alle hundert Schritte steht eine[2], und ein Schein gebns', wie d'Lampn, die d'Frau Mahm z'Ehren der armen Seelen brennt[3].

Wie mir durch d'Vorstadt durch g'wesen sind (da seyd's in d'Stadt kommen, wird sich der Herr Vetter denken). Ey ja wohl! d'Wienstadt sitzt einem nicht gleich auf der Nasen. Da sind wir wieder auf freyn Feld gewesen[4]. Hernach sind wir ein paar Schritt unter der Erd g'fahrn[5], und da hat der Hiesl auf einmal gschrien: itzt sind wir in der Wienstadt. Da hat's gheissen: Reu und Leid machen, alle Augenblick hab ich gmeint, es ist mein letzt's End. Krack ist's an d'vordere Achs gangen, krick an d'hindre. Der Herr Vetter hat gsagt, daß's starke Fahren in der Wienstadt verboten sey? Guten Morgen! S'fahren drauf los, daß einem 's Hoeren und 's Sehen vergeht.

Endlich sind wir in Holweg[6] kommen, und da hat der Hiesl vor dem Wirthshaus g'halten, wo die Eipeldauer einkehren.

Da ist ein Hausknecht kommen, der hat mich ein gnaedigen

[1] Nun ja, was nicht noch! Das käm ja grad heraus, als wenn s'böß g'wesen wärn, daß s'bey ihm nichts gfunden habn.

[2] Das ist nicht wahr. Ich hab s'expresse gmessen. Alle fufzig Schritt steht eine.

[3] Der Eipeldauer mag unsre Latern in der Vorstadt lobn oder tadln, so sind s' doch immer besser als gar keine.

[4] Unsere Glaci oder Esplanati wird er meinen, und die nennt der Hiesl 's freye Feld. Hat er denn d' Alleen nicht g'sehn, und d'Stametzhüttn, und d'grossen Misthaufen?

[5] Ich weiß nicht, soll ich mich aergern, oder lachen? Sieht der Hiesl das Burgthor, das unter den Wohnzimmern der Residenz durchgeht, und wo bey der Nacht vier und sogar fünf Laternen brennen, für einen unterirdischen Gang an.

[6] Das ist sicher ein kleines Gassl gewesen. In der Wienstadt ein Holweg? Es könnt einen nicht närrischer träumen.

Herrn g'heissen. Drauf hat er d'Schimmeln in Stall gfuehrt, und dann bin ich ihm wieder eingfalln, und da sind wir ueber ein finstre Stiegn, die, wie der schnurgrade Weg voll Loecher und Grubn war, in ein stinkendes Zimmer kommen. Hier hat er Stalllatern auf den Tisch g'stellt, und drauf ein gedruckts Papier gebracht. Da hab ich drauf schreibn muessen: Wie ich heiß: wo ich derheim bin: was ich für ein Karackti hab: ob ich ein junger Gsell sey, oder ob ich Weib und Kinder hab: ob ich katholisch oder lutherisch: was ich in der Wienstadt will, und ob ich lang da bleib, und das muß ein jeder aufschreibn, der in d'Wienstadt kommt.

Das ist ein unvergleichliche Einrichtung hab ich mir denkt, wenn sich d'Schelm und d'Dieb, sobald s' nach der Wienstadt kommen, gleich selbst aufschreibn muessen, daß s' Schelm und Dieb sind. –* Doch poz tausend! wie kommt mir der Schlaf in d'Augen. Nimm der Herr Vetter verlieb. Ich schreib dem Herrn Vetter schon wieder, wenn mir was zustoßt. Bleib der Herr Vetter fein gsund und d'Frau Mahm auch. Ein schoen Gruß von Hiesl und von Schimmeln verbleibe u.s.w.

Joseph Richter

ANMERKUNGEN ÜBER WIENER STRASSEN UND HÄUSER

Wien ist eine alte Stadt, und wie alle alten Städte nach und nach angebaut; daher die vielen krummen unregelmäßigen Straßen: und eine Festung; daher wegen Mangel des Raums die engen Straßen. Der Grund, auf welchem die Stadt liegt, ist nicht ganz eben, daher muß man an verschiedenen Orten ziemlich herauf- und herunterfahren, z. B. an der Fischerstiege u.s.w.

Es würde in diesen engen, krummen, ungleichen Gassen, in denen von frühem Morgen an eine unglaubliche Menge Menschen

* Man muß wirklich ein Eipeldauer seyn, um gar so dumm in Tag hinein z'schreibn. Glaubt der Einfalspinsel, daß d'Schelm und d'Dieb d'Narren seyn und sich selbst angeben werden. Schreibn nicht einmal die Beamten ihren wahren Namen auf, wenn s' auf ein paar Täg heimlich von Preßburg auf Wien kommen.

sind, und besonders von 10 Uhr Vormittags an eine ungeheure Menge Wagen fahren, nothwendig sehr viel Unordnung und Unglück geschehen; wenn es nicht die vortreffliche Polizey und auch die Geschicklichkeit der Wienerischen Kutscher (welche sogar in unsern Gegenden zum Sprüchworte geworden ist) verhütet. Man sieht auf den engsten Gassen sehr selten, daß Wagen ineinander gerathen, oder sonst Unordnung entsteht. Es trägt hierzu auch der friedfertige und gutmüthige Charakter der Einwohner Wiens, besonders von den niedern Ständen das seinige bey, und die Kutscher selbst vornehmer Herren sind viel achtsamer als an andern Orten. Ich bin in Wien täglich meistens von frühem Morgen an bis spät gefahren; und ich erinnere mich nur ein einzigmal, daß in einer engen und steilen Gasse der Wagen an einen andern gerieth. Einmal als ich in einer offnen Birutsche sehr schnell fuhr, erschrack ich wirklich, da unser Fuhrwerk in einer engen aber geraden Gasse, wo kaum zwey Wagen ausweichen können, gerade an einen großen viersitzigen Wagen streifte. Aber mein Kutscher hatte genaues Augenmaß; er wußte daß seine Achsen wohl 2 Zoll niedriger waren, als die von dem andern Wagen, und fuhr also unter denselben ohne Schaden weg. In Hamburg z.B. sind eben so enge und krumme Gassen, aber gewiß nicht der zehnte Theil des Fahrens wie in Wien. Ich bin daselbst auch vier Wochen gewesen, und bey weitem nicht so viel gefahren als bey meinem Aufenthalt in Wien; bin aber wohl vier oder fünfmal mit andern Wagen zusammengerathen. Ich erinnere mich, daß daselbst an einem Abend spät die Nachtwache geholt werden mußte, um die Wagen auseinander zu bringen, weil keiner von den Kutschern weichen wollte. Man findet bey solchen Gelegenheiten einen merklichen Unterschied unter dem Pöbel in Hamburg und im nördlichen Deutschland, und unter dem Pöbel in Wien. Jener besteht hartnäckig auf seinem Vorhaben, und wagt selbst Gefahr um es durchzusetzen; dieser ist nachgebender, läßt bald ab, und hilft sich und dem andern auseinander.

Es sind einige besondere Hauptpassagen z.B. vom Kohlmarkte nach dem Graben, vom Graben nach dem Stockameisenplatz, von der Fleischbank nach dem Hohenmarkte, und daselbst bey der Schranne, so enge, daß wenn mehrere Wagen kommen, einige jedesmal warten müssen, bis die andern durchpassirt sind. Eben dieses gilt von den meisten Stadtthoren, z.B. beym engen dunkeln Burgthore, wo nicht einmal für Fußgänger ein besonderer Fußsteig und doch eine ungemein starke Passage ist.

Die jetzigen Laternen in der Stadt sind vom Herrn Hofrath von Sonnenfels 1776 angegeben worden, und thun eine sehr gute Wirkung.

Alle brennen beständig im Sommer und Winter, der Mond mag scheinen oder nicht. Wenn man dieses siehet, muß man sich der Kärglichkeit schämen, mit welcher in Berlin und in vielen andern Städten Deutschlands, ja sogar in dem weltberühmten Paris die Laternen im Sommer niemals, und im Winter alsdenn nicht angesteckt werden, wenn nur im Kalender Mondschein angezeigt ist, ob er gleich von den dicksten Wolken bedeckt wird. Indessen ist es in Wien noch nöthiger als irgendwo, daß die Laternen auch bey hellem Monde brennen; denn die engen und krummen Gassen und die hohen Häuser geben dunkeln Schatten, selbst wenn der Vollmond am heitern Himmel steht.

Eine der nützlichsten Anordnungen in Wien ist die sogenannte kleine Post, welche Briefe und kleine Pakete in der Stadt, den Vorstädten und der Gegend bestellt. Jeder Brief in der Stadt kostet 1 Kr. Diese Post gehet täglich fünfmahl ab. In allen Straßen gehen beständig eine Anzahl mit einem besondern Schilde bezeichnete Personen herum, welche auf einer Klapper ein Zeichen geben, daß sie die Briefe zu dieser Post annehmen. Diesen Leuten kann man auch andere Kommissionen auftragen, als Sachen zu kaufen u.s.w.

Der größte Theil der Häuser ist alt, und diese haben in ihrer ersten Anlage alle Unbequemlichkeiten des Alterthums: dunkle Eingänge, versteckte, dunkle, unbequeme, steinerne Wendeltreppen, geringe Höhe und unbequeme Vertheilung der Zimmer, hohe deutsche Dächer, welche noch dazu zuweilen die Giebelseite nach der Straße haben. Ein Fremder wird zuweilen angenehm überrascht, wenn er über einen dunklen Hausflur eine unbequeme Wendeltreppe hinansteigt, und dann unvermutet in eine Reihe wohl angelegter Zimmer kommt, in denen er alle Bequemlichkeiten und Pracht des modernen Luxus findet, und nur an der Höhe der

Zimmer oder an der Form der Fenster bemerken kann, daß er in einem nach alter Art gebauten Hause ist.

Alle Wiener Palläste, und zum Theil auch große bürgerliche Häuser haben den Haupteingang durch den Thorweg oder Auffahrt, welcher daher beständig offen stehet. Jeder Wagen fährt also ins Haus bis an die Haupttreppe, wo man bequem aussteigt.

Man findet in vielen bürgerlichen Häusern in Wien an den Fenstern der obern Geschosse wohl 1 Fuß breite Gitter, welches eben kein guten Ansehen giebt. Aber diese Gitter sind zu einem sehr nützlichen häußlichen Gebrauche. Da die meisten Häuser nur geringen Hofraum haben, und von der Höhe der obern Geschosse herunter zu steigen beschwerlich ist; so werden in diese Gitter kleine Kinder hineingesetzt, welche auf die Art die frische Luft genießen, die oben reiner ist als unten. Es sieht sonderbar aus, wenn man von der Gasse in die Höhe blickt, und in den 4ten und 5ten Geschossen zehn oder mehr Kinder hängen, spielen und mit den Kindern die an den nächsten Fenstern hängen, schäkern siehet.

Die meisten bürgerl. Häuser haben ein besonders Zeichen, wornach die Häuser benennt werden. Dies rührt vermuthlich noch von der Zeit her, da die Häuser noch nicht mit Nummern bezeichnet waren. Dieses Zeichen ist entweder ans erste Geschoß angemalt, oder die Abbildung hängt von einer eisernen Stange herab. Verschiedene dieser Zeichen klingen wunderlich genug, z.B. beym Esel in der Wiege; beym Roß in der Wiegen; beym Stoß im Himmel; beym blauen Herrgott; beym Herrgott auf der Wiesen; beym drey Herrgott; bey der schwarzen Mutter Gottes; beym goldnen Auge Gottes; beym blauen Mondschein; bey der Möglichkeit; beym fröhlichen Bauer; beym süßen Mann; beym lösch den Durst; beym Strobelkopf; beym goldenen Rauchfangkehrer; beym Franzosen nach der Mode; beym Küß den Pfennig; wo der Wolf den Gänsen predigt; wo der Hahn im Spiegel schaut; wo die Kuh im Brette spielt; u.d.gl.m.

Auch einige Gassen in Wien haben sonderbare Namen, z.B. das Hundsfottgassel, das kleine Gassel im Ofenloch, der Sauwinkel, die drey Herrgottgasse, u.s.w.

In jedem bürgerlichen Hause der Stadt, auch in einigen in den

Vorstädten, gehört das dritte Geschoß, vom Erdgeschosse an gerechnet, dem Kaiser; dergestalt, daß der Kaiser darinn einquartiert wen er will, und daß der Wirth, oder wie man in Wien sagt, der Hausherr, alles auf seine Kosten in baulichem Stande erhalten muß. Gewöhnlich giebt der Kaiser Personen vom Hofe, oder Räthen aus den Kaiserlichen Kollegien eine solche freye Wohnung, die man daher ein Hofquartier nennt. An den meisten Häusern, die solche Hofeinquartierungen haben, hängt an der Thür eine schwarze Tafel, worauf die völlige Titulatur und alle Aemter des Einquartierten verzeichnet sind, und wobey nicht vergessen ist, ob er Hochwohl- Wohl- oder Wohledelgeboren sey. Den eigentlichen Ursprung dieser gar sonderbaren, und für die Hauseigenthümer in Wien sehr drückenden Einrichtung weiß man nicht. Die wahrscheinlichste Herleitung ist, daß der harte Kaiser Ferdinand II. als der Graf von Thurn um Junius 1619 Wien belagerte; mißtrauisch gegen die Einwohner von Wien gewesen, und daher in jedes Haus Leute, denen er getrauet, eingelegt habe, welches nachher so geblieben ist. Der jetzige Kaiser verordnete im Hornung 1781 durch das oberste Hofmarschall-Amt: „Daß ein jeder, von der Last des Hofquartiers nicht befreyte Haus-Inhaber, bey dem K.K. Hof-Quartier-Amte eine schriftliche Erklärung einzureichen habe, was für eine Summe ein für allemal, oder was für eine jährliche Geldabgabe er für das anjetzo tragende Natural-Hofquartier zu entrichten gedenke?" Darauf ist denn mit den Hausinhabern gehandelt worden, davon die meisten sich zu einer jährlichen Geldabgabe verstanden, einige wenige aber lieber das Natural-Hofquartier beybehalten haben. Man rechnete damals, daß das jährliche Quantum der Geldabgabe über 300.000 Fl. machen würde.

Diese Abgabe bleibt freilich immer eine große Last. So lange die Miethen in Wien exorbitant hoch sind wie jetzt ist die Last auch noch zu ertragen. Der hohe Preis derselben scheint Fremden unglaublich. Ich habe gesehen, daß in einem wohlgelegenen Hause für eine Wohnung im vierten Geschosse von 10 oder 11 Zimmern ohne Stallung 800 Fl. jährliche Miethe gefordert ward.

In einem Verzeichnisse der Häuser in der Stadt sind 1342 Nummern angezeigt. Hingegen in einem Verzeichnisse der 1783 neueingetheilten Pfarren werden nur 1299 Häuser angegeben.

Die Vorstädte sind fast in allem von der eigentlichen Stadt Wien unterschieden. Die Stadt ist ihrer ganzen Anlage nach alt, die Vorstädte aber sind neu. Sie haben ihre ersten Anlagen aus den letzten Jahren des vorigen Jahrhunderts, und die meisten Häuser sind aus dem jetzigen; folglich überhaupt moderner als der größte Theil der Stadt. Was von Manufakturen und Fabriken in Wien vorhanden ist, befindet sich meist in den Vorstädten. Auch sind daselbst eine große Menge eigentlicher Lusthäuser, welche Leuten aus dem mittleren Stande gehören.

FRIEDRICH NICOLAI

DER STOCK IM EISEN

In der Welt der Handwerksburschen sind der Stock im Eisen und der Stephansthurm als die wichtigsten zwey Wahrzeichen von Wien berühmt. Kaum hat der neu angekommene Schloßerjunge seinen Buendel auf der Herberg abgelegt; so eilt er auf den Platz, um diesen Stock zu besehen.

Was ist denn der Stock im Eisen? – Es ist ein ungefaehr 7 Fuß hoher Baumstamm von mittelmaeßiger Dicke, der von oben bis unten so ganz mit eisernen Naegeln ueberschlagen ist, daß man von dem Holz gar nichts mehr sieht. Ein eisernes Band befestiget ihn an ein Haus auf dem nach ihm benannten Stock im Eisen-Platz. An dem Band haengt ein großes Schloß . . . Wie kam er hierher, und warum steht er da? das weiß ich nicht. Die alte Legende erzählte: ein Schlosserjunge habe seinem Meister versprochen, ein Schloß an diesen Stock zu machen, daß kein Meister in der Welt sollte oeffnen koennen wenn er ihn sogleich frey sprechen wuerde. Der Meister ging es ein. Nun verschrieb der Lehrbursche seine Seele dem Teufel, der ihm denn das unueberwindliche Schloß machen half, welches der Junge vorlegte, den Schluessel davon in die Donau warf, frey gesprochen, aber auch gleich darauf vom hoellischen Schloßer gehohlt ward. Seitdem schlug jeder Schloßerjunge, zum Andenken, daß er in Wien gewesen, einen Nagel in diesen Stock. Da dieses jetzt nicht mehr moeglich ist, so besehen sie ihn doch eine Weile mit aufgesperrtem Maule, und raesoniren kunstmaeßig ueber das hoellische Schloß.

Vor Zeiten war noch ein beruehmtes Wahrzeichen hier, ein Loch in der Mauer in dem Gange des Minoritenklosters, durch welches der Teufel einen Religionsspoetter davon gefuehrt hatte. Die ehrwuerdigen Patres vermauerten das Loch oft, aber bey der Nacht riß es der Satan immer wieder auf. Vor einigen Jahren befahl man den Minoriten das Kloster zu raeumen. Tags darauf ließ die Regierung das Loch vermauern, und der Teufel riß es nicht wieder auf; ein Beweis, daß er die Layen mehr fuerchtet als die Moenche.

JOHANN PEZZL

STEPHANS-KIRCHE

Diese gothische finstere Steinmasse, mit ihrem spitzen Dach, ragt ueber alle Gebaeude der Stadt empor. Sie hat den Rang vor allen uebrigen Kirchen Wiens, weil ein Erzbischof und ein Domkapitel von ihr den Titel fuehren, und weil sie der Hof einigemahl des Jahrs mit seiner andaechtigen Gegenwart beehrt. Ihre Bauart und ihr inneres Aussehen ist bekanntlich nicht nach dem Schoenheitsmaß der echten Archtektur, die man an den Kunstwerken Italiens bewundert. In diesem Betracht verdiente die Kirche des heil. Carl auf der Wieden den Vorzug: denn diese ist eigentlich die geschmackvollste, regelmaeßigste Kirche von Wien.

Die Stephanskirche ist ganz von Quadersteinen erbaut, hat bloß marmorne Altäre, und einige ziemlich gute Altarblaetter. Ihre Laenge betraegt 342 Fuß, die Breite 222, die Hoehe 79. Hieraus sieht man, daß sie fuer die Hauptkirche einer solchen Stadt eben nicht sonderlich groß ist.

Das wichtigste Denkmal in derselben ist das Grab des fuer das oesterreichische Haus unvergeßlichen Helden Eugen von Savoyen. Man schlug disem Prinzen in Frankreich ein Dragoner-Regiment ab, um das er anhielt: aus Verdruß verließ er nun Paris, und ging in kaiserliche Dienste. Wie sehr mußte es der stolze Ludwig bedauern, diesen Mann beleidigt zu haben! . . . In welche Lage wuerde Oesterreich ohne die Siege bey Hochstaedt, Turin, Ramillies, Zenta, Belgrad etc. gekommen seyn! . . .

In der alten Geographie zaehlte man den beruehmten Stephansthurm unter die wichtigsten Dinge von Wien; in der Welt der Handwerksburschen ist er es noch. Dieser piramidenfoermige Kunstfelsen hat 445 rheinische oder 434½ oesterreichische Werkschuhe; die Ziffer an dem Uhrblatte desselben sind 2 Fuß lang. In der letzten Belagerung der Stadt, welche groeßtentheils durch die intoleranten Raenke der Jesuiten veranlaßt wurde, mußten Tag und Nacht zwey Vaeter dieses Ordens auf diesem Thurme Schildwache halten, und mit optischen Instrumenten die fernen Bewegungen der feindlichen und freundlichen Truppen ausspaehen, bey welchem Geschaefte ihnen die tuerkischen Kanonenkugeln manchen reumuethigen Stoßseufzer ueber die mißgedeuteten Absichten der ehrwuerdigen Gesellschaft moegen ausgepreßt haben. Nachdem man die Belagerung abgeschlagen, und in den darauf folgenden gluecklichen Feldzuegen manche tuerkische Kanone in christliche Haende gebracht hatte, verwandte man sie zu ganz christlichem Gebrauche, goß daraus eine schoene Glocke, von 10 Fuß in der Hoehe, und 354 Zentnern am Gewicht, und hing sie in diesen Thurm, von woher sie nun bey vornehmen Todesfaellen und hohen Kirchenfesten langsam und majestaetisch brummt.

Darf ich den Papst einlaeuten lassen? fragte A. 1782 Cardinal Migazzi den Kaiser. – Warum nicht! versetzte der Monarch: die Glocken sind ja ihre Artillerie . . . Der hiesige Brummer ist unstreitig eines der groeßten Artilleriestuecke der christlichen Geistlichkeit.

Wie sich indessen die Zeiten aendern! vor hundert Jahren goß man aus Kanonen Glocken; heute verwandelt man die geistliche Artillerie wieder in weltliche, und gießt aus Glocken Kanonen.

Die Stephanskirche steht auf einem sehr guenstigen Standpunkt: man koennte rings um sie einen der angenehmsten und regelmaeßigsten Plaetze von Wien herstellen. Auch sind dazu schon einigemahl Vorschlaege gemacht worden. Es sollten vorne die sechs oder sieben elende Buden weggerissen werden; die im Quadrat herumliegenden

Gebaeude sollten mit einer Art von Bogengang verziert, und die aeußere Seite der Domkirche, gegen die Straße zu, eine ihrer wuerdige Verschoenerung erhalten. Dieß wuerde freylich der Stadt eine Bequemlichkeit und Zierde mehr verschafft haben; da sich aber die Kosten der Unternehmung im Anschlage auf einige hunderttausend Gulden beliefen: so fand man schon damahls selbst in den Zeiten der freygebigen Maria Theresia Schwierigkeiten; und in der jetzigen oekonomischen Epoche ist es um so minder zu erwarten. Vielleicht erleben unsere Urenkel einst noch die Freude, unter einer Kolonade oder Lindenallee rings um die Stephanskirche spazieren zu koennen.

JOHANN PEZZL

DER STEPHANSTHURM

Je groesser ein Ding ist, je mehr faellt es uns in die Augen, um so vielmehr ein Thurm, der, wie seine Vorsteher, mit seinem Gipfel an die Wolken reicht, mit dem Himmel korrespondiert, und dem feindlichen Umfalle trotzend, den Namen Turris fortitudinis, mit allem Rechte verdienet.

Der Wien besuchende Fremdling, erhaelt schon von weitem das Ueberbleibsel der Alten, das sich, bei jeder Naeherruekung fester seiner Neugierde eindrueckt, und erstaunet nicht wenig, wenn er den Thurm, nach unzaehligem aus dem Gesichte Verlieren, erst findet, da er ihm vor der Nase steht.

Er ist der Einzige wahre altväterische Großpapa-Thurm, der sich in seinem alten Schlendriane erhalten hat! Fest und unerschuettert, trozt er dem Erdbeben der Aufklärung; er allein lachet der tollkuehnen Wuth seiner Feinde, er allein achtet nicht die Befehle und Verordnungen, er allein sezt seine Mißbraeuche fort! Er allein ist der Monarch der Thuerme, nach dem sich alle andern beknöpften Thürmchen richten sollten!

Stolz auf sein graues Alterthum und fest gewurzelt sieht er veraechtlich auf die andern herab, trozt dem Sturm und dem Regen, so dunkel er von aussen ist, so wenig helle ist er von innen, und, wer ein wenig schwindelicht ist, erreicht nie seine ganze Höhe, die er nur auf Leitern ueber der Uhre ersteiget, wenn er nicht erraetht, wie viel es geschlagen hat, und verplueft zurueck weicht. In seiner Mitte schon, uebersieht man eine unermeßliche Weite, und das kleinste Feuer, das irgendwo ausbricht, entdeckt seine Einsicht: lange schon wollte man ihn renoviren, aber dumme Leute behaupten, er nehme die Farben nicht an. Auf seinem Gipfel glaenzen das Kreuz, der Mond und der Adler nicht ferne in haeuslicher Toleranz, aber das ist freilich nur die glänzende Seite, je weiter man an ihm herabkoemmt, je diker und gröber wird er, und sein Bauch ist nicht zu umspannen. Waere sein Bruder* nicht im Wachsen erstikt, so koennte die Nachwelt auf seine zahlreiche Nachkommenschaft pochen, aber er allein ist zu baufaellig, sich fortzupflanzen. – Dem ohngeachtet ist seine Krümmung, nur Heuchelei, und wenn er stuerzte, wuerd er manche zerschmettern.

Das komischste ist, der auf einem Nebendache fast in der Nachbarschaft der Erzbischoeflichen Kur, stehende Hahn, der das Wetter verkuendigt; er gilt dem gemeinen Volke zum Kalender und zum Unterrichte, und ist eigentlich wie der Haushahn, der Hauswaechter des Hauses, ja der einzige in seinem Geschlechte, der Eyer legte, aus denen meistens ein Eingerührtes entstand.

Joachim Perinet

* Der nachbarliche Thurm, ist, wie bekannt, unausgebaut.

2

Der Kaiser

DER KAISER

Wer, von den Hofchroniken der ehemaligen oesterreichischen Beherrscher getaeuscht, den Kaiser Joseph unsichtbar in seine Burg vergraben waehnte, der wuerde sich groeblich irren.

Es ist keiner unter den lebenden Souverains, der seine eigenen Laender, und ueberdieß auch so viele andere Staaten, so unermuedet durchgangen haette. Von den Pyrenaeen bis an die Krim, von Neapel bis Petersburg, hat der Kaiser unsern Welttheil in die Kreuz und Quere, und mehr als Ein Mahl durchreist, hat alles Merkwuerdige dieser großen Strecke, mit den durchdringenden Kenner-Augen beobachtet, und die innere Einrichtung jener Reiche gleichsam studiert.

Daher seine braeunliche Gesichtsfarbe; daher sein etwas geschwaechter uebrigens gut gebauter Koerper, dem unter allen Bekleidungen die gruene Uniform am besten laeßt.

Uebrigens ist der Monarch in der politischen Welt ungefaehr das, was der Regenbogen in der physischen ist. Jedermann sieht den naehmlichen, und doch jeder einen andern in ihm.

Der eine sieht ihn als Soldaten; der andere als Gesetzgeber; ein dritter als einen guten Oekonom; ein vierter als einen gar zu strengen Haushaelter; dieser als den aufgeklaerten Kirchenreformator; jener als den Verminderer der allgemeinen Andacht und der kirchlichen Rechte; ein anderer als einen zu eifrigen Stadtverbesserer.

Der Civilbeamte, der Offizier, der orthodoxe Geistliche, der Buerger, der Bauer; jeder beurtheilt ihn nach seinen Begriffen, und nach dem augenblicklichen Vortheil oder Nachtheil, die er aus dessen Anstalten zu haben glaubt.

Der Philosoph beobachtet ihn mit kaltem Blut, sammelt stillschweigend Thaten und Urtheile, und legt sie ins Archiv der Menschheit nieder, um dereinst der Nachwelt das getreue Bild dieses in der That merkwuerdigen Fuersten aufstellen zu koennen.

JOHANN PEZZL

EIN MONARCH WIE JOSEPH

Ein Monarch, wie Joseph, thaetig, feurig, unternehmend und standhaft, der nach Ost, Sued, West und Norden reisete, um zu lernen, und einst seine Bestimmung ganz zu erfuellen, mußte nothwendig beym Antritt seiner Regierung so Manches auffinden, was einer Abänderung beduerftig war. Nichts war natuerlicher, als daß daran, ohne Zeitverlust, Hand angelegt wurde.

Er fand unermeßliche Schaetze und Reichthuemer des Staates in den Haenden solcher Leute, die das Geluebde der Armuth abgelegt, und sich feyerlich verpflichtet hatten, sich nicht mit dem Irdischen zu bemengen. Diese Gemeinschaften, die sich vom Mark und Fett der Laender naehrten und maesteten, worinn sie lebten, erkannten keine andere Herrschaft, als die von Rom, und beriefen sich bey jeder Gelegenheit auf die von daher erhaltene Exemtionen, kraft welchen sie sich von allen Pflichten der uebrigen Staatsbuerger befreyt hielten.

Er fand, daß aus seinen Staaten Jahr fuer Jahr, eine ungeheure Summe Geldes, zum Vortheil der paebstlichen Finanzen nach eben diesem Rom fuer Dispensationen in kanonischen Impedimenten fließt, welche von den Bischoefen seiner Laender, Kraft ihrer Gerechtsamen, ertheilt werden sollten und konnten.

Er fand, daß die meisten Orden innerhalb seiner Erbstaaten zum Beßten der Gesellschaft nichts Wesentliches beytrugen, weder Schulen hielten, noch Kranke bedienten, weder predigten, noch den Beichtstuhl versahen, weder den Sterbenden beystunden, noch auf irgend eine Art in den Studien sich hervorthaten, folglich unnuez waren.

Er fand, daß die Bischoefe und Praelaten seiner Laender, besonders die bepurperten, wegen ihrer Anhaenglichkeit an den roemischen Hof, ihre eigene Gerechtsame vernachlaessigten.

Er fand, daß auf oeffentlichen Lehrstuehlen und Kanzeln von paebstlichen Bullen, welche seine Landesherrliche Hoheit und gesezgebende Macht kraenkten, als Glaubenssaezen pro et contra gelehrt und gestritten ward, und die Studien ueberhaupt in einer klaeglichen Verfassung, obwohl ohne Schuld dessen, Der doch den ersten und mithin immer beschwerlichsten Schritt zur Reformation machte.

Er fand, daß mit der ehemaligen Beschraenkung der Druckfreyheit auch die bürgerliche Freyheit gekraenkt, und dem Verstande gleichsam ein Kappzaum angelegt war.

Er fand den groeßten Theil seiner Unterthanen in Aberglauben und Mißbraeuche versenkt, worinn die Geistlichkeit, ihres Vortheiles wegen sie zu erhalten nach allen Kraeften bemueht war.

Er fand, daß die verschiedenen christlichen Partheyen, welche Gott auf eine andere Weise als die Katholiken ehren, nicht jene Duldung und Freyheit genossen, die sie als getreue und gute Staatsbuerger verdienten.

Er fand einen Theil seiner Voelker in knechtischer Leibeigenschaft, und den andern, (der sich auf eine alte Verfassung aus den vorigen Jahrhunderten stuezte, die den izigen Beduerfnissen und Anstalten nicht angemessen war) in einer hartnaeckigen Behauptung alter Feudalsysteme.

Er fand einen ziemlichen Mangel an Schulen und Priesterhaeusern, die Seelsorge in den schlechtesten Umstaenden, und die Erziehung in einer allgemeinen Vernachlaessigung.

Er fand das Justizwesen in einer großen Verwirrung und Zerruettung.

Er fand in der oeffentlichen Verwaltung des Staates widersprechende einander durchkreuzende Absichten und Intriguen, bestaendige Kabalen, einen fuer das Ganze aeußerst schaedlichen Mangel an Eintracht, und mitunter unfaehige Minister und Beamte aller Gattungen.

Er fand, daß viele Beamte zu hoehern Ehrenstellen blos durch den Schwall der angefuehrten Nachrueckung gelangt sind, die in

Ruecksicht der vorhandenen fleißigern und faehigern Subiekte, noch lange unten zu sizen verdient haetten.

Er fand, daß das beobachtete Verhaeltniß zwischen dem Staat und seinen Dienern ein *Contractus leoninus* war, indem der Staat dieselben, trotz mancher Vernachlaessigung und Untauglichkeit beybehalten mußte, der Bedienstete hingegen, wenn er es anderwaerts besser fand, ohne weiteres abdanken koennte. Untuechtige, wenn man ihrer los werden wollte, wurden durch Jubilirungen gleichsam belohnt.

Er fand, daß eine ausserordentliche Menge Gnadengehalte an Unbedürftige und Unwürdige jaehrlich abgereicht wurden.

Er fand die Verpachtung der Gefaelle dem Staate schaedlich und nachtheilig.

Er fand, daß jaehrlich unermeßliche Summen fuer auslaendische Waaren und Produkte des Luxus ausser Land gehen, und dagegen fuer einheimische Erzeugnisse unendlich weniger Geld ins Land komme.

Er fand endlich noch sehr viele Staatsgebrechen, die Seinen auf die allgemeine Wohlfahrt zielenden Absichten schnurgerade entgegen liefen. – – –

Der Monarch that, was von Ihm zu erwarten war; ja Er that mehr, als selbst jene, die alle politische Revolutionen fruehzeitig wittern, vermutheten; er that es wenigstens schneller, als sie es jemals glauben konnten.

Er verordnete, daß die dem Klosterleben gewidmeten Gemeinden durch geistliche Vorgesetzte in seinen Staaten regiert werden sollten, handhabte dadurch Sein Majestaetsrecht, setzte die Bischoeffe in ihre von Gott erhaltene rechtmaessige Gewalt wieder ein, und verhinderte allen ferneren Unfug, der ehedem, unter dem Mantel paebstlicher Exemtionen haeufig getrieben wurde.

Er verfuegte, daß die Bischoefe sich ihrer urspruenglichen Gewalt bedienen und in kanonischen Impedimenten selbst dispensiren, nicht aber forthin die Partheyen nacher Rom verweisen sollen, weil sie mit dem Pabst gleiche Amtsbrueder sind, gleiche Gewalt haben, und eben so gültig als er dispensiren koennen.

Er hob mancherley Ordenskloester, beyderley Geschlechts, die um das allgemeine Beßte keine gueltigen Verdienste hatten, auf, und widmete ihre Gueter und Schaeze dem neuerrichteten Religionsfond.

Er befahl, daß forthin, da alle von dem paebstlichen Stuhl erlassende Bullen, Breven und anderweitige Verordnungen einen Bezug auf den *Statum politicum* haben koennen, der Inhalt derselben, vor deren wirklichen Kundmachung, zur Ertheilung des Landesfuerstl. *Placiti regii* oder *Exequatur* stets unnachsichtlich Ihm vorgelegt werden sollen.

Er verordnete, daß die beruechtigten Bullen: *In Coena Domini &c.* und *Unigenitus* aus den Ritualen herausgerissen werden, die Universitaeten aber weder pro noch contra darueber gaenzlich stillschweigen sollen.

Er erweiterte die Preßfreyheit, nach eigenen fuer die Censur von ihm entworfenen Grundregeln, und erleichterte folglich Mittel und Wege, Aberglauben und Mißbraeuche zu bekaempfen, das von der Moencherey aus Eigennuz so lange irrgefuehrte Volk nach und nach aufzuklaeren, Vorurtheile und Blendwerk zu verscheuchen, und patriotische Gesinnungen oeffentlich bekannt zu machen.

Er gruendete eine allgemeine Duldung aller christlichen Religionen, knuepfte damit die Bande der Liebe und Vertraeglichkeit zwischen den Millionen seiner Unterthanen fester, gab denen, die vorhin nur als Fremdlinge betrachtet wurden, ein wirkliches Vaterland, und bewirkte durch sein erhabenes Beyspiel in den Laendern protestantischer Fuersten gleiches Glueck fuer die Glieder seiner Kirche.

Er hob die knechtische Leibeigenschaft in Boehmen auf, und unternahm das grosse Werk, das Koenigreich Ungarn mit den uebrigen Laendern seiner Monarchie in eine solche Verbindung zu sezen, wie es das gemeinschaftliche Wohl erheischt.

Er vermehrte und verbesserte die Schulen, errichtete neue Priesterhaeuser, neue Pfarreyen und Lokalkaplaneyen, und verordnete, daß bey den Landesfuerstlichen Pfarren die Kompetenten geprueft, und die geschicktesten gewaehlt werden sollen.

Er verminderte die so manichfaltigen Fora, vereinfachte sie in zwo

Gerichtsstellen, lies eine neue Gerichtsverordnung verfassen, und bey den Justizgeschaeften zum Grund legen.

In einem, vor seiner Reise nach Italien, (im November 1783) den Chefs der Stellen zurueckgelassenen Handschreiben erklaerte er seine Gesinnungen und Grundsaetze in Ruecksicht der Staatsverwaltung und aller und jeder dahin einschlagenden Geschaefte so deutlich als ernstlich.

Er lies bekannt machen, daß nur die fleißigern, faehigen und verdienstvollen Subjekte sich der Beförderung zu hoehern Stellen zu getroesten haetten und sezte fest, daß die Bedienstungen forthin als kein bestaendiges Hofbrod angesehen werden, und Vernachlaessigung oder Untauglichkeit immer die Absezung nach sich ziehen sollten.

Er verfuegte, daß all' jene, welche Gnadengehalte genossen, von Neuem um deren fernere Verleihung anhalten sollten.

Er hob mehrere Verpachtungen der Staatsgefaelle auf, lies sie administriren, und die noch bestehenden werden wahrscheinlich das gleiche Schicksal haben.

Er verbot die Einfuhr all' jener auslaendischen Waaren, die im Lande erzeugt werden koennen, um den inlaendischen Kunstfleiß desto mehr zu ermuntern.

Er that endlich noch so manches, was, nach seiner vaeterlichen Absicht, der allgemeinen Wohlfahrt ersprieslich und heilsam war.

Und doch – doch! – O daß ich Unrecht haette und irrte! – sind die Hindernisse noch unzaehlig, die Seine Absichten durchkreuzen, ihnen allenthalben im Wege stehen, und das groeßtentheils unmöglich machen, was Er, durch Seine Verfuegungen und Anstalten möglich machen wollte.

Johann Rautenstrauch

DER HOHE ADEL

Wer zählt die Barone, die Grafen und Fuersten in Wien?. . . Dieß sind die drey Classen, welche man gewoehnlich unter die Mitglieder des hoehern Adels zaehlt.

Es ist natuerlich, daß sich an einem Platz, wie Wien ist, viel Adel versammelt. Der Thron, die Geschaefte, die große Welt, das Bestreben, seine Talente zu zeigen, zu verfeinern, zu bereichern, auszubreiten, zu entwickeln, in Thaetigkeit zu setzen; die Familienverbindungen, die Vergnuegungen endlich und die Bequemlichkeit ziehen aus allen Provinzen der oesterreichischen Erblande eine Menge Standespersonen hierher.

Doch hat Wien in diesem Betracht nicht ganz die Vortheile, welche London und Paris besitzen: in diesen Laendern zieht jeder Edelmann, auch aus der entferntesten Provinz wenigstens ein Mahl in seinem Leben auf einige Zeit nach der Hauptstadt, sey es auch bloß um dort gewesen zu seyn. Diese Maxime ist im oesterreichischen Staat noch nicht allgemein.

Der Adel aus den Niederlanden, aus der Lombardie und aus der Steyermark ist im Vergleich mit dem uebrigen ungleich seltener. Diese Familien schließen sich theils wegen der Entfernung, theils aus Bequemlichkeit, theils aus oekonomischen Gruenden, theils aus Eigensinn in ihre Provinzen ein. Sie haben sich Bruessel, Mayland und Graetz zu ihrer Sphaere erkohren, worin sie in behaglicher Selbstgenuegsamkeit leben und weben. Auch in Ofen und Pest, in Prag, Insbruck und Preßburg, Linz, Hermannstadt, Klagenfurt und Lemberg sind sehr viele Cavaliere.

Es war wirklich eine Zeit, wo man in Wien, so wie an allen europaeischen Hoefen, den groeßten Haufen des Adels zu nichts besserem anzuwenden wußte, als etwa bey feyerlichen Gelegenheiten die Audienzsaele damit zu tapeziren, und bey Processionen und Einzuegen Spalieren von Peruecken daraus um sich her zu pflanzen. Das verbraemteste Kleid, die schimmerndste Livree machten dann das groeßte Verdienst aus.

Diese Zeiten sind nicht mehr. Alte Pergamente und neue Kleider verschaffen nun nicht mehr die Gunst des Monarchen, die Ansprueche auf Ehrenstellen, die Ehrfurcht des Publikums. Ein ahnenreicher und verdienstvoller Cavalier mag wohl seine Einkuenfte nach Belieben verzehren, mit sechsen fahren, Tafeln geben, die ersten Logen in den Spectakeln besetzen, ein großes Haus halten, dagegen hat man nichts: aber sobald er sich bloß dieser Rubriken wegen fuer einen wichtigen Mann halten, Hochachtung fordern will, so erhaelt er sie nicht.

Ein kopf- und sittenloser, unbrauchbarer Fuersten- und Grafensohn wird heut zu Tage von den wahren Edeln nicht geachtet.

Wie waere es wohl auch anders moeglich? Die hohe Noblesse besitzt eine Reihe von Koepfen, die durch persoenliche Vorzuege eben so viel Glanz auf ihre Abstammung werfen, als sie von derselben erhalten; die sich durch ihre geprueften Talente, durch die wichtigsten Aemter, durch das Zutrauen des Monarchen, und durch ihren Einfluß auf die Verwaltung, das Wohl, und die Bewachung des Staats zu ihrem allgemeinen unwidersprochenen Ruhm auf das vorteilhafteste auszeichnen.

Außer einigen niederlaendischen, und lombardischen fuerstlichen Familien leben die Chefs der meisten uebrigen Fuerstenhaeuser der oesterreichischen Erbstaaten gewoehnlich fuer immer, oder doch einen Theil der Jahrszeit in Wien. Diese Haeuser sind:

Auersberg.	Bathiany.
Clary.	Colloredo.
Czatorisky.	Dietrichstein.
Esterhazy.	Grassalkowicz.
Kaunitz.	Khevenhueller.
Kinsky.	Lichnowsky.
Lichtenstein.	Ligne.
Lobkowitz.	Paar.
Palm.	Poniatovsky.
Schwarzenberg.	Stahremberg.
Sulkowsky.	

Diese Haeuser zeichnen sich durch alte wichtige Verdienste um den Staat, durch fortdauernden Glanz ihrer Familien, durch persoenliche Vorzuege ihrer Mitglieder aus.

Das Register graeflicher und freyherrlicher Haeuser, die sich aus der großen Menge aller hiesigen hervor gedrungen haben, ist zu zahlreich, als daß ich es hersetzen kann. Das Meiste, was Oesterreich, Boehmen und Ungarn Ansehnliches und Reiches aus dieser Classe hat, zieht sich in die Residenz.

Wenn man in Anschlag bringt, wie leicht und bequem es einem

geborenen Cavalier gemacht wird, sich zum brauchbaren Mann zu bilden; wie er Zeit und Geld zu seiner Disposition hat; welche Erziehung er genießt; wie sorgfaeltig man ihn mit ausgesuchten Lehrern und Buechern versieht; wie man ihm allenthalben Ermunterung, Beyfall und Belohnung zuwinkt – Vortheile, die dem buergerlichen Juengling so selten zu Theil werden; – und wenn er bey dem allen zum Taugenichts aufwaechst: so hat man wahrlich das klare Recht, einen solchen Mann zu verachten. Auch scheint dieß das Sentiment der wahren Edeln selbst zu werden. Sie schaetzen den buergerlichen Gelehrten, Kuenstler, Geschaeftsmann ungleich mehr als den unnuetzen Edelmann.

Laßt uns gerecht seyn. Geist, Witz, und Kenntnisse sind nicht bloß das Erbtheil der Maenner allein. Es gibt unter dem hohen Adel in Wien auch Damen, die wahre Schwestern der Musen und Grazien sind.

> – – – schoen von Sitten,
> Voll von Geist und Witz; von Zwang und Ziererey,
> Und allen aehnlichen Fehlern frey;
> Mit der Gabe begabt, so angenehm zu scherzen,
> Und mit so guter Art
> Die feinsten Gedanken anzubringen,
> Daß, wer sie je hoerte, von ihnen bezaubert ward.

JOHANN PEZZL

DER ZWEYTE ADEL

In diese Classe gehoeren die ganz neuen Baronen, die diplomatisch erklaerten Ritter und Edeln.

Seitdem aber der Werth der Diplomen allenthalben etwas faellt, und ein Ehrenamt und die gute Verwaltung desselben den Mann adelt, ist der Kreis dieses Adels erweitert.

Dieß hat man in Wien allgemein zur Regel gemacht. Man zaehlt zu dem zweyten Adel diejenigen Personen, welche man sonst die *Honoratiores* nennt: naehmlich die Raethe, Agenten, Doctoren etc. auch Banquiers und Negozianten.

Dieser Stand besitzt einen Kern von Geschaeftsmaennern, die den Staatssternen der ersten Groeße in die Haende arbeiten, und den Glanz der großen Maschine befoerdern helfen. Patriotismus, Rechtschaffenheit, Fleiß, Sachkenntniß, Einsichten und Arbeitsamkeit machen sie ehrwuerdig und beliebt.

Diese Classe faengt an, sich unter allen Staenden am meisten aufzuhellen, welches eine treffliche Wirkung thut. Da die Gesellschaften derselben fuer andere ehrliche, aber ungeadelte Erdensoehne nicht so gar sorgfaeltig verpallisadirt sind, wie jene der ersten Noblesse: so verbreitet sich durch sie die lichtere Denkart auf mehrere Koepfe, und durch diese wieder auf mehrere Staende des Publicums.

Hier wirkt besonders das Verdienst einiger Damen aus diesen Haeusern, die maennliche Denkart mit weiblicher Grazie verbinden, und dadurch doppelt liebenswuerdig sind. Ich wuerde sie nennen, wenn es ihre Bescheidenheit erlaubte, die sie nur um so schaetzbarer macht. Sie sind Schuelerinnen Musarions: ihr Umgang ist so belehrend und geschmackvoll, als reitzend; in ihren Haeusern vergaehnt man die Abende nicht mit elendem Kartengeblaetter. Kleine Musiken, vertrauliches Freundschaftsgeplauder, litterarische Neuheiten, Raesonements ueber Buecher, Reisen, Kunstwerke, Theater; die Vorfaelle des Tages, und interessante Neuigkeiten mit Salz erzaehlt, beurtheilt, beleuchtet, machen die Unterhaltung aus, und kuerzen dem vertrauten Zirkel die langen Winterabende. Man lernt dort die meisten einheimischen, und die fremden, gelegenheitlich durch Wien reisenden Gelehrten kennen.

Sollte man es glauben! Diese Damen erfuhren eben das Schicksal, welches die Madame Geoffrin und Neker in Paris betraf. Einige Kleingeister suchten sie darueber verhaßt zu machen, daß sie *Bureaux d'Ésprit* hielten. Diese Pollissons sollten bedenken, daß es ein wahrer Lobspruch fuer eine Dame ist, wenn sie ein *Bureau d'Ésprit* bildet, indeß so viele andere Weiber *Bureaux de Sottise* halten.

Johann Pezzl

DER GEMEINE MANN

So nenne ich nicht den letzten Poebel, sondern den Buerger, oder, um es eigentlicher auszudruecken, den Professionisten und Handwerksmann, den Hof- und Herrschaftsbedienten von der untern Classe, den Kleinhaendler; kurz, die gewoehnliche Menschengattung zwischen Adel und Domestiken.

Der gemeine Mann in Wien ist bieder, hoeflich, offenherzig, dienstfertig, redlich, lenksam, willig, und guter Patriot, ob er schon seinem Kaiser nicht immer mit Haendeklatschen zujauchzt, wenn er ihn auf der Straße, auf dem Spaziergang, oder im Schauspiel sieht. Verschlagenheit, feiner Betrug, niedrige Gewinnsucht, Geldgierde, Filzigkeit, mißtrauische Kaelte gegen Fremde, Hochmuth, Eigenduenkel, und Schmaehsucht sind weit von ihm entfernt.

Er ist im Handel und Wandel billig und gewissenhaft, vertraeglich gegen seinen Nachbar, gegen den Fremden freundlich und gutmuethig. Sein allgemeiner Grundsatz ist: man muß leben und leben lassen.

Wer mich ueber diesen Umriß des Ganzen etwa mit einer aufgerafften einzelnen Gegenanecdote schicaniren will, der verdient keine Antwort.

Der gemeine Mann in Wien liebt Schmaus, Tanz, Spectakel, Zerstreuung. Er spaziert an Festtagen fleißig in den Prater und Augarten, besucht Hetze und Feuerwerk, faehrt auch manchmal mit seiner Familie ueber Land, und bestellt sich allenthalben einen wohl bedeckten Tisch. Diese Suende, welche gewissen Leuten so himmelschreyend vorkoemmt, ist in meinen Augen sehr verzeihlich. Da in Wien bis auf Wohnung und Holz, im Verhaeltnis mit andern Hauptstaedten, alles wohlfeil ist, so ist klar, daß der Handwerksmann seine Kaeufer nicht uebersetzt; und da der gemeine Mann im Durchschnitt selten Bankrout macht, im Gegentheil noch wohlhabend ist, so muß man daraus schließen, daß er seine Vergnuegungen nicht ueber seine oekonomischen Kraefte treibt.

Worin besteht nun das Verdammliche seiner Vergnuegungen?

Predigt einem Westphaelinger, einem Schweden immerhin Sparsamkeit und magere Schuesseln: die Natur seines Landes will es nicht anders; aber goennt dem im Ueberfluß lebenden Wiener seine Tafel; sie macht ihn zum gluecklichen und gutlaunigen Unterthan, und was wollt ihr mehr?

Noch armseliger ist es, wenn man den Wiener darueber tadeln will, daß er im zufriedenen Gefuehl seiner Herzensfreude manchmahl ausruft: Es ist nur Ein Wien!

Wenn er allein in diesem selbstgenuegsamen Taumel schwebte, da moechte es noch hingehen, ihn darueber zu beschnarchen; aber welche Nation ist, die nicht ihre Hauptstadt fuer die beste haelt? Der Pariser sagt: Es ist nur Paris in der Welt. Der Portugiese spricht: wer Lissabon nicht gesehen hat, hat nichts Schoenes gesehen. Der Spanier empfiehlt seinem Sohn noch auf dem Todbette, ja in seinem Leben wenigstens ein Mahl nach Madrid zu gehen. Selbst der hochkluge bescheidene Brandenburger sagt von seiner Hauptstadt: „Berlin ist die schoenste Stadt in Europa; Berlin ist das Emblem der preußischen Monarchie, wo alles zu Nutzen und Vergnuegen zusammen gedraengt ist, um sich selbst zu genuegen; Berlin ist Athen an Geist, und voll Muth wie Sparta."

Was Wunder, wenn auch der Wiener seine Mutterstadt fuer ein Paradies haelt? Er hat doch wohl eben so viel Grund dazu, als der Pariser, Spanier und Berliner.

Johann Pezzl

SEUFZER EINES KLEINEN IN DER ANTICHAMBRE EINES GROSSEN

Da harr' ich nun schon zwo lange Stunden unter einem Troß von Bedienten, um Sr. Excellenz mit demuethigen Geberden zu sagen, daß ich Hochdero unterthaenigster Knecht sey. Im Himmel darf man schwerlich so lange auf den Eintritt warten.

O liebe Geduld, verlaß' mich nicht. Hilf mir ausdauern, biß mein hoher Goenner sich vollends die Naegel beschnitten und allenfalls die Zaehne geputzt hat. Was kann er dafuer, daß er so vornehm ist, und ich – so gering.

Nun, dem Himmel sey Dank itzt oefnet sich die Thuere. Der Kammerdiener koemmt. Endlich wird man mich vorlassen. Zwar – es ist auch ein Frauenzimmer da; des Wohlstands wegen wird sie wohl am ersten Audienz erhalten. Richtig – (Pause).

Hm. Hm. Die hat viel mit Seiner Excellenz zu sprechen. Vermuthlich ists ein Weibchen, die fuer ihren Mann etwas bewirken will. Sie sieht nicht uebel aus, und wird also schwerlich eine Fehlbitte wagen. – Hier koemmt sie zurueck! Wie roth sie ist! Sie muß sich sehr ereifert haben! Es scheint, Se. Excellenz haben ihr warm gemacht. –

Wer wird nun zuerst hineinkommen? Ich doch wohl? Nein, der geistliche Herr. Auch dies find ich billig. Der Mann ist vielleicht ein Seelsorger und hat wichtigere Geschaefte als ich. – Er bleibt vielleicht ohnehin nicht so lang bey Sr. Excellenz als vorhin das Frauenzimmer. Maenner sind geschwinder abgefertigt. – Da koemmt er schon. –

Guter Jude! der du dort mit so zuversichtlicher Mine stehst, du wirst schwerlich Gehoer erhalten. Wenigstens magst du Geduld haben, bis zuletzt. Wie? Der Kammerdiener winkt ihm? Nein, das ist zu arg! Einen Juden eher vorzulassen, als mich! – Das heißt die Toleranz zu weit ausdehnen. Ihm eben sowohl Gehoer zu goennen, als den Christen, ist billig. Ihn eher vorzulassen, ist Vorzug, der ihm nicht gebuehrt. (Pause von einer halben Stunde.) Entweder instruirt der Jude den Minister, oder der Minister den Juden! (Noch eine Pause von einer Viertelstunde.) Fast sollt' ich glauben, sie haben sich beyde verabredet, meine Geduld zu pruefen. Endlich! – Ich bin also der letzte. – Was? Seine Excellenz haben heute nicht Zeit, mich vorzulassen? Und das hat man mir nicht schon vor drey Stunden sagen koennen? (zum Kammerdiener.) Sagen Sie Sr. Excellenz, daß ich meine Zeit indeß haette besser anwenden koennen, und daß Sie der liebe Gott so lange gesund erhalten moechte, bis ich wieder komme. (ab.)

Johann Rautenstrauch

CENSUR UND PRESSFREYHEIT

Eine der ersten Wohlthaten, womit Joseph Seinen Regierungs-Antritt bezeichnete, war die Erweiterung der Preßfreyheit. Die Censur bekam neue Regeln, und der Monarch erklaerte, daß selbst in Ansehung Seiner keine Ausnahme dabey statt finden solle.

Ploetzlich fing alles an zu schreiben, was gesunde Finger hatte. Mit jedem Zeitungstag wurden zehn bis zwanzig neue Broschueren angekuendigt. Alles fing mit gleichem Eifer an, zu lesen. Es war etwas sehr gewoehnliches, von einer ertraeglich geschriebenen Broschuere binnen wenig Wochen zwo bis drey Auflagen vergriffen zu sehen.

Kein Stand, keine Klasse der Menschen, keine Handthierung blieb unangetastet. Mit den Stubenmaedchen wurde der Anfang gemacht,. und noch hat das Gelaerme nicht ganz aufgehoert. Indeß hat der haeufige Absatz dieser fliegenden Blaetter bewiesen, daß viele Leser vorhanden sind, und da es besser ist, ein mittelmaeßiges Werk, als gar keines zu lesen; so ist nicht zu laeugnen, daß der gemeine Mann, fuer den die bessern und grossen Werke eine zu starke Speise sind, aus diesen zehn Kreuzer Abhandlungen manchen Nuzen geschoepft hat, da doch hie und da etwas Gutes darinn zu finden war.

Die Censoren wurden damals unaufhoerlich mit Durchlesung der Handschriften beschaeftigt; doch haben sie diese Geburten nicht alle auf gleiche Art gehandelt. Einige beharrten bey ihren ehemaligen strengen Grundsaetzen, und strichen, troz der erweiterten Freyheit, alle und jede Stellen aus, die ihnen im mindesten anstoessig schienen; andere hingegen liessen alles ohne Unterschied passiren, und so erschienen oefters Skarteken, die man ohne Ruecksicht haette unterdruecken sollen.

Obwohl man eher zwanzig alberne Broschueren ohne Geist und Salz, als einen einzigen koernichten kraftvollen Aufsatz zu lesen bekam, so ist doch nicht zu laeugnen, daß mitunter auch Schriften erschienen, die in ganz Deutschland Aufsehen erregten, und allgemeinen Beyfall erhielten. – –

Natuerlich konnte die ehrwuerdige Geistlichkeit, die von jeher bey der allgemeinen Dummheit sich am besten befand, bey dieser Epoche nicht ganz gleichgueltig bleiben. Sie stimmte also ihre Klaglieder von allen Kanzeln an, und da das Publikum dennoch ueber viele neuere Schriften ein Wohlgefallen bezeigte, und die Kloester an der Verminderung ihrer Einkuenfte merkten, daß ein Vorurtheil nach dem andern sich verlieren muesse, weil die gewoehnlichen Procente davon ausblieben; so ermannten sich einige Priester, des festen Vorsatzes, diesem Unfug zu steuern, und – schrieben.

Es versteht sich von selbst, was diese Herren vertheidigten, und gegen wen sie ihre Feder spizten. Freylich haben sie sich ueberhaupt einen sehr zweydeutigen Ruhm damit erworben; freylich hat P.P.P.P. fast sich selbst dermassen herabgewuerdigt, daß er beynahe schon ein Spott der Kinder geworden; nichts destoweniger hat er gleichwohl Anhaenger genug gefunden, und es ist den Sachwaltern der guten Sache im Grunde nicht viel besser ergangen, als den Partheygaengern der Dummheit. Wenn sie nicht widerlegt werden konnten, wurden sie mit Koth geworfen.

Es giebt eine verfluchte Maxime, welche niemand besser auszuueben versteht, als manche – ehrwuerdige Herren. Sie wissen ihre Gegner so unvermerkt und so toetlich an Ehre und guten Namen zu verwunden, daß es beynahe noch jeder bereuen mußte, sie angetastet zu haben. Dies sind die Waffen, womit sie am sichersten siegen, und welche sie am meisten gebrauchen.

Hier muß ich mich einer Buerde entladen, die mich schon so lange drueckt. Ich wette, daß zehn Akademien die Frage nicht positiv entscheiden: ob, bis itzt, in Oesterreich eine wirkliche Preßfreyheit existirt? Hie und da passirt eine Schrift, die sehr freymuethig oder – wenn man will – kuehn geschreiben ist. Oefters hingegen wird ein Aufsatz verworfen, der drey Jahre frueher nicht einmal einen Skrupel erregt haette.

Es sind schon eine Menge elende Gassenhauer und Schandschriften wider Maenner, die eine bessere Begegnung verdient haetten, unter das Volk verbreitet worden. Was hilft es, am Ende dem öffentlich beleidigten Biedermann, wenn ein unvorsichtiger Censor einen Privatverweis deswegen bekoemmt? – Das Lumpengesindel, welches sich mit dem Ausruf und Verkauf der Skarteken naehrt, will auch leben, sagt man. Gerade, als wenn man das Stehlen um deswillen unter der Hand beguenstigen wollte, damit die Schergen und Henker nicht ohne Beschaeftigung bleiben moechten.

Ueberhaupt duenkt es mir, soll die Preßfreyheit doch einen bestimmten Endzweck haben; diesen nemlich: die Vorurtheile des hohen und niedern Poebels zu vermindern, nuetzliche Wahrheiten und Lehren, welche die Aufklaerung befoerdern, zu verbreiten, politische Gebrechen des Staats zu endecken, und das Publikum durch faßliche belehrende Abhandlungen zu diesen oder jenen heilsamen Veraenderungen vorzubereiten; aber wie reimt sich diese Absicht mit der unwuerdigen Behandlung des bessern Schriftsteller, die fuer die gute Sache eifern, zusammen? – Warum wird die sogenannte Preßfreyheit so weit ausgedehnt, daß man verkappten Schurken erlaubt, Schriftsteller von bekannten Verdiensten, die in ihren Werken die vortrefflichsten Gesinnungen aeusern und dem Monarchen gleichsam in die Hand arbeiten wollen, durch bissige gallsuechtige und verleumderische Gegenschriften, die die Hauptsache keineswegs widerlegen, sondern die Personen der Verfasser antasten, zu mishandeln und zu beschimpfen? Heißt das gutdenkende und patriotisch gesinnte Maenner aufmuntern? Ist die Preßfreyheit wegen der Rechtschaffenen oder wegen der Schurken ertheilt worden? Wird der Endzweck derselben dadurch nicht eher verfehlt, als erreicht? Was liegt den Censoren mehr ob, Maenner von Genie in ihrem redlichen und heilsamen Vorhaben zu unterstuetzen, oder der Dummheit und Bosheit einen Freypaß zu geben? – –

Ist es Mangel an Einsicht und guten Willen, oder was ist es sonst, daß man in Oesterreich einerseits die Sachwalter der guten Sache so gar nicht unterstuetzt oder in Schutz nimmt, andererseits aber die Partheygeher der schlimmen Sache so aeusserst nachsichtsvoll behandelt? Wenn jene von diesen mit Koth beworfen werden, so sehen die Grossen gelassen von ihren Fenstern herab, und – lächeln ueber das schmutzige Schauspiel.

Johann Rautenstrauch

BEOBACHTUNGEN ÜBER ÖSTERREICHS LITERATUR

In einem Staate, in dem von jeher Liebe zur Lektüre herrschte, in dem man von jeher die Schriften aller aufgeklärten Nationen las, um desto gieriger las, je mehr Schwierigkeiten die Neugierde der Leser reizten, in dessen aufgeklärterem Theile von jeher Grundsätze und Meinungen keimten, die jeder denkende Kopf wohl im Stillen hegen, doch nicht öffentlich ausbrechen lassen konnte, wo Wißbegierde dem starken Damm seit langer Zeit entgegen arbeitete, und dem Durchbrechen bereits nahe war; in so einem Staate mußte auf die Wegräumung der Hindernisse, und die Erweiterung der Preßfreyheit nothwendig eine Überschwemmung von Broschüren folgen.

Die Schreiblust war nun einmal rege, und sie schien nur eine kurze Zeit, wie in einer kurzen Sturm prophezeihenden Windstille zu lavieren, als ihr der Ruf der erweiterten Preßfreyheit auf einmal in die Segel blies. Die kleine Schrift: *über die Begräbnisse,* die am ersten von dieser größeren Freyheit Gebrauch machte, war der Vorläufer, und gleichsam das Zeichen zum Angriff, das hundert Federn in Bewegung setzte. Man schrieb itzt, von allem, und über alles, man nahm den nächsten besten Gegenstand her, goß eine bald längere, bald kürzere, bald gesalzene, bald ungesalzene Brühe darüber und tischte ihn dem damals noch sehr heißhungrigen Publikum zur Mahlzeit auf. Nichts war von nun an vor der rüstigen Feder der Autoren sicher: für 10 Kreuzer konnte man jeden Gegenstand, er mochte groß oder klein seyn, durchgebeutelt lesen, und ein vollständiges Verzeichnis all der *Von* und *Über*, die damals erschienen, würde ein Gemälde von der possierlichsten Komposition geben.

Alois Blumauer

KNITTELREIME AUF DIE KNITTELAUTOREN WIENS, IM JAHRE 1781

Heil dir, o Oesterreich! Heil dir! Nun blühn
Weisheit und Kenntniß im Schoose von Wien.
Fürwahr! das goldne Jahrzehend ist da,
Wo nicht schon wirklich, doch hoffentlich nah.
Denn sieh! wie steigen die Künste empor!
Gelehrte keimen, gleich Pilzen, hervor.
Knaben, die noch auf der Schulbank sitzen,
Studenten, die noch beym *quae maribus* schwitzen,
Geben mit Schwänken und großem Gebraus
Die drolligsten Titel in Zeitungen aus.
Stolzieren daher in hochtrabendem Styl,
Und machen der Rodomontaden so viel,
Als wollten sie alle mit Kopf und Wein
In Hans Nords irdenen Krug hinein.
Das Publikum läuft mit gierigem Sinn
zu allen Verlegerbuden hin.
Man drängt sich, stößt sich, zankt sich herum,
Giebt freudiglich seine zehn Kreuzer darum,
Erhaschet sein Büchelchen, öfnet's, und liest,
Und lernt daraus – daß man betrogen ist.

GROLZHAMER

WIENER ZEITUNGEN

Die Wiener Zeitung kömmt Mittwochs und Sonnabends bey den Edlen v. Ghelenschen Erben in der Singerstraße Nro. 931 heraus. Ein solches Wiener Zeitungsblatt ist meistens ein kleines Buch. Die Zeitung selbst bestehet allemal aus einem Bogen, gewöhnlich aber ist noch ein Bogen Anhang und noch ein Bogen Nachtrag dabey; weil ungemein viel Citationen, Ankündigungen von Waaren und d.gl. den Zeitungen angehängt werden.

Außerdem ist es gewöhnlich, daß noch auf besondern Blättern

Titel von neuen Büchern und andern Sachen, die zu verkaufen, oder anzukündigen sind, jeder Zeitung beygelegt werden; so daß Ein Zeitungsblatt oft 6 oder 7 Bogen stark wird. Hierauf läßt sich erklären, warum oft von sehr mittelmäßigen Wiener Broschüren in allen deutschen Zeitungen mehr Lärmens gemacht wird, als sie verdienen. Die Herren Autoren pflegen ihre neuen Geburten in solchen beygelegten Zetteln anzukündigen, und zuweilen mit ganz seltsamer Ruhmredigkeit anzupreisen. Diese Zettel kommen mit der Wiener Zeitung in alle Welt. Besonders die Frankfurter und Hamburger politischen Zeitungsschreiber meinen das Buch möchte wichtig seyn, schreiben die Ankündigung ab, und mildern allenfalls die allzugroßen Lobeserhebungen. Sie wissen nicht, daß selbst in Wien niemand auf solche Ankündigungen etwas hält. Indessen kommt die Anpreisung auch den Zeitungsschreibern zurechte, welche nur die Frankfurter und Hamburger Zeitung ausschreiben. So lieset man oft in allen Zeitungen Deutschlands etwas von einem Büchlein, das außer Wien niemand gelesen hat, und das oft in Wien schon vergessen ist, wenn die Zeitungen in den Städten im nördlichen Deutschlande noch darüber posaunen.

Auf jedem Zeitungsblatte stehet ein Motto; meist von schlechten Versen; sonst ist die Zeitung ziemlich gut geschrieben, und besonders an Nachrichten aus östreichischen Erblanden reichhaltig.

Alle Dienstage und Freitage kömmt eine lateinische politische Zeitung unter dem Titel Ephemerides Vindobonenses in 4to heraus.

Die französische Gazette de Vienne hinwiderum erscheint in 4to Dienstags und Freitags bey Joh. Thomas E. v. Trattnern. Sie kostet jährlich zwölf Gulden. Die sogenannte Realzeitung in gr. 8 kommt alle Dienstage bey Joseph E. v. Kurzbeck heraus. Sie enthält bloß Recensionen von Büchern, besonders von solchen, die in den K. K. Erblanden gedruckt werden.

Friedrich Nicolai

TOLERANZ

Unter den vier und zwanzig Millionen Menschen der oesterreichischen Erblaender befinden sich ungefaehr

Reformirte	926.000
Lutheraner	394.000
Sozinianer*	86.000
Juden	290.000
Griechen Nichtunirte	2.916.000

Also vier Millionen, Sechsmahlhundert, Zwoelftausend Nichtkatholiken.

Noch unter Theresiens Regierung waren Ihrer schon immer ueber vier Millionen. Ein Beweis, daß die religioese Unterdrueckung eben nicht so arg war, als man im Auslande behauptete, obschon die staets herrschsuechtige Geistlichkeit der dominirenden Religion die Glieder dieser Nebensekten bey Gelegenheit fleißig quaelte, und ihnen weit ueber den Willen der Monarchinn durch laestige Zudringlichkeit, Bekehrungssucht, und andere Unannehmlichkeiten beschwerlich fiel.

Endlich erschien im J. 1781 das bekannte Toleranzedict. Ohne Zweifel bewogen den Kaiser die schoenen Grundsaetze dazu: daß man ein guter Buerger des Staats seyn koenne ohne gerade auf diesen oder jenen Ritus zu halten; daß es ungerecht sey, jemandem Ideen mit Gewalt aufdringen zu wollen, von deren Richtigkeit er sich nicht ueberzeugen kann; der der Staat sich selbst eine unverzeihliche Wunde schlage, wenn er ruhige, arbeitsame, ehrliche Unterthanen bloß deswegen unterdruecken, verjagen, oder ausschließen wolle, weil sie einige besondere kirchliche Meinungen und Gebraeuche fuer sich eigen haben.

Dieses Toleranzedikt war eigentlich fuer die deutschen Erblaender, fuer Boehmen, Maehren und Galizien am willkommensten. Hier, wo man unter der Kaiserinn Regierung etwas strenge ueber die alleinige Aufrechterhaltung des Katholizismus Wache

* Auch Unitarier, wie sie sich lieber nennen. Sie sind bloß in Siebenbuergen oeffentlich tolerirt, wo sie 1 Superintendenten und 135 Pfarrer haben.

gehalten hatte, durften sich vermoege desselben nun die schon heimlich wirklich daseyenden Protestanten oeffentlich zu ihrem Gottesdienste bekennen, und andere, die Lust dazu hatten, zu demselben uebertreten. Sie bekamen Kirchen, Schulen, und Pastoren; und die daselbst neu entstandenen Gemeinden sind gegen 60000 Koepfe stark. In Ungarn, Siebenbuergen waren sie immer in einigem Besitze ihrer Rechte und freyen Religionsuebung geblieben; aber die Intoleranz des katholischen Clerus hatte soviel bewirkt, daß man sie allmaehlig aus allen oeffentlichen Aemtern und Wuerden des Koenigreichs verdraengte. Seit dem Toleranzedikte werden sie wieder, ohne Ruecksicht auf ihr Kirchensymbol, nach der Brauchbarkeit ihrer Talente, allenthalben befoerdert. Die Ungarisch-Siebenbuergische Kanzelley in Wien, und die Statthalterey in Ofen, sind mit Reformirten und Lutherschen Vizepraesidenten, Raethen, und subalternen Beamten besetzt. Die Juden waren schon seit lange in Boehmen, Maehren, Ungarn, besonders in Galizien so haeufig, daß ihre bloße zahlreiche Existenz von der ihnen gewaehrten Duldung zeugt. Durch das Toleranzedikt wurde ihnen ihr Daseyn noch mehr gesichert, auch wurden ihnen einige neue Vortheile gewaehrt. . . . Die Nichtunirten Griechen machen nach den Katholiken die staerkste Religionsparthie. Sie haben 1 Erzbischof, 8 Bischoefe, und 5857 Popen oder Pfarrer . . .

In Wien befinden sich alle diese Religionsverwandte friedlich und ungestoert nebeneinander, und wer sich aus allen denselben ueber Intoleranz beschweren wollte, der mueßte in der That ein sehr ungenuegsamer Mensch seyn: denn, daß man den Unkatholischen gesetzmaeßig befohlen hat, bey Vorbeytragung des katholischen Venerabile entweder aus dem Wege zu weichen, oder den Hut davor abzuziehen, dieß wird wohl kein Mann, der einen Begriff von Anstand und Ordnung hat, unbillig finden.

Johann Pezzl

PLÄDOYER FÜR PUBLIZITÄT

So oft ich das Mysterioese unsrer Europaeischen Staatsregierung ueberschaue, so faellt mir der traurige Gedanke bei: wie tief, Menschheit, bist du herabgesunken, daß selbst deine Waechter, die du ernaehrst, schuetzest, fuer die du dein Blut hinopferst, wenn es ihre Sicherheit fordert, – dich, wie der Paechter sein Mastvieh, behandeln, dem izt Heu, izt Haeckerling in die Krippe geworfen wird, ohne ihm Rechenschaft zu geben warum izt Heu, warum izt Haeckerling?

Der Fuerst uebernahm die Pflicht, fuer das Beste seines Volkes zu arbeiten. Warum setzt er es nicht in den Stand, daß es einsehen koenne, ob er seiner Pflicht entspreche? Ich kann's nicht laeugnen, bei der despotischen Mine, mit der man selbst die Wohlthaten dem Lande darzureichen gewohnt ist, faellt mir die Idde von Sklavenfesseln bei, die der Unterthan tragen oder weglegen muß, ohne zu wissen oder je zu erfahren: warum?

Der Buerger hat seine Rechte, welche ihm als Mensch nie veraeußert werden koennen, oder duerfen. Das wichtigste unter diesen, ist die Kenntniß: ob ihm seine Rechte erhalten werden? Er giebt seinen Antheil zum Besten des Allgemeinen, um seine Wohlfahrth, seine Sicherheit sowohl, als die Sicherheit und die Wohlfahrth des Ganzen zu erhalten. Seine Beitraege sind Legata, die er dem Staate fuer den Staat macht; – hat er also nicht auch das Recht: Einsicht ueber die Art, wie man seine Absichten erfuellte, zu fordern? zu was also, und warum jenes Geheimnißvolle, in welches man jede Staatshandlung einzuhuellen fuer noethig findet?

Unglueckliche Politik, welche den Europaeischen Fuersten zum Asiatischen Despoten herabwuerdigt, zu dem der Unterthan nie hinzutreten darf, ihn zu fragen: Herr warum das, und nicht das? –

Unglueckliche Politik, die du von einen Extrem zum andern ueberschnellst! Die Zeiten, wo man die geheimen Kabinetskorrespondenzen – gleich bei ihrer Geburt als Stadtneuigkeiten herumtrug, und eben so schnell als solche durch ganz Europa ausposaunte, sind auf alle Faelle fehlerhaft. Man wollte die Ministerialschwazhaftigkeit vermeiden; das Siegel auf die Staatsgeheimnisse druecken,

– und man fieng an, alles zu diesen Staatsgeheimnissen zu rechnen. Vorhin verschwieg man gar nichts; izt verschweigt man alles. Eins scheint so gut seine Bloeßen zu haben wie das andre. Daß aber eins so gut, wie das andre dem Staate schaedlich ist, wer kann daran zweifeln?

Doch, was halte ich mich bei Allgemeinheiten auf? Man erlaube mir, daß ich mein Vaterland selbst vorfuehre. Wissen wir den Ertrag unsers Handels? Kennen wir die Geschaefte unsrer Kollegien? Ist das Volk ueber die Einziehung der Klostergueter gehoerig unterrichtet? Wissen wir was von dem Hauptstande unsrer Schulen? Hat man uns ueber die Nothwendigkeit der kirchlichen Reformationen, in so weit sie Dioecesanrechte Stipendien-Messen-Bruderschaftskassen betreffen, Rechenschaft gegeben? Wissen wir ueberhaupt unsre Population? Haben wir eine Berechnung ueber unsern Priesterstand nach allen seinen Uniformen und Brevieren? Ist uns eine zuverlaeßliche Staatsgeographie von unsern eignen Laendern anvertraut? Haben wir – selbst von den Summen, welche der Staat als Wohlthat – theils an Pensionen, theils an Meliorirung des Landes verwendet, einige Kenntniß? u.s.w.

Ich mag diese Fragen nicht vervielfaeltigen, da leider nicht uns allein, sondern fast alle Laender dasselbe Schicksal der Finsternis trifft, in welcher sie ohne Staatsleuchter herumirren muessen. Alles was wir ueber diese Gegenstaende wissen, sind Muthmassungen einzelner Patrioten, ohne Autoritaet. Und doch waer die authentische Kenntniß aller dieser Gegenstaende die heilsamste Aufklaerung, die sich der Staat zu seiner eigenen Bildung nur immer wuenschen koennte. – Darf ichs wagen, sie einzeln noch fluechtig zu beruehren?

Unser Kommerz – aktiv oder passiv, gleich viel – warum wird es unter die Staatsgeheimnisse mit gerechnet? Warum – da doch der Staat alle Dokumente in Haenden hat – warum wird uns nicht durch den Staat gezeigt: was bereits geleistet worden? was noch geleistet werden koennte? Warum liegen die Akten hievon, welche unser Kollegium von Motten im Archive auffressen laeßt, ohne allen Nutzen fuer das Volk mueßig und unthaetig da? warum werden sie dem Auge des Forschers entzogen, nicht anders, als waeren sie

Geheimnisse, die Niemand als der Monarch, seine Minister, und die Referendaere studiren duerfen?

Die Geschaefte unsrer Kollegien – warum werden diese durchaus als Staatsgeheimnisse betrachtet? Muß man sich nicht wundern, daß fast in keinem Lande Europens fuer kein einziges Kollegium ein festgeseztes Reglement zum allgemeinen Gebrauche aller Subalternen existirt? Ist's denn Staatsverraetherei, wenn man die Manipulation derselben kennen lernt? Ists nicht vielmehr wesentlicher Schade fuer den Staat, daß der Subaltern der untern Klasse nicht wissen darf, was der Subaltern der obern Klasse desselben Departements fuer Verpflichtungen habe? Es liegt doch dem Staate daran, geschickte Arbeiter zu haben. Und dennoch erschwert man dem Fleißigsten die Kenntniß der Manipulation seines Standes. Es ist unmoeglich, daß der Subaltern schnell, und richtig arbeiten koenne, wenn er nicht das ganze System seines Departements zu uebersehen im Stande ist. Der Kanzellist soll eben so gut wissen: was die Pflicht des Konzipisten, Protokollisten, Referendaers, Hofraths u.s.w. ist, als er seine eigne weiß; wenigstens soll es ihm nicht geflissentlich erschwert werden, diese Kenntniß zu erlangen. Aber so, geizt er nach besserer Brauchbarmachung seiner Talente, wo hat er Quellen, Huelfsmittel? Er muß im eigentlichsten Verstande jede Bereicherung der hoehern Kenntniß seiner Manipulation durch vieljaehrigen Mechanismum abstehlen. Ich verdenke es keinem, wenn ihn die Hindernisse, welche sich ihm entgegenstellen, abschrecken, sich vorzubereiten zu wichtigeren Geschaeften. Er bleibt bei seinem Schlendrian, rueckt von einem Posten zum andern, ohne den neuen – zu geschweigen, die nachfolgenden zu kennen. Und die Folgen? Der Staat hat Maschinen statt Denker in seinem Dienste; Maschinen, die seine mysterioese Behandlung selbst zieht. Die Kenntniß der Geschaefte im Umfange wird aeußerst selten einem Individuum noch zu der Zeit zu Theile, wo er Genie, und Talent besaeße, ueber die Auswuechse dieser oder jener Manipulation nachzudenken, Verbesserungen vorzuschlagen, und dem Staate zu nuetzen. Bis der Praktikant sich zum Referendaer hinaufschwingt, ist er des Schlendrians gewohnt; und weil sein Auge in den Jahren seiner Thatkraft nicht uebersehen, nicht beurtheilen konnte, – glaubt er nicht einmal izt mehr, daß es Schlendrian ist. – Glaubt man denn, daß es ein Verbrechen sey, wenn der Kanzellist die Obliegenheiten des Hofraths kenne? Zu wuenschen waer es, daß alle Staatsbediente ihre Geschaefte vom kleinsten bis zum groeßten in Uebersicht nehmen koennten. Nur der ein ganzes System uebersieht, wird zum Nutzen des Systems sich verwenden koennen. Außer der richtigeren Bildung der bereits angestellten Beamten durch ein bekanntes Reglement seines Departements wuerde der Staat noch den zweiten wichtigen Vortheil ziehen, daß junge, angehende Genies, die sich dem Dienste des Vaterlandes widmen wollen, ihre Kraefte und Tauglichkeit zu diesem oder jenem Geschaefte befuehlen, ja so gar – vorbereiten, brauchbar machen koennten. Weiß der Juengling, der sich dem Staate widmet, welche Kenntnisse und welche Pflichten ihm in jedem Kollegium noethig sind, so arbeitet er vor, sammelt sich diese Kenntnisse, und tritt wenigstens als gebildeter Theoretiker in das Kollegium ein. – Aber freilich mueßte dann das Reglement nicht blos enthalten: um welche Stunde die Individuen in der Kanzelei Morgens zusammen schwellen mueßen, – nicht blos die verschiedenen Rangordnungen des Departements, nicht blos die Nummern der Protokolle, nicht blos die Weisung enthalten, bei wem man sich zu melden habe, wenn man unter dem Vorwande von Kopfweh oder Nervenschwaeche – einige Tage Vakanz suchen will u.s.w. – eine ins Detail gehende Schilderung des ganzen Systems mueßte es vor Augen legen, wem es was nuetzen soll. Man wende nicht ein, daß man diese Ausbildung von jedem voraussezt. Praemissen sind nirgends gefaehrlicher, als bei Staatsdienern. Man spannt die Forderung zu hoch, wenn man jedes aufzunehmende Individuum als Universalgenie betrachten will. Universalgenie und Universalpillen sind sicherlich Quacksalbereien!

Von den Klosterguetern weiß man eigentlich nichts, als – daß ihre vorigen Bewohner ihre Pensionen ziehen, und die Gebaeude versteigert werden. Man haelt ueber den Ertrag derselben so festes Stillschweigen, daß es den Patrioten schmerzen muß, wenn er den Tadlern, die alles nach ihrem boesen Herzen beschielen, und Gott weiß, was fuer Fuerstenwucher daraus herleiten, mit keiner Authenticitaet ihre Persiflage erweisen kann.

Mit unseren Schulen verhaelt es sich ebenso. Und es scheint mir ein Beweis von Vergessenheit auf das Volk zu seyn, daß man sogar hierueber vom Staate keinen Aufschluß hat. Die Erziehung ist der Gegenstand unsrer Regierung, und ihres Saekels. Unsre Schulen sind Wohlthaten des Staats, die er uns und unsern Kindern erzeigt. Und doch soll es ein Geheimniß seyn, wie viel dem Staate diese Wohlthat kostet? Unsre Universitaeten, Gymnasien, Lycaeen, und die unuebersehbare Anzahl der Normalschulen und ihrer Lehrer, was kosten sie? was haben sie vom Staat fuer einen Fond angewiesen? wie viel Lehrer werden besoldet? – Ich haette gedacht, wenn auch der Staat dort, wo er einkassirt, geheimnißvoll seyn will, daß er es doch nicht dort seyn soll, wo er der Wohlthaeter des Volks ist? – Oder verdient die Nation, die ihren Fuersten gern lieben moechte, so wenig Achtung, daß man sie nicht einmal auf die Wohlthaten aufmerksam zu machen, werth haelt, die man ihr zufließen laeßt? – Wenns so ist, so gesteh ich, daß alle Publicitaet eine Chimaere sey.

Ich glaube nicht, daß unsre Fuersten aus Demuth die Population ihres Staats unter die Staatsgeheimnisse mit zaehlen, da sie sich durch ihren lieben Vetter seligen Andenkens – Koenig David nicht abschrecken ließen, ihre Voelker zu zaehlen. Indeß sollte es wirklich so gefaehrlich seyn, die Volksmenge auch dem Volke wissen zu lassen? Ich mag darueber nicht weiter glossiren, weil man die Volksmenge vielleicht als den einzigen Stock unsrer Armeen ansieht. Allein ich frage nur, zieht wohl der Fuerst mehr Soldaten von der Nation, wenn die Nation die Zahl ihrer Glieder nicht kennt? Und wuerde eine summarische Berechnung unsres Volks, so wie sie Provinzenweise in Haupttabellen, vom Kinde unter einem Jahre bis zum Mastvieh, eingereicht wird – nicht den Beobachter in den Stand setzen, allerlei fuer den Staat nuetzliche Bemerkungen und Aufschluesse geben zu koennen?

Der Fuerst erfuellt seine Staatspflichten nicht zu seinem Zeitvertreibe. Die Wohlthaten, die er erzeigt, sind nicht Wohlthaten, die er seinerwegen erzeigen darf; – er ist sie dem Volke schuldig, so lang sie auf Rechnung des Volkes bestritten werden. Er ist also verpflichtet sie auch seinem Volke wissen zu lassen; und um so mehr darzu verpflichtet, da er am noethigsten hat, jeder verlaeumdung vorzubeugen. Nicht also, um sich bei Hererzaehlung der dem Staate erzeigten Wohlthaten in die Brust zu werfen, sondern um dem Volke einen Beweis zu geben, daß es seine Schaetze keinem Unwuerdigen anvertraut habe, sollte jede wohltaethige Verfuegung des Fuersten dem Volke bekannt gemacht werden. Sieht das Volk, daß der Fuerst mehr auf seine Buerger, als auf seine Jagdhunde verwendet, so liebt es ihn; – wo es ihn hingegen misdeutet, meistens im gelben Kolorite beschielt, wenn er ihrer Wißbegierde in diesem Punkte, die des Herzens der Buerger so wuerdig ist, nicht zuvorkoemmt.

Wohlthaten, die unser Fuerst unsrer Nation erzeigt? werden manche mit spoettischer Miene fragen. Und ich kann darauf kaum eine Antwort finden, ohne den Fuersten zu bitten, doch die verzerrten grisgrammigen Gesichter der politischen Staatsmaulwuerfe anzusehen, die von Familie zu Familie herumschleichen, und die Herzen ihrer Nebenbuerger wider ihn aufzuhetzen wissen; – und die Augenverdrehung der schwarzen Legion zu beherzigen, so oft von der Guete seines Herzens, und von der Wohlthaetigkeit seiner Absichten die Rede ist; so wie ich wuenschte, ihn durch die Reihen der Buerger in jenen Augenblicken herumzufuehren, wenn irgend ein Bonze, oder nichtswuerdiger Mandarin seine Antijosephinische Kontroverspredigt beginnt; und auf die innige Freude aufmerksam zu machen, die jedes Wort des Laesterers begleitet; – und dann, guter Genius, fluestre es ihm zu, das sind die Wirkungen der zur Unzeit angewandten Staatsmystik!

Nein, Fuerst, deine Ehre, deine Groeße allein ist es nicht, die mir diesen Wunsch abnoethiget; auch nicht die Kraenkung, daß dich Millionen nicht so lieben, als sie wohl Dankbarkeit verbaende. Das Glueck der Nation ist es, weswegen ich den Mangel der Publicitaet in unsern Staatsgeschaeften bedaure. Du bist es diesem Gluecke deines Volkes schuldig, oeffentlich Rechenschaft von allen deinen guten Handlungen abzulegen; nicht aus Eitelkeit, nicht aus Stolz, – sondern darum, damit das Zutrauen des Volks in deine Regierung nicht verschwinde; nicht untergraben werde; damit es dich lieben lerne, und indem es dich liebt, auch das Gute liebt, welches du ihm pflanzest.

Ungluecksfaelle, Wasserschaeden, Beduerfnisse einzelner Provinzen, wie oft fordern sie den Staat zur Unterstuetzung auf! Und wissen wir was davon? Wie viele Summen werden zur Erleichterung des Erwerbes, wie viele Summen zur Verbesserung der Provinzen, ihres Nahrungszustandes, ihres Kommerzes, verwendet! Und wissen wir was davon? Wir muessen im Nebel herumtaumeln, ohne zu wissen, was mitten unter uns und neben uns geschieht. Bedenkt doch, Fuersten, daß ihr keine Goetter seyd, die die Sonne scheinen lassen, oder nicht, ohne dem Menschengeschlechte die Ursache aufzudecken, warum sie es thun! Bedenkt, daß ihr der Liebe, des Zutrauens eurer Voelker beduerft, wenn ihr ihre wahren Wohlthaeter seyn wollt. – Also warum verheimlichet ihr sogar eure guten Handlungen, die euch beides erwerben koennen? Und warum, ihr Freunde des Fuersten, warum eifert ihr nicht fuer die Aufrechterhaltung der Ehre desselben? warum laßt ihr euch durch die falsche Politik, alles ins Dunkel zu vergraben, irre leiten, und erkennet den Schaden nicht, den diese Politik dem Staate zufuegt?

Mit Vergnuegen lesen wir in den Staatsreden des Preußischen Ministers von Herzberg, die Wohlthaten, die aus der Chatulle Friedrichs II. seinen Voelkern zustroemen; und wir schaemen uns, daß wir dasselbe nicht von Joseph II. erweisen koennen, ohnungeachtet er zuverlaessig mehr thut.

Die Publicitaet der innern Staatsgeschaefte ist also eine der nothwendigsten Anstalten, die der Staat nie aus den Augen lassen sollte. Diese Publicitaet, wenn sie zweckmaeßig, und mit Einsicht, und Wahl beobachtet wird, – befoerdert die Nationalaufklaerung ungleich mehr, als alle unsre Donquischotiaden, und Ritterzuege wider alle Kaputzen, Pontifexen, und ihre Augurn. Das Volk bedarf weiter nichts, als die Nothwendigkeit dieser oder jener Reforme einzusehen, und es segnet die Hand, die sie bewirkt.

Johann Friedel

IN EINEM REICHE, DAS ICH REGIERE

In einem Reiche, das ich regiere, muß, nach meinem Grundsaetzen beherrscht, Vorurtheil, Fanatismus, Parteilichkeit und Sklaverei unterdrückt und jeder meiner Unterthanen in den Genuß seiner angebornen Freiheiten eingesetzt werden.

Joseph II.

3

Spaziergang der Verliebten

DER AUGARTEN

Daß ja kein haemischer Notenmacher (wenn diese Bemerkungen jemals gedruckt werden sollten) mich beschuldige, als haette ich den Besuch des unvergleichlichen Augartens unter die Schwachheiten der Wiener rechnen wollen! Ich wuerde ihn als einen Kalumnianten behandeln! Gerade umgekehrt! Ich haette Lust, es eine sehr grosse Schwachheit der Wiener zu nennen, daß er nicht so haeufig und nicht so anhaltend besucht wird, als er verdient.

Es laeßt sich keine reinere Ergoetzung denken, als im Fruehling, Sommer und zu Anfang des Herbstes bey Sonnenaufgang in diesem, allen Menschen von ihrem Schätzer gewidmeten Lustorte, zu fruehstuecken. Die nahe Stadt mit ihren Thuermen und Pallaesten, rueckwaerts, zur Linken die Kette von Gebirgen, an deren Fuß manigfaltig Doerfer und Schloesser zwischen fetten Weingaerten dem Landschaftsmaler die herrlichsten Gegenstaende zur Uebung oder Verewigung seines Pinsels darbieten; vorwaerts der durchgehauene Wald mit einer unuebersehbaren Aussicht, dreyfach von der Donau durchstroemt; rechts die laendlichen Gebaeude, welche zu Josephs Ergoezung und Aufenthalt im Sommer dienen; die anmuthigen dichtbelaubten Alleen, in denen aus den nahen Gebueschen tausend rege Saenger der Luft ihr unnachahmliches Konzert anstimmen; der erquickende Geruch so vieler Blumen, Bluethen, und Kraeuter – alles dieß sollte die Bewohner Wiens veranlassen, diesen in jedem Verstande kaiserlichen Garten zehnfach mehr zu besuchen, als wirklich geschieht.

Zwar, im Monat May ist der Besuch dieses lieblichen Hains sehr zahlreich; aber im Juny und July nimmt er, wenigstens am Morgen, merklich ab, und in den spaeteren Monaten findet man ihn oefters ganz – leer.

„Da haette man viel zu thun, wenn man immer des Morgens so zeitig aufstehen mueßte", sagen sie, und bleiben liegen bis neun Uhr; dann sehen sie gaehnend zum Fenster hinaus und murmeln: es wird heute ein huebscher Tag werden, indeß sie schon den dritten Theil verschlaffen hatten.

Johann Rautenstrauch

ICH WÄHLTE GLEICH BÄUME

Von allem, was ich unternehme, will ich auch gleich die Wirkung empfinden. Als ich den Prater und Augarten zurichten ließ, nahm ich keine jungen Sprossen, die erst der Nachwelt dienen mögen, nein, ich wählte gleich Bäume, unter deren Schatten ich und mein Mitmensch Vergnügen und Vortheil finden können.

Joseph

LIMONADE-HÜTTEN

Sie sind eine Erfindung der neueren Zeit, wo sich Geschmack und Gewinnsucht immer mehr bestreben, die Vergnuegungen der großen Hauptstaedte zu vervielfaeltigen und zu verfeinern.

Die sogenannten Limonadehuetten sind Zelten auf offenen Plaetzen, welche in den Sommermonathen aufgeschlagen werden, und wo man das Publicum mit Limonade, Mandelmilch, Gefrornem aller Gattungen bedient. Sie stehen auf dem Neumarkt, Graben und Hof in der Stadt; auf der Bastey, der kaiserlichen Burg gegenueber, neben dem Kaernterthore, und neben dem Hause des Feldmarschalls Pelegrini. Rings um diese Zelte steht eine Menge von Stuehlen. Die schoene Welt koemmt in den warmen Sommernaechten schwarmweise zu diesen Erfrischungsplaetzen. Man setzt sich in der trauten Daemmerung zusammen, schluerft seinen Becher Gefrornes, scherzt, lacht, taendelt, liebelt, und ruht von der Hitze des Tages, von der Last der Geschaefte: oder von Ermuedungen angenehmerer Art aus.

Das Glas Limonade kostet 7 Kreuzer, das Glas Mandelmilch 10, der Becher Gefrornes zwischen 12 und 30 Kreuzer. Die Gattungen dieser Letztern Erfrischung sind sehr manigfaltig; man macht es aus Pomeranzen, Limonien, Weichseln, Erdbeeren, Ribiseln, Pfirschen, Ananas, Mandeln, aus Vanille, Schokolade etc.

Es ist in der Hitze sehr angenehm zu geniessen, aber man muß es nicht unmaeßig nehmen, wenn man sich nicht heftige, auch wohl toedliche Koliken dadurch zuziehen will.

Seit einigen Jahren erhoehen die Unternehmer der Limonadehuetten diese Vergnuegungen noch dadurch, daß sie harmonische Musiken dabey geben. Man muß gestehen, eine solche Scene ist eine der entzueckendsten aus allen, die unser gesellschaftliches Leben versueßen. Das laue Saeuseln des buhlerischen Sommernacht-Lueftchens rings umher; von oben das sanfte Licht des Mondes, der durch duenne Silberwolken schimmert; einige hundert Menschen im trauten Gefluester, zwanglos, in nachlaeßiger Sommerkleidung; dazu die melodischen Toene schmeichelnder Instrumente – – Das mueßte ein stumpfer Halbmensch seyn, dessen Herz in solchen Augenblicken nicht freudig pochte. Wenn das Wetter vollkommen guenstig ist, dauern diese Lustversammlungen bis gegen Mitternacht.

Johann Pezzl

SPAZIERGANG DER VERLIEBTEN

Fuer Leute, die den Staub nicht vertragen koennen, oder kein Geld im Beutel haben, ist die Bastei ein sehr angenehmer Ort, so wie mir die Gratis-Feuerwerksliebhaber auf der Mauthbruecke wie jene Gassenbuben vorkommen, die bei den Markthuetten durch die Rizzen sehen.

Wohin sollte wohl mancher junge Laffe seine Dulzinea fuehren, der so oft die unrechten Hosen an hat, in denen kein Heller ausser dem Hausmeister-Groschen vorraethig ist? Welchen Schmerz mueßte ihm nicht das Anruffen der Miethkutscher, „Fahren wir?“ ja selbst die dienstfertigen Laternbuben machen, wenn er es wagte, seine Geliebte vor das Thor zu fuehren? Auf die Bastei also, ihr armen Narren! hier athmet man Gottes freie Luft unentgeltlich ein, und ueberfaellt euch der Sturm und der Regen, so giebt es da wohl ein Plaetzchen, wo man unterstehen kann?

O du im Sommer und Winter gewaehlter Spaziergang der Verliebten! Heilige, reine, runde, keusche Bastei! Wie so manche Liebhaberinn hat nicht schon im heissen, sehnlichem Sommerverlangen, fruchtlos harrend, wie eine – geschwitzt; und wie viele Liebhaber sind auf dir zu Schneemandeln geworden? Wie so traulich wandeln auf dir Mondsuechtige Seelen, und horchen bald der lieblichen Harfe, der Floete, dem Gesange und den woechentlichen Akademien! Wie viel Unterhaltung, beutst du nicht auch oefters in den vormittaeglichen Stunden der neugierigen Menge, die dich mit Fuessen tritt, deinen Schnee und das werdende Gras zerstampft um die Tragoedien des Rabensteines mit Perspektiven zu begaffen, oder Abends die steigenden Raketen mit einem lauten Ah! bewundern zu koennen.

Schweige, du mein schwacher Gesang, und du Sterblicher! wage es nicht, ihr Angenehmes zu ruehmen! Uiberlaß es der feurigen Liebe und dem, der weiß zu achten den Werth eines Dinges, ihre Verdienste zu singen! Hieher wage kein Satyr seinen Bocksfuß, wo noch der Liebenden Fußtritte gluehen, und selbst der Schnee ob den zurueckgelassenen Flammen zerschmilzt!

Du dreymal gepriesener Ort, besonders du Anhoehe zwischen dem Hazfeldischen Hause, und dem Thore von Kaernten! Ihr wisset die Schritte der Liebe, ihr Aechzen und ihrer Entzueckungen Groeße! Ihr wißt zu tragen die Hitze des Sommers und des Winters schneidende Kaelte, ihr wißt mit Vorsicht die Liebe zu bergen.

Schweige du Leier! und halte das Maul unbaertiger Knabe, das Angenehme des Ortes zu singen, denn ein Satyr entehret das Beste.

JOACHIM PERINET

DER PRATER

Der Name dieses Lustwaldes kommt vermuthlich von dem spanischen *Prado,* aus dem der Wienerische Poebel seinen Prater machte, und durch seine Stimmen-Mehrheit bewirkte, daß ihm auch die große und die gelehrte Welt in dieser Benennung folgte.

Dieser Lustwald, der von Hirschen, Fasanen und Wildschweinen bewohnt ist, dient bekanntlich den Wienern zu ihrem allbeliebten Belustigungsplatz. Man koemmt durch die mit einer Kastanienallee besetzte Vorstadt Jaegerzeil auf einen großen, freyen Halbzirkel: von diesem fuehren fuenf Alleen in den Freudenhain. In dem mittleren Raum finden sich eine Menge Wirtshaeuser, Sommerhaeuser, Tische, Kegelbahnen, Karussel, und andere zur Leibesbewegung dienende Spiele.

„Was ist heute Nachmittag zu machen?“ fragt der Handwerksmann Sonntags nach der Kirche seine Haelfte: Wir gehen halt in den Prater, versetzt diese, und der ganze Haufe seiner Kinder stimmt aus vollem Halse mit ein. Diese bey der ganzen buergerlichen Classe gleichgestimmte Neigung fuer den Prater, fuellt ihn an Feyertagen mit einer ungeheuren Menge Menschen, und stellt von allen Seiten einen auffallend mahlerischen Anblick dar. In den Hauptalleen das Rollen einiger hundert ab- und zufahrender Kutschen; unter den Baeumen Tische, mit Gefluegel und Weinflaschen bedeckt, dazwischen Spiele, Musiken, das Jubeln der Kinder, das Gesause von Scherz und Lachen der Volksmenge; allenthalben buntes Gewuehl einiger tausend Menschen, die theils im Schatten lustwandeln, theils am Zechtisch schmausen, theils sich ins Gruene gelagert haben, theils in groeßeren Entfernungen, Arm in Arm geschlungen, durch die Gebuesche schweben, und der Freundschaft oder Liebe opfern . . . Dieß ist das Bild des Praters an festlichen Tagen. An gewoehnlichen Wochentagen ist er natuerlicherweise weniger bevoelkert, aber man trifft doch immer, frueh und spaet einige Gesellschaft an.

Neben der Mittelallee links ist der Feuerwerksplatz. Das große Gerueste zu diesem Schauspiel bleibt das ganze Jahr stehen. Herr Stuwer, aus Ingolstadt in Baiern, ward nach verschiedenen Schicksalen zum Feuerwerker. Man muß gestehen, daß er seiner Kunst Ehre macht. Die Feuerwerkstage sind die schönsten Tage des Praters. Der Eintritt kostet 20 Kreuzer; dieß macht, daß bey diesem Schauspiel der geringe Poebel wegbleibt, und dann nur das bessere Publicum erscheint. Gegen fuenf Uhr Abends faengt der Zug dahin an. Alle Eingaenge sind mit Cuirassiers besetzt, die mit blankem Saebel Ordnung halten. Man macht erst eine kleine Spazierfahrt im Walde, oder bestellt sich nach Wienersitte eine Jausen unter den Baeumen. – Die Daemmerung beginnt, eine Kanone kracht! dieß ist das erste Signal. Die entferntesten Spaziergaenger naehern sich; wer bey Tische sitzt, fraegt um seine Zeche, und bereitet sich, dem Schauplatz nahe zu kommen. Eine halbe Stunde verfliegt: ein neuer Kanonenknall, und eine himmelansteigende Rakete rufen die Zerstreuten zum Mittelpunct. Nun stroemmt alles herzu. Die Damen besteigen das dem Gerueste gegenueber stehende Amphitheater; die Kavaliers stehen ihnen zu Seite. Der groeßte Haufe von Zusehern stellt sich auf den ebenen Rasen zwischen beyden Geruesten. Indessen ist es Nacht geworden. Noch ein dritter Donnerschlag, und nun faehrt eine Raketenreihe pfeifend in die Luft, und macht dem Schauspiel den Anfang. Es dauert gewoehnlich drey Viertel Stunden: die Erde zittert; der Wald widerhallt vom betaeubenden Donnergeknalle; es erscheinen Staedte, Pallaeste, Festungen, Gaerten, Tempel, Brunnen alles im abwechselndem vielfaerbigen Feuer, welches die ganze Gegend herum erleuchtet daß man dabey lesen koennte. Den Schluß macht allerdings eine schreckliche Kanonade, wie sie einst von Kollins Hoehen herunter gedonnert haben mag. Wenn die Witterung gut ist, nimmt Herr Stuwer gewoehnlich 5 bis 6000 Gulden ein.

Am suedoestlichen Ende des Praters, dicht an einem Arm der Donau, liegt das Lusthaus, ein runder, ganz frey stehender Pavillon, mit drey von aussen rings herum laufenden Gallerien, von denen man eine artige Aussicht genießt. Dieses Lusthaus ist das ganze Jahr zum Vergnuegen des Publicums offen. Man wird mit Erfrischungen bedient, und hat von allen Seiten angenehme Spaziergaenge herum. Die vom Anfange des Praters bis dahin nach der Schnur angelegte Allee ist genau dritthalbtausend Klafter lang. In den schoenen

Sommertagen, vorzueglich aber im Fruehling, ehe der Adel Wiens noch auf seine Landgueter gewandert ist, wird dieses Lusthaus sehr haeufig besucht; der ganze Weg dahin ist mit Menschen, Pferden und Kutschen bedeckt. Um den leidigen Staub zu daempfen, der sich zu Wien in alles mengt, hat man im vorigen Jahre an dieser langen Allee Brunnen angelegt, aus welchen die zum Gassenkehren verurtheilten Arrestanten Wasser schoepfen, und damit den Weg begiessen.

Es ist ein Schauspiel von besonderer Art, wenn man sich an einem schoenen Sonntag in ein Kaffeehaus an der Leopoldsbruecke setzt, und von dort aus der Menschenkinder treiben, jagen und rennen nach Vergnuegen beobachtet. Wenn es Abend wird, so rueckt aus dem Prater gewoehnlich ein Zug von Kutschen an, dergleichen man wohl an wenig Orten sehen wird. Dritthalb Stunden lang oft ueber zwoelfhundert Waegen, einer dicht hinter dem andern, im sachten Schritt ueber die Bruecke herein.

Die Jesuiten, welche sich allenthalben so angenehm und gut zu nisten wußten, schwatzten einem jener bekannten frommen Kaiser auch den Prater ab. Man nahm ihnen aber den Hain in der Folge wieder ab, der unter Carl VI. und Franz bloß dem Hof und dem Adel zur Spazierfahrt diente, von dem jetzigen Kaiser aber allem Volke offen gegeben ward.

Johann Pezzl

GEHN WIR IM PRATER

Grechtelts enk, grechtelts enk,
Wir gehn im Prater.
Itzt lass nach, itzt lass nach,
i lass mi nöt stimma.
Ei beileib, ei ja wohl,
mi bringst nöt aussi.
Was blauscht der?
Itzt halt's Maul
i gieb d'r a Tetschn.

Gehn wir im Prater,
gehn wir in d' Hetz,
gehn wir zum Kasperl.
Der Kasperl ist krank,
der Bär ist verreckt,
was thät ma in der Hetz draust?
Im Prater giebt's Gelsen
und Haufen voll Dreck.

Wolfgang Amadeus Mozart

VORMALS WURDEN SCHWEINE UND HIRSCHE DARIN GEMÄSTET

Heute muessen sie sich's schon gefallen lassen, mit mir in den Prater zu spazieren. – Wer die ungekuenstelte Natur liebt, findet hier seine Letze, und wieder ungleich besser, als in Ihrem Thiergarten. Wollen Sie Meilen lange Aussichten durch breite Alleen, oder ausgehauene Bahnen, – Sie finden sie hier; – wollen Sie kleines Buschwerk, oder von alten ehrwuerdigen Baeumen strotzende Waldung, Einsamkeit, oder Gewuehl, Voegelgesang oder Menschengeschrey, Wasserwellen, oder schaeumende Weinbecher – alles koennen Sie sich hier und in unendlichen Abwechslungen nach Ihrem Geschmacke waehlen. Ein Theil des Praters gleicht einer Stadt, die in einem Garten hingestreut ist, so viele schoene, mittelmaeßige und schlechte Buden und Sommerhaeuser giebt es hier. Fast jeder Wirth hat hier auch seine Schenke, sein Lusthaus, seine Kegelbahn, seine Ringelspiele, Taubenschiessen, Schaukeln, Billiarde, Tanzsaele und Kuechen. Und die Wirthe in Wien sind zahlreich. Wenn man in dieser Gegend des Praters herumwandelt, so deucht es einem, in Arkadien zu schweben. Gruener Rasen, auf dem man zwischen hohen alten, verschiedentlich gruppirten Baeumen hin und her schlendert; in dem immer fortdauernden Schatten der Baeume eine unzaehlige Menge von Leuten, die Theils an Tischen oder in kleinen Sallons sich vollzechen, und guter Dinge sind; oder Arm in Arm geschlungen mit ihrem Freunde, oder ihrer Trauten lustwandeln, – die immerwaehrende Abwechslung der Gegenstaende, izt Plaetze, voll vom Gewuehl der Menschen, izt wieder Wiesen, izt wieder Menschengewuehl, und so fort, – alles zusammen macht den Prater fuer den, der die kunstlose Natur in ihren verschiedenen Szenen liebt, zum angenehmsten Ort. –

Wahr ist es, wenige wissen den Prater zu geniessen. Selten werden sie ausser den Graenzen, worinn die vielen Kuechen und Keller sind, Menschen antreffen. Wie es nun ist! Der Wiener legt in keinem Falle die vaeterliche Liebe fuer seinen Schmerbauch ab; also auch hier. Er ist aus der Stadt in den Prater gewatschelt, es ist also billig, daß er bey der ersten der besten seiner Lieblingskuechen Halt macht, und seine erschoepften Kraefte wieder zu ersetzen sucht. –

Vor einigen Jahren – in der Zeit nemlich, da die Keuschheitskommißion ihre Inquisitionsrechte noch im vollen Ansehen ausueben durfte, waren jene abgelegenen Buschgegenden von Militaer- und Polizeypatroullen scharf bewacht, damit ja nicht in irgendeinem Winkel Zeus der Aphrodite den Guertel loesen moechte. Man sagt, daß eben durch diese Patroullen die Luesternen auf die Gelegenheit aufmerksam geworden sind. Verschiedene Amadis und Don Quixotts, die theils ihrer Dulcinea, theils ihrem Schmetterling nachspuehrten, seyen Mitten aus dem Gefechte irgend eines bestandenen Abentheuers aufgehoben, und zur nahmhaften Geldstrafe verurtheilt worden. Izt sind diese Keuschheitsfanatiker unnoethig. Es war ungerecht, dem Naescher anlockende Gelegenheiten so zu sagen, hinzupflanzen, und, wenn er ihrer genoß, ihn sodann zu strafen. Der Gesetzgeber muß nicht wie eine Spinne im Hinterhalte auf den Verbrecher lauschen, und wenn er strauchelt, ihn vor den Richterstuhl fordern. Das Gesetz muß so viel als moeglich die Bahne ebnen, daß der Schwaechling nicht strauchle. Und so macht' es auch der Kaiser. Es war ihm wenig damit gedient, daß dieser Ort, der blos zum Vergnuegen dienen sollte, eine Mausefalle wuerde, worinn sich jeder, der da Fett wittert, fangen koennte. Es lag ihm mehr daran, die Gelegenheit selbst aus dem Wege zu raeumen. Er ließ daher alle jene – ohngeachtet des Verbotes so oft zum paphischen Tempe umgeschaffene Lusthayne – durchhauen, Fußsteige und Fahrwege durchziehen, und so – da jedermann darinn herum wandeln darf,

– alle die Verborgenheit, welche sonst anlockte, zernichten. Er erhielt dadurch zween Vortheile zugleich. Er verhuetete, daß seine Buerger nicht mehr von den Keuschheitswaechtern wie die Fliege von der Spinne in ihrem Netze gehascht wurden; und verschaffte zugleich dem Ganzen einen Reitz mehr, indem durch diese angelegten Wege sich die schoensten, die unerwartetsten Aussichten in die Ferne dem Auge oefnen. –

Freylich gibt es viele, denen diese Auslichtung des Praters nicht gefaellt. Aber das sind auch nur Herren und Damen, die des Tages Licht bey ihren Unterhaltungen scheuen; oder keinen Sinn fuer das Große, Weitaussehende haben. Wer kann allen Narrenkappen Recht thun? –

Unsre Feuerwerke, deren wir zwey im Prater haben, sind ein Vorzug dieses Orts, der ihn vor allen uebrigen aehnlichen auszeichnet. – Wenn man bedenkt, daß diese Feuerwerke oeffentliche Spektakel fuers Publicum sind, und wenn man ihre Reichhaltigkeit, ihre Abwechslungen, ihre Kunstprodukte dann blos als Werke einzelner Unternehmer betrachtet, so muß man gestehen, daß wir ganz allein diese Spektakel besitzen. Es ist nicht moeglich, schoenere aus diesem Gesichtspunkte zu geben. Verstehn Sie mich wohl, Freund. Ich rede von unserm Feuerwerke, wie von unserm Schauspiele. Wenn Fuersten bey Feyerlichkeiten Lustfeuer abbrennen lassen, so zweifle ich gar nicht, daß diese Feuer praechtiger, und kostbarer seyn koennen und auch wirklich sind. Aber – als bestimmtes woechentliches Schauspiel betrachtet, – existirt nirgends ein Amphitheater, auf welchem schoenere Feuer abgebrannt wuerden.

Diese Lustfeuer werden stark besucht. Auch ist es eine mit sehr vielen Nebenvergnuegungen vermischte Unterhaltung. Am schoenen Sommertage so im Gruenen seine Mahlzeit unter schattigen Baeumen und der Tafelmusik tausend froehlicher Voegel einzunehmen; dann Gottes herrliche freye Luft auf all' den abwechselnden Spaziergaengen einzuathmen; endlich den Schwall von Menschen, der wie eine Fluth aus der Stadt gegen den Abend in Kutschen, zu Pferde und zu Fuße sich hier zusammendraengt, zu ueberschauen – schon dies lohnt die kleine Auslage, die fuer das Feuerwerk beym Eingange im Prater bezahlt wird, reichlich. Sie koennen sich keinen

Begriff davon machen, Freund, wenn Sie es nicht selbst mit ansehn, wie die Tausende, die sich oft zusammen sammeln, jedes nach seinen eignen Planen und Absichten da herumtrippelt und herumschlendert. Sie treffen zuverlaeßig die ganze junge schoene Welt an, die sich zum Kaufe herumtraegt. Da sollten Sie das Wittern der Spuerhunde, das Aportiren der frisirten Budelchen, das Zusammenketten aufgejagter Fuechse und Fuechsinnen, das Herzen und das Vorempfinden darauf folgender Priapsgefechte, und all' den Wirrwarr bemerken, und Sie mueßten lachen, wenn Sie auch zehnmal Heraklits Thraenengefuehl besaeßen. –

Der Prater ist, wegen der vielen abwechselnden Scenen, woran sich die verschiedenen Launen der Menschen innigst ergoetzen koennen, ein Ort, dessen Genuß wir lediglich der Menschenliebe des Kaisers zu danken haben. Vormals wurden Schweine und Hirsche darinn gemaestet und fast Niemand durft' dieses Lustwaldes genießen. Joseph oeffnete ihn Trotz all' der Gegenminen seiner Hofleute – seinem ganzen Volke. Einige seiner Vertrauten stellten ihm vor, daß es fuer den Adel sehr unschicklich seyn wuerde, so unter dem Troße von gemeinen Leute herum wandeln zu muessen. – „Was schadets" antwortete Joseph, – „auch diese Leute sind Menschen, und gute Menschen. Wenn jeder nur mit seines Gleichen umgehn wollte, mueßt ich mich in die Gruft bey den Kapuzinern zu den Leichen meiner Voraeltern einschliessen." – Eine andre Parthey eroeffnete ihm, daß durch die Menge der Menschen das Wild aus dem Prater wuerde vertrieben werden. – „Aber doch nicht aus meinem Lande?" antwortete er. – Nein, aber es wird uns wild und scheu. – „Desto besser! Ich will Wild – und nicht Kuehe jagen!" – Man sah endlich ein, daß Joseph zu viel Volksliebe besaeße, und stund von fernern Vorstellungen ab, – und izt ist unser Adel an das Volksgewuehl so gewoehnt, daß er selbst an diesem eine Art von Unterhaltung und Reitz mehr findet. So kann der Fuerst die Denkungsart vieler Tausende durch sein Beyspiel umschaffen.

Johann Friedel

ANKÜNDIGUNG EINES HAUPTFEUERWERKS

Ein hoher Adel sowohl, als ein verehrungswuerdiges Publicum hat meine bisher gegebenen Hauptfeuerwerke allemal mit besonderem Beyfall und ausgezeichneter Zufriedenheit aufzunehmen geruhet, und vorzueglich des vorigen Jahres, unter dem Titel: die Belagerung Wiens, abgebrannte Hauptfeuerwerk mit dem häufigsten Zuspruch und allgemeinen Wohlgefallen beehret, mir aber gleichsam den Fingerzeig gegeben, wie gerne kriegerische Vorstellungen, wenn sie gut und prächtig ausgeführt sind, im Feuerwerk gesehen werden.

Durch diesen Gedanken aufgemuntert, entschloß ich mich, meine diesjährigen Arbeiten mit einer ganz neuen kriegerischen Vorstellung zu schliessen: und das Bestreben, in der Gnade und Gunst des verehrungswürdigen Publicums mehr und mehr mich zu befestigen, machte mich einen Plan wählen, der meine bisher gegebenen Feuerwerke sowohl an Pracht, Stärke, als Nachahmung der Natur weit übertreffen wird; er führet den Titel:

Die Einnahme des Blockhauses zu Habelschwerdt

Die Geschichte dieser Einnahme des Blockhauses ist so neu und merkwürdig, daß ich voraussetzen darf, sie sey allgemein bekannt, und eine Vorstellung derselben werde nicht ungern gesehen werden, besonders, da sie ein Gegenstand ist, bey dem ich alles, was Feuerwerkskunst vermag, im vollem Maaße habe anwenden können.

Das dieser ungemein prächtigen Vorstellung vorgehende Feuerwerk soll, einzeln betrachtet und zusammengenommen, der Ausführung vollständig entsprechen.

Erste Fronte

Das Angenehme in der Abwechslung

Sieben grosse Brillantmaschinen von verschiedener Gattung, und mehreren Veränderungen werden durch unterscheidende Verwandlung des Feuers und ihrer Figur das Aug auf das angenehmste überraschen.

Zweite Fronte

Mein innigster Wunsch

Eine niedlich weitausgedehnte Zeichnung fasset in ihrer Mitte meinen ehrfurchtsvollesten und feurigsten Wunsch, und ich hoffe, daß die Neuheit der Zeichnung, ausgeschmücket mit einer Menge beweglicher Maschinen und Verschiedenheit der Farbenmischung zur gütigen Aufnahme meines Wunsches beytragen werde.

Dritte Fronte

Mehr als man erwartet hätte

Diese Fronte fängt vorläufig an mit einer einzeln sich öfters abändernden Brillantmaschine, und in einem Augenblick gehet solche in eine sehr große Brillantwand über, welche durch die Neuheit, Verschiedenheit der Bewegung, und anhaltenden Feuers die allgemeine Erwartung gewiß übertreffen wird.

Vierte Fronte

Etwas Schönes in der Architektur

Ist eine sehr grosse und prächtige Architekturzeichnung. Die regelmäßige Zusammensetzung verschiedener Architekturstücken, die vollkommene Simetrie von mehr denn 20 Säulenstellungen, und die niedlichste Farbenmischung werden ihr zuversichtlich die allgemeine Benennung einer Schönheit erwerben.

Fünfte Fronte

Ganz was Neues im Brillantfeuer

Durch einige Abwechslung wird in ausnehmbarem Farbenfeuer eine Hauptmaschine von neuester Erfindung und sehr künstlicher Bewegung volle Unterhaltung verschaffen; bis endlich selbe in eine sehr grosse Brillantspalier übergehet, deren Neuheit und anhaltendes Feuer sich besonders auszeichnen wird.

Sechste Fronte

Der reizende Wohnsitz der Nymphen

Diese ist eine der niedlichsten Zeichnungen, so ich noch gegeben habe; und ihr gewiß reizender Anblick kann nur gesehen, aber keineswegs genug beschrieben werden; und ich glaube zu ihrer Empfehlung genug zu sagen, wenn ich versichere, daß sie den Namen eines Elysiums verdiene.

Hierauf folgt

Die Hauptdekoration

Diese ist von besonderer Grösse, und nimmt den ganzen Raum meines weitschichtigen Gerüstes ein. Sie stellet ein Triumphgebäude in jonischer Ordnung vor, in dessen Mitte drey grosse Triumphhallthöre zum Eingange in einen prächtigen Garten dienen, welcher sich durch Alleegänge und zierlich angebrachte Parterrstücke in eine perspektivische und fast unabsehbare Tiefe verlieret. Zu mehrerer Verherrlichung schliessen sich zwey Nebengebäude von gleicher Bauart ganz simetrisch an, welche durch eine Menge Wasserfälle und Feuer sprudelnde Gefäße ausgezieret, dem Ganzen ein majestätisches Ansehen geben, und durch die geschickteste Farbenmischung, besonders des grünen Feuers, den lautesten Beyfall erhalten werden.

Während der Umlegung der Frontengerüste wird mit häufigen und vielen neuen Luststücken abgewechselt werden. Endlich folget

die zweite Abtheilung
betitelt:
Die Einnahme des Blockhauses zu Habelschwerdt

Nach einer kleinen Zwischenpause – bis sich der Rauch verzogen hat – wird zur linken Seite des Waldes das Blockhaus in voller Beleuchtung erscheinen.

Die Natur vollkommen nachzuahmen, wird das Blockhaus nicht in bisher bey Dekorationen gewöhnlichem geometrischen oder perspektivischen Aufzug, sondern nach Art der in vorigen Zeiten auf landesfürstliche Kosten abgebrannten Feuerwerken körperlich vorgestellet werden.

Es wird ein herrlicher Anblick für das Aug des Zusehers seyn, wenn sich ein ganz kasamatirtes und mit sichtbaren Kanonen ausgerüstetes Festungswerk mit vorliegendem verpallisadirten bedeckten Wege und weit ausdehnenden Glacis körperlich ganz beleuchtet darstellen wird, welches das in der Mitte hervorragende, ganz massiv erbaute Magazin, trotz allem Angriffe, zu beschützen drohet: allein, kaum erscheinet zur rechten Seite des Waldes eine feindliche Batterie in voller Beleuchtung, so ertönet schon die heftigste Kanonade sowohl von grossem als kleinem Geschütze an allen Seiten; die Batterie fängt an auf das in dem Blockhaus befindliche Magazin Bomben zu spielen, – und ich hoffe, daß die dritte Bombe selbes erreichen, und in volle weit über die Bäume des Waldes auflodernde Flammen setzen werde. Der durch die hell ausbrechende Flamme bestürzte, und durch das von der rechten Seite bis an das Glacis des Blockhauses anrückende Bataillienfeuer erschrekte Kommandant läßt zum Zeichen der Uibergabe die Chamade schlagen, und die Siegenden rücken mit ihrem Freudenfeuer über den ganzen Feuerwerksplatz zur rechten Seite des Waldes zurück.

Das nach dem Bombardement ausbrechende Kriegsgetöse wird ungleich anhaltender und stärker seyn, als bey meinen Feuerwerken noch je eines gesehen und gehöret worden, da es jenen bey dem Entsatz Wiens mit so lautem Beyfall aufgenommenen Kriegslärm in seiner Ausdehnung zweymal übertrifft: indem ersteres nur einen Umweg von 900 Schuhen machte, gegenwärtiges aber in verschiedenen Wendungen 1800 Schuhe durchlaufen muß, und durch mehr als sechzig tausend theils grossen und kleinen Schlägen, theils Luststücken gewiß die allgemeine Erwartung weit übertreffen wird.

Meine durch so viele Jahre erprobte Redlichkeit und uneigennütziges Betragen, wovon gegenwärtiges Jahr das beßte Zeugniß geben wird; verbürget die pünktlichste Ausführung meines Versprechens, und freudig sehe ich dem Tage der Abbrennung entgegen, weil dieses Hauptfeuerwerk ein neuer Beweis seyn wird, daß ich alle meine Kräfte anwende, einen hohen Adel und verehrungswürdiges Publicum bestmöglichst zu unterhalten, zu vergnügen, und wie sehr ich desselben Gnade und Gunst verdiene, für mich dauerhaft unterstützend zu machen mich bestrebe.

NB. Damit sich jedermann darnach zu richten weiß, so werden drei Signalschüsse gegeben; der erste bedeutet die Retourbilleter: der zweite, daß bei der Kasse für Retour kein Geld mehr zurückgegeben wird: und der dritte zeiget an, daß sich das entfernte Publicum dem Feuerwerksplatze nähern sollte, weil bald darauf das Feuerwerk abgebrannt wird.

Zur grösseren Bequemlichkeit des hochschätzbarsten Publicums, um sich bey der Kasse nicht aufzuhalten, sind sowohl in der Kärnthnerstrasse im Sternekischen Hause Nro. 1079 im Tabakgewölbe, als auch auf dem Peter neben dem von Trattnerschen Hause Nro. 542 beim Hrn. Malknecht im Kollekturgewölbe täglich Eintrittsbilleter zu bekommen.

Beim Eingange zahlt jede Person mit Ausnahme der Vorreiter und der Kutscher 20 kr.

Auf der ersten Gallerie 1 fl.

Auf der Zweiten 20 kr.

Die Kinder bis neun Jahre, wenn jemand Erwachsener mit ihnen geht, sind auch auf der Gallerie frey.

In der Jägerzeile sowohl, als im Fahrtwege im Prater wird aufgespritzt werden.

Der Anfang ist mit Endigung des Tages.

Unterthänigst-gehorsamster
Johann Georg Stuwer,
k. k. priv. Kunst- und Luftfeuerwerker.

REDOUTE

Sie ist die Hauptbelustigung der Fastnachtszeit, für das bessere Publikum.

In einem Fluegel der kaiserlichen Burg sind zwey ungeheure Saele, dem Comus und Bachus geweiht. Sie stehen vom 7. Januar bis zum lichten Aschermittwoch offen; anfangs alle Wochen Einmahl, spaeterhin jede Woche zweymahl, und die letzten Drey Fastnachtstage alle. Man steigt an einem eisernen Gitter ab, gehet durch eine Reihe von fuenfzig schnurbaertigen Grenadiers, die mit ihren rauhen Baerenmuetzen und Bajonettengeklirre das scheue Maedchen beben machen, welches zu ersten Mahl mit hochklopfenden Herzen am Arm ihres Geliebten die beruehmte Redoute besucht. Wenn man durch diese Halle des Mayors gedrungen, und einige Stuffen hinangestiegen ist, oeffnet sich ploetzlich der große Zaubersaal. Viele tausend Wachskerzen auf großen widerscheinenden kristallenen Lustern und piramiden Leuchtgestellen symmetrisch gereihet, blenden das Aug, und Pauken- und Trompetenschall, mit den sanfteren Toenen von hundert musikalischen Werkzeugen vermengt, ruehren das entzueckte Ohr, und heben unwillkuehrlich den jugendlichen Fuß zum froehlichen Tanz . . . Die Lustbarkeit dauert von zehn Uhr Abends, bis um sechs Uhr des kommenden Morgens.

Bey der ersten Einrichtung der Redoute wurde sie haeufiger besucht. Seit einigen Jahren thun ihr die Baelle und Pikeniks in den Privathaeusern merklichen Abbruch. Es gibt gewisse zimperliche Halbdamen, deren Eitelkeit mehr geschmeichelt ist, wenn sie auf ihrem langweiligen Hausballe als vermeintliche Ball-Koeniginnen gebiethen koennen, als wenn sie auf den großen Sammelplatz der Freude, ohne Bewunderer und Anbeter erscheinen sollen . . . Dem ungeachtet ist die Redoute noch immer glaenzend genug, besonders in den letztern Wochen. Wenn nur tausend Personen da sind, ist es zu einsam. Anderthalbtausend Koepfe machen eine bequeme Redoute, in diesem Fall ist eben noch Raum genug zum tanzen. Zweytausend verstellen den Taenzern schon den noethigen Platz. In den letzten Tagen, wenn sich die Freudenjaeger bis gegen dreytausend einfinden, dann ist man in der Presse. Vergebens schneidet das Orchester seine Menuets und deutsche Taenze herunter: man kann nicht drey foermliche Schritte machen; alles draengt einander zum ersticken; es ist eine unbehülfliche Menschenflut, die nur eine langsame wellenfoermige Bewegung hat.

Ehedem hielt man viel auf sehr auszeichnende, zum Theil sehr kostbare Masken, die oft eine große Gesellschaft zusammen auf die Redoute brachte. Dieser Geschmack ist gaenzlich gefallen: man achtet einen solchen kurzen Spaß nicht mehr der vielen Unkosten werth. Die meisten jetzt erscheinenden Masken sind Domino und Venetianer-Maentel. Frauenzimmer gehen haeufig in ihrer gewoehnlichen Putzkleidung. Niemand, der nicht aus besonderen Ursachen unerkannt seyn will, traegt die Maske vorm Gesichte. Manche gehen in ihren ganz gewoehnlichen Kleidern, und stecken bloß eine Larve auf den Hut, um dem Gesetz, maskirt zu erscheinen, wenigstens im weitesten Verstand genug zu thun.

Die Redoute ist zum Vortheil der Armen, auch ein großer Theil des Ertrages derselben fließt in die Casse der Duerftigkeit. Dieß ist der beste Zoll, den man der Armuth entrichten kann: es ist billig, daß der Huelflose von unsern Vergnuegungen Unterstuetzung schoepfe; auch wendet kein Mensch gegen diese Taxe das mindeste ein . . . Man bezahlt fuer den Eintritt jeder Person zwey Gulden. Erfrischungen und Tafel sind in Nebenzimmern fuer bestimmte Preise zu haben.

Muerrische Kasuisten! die ihr in euren dicken Quartanten mit vieler Spitzfindigkeit untersucht; *in quantum, sine periculo peccati mortalis, liceat ostendere ubera?* Kommt ihr Schulfuechse auf die Redoute, seht um euch her, und dann macht euren Syllogismus!

Von den heimlichen Minen, offenbaren Stuermen, falschen Angriffen, feinen Wendungen, ploetzlichen Schwenkungen, etc etc, kurz von all den Stratagemen, welche der große Eroberer Amor auf den Redouten-Saelen ausuebt, sage ich nichts. Nichts von den Siegen, die hier ueber Bloedigkeit, Eigensinn, Sproedigkeit, Grille, Tugend, Coketterie, Wachsamkeit, Maenner-Trotz, Unempfindlichkeit etc. davon getragen werden. Ich koennte den Argwoehnischen, den Strengen, den Eifersuechtigen, den Kargen, den Schlaefrigen, den Zutrauenden, etc manches verrathen; aber, noch einmal, ich sage nichts: man muß verschwiegen seyn. Wird die Liebe nicht ohnehin von der Gesetzgebung, der Heucheley, dem Wohlstand, dem Eigennutz, der Politic etc genugsam gehemmt und geneckt!

JOHANN PEZZL

DER FASCHING

Ich weiß nicht, warum den alles aufmuzenden Christen der *lange Tag* der Juden zum Gespoette dient, da wir doch unendlich mehr *lange Naechte* einer Gottheit opfern, die uns die Haiden zur Anbethung ueberlassen haben, und da Wien gewohnt ist, jede Minute seinen Glauben wie die Moden zu aendern, so ist es ja lobenswerth und angenehm zu sehen, und als lebendige Zeugen zu erfahren, wie sehr es sich gebessert habe, indem es einer so uralten Gewohnheit noch immer Weihrauch streut?

Der Praesident dieser Bachanalien ist ein großer Tummelplatz, den man die Redoute nennt, worinn alles verkleidet erscheint, und die Menschen ueber ihre angebohrne Maske eine neue werfen, um gaenzlich unkenntlich zu werden.

Oft traegt eine haeßliche Larve die andere, und das schrecklichste Gesicht macht Eroberungen, hier tanzt ein Kunstrichter als Koenig Midas, dort ein Projektant als Pfannenflicker, hier ein Mediziner als Totengraeber. Hier schmachten unsere suessen Herrchen als Zukerhuethe, und da flattern unsere . . . Jungfern als Fledermaeuse herum. Im Seufzergange wandelt ein Buerger als Bettler und in der Mitte des Saales liebelt ein Negoziant als Jude mit der Gerechtigkeit, die er als geblendeten Kupido unter dem Arme fuehrt. Mit einer Hand streicht er ihr das Kinn, und mit der andern faehrt er nach seiner Boerse: sein Gewand ist mit beschnittenen Dukaten und ueber grossen Prozentlisten behangen, und sein Mantel, auf dem der Name WUCHER mit Gold gestikt ist, ruht auf dem Naken seiner Begleiterin, und bedekt ihr das Herz. Bald spaziert ein Magnat en Domino, bald ein Polzeikommisar im Venezianer-Mantel, bald ein Staatspolitiker als Schnekenkraemer mit leeren Haeuschen, und bald wieder ein Autor, Buchdrucker, oder Banko-Kanzlist in einer papiernen Maske vorueber. Ein Kaufmannsweib stolziert als Dame einher, und eine Dame wurdigt sich zur Stubenmagd herab, sogar Kalendairs in Moenchskutten erinnern die Sterblichen, daß sie auf einem maskirten Balle sind. So geht nun alles drunter und drueber, jeder Narr hat seine Kappe, und jede Kappe ihre Schelle.

Fuer Tanzliebhaber ist die Redoute nun ein fuer allemal nicht angelegt, aber es giebt eine gewisse Gattung Dilettanten, die man Spuerhunde nennt, fuer die sie eigentlich gemacht ist, auch muß sie fuer jenen Theil eines Geschlechtes, der es gewohnt ist, auf Eroberungen auszugehen, eine eintraegliche Beschaeftigung werden, weil es, nach so manchem schlechten Erfolge, wuenschenswert waere, jeder unbefangenen Unschuld einen so genannten *Prenez garde** aufzustellen.

Leute, denen bei dem Tone einer verstimmten Geige schon die Fuesse juken, und gewisse Tanzgreddeln finden Saele genug, auf denen sie sich aus-walzen koennen. Da giebt es nun, wie bekannt, einen Mondschein-Saal fuer die Empfindler, das Schaaf fuer Stubenmaedchen oder Schaafkoepfe, den schwarzen Bok oder Schneider in der Trauer fuer junge Springer, und Satyren, das gruene Thor, woraus der Teufel zum schwarzen fuehrt, und den bespiznammten Speitruherl-Saal, worinn freilich so mancher Auswurf des Menschengeschlechtes herumspukt.

Der Biersack zu Waehring und die Mehlgrube auf dem neuen Markte waren zwei der angenehmsten Erlustigungsoerter, nur Schade, daß der erste zum Kaufmannsdiener-Depositorium und Verlage einiger wahren Biersaeke und der letzte, ob der ueberhaeuften Menge von Haarkrausern und Mehlwuermern zur wirklichen Mehlgrube geworden ist.

Es giebt auch im Nothfalle Bierhaeuser, wo man fuer Geld und gute Worte sein Blut verstampfen kann, und den Frequentanten noch obendrein das Kinn von den Opferpriesterinnen gekrazet wird, andere Dinge zu verschweigen, die man um ein Seitel Bier leicht erfahren kann. –

So lange unsere Schoenen wallendes Blut und die Maenner Geld und guten Willen haben, wird das Tanzen, nie ein Ende nehmen, aber o hoechsttraurige Folge, wenn der Aschermittwoch beide an den Verlust erinnert, den die eine an Unschuld und Gesundheit, und die andern bei der Faste ihrer Boerse empfinden!

JOACHIM PERINET

* Wer kennt diesen überlästigen Mann aus der Redoute nicht?

4

Kirchengespräch

DER PABSTBESUCH

Die Wiener begnuegten sich, den Pabst fleißig zu begucken. Neugierde ist ein Karakterzug der Wiener. Bey geringern Veranlassungen wird schon das Volk groß und klein zusammengelockt; sollt es nicht bey einer so wichtigen Scene auch gelockt werden? Ich erinnere mich als der tuerkische Gesandte i. J. 1774 nach Wien kam, daß alle Strassen, durch die ganze weite Strecke bis hinter Simmering, so zu sagen mit Volk besetzt waren. Tausende von Mueßiggaengern stunden den ganzen Tag vor seinem Quartiere, und gaften nach den Fenstern; und seine Effendischaft durften nur ihren Bart am Fenster zeigen, so schrien schon tausend begierige Zuschauer aus vollem Halse ihr Oh! – Und Tuerken hatten die Wiener doch immer um sich.

So giengs auch mit dem Pabst; freylich noch ungestuemer, noch neugieriger, – denn einen Pabst hatten sie noch nie gesehn. – Pius selbst erstaunte ueber die Menge von Menschen, die ihm entgegen kam, und schon bey seiner Ankunft sich versammelt hatte. Der heilige Vater hat wohl nie so viel Volk auf Einmal gesehen. Indeß ist das gelassne und ruhige Betragen, beim ersten Anblicke des Pabstes – an unsern Wienern sehr zu loben. Jedes andre Volk wuerde vielleicht laut auf jubilirt haben, – wir nicht. Wir wollten den Staathalter Christi nur sehn, und begnuegten uns, in ihm einen ehrwuerdigen Greis zu erblicken, den der Kaiser mit so vieler Freundschaft empfing. Freylich mochte sich der Pabst wohl eben keinen gar zu vortheilhaften Begriff in dem Augenblicke von uns machen. Denn, um sich an Seiner Heiligkeit recht satt zu sehn, gab's Leute genug, die neben dem Wagen herliefen, und so lang sie's aushalten konnten, dreist durchs Fenster hineinguckten. Daß wir ueber dem Sehen vergessen hatten auf die Kniee zu fallen, wie's wohl die Italiener zu machen gewohnt seyn moegen, wird uns Niemand uebel nehmen; und daß wir die Juden, die sich mit unter die Zuschauer draengten, nicht gesteinigt haben, wird hoffentlich zum sichersten Beweise dienen koennen, wie weit wir vor allen uebrigen Nationen in der Toleranz vorgerueckt sind, wenn wir auch weniger davon schreiben.

Vor der Ankunft des Pabstes soll sich der Kardinal erkundigt haben; ob man dem Pabste die Glocken laeuten duerfe? Der Kaiser gab ihm zur Antwort: Mich wundert, daß Sie mich darum fragen; die Glocken sind ja Ihre Artillerie. –

So wie Pius VI. vor dem Menschengewuehl vorbey fuhr, so lief auch alles wie ein Ameishaufen, den man zerstoert, in seine tausend besondre Winkelchen nach Hause. Es war auch kein Wunder, daß sie so liefen. Die meisten hatten von neun Uhr Morgens bis Nachmittag nach drey Uhr gewartet, ohne etwas gegessen zu haben. Die Damen haetten vor Hunger und Durst verschmachten moegen. Ich werde Zeitlebens an den Pabst denken – war die allgemeine Sprache; aber ein recht huebscher, freundlicher Herr, die allgemeine Antwort darauf, – und so schlenderte alles nach Hause.

Von den Kirchengaengen des Pabstes, den Segen und dergleichen, will ich schweigen. Das Volk lief ihm ueberall nach, wo er gieng; und es geizte so stark nach ihm, daß es sich mit Freuden erdruecken ließ. – Einigen kostete der paebstliche Segen das Leben. – Aber Sie irren sich, wenn Sie mehr Andacht als Neugierde bey diesen Zudringlichen vermuthen. – Damen und Chapeaux draengten sich hin, um auch gesehn zu haben – nicht nur den Pabst, sondern so allerley Nebenkleinigkeiten, die bey solchen Volksversammlungen zu sehn und zu hoeren sind, – und um alles, was sonst noch dabey vorfallen koennte, auf der Stelle zu benutzen. – Niemand freute sich auf die Stunden, wo der Pabst den Segen gab, mehr, als die guten Kinderchen, denen izt die Koepfe geschoren werden, denn da hatten sie Gelegenheit voll auf, ihre Netzchen auszuwerfen; und niemand war im Gegentheil ueber die Anwesenheit des Pabstes ueberhaupt muerrischer, als die Herrn Zehnkreuzerautoren – denn die durften nichts schreiben, so lang er da war.

Die feyerlichste Handlung war ohnstreitig das Hochamt zu St. Stephan, und der Segen auf dem Hofe. Beyde Funktionen sind Ihnen vielleicht schon aus den Stichen des Loeschenkohls bekannt. Der Mann besitzt das Verdienst, mit ungemeiner Dreistigkeit uns Wiener durch solche Kupfer bey den Auslaendern fuer Dummkoepfe zu verschreyen. Denn fuer was anders sollen sie uns halten, wenn sie dergleichen Schmierereyen, bemahlt und beklext, wie Kreutzerbildchen, von Loeschenkohl zu Gesichte bekommen, von dem sie doch vorher gehoeret hatten, daß wir ihn unter unsre guten Kuenstler zaehlen? Sollte der Mann nicht auf seine und unsre Ehre mehr sehen, als auf seinen Beutel? – Die Stuecke, worinn er wirklich als geschickter Kuenstler erscheint, durch die er uns unsern Beyfall, unser oeffentliches Lob abgelocket hat, sind im Auslande nicht so allgemein bekannt. – Solche Gruppirungen aber, die bey solchen Gelegenheiten entworfen werden, streuen sich allenthalben aus; – und gerade die, von denen er zuversichtlich erwarten kann, daß sie den Auslaendern bekannt werden, – gerade diese verhunzt er? gerade diese liefert er nicht wie Kupferstiche eines Kuenstlers, sondern wie Holzschnitte eines fluechtigen Stuempers? – Ich weis wohl, was er einwenden kann. – „Ich habe nicht Zeit genug dazu gehabt.“ – Gut, so haett' er sie nehmen sollen. Wer befahl ihm denn, so eilig bey der Hecke damit zu seyn? Einem Meisterwerke haetten wir nie zu lange entgegengesehn, zumal wenn er es uns angekuendigt haette; – wir haetten gewartet, haettens ihm besser bezahlt, aber dann auch was Bessers von ihm erhalten. – Aber wuerd' er auch so viel verkauft haben? – Vielleicht! – Vielleicht auch nicht! Aber er haette die Ehre eines Kuenstlers behauptet! – Und ist dies nicht Gewinn genug fuer den Kuenstler, der nicht blos Handwerksmann seyn will? – Wenn doch die Maenner von Kopf solche Puppenwerke und Raritaeten den Bilderkraemern ueberlassen moechten.

Doch wie versteig ich mich da herab auf Loeschenkohl, da ich vom großen Segen auf dem Hofe reden wollte. – Also am Ostertage gieng diese Handlung vor sich. – Durch oeffentliche Anschlagszettel wurde dem Volk beydes kund gemacht. Schnurrig war es allerdings, wie es leider immer um die Kirchthueren so schnurrig zu gehn pflegt, da so vielerley Zettel drauf und nebenher angepappt zu schauen sind, – wenn man an so mancher Kirchthuere diese wichtige Nachricht, und gleich darneben die *Avertissements* von Galanteriehaendlerinnen – zum Beyspiel von der Madam Bandi beruehmten neuen Handpomade – angeschlagen fand. Eine wuerdige Nachbarschaft! – Paebstlicher Segen und Handpomaden!

Man wußte sich in Wien so wenig in die Pontificalceremonien, die an diesem Tage beobachtet werden, zu schicken, daß Tags vorher, oder wann es war, das hab ich schon vergessen, nach Anleitung des paebstlichen Ceremonienmeisters eine Generalprobe vom Hochamte gehalten werden mußte. Das Buch, wo die Sachen alle darinn stehn, soll einen ansehnlichen Dickwannst von Folianten ausmachen. Nimmt mich wahrhaftig Wunder, wie man doch bey dem heiligsten Geschaefte, im Angesichte und in koerperlicher Gegenwart Gottes, wo blos tiefe Verehrung, zerknirschende Andacht, heilige Anbetung herrschen sollten, – wo aller Unterschied aufhoert, – wo Pabst und Kardinal und Bischoff und jeder, der da steht, als Suender es kaum wagen sollte, aus Reue und Andacht die Augen aufzuschlagen, wie man da mehr Gesetze fuer Ceremonie beobachten soll, als Gesetze unsre ganze Religion hat! Soll ich offenherzig seyn, so gesteh ich, ich seh so einem Spektakel in meinem Leben nicht wieder zu. Ich habe mich geaergert, statt, daß ich mich erbauet haette. – Gott auf dem Altar, Gott, vor dem wir doch alle Nichts sind, – und der, der das Geheimnis des Altars celebrirte hoch auf einem Thron vor seinem und unserm Gott, nicht anders, als wollt er ihm das Leben ertheilen; – und dann die Kardinaele und Bischoeffe, geschaeftig und aengstlich, ja alle Punkte der Ceremonien genau zu beobachten; mehr auf die Reverenzen und taktmaeßigen Schritte gegen den Pabst aufmerksam, als auf das unblutige Opfer selbst; mit einer Aengstlichkeit, die es zu deutlich bezeichnete, daß bey diesem heiligen Amte ihre ganze Seele mit allen ihren Gedanken nur an den Pabst und den ihm zu bezeugenden Respekt gerichtet sey; – wen soll solch eine prunkmaeßige, uebertriebene, auf Nichts hinauslaufende Religionsscene wohl zur Andacht ruehren koennen? Ich frage alle die auf ihr Gewissen, welche an diesem Tage am Altar dienten, ob sie wohl aus lauter Angst, nichts von den vorgeschriebenen Ceremonien zu vergessen, einen einzigen wahren zu Gott gerichteten andaechtigen Gedanken gehabt haben? – Gott wird vergessen, und das Ceremonienbuch – an dessen Stelle gesetzt. Solche Auftritte sind wenig faehig, wahre Andacht zu verbreiten; man staunt sie an, wie ein Specktakel, das wegen der Neuheit reizet. Auch das Volk hatte an diesem Tage kein Auge fuer das Geheimnis des Altars; – es mußte ja den Pabst und seine Diener am Altar beobachten!!! –

Der große Segen auf dem Hof erregte eben so viel Aufsehen. Der ganze geraume Platz war von Menschen vollgestopft; alle Daecher ueberdies noch mit Menschen besetzt. Ob aber alle der Andacht wegen da waren, – ist ein großer Zweifel. Wenigstens zeigten die vielen grossen und kleinen Perspektiven, und besonders der Tubus in dem gerade dem Balcon gegen ueberstehenden Banquierhause zu deutlich, daß eben so viel Portion Neugierde, als Andacht das Volk zusammen gelockt habe. – Beschreiben kann ich's Ihnen nicht, Freund, was fuer ein Gewuehl von Menschen beysammen war. Indeß wurden doch an diesem Tage die frommen Wuensche so manchen Enthusiastens erfuellet. Viele glaubten, sobald sie den großen paebstlichen Segen haetten, und stuerben, so kaemen sie auch spornstreichs in den Himmel. Nun, von diesen Andaechtigen wurden einige gedrueckt und gequetscht, daß sie bald darauf starben. Ihr Wunsch war also erfuellet. – Denen aber die Beine zertreten, die Rippen zerstossen, die Kinder im Mutterleibe erdrueckt – die Kleider zerrissen, ihre Uhren und Geldbeutel gestohlen wurden, denen wird es wohl nach der Hand eingeleuchtet haben, daß – selbst der Segen des froemmsten Pabstes – nicht alles Uebel vertreiben kann. Indeß war es allemal ein feyerlicher Anblick, den Pabst mit der dreyfachen Krone, begleitet von seinen Kardinaelen, oeffentlich zu erblickem wie er dem Volke die Gnade des Ewigen wuenscht. Nur moechte ich gern wissen, worinn der Unterschied zwischen Ablaß und paebstlichem Seegen besteht, und was beyde wieder eigentlich seyn. – Ich weiß wohl, Ablaß – Nachlaß der in der alten Kirche bestimmten Kirchenstrafen; – paebstlicher Segen nach allen Graden – herzlicher Glueckwunsch ans Volk, – aber damit wollen die Herren Theologen nicht zufrieden seyn; – sie wollen gar Vielerley damit verknuepfen.

Der Kaiser war bey beyden Handlungen wegen seiner Augenkrankheit nicht zugegen. Er bedauerte es, daß er diesem feyerlichen Akte nicht beywohnen konnte. Ich aber war dessen herzlich froh. Ich kann mir nun nicht helfen; ich bin ein Katholik so gut als es jeder andre ist; – aber ich traue in solchen Gelegenheiten keinem Menschen in der Welt. Man weiß, warum der Pabst in Wien war; man kennt die Feinheit des roemischen Kabinetts. Fuersten in vorigen Jahrhunderten haben oft blos durch eine kleine Unvorsichtigkeit, mit der sie das Ceremoniel gegen Paebste nachließen, – zu grossen Forderungen derselben Anlaß gegeben. Der Kaiser ist Regent in seinem Lande, – der Pabst war nur Gast bey ihm. Wie haette sich der Kaiser oeffentlich bey dieser Gelegenheit, wo der Pabst als Pabst erschien, folglich sich Vorrechte ueber ihn haette anmaßen koennen, wie haett' er sich da betragen sollen, ohne seinen Rechten, seinem Ansehen, etwas zu vergeben, und ohne die Tiara zu kraenken? Roms Schmeichler wuerden auf jeden Schritt des Kaisers bey dieser Handlung aufmerksam gewesen seyn, und, wo sie nur immer gekonnt haetten, aus diesem Betragen das stillschweigende Anerkennen des Vorzugs der geistlichen Macht vor der weltlichen heraus deducirt haben.

Ueberhaupt kann ich nicht begreifen, mit welchem Rechte ein Pabst in fremden Landen Pontifikalhandlungen begehen duerfe. Seine Gerichtsbarkeit ist in Rom. Dort kann er machen, was er will; aber auch dort, wo er nur Gast ist? Zudem hat nicht Pius VI. vor seiner Abreise selbst die Bulle Ubi Papa ibi Roma aufgehoben? Und doch exercirt er in Wien alle seine – ihm als Pabst zustehenden Handlungen, wie in Rom? Laeßt das nicht, als wenn der Kaiser in Rom seinen Reichsfuersten oeffentlich Lehen ertheilen, oeffentlich Gericht halten, oeffentlich kund machen lassen wollte, wer zu ihm kaeme, und ihm die Hand kueßte, sollte frey von buergerlichen Strafen seyn? – Doch das sind Streitigkeiten. Moegen andre davon denken was sie wollen, ich weiß was ich zu denken habe. –

Nur noch ein Woertchen ueber den Pantoffel unsres Pabstes. Ob es schicklich ist, daß ein Mensch sich die Fueße kuessen lasse, kann unter die Fragen ueber Hofetikette gezaehlet werden. Aber gar schicklich ist es eben nicht, wenn man mit dem Fußkuß einen Ablaß verbindet. Ich kann nun nicht dafuer; ich kuesse lieber ein Partikelchen des heiligen Kreutzes, wenn ich nach Ablaß duerste, – aber den Pantoffel? – – Und doch draengten sich die Damen hin, um kuessen zu duerfen? Muessen wohl gar nicht viel auf Mannspantoffel halten. Noch mehr! Sogar kraenkliche Kavaliere baten sich das unschaetzbare Glueck von seiner Heiligkeit aus, daß ihnen sein Pantoffel ins Haus geschicket werden moechte, um ihm ihren Respekt bezeigen zu koennen. Seine paebstliche Heiligkeit willfahrte dem sonderbaren Ansinnen, lachten aber ueber die Albernheit dieser Herren und Damen, die so was fordern konnten. – Ach, wie der Pantoffel auf goldenen Tassen, unter Vortretung aller Hauslivereyen, mit Fakeln begleitet, von Zimmer zu Zimmer herumtransportiert, bekueßt, beleckt, – und Gott weis was alles ward! Das war eine glueckliche Stunde fuer diese Haeuser! Ich weiß es zuversichtlich, daß der Sekretair diese Anekdote in das Hausarchiv zum ewigen Andenken fuer die spaetern Enkel hat eintragen muessen; denn das ist eine Ehre fuer ihre Familie, die ihres gleichen nicht hat.

Was der Pabst ausgerichtet habe, wollen Sie wissen? Ja, Freund, das bin ich nicht im Stande zu bestimmen. Freundschaftlich lebten zwar Pabst und Kaiser miteinander; freundschaftlich trennten sie sich auch; aber was im Innern des Kabinets vorfiel, darueber ist der dichteste Vorhang gezogen. So viel ist gewiß, daß Pius VI. einsichtsvoll und edelmuethig genug war, um einzusehen, daß der Kaiser nicht nur das Recht zu seinen Forderungen, sondern auch Genuegsamkeit und Billigkeit besaß, darinnen nicht zu weit zu gehn. Und ich zweifle nicht, daß Pius VI. nicht die geringste Gegenvorstellung gemacht haben wuerde, wenn er allein haette handeln duerfen. – Aber der Schwarm von Kardinaelen, die den eigentlichen Schaden bey solchen vermeintlichen Eingriffen leiden, uebertaeubt das gerechtgesinnteste Herz der Paebste; hier die Forderung der Regenten, hier die Forderungen der Kardinaele; man begreift leicht, auf welche Seite ein Pabst sich schlagen muß. –

Wenn Sie den Karakter der Wiener genau kennten, Sie wuerden ueber die wunderlichen Wendungen erstaunen, welche die fast nie zu befriedigende Neugierde, je nachdem ihr ein Gegenstand aufstoeßt, zu nehmen pflegt. – So lang Pius VI. in Wien war, sah man nichts anders, sprach von nichts anderm als von ihm. Das Gewuehl von Menschen, ihn zu sehen, oft, unaufhoerlich zu sehen, war jeden Tag gleich. Man besah ihn, mahlte ihn, stach ihn in Kupfer, goß ihn in Gips, kaufte ihn, wo man seines Bildes habhaft werden konnte; schwatzte von ihm, wo man gieng und stand, – und kaum war Pius VI. acht Tage von Wien weg, so schien es, als waer' er nie da gewesen. Man zankte sich noch einige Tage ueber das beste Portrait des Pabstes, man wuenschte ihm Glueck auf die Rueckreise, – und der Lerm war vorbey. Die Wiener liefen nun fast eben so haeufig zu der großen Riesin, die bald nachher kam, besahen eben so neugierig die Marionetten in den Buden, und solche Kindereyen mehr. So schnell sattelt die Neugierde meiner Landsleute um!!!

JOHANN FRIEDEL

BEI ANWESENHEIT DES PAPSTES IM MÄRZ 1782

Es ist eigentlich kein Streit zwischen mir und dem Papste, weil dieser gar kein Recht hat, über die inneren Einrichtungen, welche ich kraft meiner landesfürstlichen Macht in kirchlichen Sachen gutfinde, irgend etwas zu sagen. Wenn daher der Papst zu der Duldung der Nichtkatholischen, zu der Einziehung mehrerer Klöster und zu anderen Dingen seine Einwilligung unter einigen Modifikationen anbietet, so ist dies mir zwar sehr angenehm, daß der Papst diese Einrichtungen mit seinem Beifall beehrt, aber dessen Einwilligung bedarf ich nicht, und auf die vorgeschlagenen Modifikationen kann ich mich gar nicht einlassen.

JOSEPH

AN DEN PAPST IM AUGUST 1782

Ohne die Texte der Schrift und der heiligen Väter anzuführen, die allzeit auf verschiedene Arten ausgelegt werden können, melde ich Eurer Heiligkeit blos dies, daß ich eine Stimme höre, die mir laut zuruft, daß es mir als dem Gesetzgeber und Beschützer der Religion so und nicht anders zu handeln gezieme; diese Stimme, vereint mit dem Beistand von oben und meinem geraden Sinn, den ich mir eigen gemacht, kann mich nicht irreführen.

JOSEPH

ETWAS ÜBER DIE PHYSIOGNOMIE DER MÖNCHE IN WIEN

Einem Protestanten fällt die große Menge von Mönchen, welche in Wien herum wandeln, mit ihren gar verschiedenen Kleidungen und Gestalten, gleich gar sehr in die Augen. Einem aufmerksamen Beobachter aber fallen außerdem noch die seltsamen Mönchsphysiognomien sehr auf. Da giebt es Gesichter, dergleichen man sonst nirgends sieht: perpedikulare Stirnen und spitze Kinne dabey; heraus klotzende Augen und dabey einen beutelförmigen Mund; herabwärts gedruckte und doch aufgeblähte Nasen an einem durch öftere Verzuckungen gespannten Antlitze, und trübe Augen dabey. Ferner eine Menge kugelrunder, von Wohlleben aufgeschwellter Köpfe und Bäuche, die auf watschelnden Beinen einhergehen, welche die unförmliche Last kaum tragen können; steife lange Figuren, welche mit stierem Blicke über die Schulter nach den Weltleuten sehen, und mit dem ganz charakteristischen kurzen bedächtigen Mönchsschritte unter ihnen wandeln. Ueber alles dieses ist nun noch das mönchische Wesen im Blicke und Niederschlagen der Augen, in Kopfstellung, in Händebewegung, in allen Theilen der Stellung des Körpers, ganz unauslöschlich verbreitet. Es wäre der Mühe wohl werth, daß ein erfahrner Physiognomist den Physiognomien der Mönche eine besondere Abhandlung widmete. Man würde alsdann anschauend erkennen, daß Institute und Lebensarten, welche geradezu den Zwecken der menschlichen Natur widersprechen, indem sie die Seele verzerren, auch den Leib gewöhnlich in so gänzlich widersprechende Kontraste versetzen, als man bey keinem anders erzogenen Menschen findet. – Den Charakter des Mönchischen kann kein Mönch, auch der beste nicht, verbergen. Der Blick, sonderlich das Niederfallen der Augen, das Gespannte in den Lippen, das Charakteristische in der Bewegung der Arme, sonderlich beider Arme zugleich, der Gang stellt sogleich den ganzen Mönch dar. Aber ein ehrlicher, verständiger, nachdenkender Mönch unterscheidet sich auch von den übrigen undenkenden Mönchskörpern, die man in einem Kloster siehet, äußerst auffallend. Selbst verschiedene Orden haben ganz völlig verschiedene Physiognomien. Welch ein unbeschreiblicher Unterschied ist zwischen Dominikanern und Kapuzinern, ungeachtet sie beide etwas stieres und plumpes gemein haben! Der größte Kontrast ist unter den Jesuiten selbst anzutreffen. Unter ihnen kann man alle Arten von Geschöpfen, die Physiognomie des feinsten Weltmannes, und das gläserne Auge und den offenen Mund des plattesten Betbruders, nebst allen Nüancen, die dazwischen sind, finden. Doch solchen Unterschied weiß der gemeine Mann (und viele Vornehme sind hierinn sehr gemein) in Wien nicht zu machen. Er hängt an allem, was Mönch ist, und verehrt jede geweihte Kutte, jeden Kahlkopf, und barfüßigen Müßiggänger ohne Unterschied.

Friedrich Nicolai

HERR UND FRAU WACHS IM ZWEIGESPRÄCH

Herr: Nun haben wir wieder einen halben Tag überstanden.
Frau: Ich bin recht vom Herzen froh.
Herr: Sind sie müde Madam?
Frau: Und wie bin ich müde! Es ist ja aber auch entsetzlich, wie wir heut strapaziret worden sind.
Herr: Meine beßte Madame! Das ist alles noch nichts. Seit einem Jahre, als sie erst hier sind, haben sie nichts erfahren. Vor zehen oder gar zwanzig Jahren hätten sie hier seyn sollen, da war es noch ärger.
Frau: Ey, was sagen sie!
Herr: Kaum vier Minuten hat man auf dem nämlichen Platze stehen können, so ist man schon wieder abgehollet worden.
Frau: Das ist ja unglaublich.
Herr: Und es ist doch nicht anderst. An einem Tage sind oft sieben,

acht Prozeßionen zusammengekommen, und bey jeder Prozeßion waren mehrere Leute, als jezt bey allen Prozeßionen, die ein Monath hindurch daher kommen.

Frau: Da muß es ja erstaunlich zugegangen seyn.

Herr: Kaum hat mich ein andächtiger Kirchfährter gekauft, und auf den Altar gestellt, so kam schon der Sakristaner mit einem Korbe, packte mich, meine Gespäne, und Gespäninnen zusammen, trug uns alle wieder zur Kirchenthüre zum Verkaufe hinaus, wo wir denn sogleich wieder gekauft waren, und auf den Altar marschiren mußten, und so gieng es, wie ich schon gesagt habe, alle vier Minuten.

Frau: Man hätte ja aber besorgt seyn sollen, mehrere unseres gleichen anzuschaffen, damit das Auf- und Abmarschiren nicht so oft auf einen gekommen wäre.

Herr: Was wollen sie sagen; wir waren ohnehin 50mal mehr an der Zahl, als wir jetzt sind. Dennoch waren wir zuwenig.

Frau: Haben sie denn aber auch auf dem nämlichen Orte, wo wir jetzt stehen, alle Platz gehabt?

Herr: Wir haben gedrengt genug stehen müssen, und hat mancher in diesem Gedränge Hände und Füsse verlohren.

Frau: Mich wunderte es nicht, wenn es keiner hätte ausdauern können, und wenn noch mehrere Unglücke geschehen wären. Waren sie auch unglücklich?

Herr: Leyder habe auch ich mir den linken Fuß gebrochen.

Frau: Aber doch bald wieder kuriret worden?

Herr: Sie wissen ja, daß unsere Kuren geschwind und nicht kostbar sind.

Frau: Wie ist es denn zugegangen, daß sie verunglücket worden?

Herr: Ein ungeschickter Bauer war daran Ursach, der einen wächsernen Ochsen neben mir hingestellt hat. Er muß denselben eben nicht recht fest hingestellt haben, und endlich geschieht dem armen Viehe auch hart, immer so auf einem Platz da zu stehen. Kurz! Der Ochs fiel zusammen, traf mich am linken Fuße, und der war hinweg.

Frau: Mehr Glück, als Unglück, sie hätten können vollkommen zusammengeschlagen werden.

Herr: Andere waren auch bey weiten nicht so glücklich. Den nämlichen Tag geschah, weiß nicht wie, auf unserem Platze eine Erschütterung, und ein wirkliches Erdbeben; dergestalt, daß drey wächserne Häuser zusammenfielen, unter deren Schut drey Herren, fünf Frauen, sieben Kinder, und drey Ochsen in tausend Stücken zerquetscht worden.

Frau: Dem Himmel sey Dank! Heut zu Tage höret man unter uns doch nicht so viel von Unglücksfällen.

Herr: Heut zu Tage ist es nicht möglich, da wir so schitter stehen, und da es so wenige Prozeßionen, und so wenig Leute bey den Prozeßionen gibt.

Frau: Unsere Herren müssen damals von uns wächsernen Leibeigenen recht vielen Nutzen gezogen haben.

Herr: Das können sie sich einbilden. Der Handel mit uns war besser, als der Sklavenhandel. So oft ich erkauft und ausgelöset worden, kostete es einen Groschen. Rechnen sie nun nach, wie viel ich eingetragen habe, da ich des Tages dreysigmal zum Verkaufe und zur Ablösung kam.

Frau: Und lieber Gott! Wie wenige Unkösten verursachet unser Unterhalt.

Herr: Jedes Kind kostet schon 40mal mehr bey der Taufe, als unser Daseyn kostet. Sind wir auch unglücklich, daß wir Armb und Bein brechen, oder vollkommen zu Grunde gehen, so kostet die Kur eben so wenig, und kein Menschenkind ist so unglücklich, daß dasselbe so geschwind und um so geringe Kosten umgegossen werden könnte. In einigen Orten haben sie gar Pfermännln aus Eisen oder Blech, die haben noch eine bessere Complexion, als wir.

Frau: Man darf also annehmen, daß der Groschen, der für unsere Erhaltung einmal ausgegeben wird, täglich wenigstens 11 Groschen, folglich nach Abrechnung der Auslaage einen halben Gulden eintrage.

Herr: Ganz sicher habe ich, der ich bey meiner Entstehung einen Groschen gekostet habe, das erste Jahr wenigstens 150 fl. eingetragen. Das andere Jahr, da ich mir den Fuß gebrochen, und also die Kur wieder einen Groschen gekostet hat, muß man diesen Groschen abrechnen.

Frau: Das ist freylich der beste Handel, und wenige werden ihre Kapitalien mit so wenig Gefahr, mit so wenig Unkosten auf so hohe Interessen bringen können. O wir unglücklichen wächsernen Sklaven! die wir bey diesem abscheulichem Handel das Opfer seyn müssen.
Herr: Jammern sie nicht, beste Madam! Sie jammern umsonst. Gienge es den andern Sklaven so gut, als wie uns, so wären alle zufrieden.
Frau: Was haben wir denn auch Gutes?
Herr: Pfui schämen sie sich. Haben sie nicht die Freude, ihre Kinder neben sich stehen zu sehen, bey deren Geburt sie keine Schmerzen, bey deren Auferziehung sie keine Sorge gehabt haben. Stehen andere Kinder so manierlich, sittsam und still da, als die wächsernen Kinder stehen?
Frau: Betrachten sie aber nur unser Leben. Immer stehen, bald auf dem Altare, bald in der Wachskammer, die Zeit ausgenommen, in der wir hin und wieder geschleppet, oder alle über einander in einem Korb zusammengeworfen werden.
Herr: Schau, schau, so fangen die wächsernen Frauen auch schon an lüstern zu werden. Himmel! was für ein Unglück, wenn so etwas einmal auch unter uns einreissen sollte. Da hörte es wohl auf, in einem Korbe beysammen zu seyn. Da blieben wir wohl nicht so lang auf einem Platze. Wie übel ergienge es uns, wenn wir wächserne Herren und Frauen es uns gelüsten lassen wollten, mit der grossen Welt mitzuhalten.
Frau: Ich kann ihnen nicht unrecht geben.
Herr: Das glaub ich auch. Bleiben wir darum nur so, wie wir sind, ohne aller Begierlichkeit und Neigung. Wir sind tausend Kummer, Sorgen, Verdrüßlichkeiten, Eifersucht, und alles dessen enthoben, so jene zu erfahren haben, die nicht von Wachs sind. Ich für meine Person bin von Wachs, und bleib von Wachs. Ist das nicht ein Glück, wenn alles rund um einen herum voll der schönsten wächsernen Augen, der schönsten wächsernen Brüste hanget, und man hat doch keine Empfindungen.
Frau: Verzeihen sie mir, das ist doch nicht schön, daß man diese bey uns so aushängt. Es ist immer eine Saueräu; und ob ich schon ein

wächsernes Frauenzimmer bin, so schäme ich mich statt derer, die nicht von Wachs sind.

Herr: Sie sollten freylich das continens pro contento, hiemit statt wächserner Brüste, wächserne Halstüchel opfern, es wäre dreymal gescheider; allein da wir schon Sklaven sind, was wollen wir da machen, wenn sie es so haben wollen, daß auch solche auf den Altären erscheinen sollen, und wissen sie, was ich noch nicht leiden kann? die bey den Altären aufgehängte in Zöpfen geflochtenen Haare.

Frau: Da haben sie recht. Mir grauet immer selbst, wenn ich diese nur ansehe. O pfui Teufel! (hier speiet die wächserne Frau aus.)

Herr: Da sollten sie in manche Schatzkammer einer Kirche oder eines Klosters hineingehen, da wurden sie wohl noch mehrere eckelhafte Denkmäler antreffen. Gefallen ihnen vielleicht die Krukken auch nicht, die bey unseren Altären aufgehangen sind?

Frau: Da habe ich nichts entgegen, besonders bey einer neuen Kirchfahrt, die ist noch schwach, und muß deswegen auf Krucken gehen. Aber unsere silbernen Opfermännln die können mich gehen lassen, das ist ein verzweifelter Stolz, kaum daß sie sich würdigen auf uns wächsernen Männl herabzusehen.

Herr: Denen verzeihe ich es noch, sie haben doch ihren wahren Werth, und sind schon etwas mehreres von Geburt. Die gemahlenen aber, die ober uns hängen, die der blosse mahlerische Anstrich, und die übrige äusserliche Auszierung nobilitieret, die äergern mich am meisten.

Frau: Da haben sie recht, Es kehret mir selbst fast immer den Magen um, wenn ich neben derselben gemahlenen Frau, die auf der Epistelseite hinter dem Leichter steht, hingestellt werde. Wenn mich vorgestern der Sakristaner nicht so geschwind wieder abgeholet hätte, ich hätte alles aus dem Magen herausgeben müssen.

Herr: Ich bin schon auch etwelchemal neben ihr zu stehen kommen. Ich muß aber immer lachen, die steht wohl recht auf der Epistelseite, denn sie hat noch bey Lebzeiten ihres Mannes ziemlich viel Episteln geschrieben. Es war eine Freude, ihre acht Liebhaber zu sehen, jeder maß sieben Schuh.

Frau: Und hat es denn der Mann gelitten?

Herr: O! sehen sie ihn nur einmal recht an, wie er neben ihr abgemahlen ist. Man sieht es schon aus der Mahlerey, daß er zum Schafkopf gebohren war. Die bravesten Männer werden endlich hintergangen, und so ein herzalerliebster Dalk hätte es verhütten sollen?

Frau: Sagen sie mir, was bedeutet denn das Kreuzel, welches dieser Mann auf dem Kopfe hat?

Herr: Wissen sie dieses noch nicht, und sind doch schon ein Jahr bey uns.

Frau: O lieber Gott! wir wächsernen Frauen sind ja nicht so fürwizig als die andern, und wo haben sie denn noch eine wächserne Frau gesehen, daß sie in der Kirche herumgaft?

Herr: Das Kreuzel auf dem Kopfe bey den gemahlenen Opfermännln bedeutet, daß sie todt seyen, denn die noch Lebens sind, werden ohne Kreuzel gemahlen. Der Herr aber, von dem wir reden, hätte sicher auch bey seinen Lebszeiten mit einem Kreuze auf dem Kopfe gemahlet werden können; denn das größte Kreuz hat er an seiner Frau tragen müssen.

Frau: So wird diese seine Figur wohl froh seyn, daß ihr der Mann gestorben.

Herr: Da dürfen sie gar nicht zweifeln, und dasselbe *ex Voto* auf der Opfertafel hat bey dieser Frau gewis keinen andern Verstand, als daß ihr der Mann *ex voto* gestorben ist.

Frau: Nun wegen meiner kann sie seyn, wie sie will, so stolz soll sie aber gegen uns wächserne Männln nicht thun. Ob wir gleich vom Lande sind und unsere Aeltern nur arme Binnen waren, so haben wir doch von Wachsgüssern eine gute Auferziehung bekommen, und sind nützlicher als sie, auch im Stande mehr Geld zu verdienen.

Herr: Mehr Geld sagen sie? die gemahlenen Figuren verdienen ja gar nichts. Daß sie in ihrem Pompe dort stehen, das ist alles.

Frau: Da bitt' ich um Verzeihen. Ob ich gleich ein Weib, und noch dazu ein wächsernes Weib bin, so nehme ich die Sache doch ganz anderst. Eben der Pomp und das Ansehen, so sie machen und die Innschriften, die sie immer bey sich führen, bewegen die Leute, daß diese mehr Opfer und mehr Geld den Kirchen geben, und die

welche nichts mehreres zu thun im Stande sind, wenigstens so viel Geld, welches bey dem Handel mit uns eingeht, hergeben.
Herr: Ich kann ihnen nicht unrecht geben. Ja so weit tragen sie zu den Einkünften der Kirchen und Klöster recht vieles bey. Aber unter uns gesagt – ist auch alles wahr, was auf diesen Innschriften geschrieben steht?
Frau: Das wird Gott wissen. Ich bin ein einfältiges Weib. So viel aber habe ich mir oft gedacht, daß manches, was auf diesen Innschriften für ein Wunder ausgegeben wird, ganz natürlich hat zugehen können.
Herr: Nein Madam, sie sind kein einfältiges Weib; wollte Gott! manche andere Frau dächte und redete so vernünftig. Wie sie denken und reden, so ist es in der That. Alles, was wir haben, und was wir erhalten; haben und erhalten wir durch die Gnade Gottes. Was braucht es also Mirakel zu machen, oder gar noch Sachen zu erdichten, die nicht geschehen sind. Unser einer hat doch auch Gelegenheit, etwas schönes in der Predigt zu hören, wenn man nämlich eben unter der Predigt auf dem Altare zu stehen kömmt. Sie haben es ja auch gehöret, Madam, verflossenen Sonntags (ich weiß, sie sind nicht weit von mir gestanden) wie schön und richtig es der Prediger bewiesen hat, was nach den Grundsätzen des christlichen Glaubens ein wahres und Gott angenehmes Opfer sey, nämlich ein zerknirschtes Herz und Barmherzigkeit gegen unseren Nebenmenschen, und daß die christliche Religion weder heidnische, noch jüdische Opfertische haben wolle, nachdem Christus alle Käufer und Verkäufer, deren Kauf und Verkauf auch in Opfersachen bestunde, aus dem Tempel hinausgejaget hat.
Frau: Gott verzeih mir meine Sünde. Ich glaube, wenn Christus in unsere Kirche käme: wir wächsernen Männl wären selbst die ersten, die er hinaus würfe.
Herr: Das ist gar keine Sünde, daß sie das sagen. Das ist die Wahrheit.
Frau: Wäre ihnen denn aber das recht, wenn wir in tausend Trümer alle zerschlagen würden?
Herr: In Gottes Namen. Wir können ja ohnehin nichts dafür, daß wir in dem jetzigen Stande sind. Mir ist es gleich lieber, wenn ich in

eine Wachskerze verwandelt werde, und kann einem ehrlichen Manne beym Studieren leuchten.

Frau: O lieber Gott! wenige haben das Vermögen bey Wachskerzen zu studieren. Wie viele Gelehrte schreiben bey Unsch- und Kuchelkerzen.

Herr: Studieren denn nur solche Leute? Müssen denn nicht Minister und Räthe auch studieren? und wissen wir nicht, daß Landesfürsten selbst mehr studieren, als manchen lieb ist.

Frau: Nun, wenn ich auch eine Wachskerze bey einer Dame werden kann, die ihren Abend mit Lesen oder vernünftiger Gesellschaft zubringt, so ist es mir auch lieber, als ein wächsernes Opfermännl zu seyn. Und aufrichtig zu sagen, so wünschte ich, daß wir heute noch alle hinausgeworfen würden.

Herr: Wenn es einmal so weit käme, da würde wohl mehreres hinausgeworfen. Die Kerzelweiber könnten gleich einpacken. Ihr Hauptdienst ist ohnehin nur Regenschirme aufheben und Liebesbriefe bestellen. Die ersten Schläge bekämen zwar schon die Büchsenmänner mit ihrem erbärmlichen Geschrey: gehts zum Seegen, als wenn sie einen Weinschank ausriefen.

Frau: Es muß doch ein schönes Geld durch uns Opfermännl eingehen?

Herr: Das glaub ich. Meine beßte Madam! ich habe oft gedacht, die Kirche, wo wir sind, ist niemals abgebrannt, das, was neu dazu gebauet worden ist, war nicht nothwendig vom eingehenden Opfer zu nehmen, weil sich hiezu besondere und so viele Gutthäter gefunden haben, daß davon zwey Thurme und zwey Kirchen hätten gebauet werden können. Die täglichen Ausgaben bey der Kirche sind gestiftet. Das Kirchensilber, die Kirchenornate, alles ist von besonderen Gutthätern angeschaft worden, und Messen giengen immer so viel ein, daß sie nicht einmal alle hier haben gelesen werden können, sondern in andere Länder (die Messe pr. 17 kr. mit Zurückhaltung des übrigen) haben versendet werden müssen. Ich weiß es nicht, worauf es nothwendig gewesen wäre, einen Kreuzer zu verwenden, und wo das Geld hingekommen.

Frau: Uiber alles dieses habe ich auch schon meine Gedanken gemacht. Erwägen sie nur, wie viele Jahre schon dieses Gotteshaus mit dem mirakulosen Bilde da steht, und ohne von uns Opfermännl zu reden, wie viele andere Sachen vom grossen Werthe jährlich in die Schatzkammer geopfert worden. Wo sind denn diese hingekommen; sie hätten ja nicht einmal mehr Platz in unserer Schatzkammer, Wo sind sie denn also hingekommen?

Herr: Das verstehe ich auch nicht. So viel weiß ich, daß unser Kloster in seinem Anfange ein ganz geringes Vermögen gehabt hat, jetzt aber eines der reichsten Klöster im ganzen sey. Aber behüte mich der Himmel, daß ich dadurch gesagt haben will, als wenn dieser Reichthum die Schatzkammer, und die eingehenden Opfer zur Quelle gehabt hätte, und daß es besser gewesen wäre, wenn diese Opfer zur Herstellung eines Hauses für Arme, für Findelkinder, oder zu andern öffentlichen frommen Bedürfnissen und hauptsächlich zur Seelsorge wären verwendet worden. Ich sage nur, daß ich es nicht verstehe, und das ist wohl einem wächsernen Männl nicht übel zu nehmen.

Frau: Keine Klosterfrau kann die Veränderung ihres Standes so wünschen, (und gewiß wünschen dieses viele) als ich die Veränderung unsres Standes wünsche.

Herr: Und kein Ordensgeistlicher kann so sehnlich aus seinem Orden hinweg verlangen (und dergleichen Verlangen haben wohl nicht wenige) als ich verlange, nun endlich aufzuhören ein Opfermännl zu seyn.

Frau: Braucht es bey uns auch eine Dispensation?

Herr: Behüte der Himmel.

Frau: Wir sind ja aber Gott als Opfermännl gewidmet?

Herr: Alle Geschöpfe sind Geschöpfe Gottes, und in allen Ständen kann man sich ihm widmen.

Frau: Und wollen endlich einige von uns Opfermännl noch einen ähnlichen Stand erwählen, so können sie ja geweihte Agnus Dei oder Lorettokerzen oder Franciscus de Paula Kerzen werden, und sich gegen das Donnerwetter anzünden lassen.

Herr: Nein Madam. Es ist eins so abergläubisch als das andere, und aus dem nämlichen Grunde, aus dem ich kein Opfermännl seyn will, aus dem nämlichen will ich auch kein geweihtes Agnus Dei, keine Lorettokerze, und keine Franciscus de Paula Kerze seyn.

Frau: Eines Theils haben sie wieder Recht. Aber alle denken nicht so, und weil man nicht alle so gleich zur guten Denkungsart umschaffen kann, so muß man ihnen schon etwas zu ihrer Befriedigung zulassen.

Herr: Nun ich gebe ihnen schon nach. Denken doch die fleischernen Herren und Frauen auch nicht alle gleich. Das habe ich erst heut erfahren.

Frau: Wie so?

Herr: Sie wissen, daß wir, wie auf der Schaubühne alle Personen vorstellen müssen. Denn bald stelle ich einen Bauern, bald einen Bürger, bald einen Edelmann vor. Einen Geistlichen vorzustellen, dieses ist noch nicht auf mich gekommen, und ich glaube nicht, daß sie unter uns allen, die wir geopfert werden, ein Männl in geistlicher Kleidung finden.

Frau: Das ist wahr, aber ganz natürlich, denn es muß ein Unterschied seyn, zwischen denen, die aufgeopfert werden, und denen, die aufopfern.

Herr: Nun, daß ich ihnen also sage, so wurde ich auch heut von einem Bauer, sodenn von einem Bürger, und endlich von einem Edelmanne geopfert. Der Bauer, nachdem er mich auf den Altar gestellet, dankte Gott recht inniglich, daß er durch unsere Landesfürsten so nützliche und heilsame Einrichtungen gemacht, und bat Gott recht inständig, nur diesen Landesfürsten zum Beßten aller Unterthanen lange Jahre zu erhalten. Ich opfere dir auf, setzte er bey, mein Gott, alle Grobheiten, die ich von den Beamten und Kanzleyen habe ausstehen müssen, ich opfere dir auf alle Unkösten, alle Gänge, die mir verursacht worden, bis ich endlich durch wiederhollte Befehle meines Landesfürsten meine gerechte Bite erhalten habe. O mein Gott! schenke nur unserem gnädigsten Herrn ein langes Leben. So redete der Bauer.

Frau: O du guter Mann! Was sagte denn der Bürger?

Herr: Mit dem war ich auch ziemlich zufrieden. Mein Gott, sagte er zwar, ich sieh alles nicht ein, was jetzt verordnet wird. Aber du hast einmal befohlen der Obrigkeit zu gehorsamen, und so will ich denn gehorsamen, wenn mir auch noch etwas so hart fällt. Es ist wahr, himmlischer Vater, der Bruderschaftspater, der der Beichtvater von meinem Weibe ist, schmäht erstaunlich wieder vieles, und der Frater Sammler hat noch ärger geschmäht. Allein du weißt es selbst, lieber Gott, daß mir ein anderer gescheider Priester schon bey Lebzeiten meines ersten Weibes gerathen, lieber auf mein Hauswesen, als auf solche Geistliche acht zu geben, wie sie denn mein ganzes Haus damals würden aufgezehrt haben, wenn ich nicht ein Ende gemacht hätte. Nun lieber Gott! fangen sie bey meinem jetzigen Weibe schon wieder an einzunisten. Stärke mich also, daß ich sattsamen Wiederstand leisten, und doch den Hausfrieden erhalten könne, und erleuchte mein Weib, daß sie selbst überzeugt wird, daß sie unrecht daran sey, und lieber auf die Erziehung ihrer Kinder, die im guten Unterrichte, und Anhaltung zur Arbeit bestehen solle, auf ihre Dienstboten, und auf die Armen ihr Augenmerk nehme.

Frau: Das war wohl ein guter ehrlicher Mann, der Vernunft genug hatte, obwohl er das Nützliche der neuen Einrichtung nicht einsah.

Herr: Wollte Gott! es wäre der Edelmann so gewesen. Nachdem mich dieser auf den Altar gestellt hat, zoh er einen langen Rosenkranz aus der Tasche und fieng sein Gebet so an: Himmlischer Vater, der du mich so glücklich gemacht hast, daß dieser Rosenkranz vom Pabste selbst, und nicht etwan nur von dem Patriarchen gesegnet, und mit einem so grossen Ablasse begnädiget worden, und der du auch meiner Frau die Gnade vor anderen bewiesen hast, daß sie eh, als andere zum Fußkuß gekommen ist, ich bite dich heut um eine einzige Gnade, und diese besteht in dem, daß du alle Leute, denen ich es nicht selbst noch habe sagen können, erleuchtest und überzeigest, damit sie es erfahren, erkennen, und einsehen, daß ich an allen den heutigen Einrichtungen keinen Theil habe.

Frau: Diese Bite war vielleicht überflüssig, denn vielleicht sehen es ihm die Leute ohnehin an, daß er keinen Theil daran haben könnte.

Herr: Das zeigt wirklich die Bite selbst, was dieser Mann für Grundsätze hat, und in meinem Leben bin ich auf dem Altare stat eines anderen Menschens nicht so hart gestanden, als anstat dieses Edelmanns. Ich dachte mir, geh lieber nach Hause und arbeite, und studiere vorher recht, damit du auch recht arbeitest.

Frau: Still! Ich höre die Kirchenthüre wieder aufmachen. Kein grösseres Unglück könnte für uns nicht seyn, als wenn die Leute erfuhren, daß die wächsernen Männl reden und hören.

Herr: Das ist wohl wahr, morgen erhalten wir schon wieder Zeit, weiters zu reden. Vielleicht erfahren wir etwas neues. Es wird ohnehin gleich wieder heissen, auf und ab marschiren. Adieu Madam.

Frau: Adieu!*

GALERIE KATHOLISCHER MISSBRÄUCHE

Man liefert hier dem Publikum ein Werk in die Hände, das für unsere Zeitgenossen und für die Nachwelt gleich interessant sein muß. Der lebende ächte Katholik wird mit Abscheu auf die Misbräuche voriger Zeiten zurücksehen, und sich freuen in seinem Herzen, daß unsere heilige Religion sich nun endlich wieder ihrer ersten Einfalt nähert; unsere Nachkömmlinge aber werden diese Galerie katholischer Mißbräuche mit Erstaunen ansehen, und die Vorsicht segnen, daß sie in Zeiten leben, wo man diese abergläubische, Gott und die Vernunft entehrende Gebräuche, als blosse Denkmäler barbarischer Jahrhunderte zu betrachten pflegt.

Man hat diesem Werke den Namen: Galerie gegeben, weil die katholischen Misbräuche gleichsam als Bilder aufgestellet sind, durch die der Leser in kurzen Kapiteln bald in ernsten Betrachtungen, bald an der Hand der Satire geführt wird.

Kein ächter Katholik wird es dem Verfasser verdenken, daß er über diese Misbräuche mehr in einem muntern, scherzenden Tone geschrieben habe. Es war ihm unmöglich, bey so vielen komischen Auftritten immer eine ernsthafte Mine beyzubehalten. Eben so wenig befürchtet er von ächten Katholiken den Vorwurf, daß er durch diese Schrift die Religion selbst habe wollen lächerlich machen. Der ächte Katholik weis zu gut die Religion von den Misbräuchen zu unterscheiden; ja er weis, daß der Religion ein

* Die Frau redet am letzten, denn auch unter den wächsernen Frauen ist die Mode, daß sie das letzte Wort haben müssen.

Galerie katholischer Mißbräuche

wahrer Dienst geschieht, wenn man lächerlich zu machen sucht, was nicht zu ihr gehört, und ihr die Lappen vom Leibe nimmt, die Aberglauben und Gleißnerey ihr umgehangen haben.

Gewisse schwarze und braune Herren, denen zu sehr an Beybehaltung dieser für sie so einträglichen Misbräuche gelegen seyn muß, werden freylich diese Schrift zu verschreyen trachten – aber ihr Geschrey wird die Stimme der Wahrheit nicht unterdrücken können.

Der Verfasser tröstet sich mit dem Bewußtseyn seiner guten Absicht, und mit der Ueberzeugung, daß nicht nur der ächte katholische Laye, sondern auch der würdige katholische Priester sein Werk aus dem wahren Gesichtspunkte beurtheilen, und ihm Gerechtigkeit werden widerfahren lassen.

JOSEPH RICHTER

EIN ORT, WO MEHR COQUETTIRT ALS GEBETET WIRD

Was bei Paris ein Ort ist, der Longchamps genannt wird; das ist hier in Wien – der Kalvariberg. Ein Ort, wo mehr coquettirt als gebetet wird – die Andacht wird daselbst durch das heil. Feuer der christlichen Liebe, auch bei der strengsten Kälte genähret, sollte es auch nur in den umliegenden Wirtshäusern sein!

THEODOR DUMHOFF

WARUM MÜSSEN WIR EINEN KALVARIENBERG HABEN?

Was im Sommer der Augarten und Prater ist, das ist Hernals in der Fasten. Man sieht hier die ganze schöne Welt beysammen – daher wird Hernals von einigen Spöttern auch die kleine Redoute genannt. Fremde, die diesen Ort zum erstenmal besuchen, müssen sich nicht wenig wundern, wenn sie oben am Kalvarienberg Christus am Kreuze erblicken, und dann die unzählichen Boutiken von Würsten, Zuckerwerk, Hernalserkipferln, wälschen Salamien, Käß und andere Viktualien am Fuß des geheiligten Berges sehen.

Wenn sie hier ein altes Weib rufen hören: *Das Lied zum Leiden Christi um 1 kr.*, und gleich neben diesem ein anders Weib ruft: *Meine Limonien, meine Feigen um 1 kr.;* werden sie nicht glauben, daß auf dem Kalvarienberg Christen, am Fuß des Berges Heiden wohnen?

Wenn sie dann erst tiefer in das Dorf hinein kommen, oder das neue Lerchenfeld besuchen, und ihnen aus allen Bierschenken das Geklirre der Gläser, und lautes Jauchzen entgegen schallt, werden sie sich wohl bereden, daß sie unter Christen seyen, die eben ihre Andacht zum Leiden Christi verrichtet haben, oder müssen sie nicht vielmehr auf den Gedanken kommen, daß sie sich unter zügellosen Bachanten befinden?

Es wäre unbillig den Menschen zu verbieten, daß sie sich durch einen angenehmen Spaziergang während der Fasten vergnügen. Körper und Geist wollen Erholung. Allein warum muß gerade der Spaziergang nach dem Kalvarienberg gehen – oder warum müssen wir einen Kalvarienberg haben?

Joseph Richter

KIRCHENGESPRÄCH
ZWISCHEN DEN HERREN E. UND P. UND EINEM KAVALIER

E.: Ist nicht viel besonders hier –

K.: Werden schon noch kommen.

P.: (Macht einem Frauenzimmer mit der Reitpeitsche ein Kompliment.) Schau! 's Mauserl auch hier –

E.: Fällt stark vom Fleisch. –

K.: Lauft schon eine Zeit mit –

P.: Was kniet denn dort für ein Armeseelngesicht?

K.: Kanns nit ausnehmen. (Gucken alle drey mit der Lorgnette nach ihr)

P.: Es ist ja die Ecksteinanerl mit der Ameisentaille – –

E.: Blitz! Und hinter ihr die Dukatensopherl in einer neuen Schabracke –

K.: Muß sich wieder ein Gutthäter gefunden haben. (Der Kirchen-

aufseher kömmt mit langsamen Schritten durch die mittlere Reihe der Bänke herab. Er hat den Husten.)
K.: Still Messieurs. 's Flügelkleid kömmt – (der Commissari).
E.: Lassen wir die Nase vorbey gehen. – (Der Aufseher macht eine tiefe Verbeugung vor ihnen.)
P.: Servus – Herr Strumpf.
K.: Geh, troll dich!
P.: Wo gehst du hin?
E.: Aufs Billiard – Kommt mit!
P.: Ist die Messe noch nicht zu Ende? –
E.: Wird euch der Teufel deswegen nicht holen –
K.: *Andiamo! – Andiamo!* (gehen trillernd zur Kirche hinaus).

Wer mehr dergleichen Gespräche hören will, darf nur an Sonn- und Feyertägen um 12 Uhr nachts in die ****-kirche gehen.

AUS EINEM WIENER JOURNAL

UEBER FRONLEICHNAMSUMGÄNGE

Der Ursprung der Prozessionen verliert sich in das graue Alterthum. Sie müssen uns also wenigstens als Antike ehrwürdig seyn.

Wenn ganze Gemeinden in Reihen dem Tempel zuwallen, um Gott den Herrn bey anhaltender Trockne und fruchtbaren Regen, und bey überschwemmten Fruchtfeldern um Sonnenschein, und folglich um ihre Erhaltung zu bitten, so ist es ganz gewiß löblich, und am löblichsten, wenn ihr Gebeth den vernünftigen Inhalt hat: Herr dein Wille geschehe!

Wenn aber diese Prozessionen ohne wichtige Beweggründe angestellt, und ohne Ursache gehäufet werden; wenn sie überdieß den arbeitsamen Bauer und Bürger in seinen Geschäften hemmen, zu Ausschweifungen den Weg öffnen, und endlich in Maskeraden und Possenspiele ausarten, so verdienen sie, wie die übrigen Misbräuche, die Geißel der Satire.

Wir haben im zehnten Kapitel über Landprozessionen und Wallfahrten bereits unsre Meynung gesagt, um dieses Bild vollständig zu machen, fehlt nur noch eine kleine Schilderung der Stadtumgänge.

Wenn man den Vater kennt, so kann man sich beyläufig eine Idee von den Söhnen und Töchtern machen. Deswegen übergehen wir die ungeheure Anzahl von Bruderschaftsumgängen, Klosterprozessionen u.s.w. und stellen hier bloß das Bild des so berühmten Fronleichnamumgangs zum ewigen Angedenken in unsrer Galerie auf; aber nicht so wie er nun ist, sondern wie er war.

Noch eh der Tag anbrach, war bereits die halbe Stadt aus den Federn; denn alles freute sich auf diese Prozession. Die Köchinn putzte sich so gut möglich zusammen, um dem Fleischerknecht, der heute die grosse Fahnenstange dirigiren wird, Abends beym Tanz Ehre zu machen. Der Schuhknecht schwitzte unter der Hand des Haarkrausers, der ihm ein paar Locken an den Kopf hin doppelte, und gröber mit ihm umging, als dieser mit dem Leder; denn an diesem Tag gab es wohl keinen Handwerksbursch, der nicht, wenigstens am Kopf, einen kleinen Kavalier ähnlich gesehen hätte.

Gegen 4 Uhr versammelten sich Meister und Gesellen bey ihren Zunftfähnen. So eine Zunftfahne kostete öfters 5 bis 6 tausend Gulden*. Sie waren alle aus Seidenstoff, und reich von Gold gewirket. In Mitte der Fahne sah man den Schutzpatron der Zunft, unter ihm das Handwerkszeichen – Und so stand also auf der Fahne der Fleischhacker der Ochs unter dem Heiligen.

Jede solche Fahne hatte 10 bis 12 Träger, von denen einer die Mittelstange und also gleichsam das Steuerruder regierte.

Es konnte auch auf dem grössten Kriegsschiff nicht leicht ein grösserer Lärm unter den Matrosen gehöret werden, als hier unter diesen Fahnenträgern.

Spass war es freylich nicht, eine viele Zentner schwere Maschine, die bis über das zweyte Stockwerk ragte, auf den Schultern durch alle Hauptgässen der Stadt zu tragen.

Der kleinste Windstoß konnte sie zu Boden stürzen. Darunter

* Diese Summe läßt sich nun weit löblicher zum Besten armgewordener Mitmeister, vaterloser Waisen, kranker Gesellen u.s.w. verwenden.

hätte das point d'honneur des ganzen Handwerks gelitten. Bey so einem Fall hätten wohl auch einige Zuschauer können erschlagen werden; allein das gehört nicht zum Handwerk.

Zu den Trägern wählte man aus jeder Zunft die handfestesten Bursche. Diese waren nach ihren verschiedenen Zünften in Uniformen. Unter diesen zeichneten sich die Metzger vorzüglich aus. Sie waren in feinem rothen Tuch, mit Silber besetzt, gekleidet, trugen rothseidene Strümpfe, Schürzchen vom feinsten Nesseltuch mit Spitzen besetzt – grüne Mützchen mit Federn geschmückt, hatten silberne Messer in der Schürze stecken – grosse runde Locken, wie sie kaum ein junger Abbé tragen kann, liefen ihnen um den Nacken her – Kurz ihre Masken hätte für eine Redoute allerliebst ausgesehen – – aber bey einer Fronleichnamsprozession???

Um vier Uhr gemeiniglich begann der Zug. Die Zünfte folgten sich nach ihrer festgesetzten Ordnung. Einige, die keine Fähne hatten, trugen ihre Handwerksinsignien auf Stangen, und diese waren wirklich die Vernünftigsten.

Den Fähnen folgten die Gesellen, den Gesellen die Meister mit reichgalonirten Mänteln.

Je breiter die Mäntel mit Gold besetzt, je dicker die Bäuche waren, je reicher war die Zunft.

Einige ließen sich eine Bande von Bierfidlern vortreten, die ihnen (bey einer Prozession?) verschiedene Marsche vorspielen mußten, und wenn sie dessen ungeachtet im Marschiren kein Tempo hielten, so war es kein Wunder, denn die Därmkratzer hielten selbst keines.

Nachdem die Zünfte vorüber waren, nahm endlich der Hauptumgang seinen Anfang, und dieser war in mancher Rücksicht auferbaulich, und gehört also nicht in unsere Galerie; aber daß diese Prozession in der Stadt allein durch 8 Täge wiederholet wurde, daß man Leuten, die wichtiger Geschäfte wegen durch die Gässen gehen und fahren mußten, den Weg mit Brettern verlegte, Wachs und Gras unnützerweise verschwendete, bey der Prozession der wohlehrwürdigen Patern Franziskaner aus Schulbuben Engeln machte, und das Hochwürdigste selbst durch ein 8 tägiges Spazierntragen profanirte, das gehört allerdings in unsre Bildersammlung, so wie der Misbrauch, den die Vorstädte mit eben dieser Fronleichnamsprozession durch verschiedene Wochen wechselweise trieben, wodurch diese an sich löbliche Andacht zum wahren Nebenbild der Johannesandachten wurde.

Wir reden nur von vergangenen Dingen. Gegenwärtig wird dieser sogenannte Fronleichnamsumgang mit Auferbaulichkeit und Anstand gehalten; obwohl er seines grossen Umfanges wegen Manchem nur für Leute eingerichtet scheint, die gut auf den Beinen sind.

Doch man zwingt ja Niemand dabey zu erscheinen. Wem das Gehen zu beschwerlich wird, der kann ja zu Hause bleiben, und von den Fenstern zusehen.

JOSEPH RICHTER

5

Was ist der Geschmack der Nation?

VON DER MUSIK IN WIEN

Der Ritter Gluck ist unter den Wienerischen Tonkünstlern am berühmtesten; hat aber auf den musikalischen Geschmack daselbst, soviel ich bemerken können, keinen sehr merklichen Einfluß gehabt. Daß er ein Mann von sehr vorzüglichen Talenten ist, wird niemand läugnen. Nachdem Gluck für die berühmtesten Theater Italiens eine ziemliche Anzahl Opern in der gewöhnlichen Art mit Beyfall geschrieben hatte, fieng er mit seinem Orpheus zuerst an, die Form der gewöhnlichen Opernmusik zu ändern; und mit seiner Alceste, welche in italiänischer Sprache 1768 zu Wien aufgeführt ward, kündigte er sein Vorhaben an, die Opernmusik umzubilden, und sie auf ihren natürlichen Zweck, daß sie nemlich bloß den Sinn der Poesie weiter ausdrücken sollte, wieder zurückzuführen.

Ich gestehe: Im Ganzen schien es mir gar nicht, als ob mit dieser Form von Musik bisher außerordentliche Wirkungen erreicht worden wären.

Gleichwohl bedarf die neue Art der Musik, welche Gluck einführen will, ihrer Natur nach noch eine genauere Bezeichnung als irgend eine andere. Er will die Worte des Dichters im Ausdrucke verstärken, die Aktion des Schauspielers beleben.

Man kann sich leicht vorstellen, daß ich äusserst gewünscht habe, in Wien etwas von Glucks besten Werken, besonders seine Alceste oder seine Iphigenia in Tauris nach der ihm eigenen Manier gut aufführen zu hören. Dazu war aber keine Hofnung. Dieser berühmte Komponist selbst war Krankheitshalber im Bade zu Baden. Man sagte mir, Alceste und Iphigenia könnten nicht aufgeführt werden. Endlich ward auf den 30. Junius von einer französischen

Gesellschaft, die auf dem Theater am Kärnthnerthore spielte, eine Vorstellung des Orfee angekündigt. Das große Schauspielhaus war gedrängt voll. Glucks Verehrer, welche freilich eigentlich nicht Musikkenner waren, sagten mir, ich möchte den Werth der Musik nicht nach dieser unvollkommenen Vorstellung beurtheilen.

Daß Gluck selbst mit den spielenden Personen sehr schlecht würde zufrieden gewesen seyn, ist sehr leicht zu erachten. Indessen so unvollkommen die Vorstellung war, so sehr lieb ist es mir gewesen, sie zu hören. Sie hat meinen Begriff von der Art der Gluckschen Musik wenigstens in etwas lebhafter gemacht, oder vielmehr manches bestätigt, was ich schon vorher dabey vermuthet hatte. Ich konnte annehmen, daß ein gutes Orchester in Wien, und das war dieses, (so sehr es auch einige Zuhörer erniedrigen wolten), doch der Art des Vortrags, wie sie Gluck verlangt, näher komme als irgend ein anders. Daher war ich auf jede Stelle, worinn ich auch nur einen schwachen Wiederschein des Genies dieses berühmten Komponisten zu erblicken glaubte, äußerst aufmerksam. Besonders muß ich unparteyisch bekennen, daß das Orchester verschiedene in dieser Oper vorkommende ausdrucksvolle Instrumentalstücke, (worinn Gluck, wie mir aus seinen Ballettmusiken bekannt war, eine vorzügliche Stärke besitzt) mit Geist und Kraft vortrug, so daß sie trefliche Wirkung thaten.

Ich hörte viele Kirchenmusiken, denn es waren damals noch beständig Messen mit Musik. Die Orchester waren in keiner Kirche so gut als die in den beiden Schauspielhäusern. Es mochten wohl gute Musiker darunter seyn, aber sie waren nicht so gut zusammen eingespielt. Sogar in der St. Stephanskirche fand ich die Musik nicht so gut, als ich sie mir unter der Anführung eines Leopold Hoffmanns vorgestellet hatte.

In Absicht auf Komposition hatte die katholische Kirchenmusik bis vor einigen Jahren noch immer viel von einem eigenthümlichen Charakter. Aber nunmehr drängt sich allenthalben die Opernmusik auch in die Kirche, und was noch schlimmer ist, die fade neumodische italiänische Opernmusik. Dieß fand ich auch in Wien nur allzusehr. Ich wuste wirklich bey manchem *Credo* oder *Benedictus* zuweilen nicht, ob ich auch etwan Musik aus einer italiänischen

Opera buffa hörte. Wenige Ausnahmen fanden sich. Z.B. in der ehemaligen Jesuitenkirche hörte ich den 17. Junius eine schöne Musik zu einer Messe. Sie war voll von edlen und neuen Gedanken. Das *Sanctus* ward bloß mit einer obligaten Solo Violine, das *Agnus Dei* mit einer durchaus obligaten Posaune begleitet, welche rein und mit Verstande geblasen, eine dem Kirchenstile angemessene Wirkung that.

Ich hörte einmal unvermuthet in der Augustiner Hofkirche eine Todtenmesse. Es waren nur zwey Violinien, jede einmal besetzt, ein Violoncell und Violon, zwey Posaunen und ein Positiv. Die Komposition war sehr merkwürdig. Sie mochte etwan von Fux oder von seinem Zeitgenossen und Kollegen Caldara seyn. Kurze beständige kontrapunktische Sätze, dabey ein sehr simpler edler Gesang, voll Ausdruck. Besonders rührte mich eine schöne mäßig langsame Arie, die ein Chorknabe sang, der eine reine, biegsame obgleich in Absicht auf den Vortrag und das Tragen der Töne *(portamento di voce)* noch ungebildete Altstimme hatte. Sie ward bloß mit einer beständig concertirenden Tenorposaune und sonst mit gar keinem Instrumente begleitet. Es war doch in dieser fremden aber simpeln Zusammensetzung so viel zu Erregung einer dunkeln heiligen und hehren Empfindung! Diese langgezogenen, sanften, beständig sich folgenden, beständig sich begegnenden Töne erregten ein stilles Staunen. Besonders ein Paar Stellen, wo die Posaune nach und nach in die Tiefe sank, und aushielt, und dagegen die Altstimme, welche eine Pause von ein Paar Takten gehabt hatte, in der Höhe wieder in sachtem sich allmählich verstärkendem langem Tone hören ließ, giengen ans Herz. Ich habe lange nicht ergreifenderes gehört.

Bey der neuen Anordnung des Gottesdienstes im Jahre 1783 ist die figurirte und Instrumentalmusik aus den Kirchen zu Wien ganz verbannet worden. Nur bloß in der Kaiserl. Hofkapelle werden noch Messen in Musik aufgeführt: und bey St. Stephan wird, wenn der Kardinal-Erzbischoff pontificirt, noch musicirt, er muß aber die Musik besonders bezahlen. Statt der Musik sind in den Kirchen deutsche Gesänge eingeführt worden, welche unter der Messe von der Gemeinde gesungen werden. Dieß ist allerdings der Absicht des

Gottesdienstes viel angemessener, als lateinische Worte.

Oeffentliche Concerte sind viele im Winter. Besonders in der Fastenzeit, wenn die Schauspielhäuser geschlossen sind, und also Mangel an Zeitvertreib ist, werden viele sogenannte Academien öffentlich und in Privathäusern gehalten, wo denn unter dem Musiciren auch Karten gespielt und Erfrischungen gegessen und getrunken werden. Ein Liebhaberconcert sollte Freitags von ½7 bis ½9 Uhr Sommers und Winters in der Mehlgrube gehalten werden. In der Ankündigung hieß es: „In den Nebenzimmern werden Spieltische für alle Arten Kommercespiele bereit gehalten, für deren jeden à Discretion Spielgeld erlegt wird, so wie auch die Gesellschaft mit allen Arten von Erfrischungen auf Begehren bedienet werden wird.“

In den Privatconcerten wahrer Liebhaber, denen ich in Wien beygewohnt habe, war es nicht so.

Nicht bei dem Fräulein Franciska von Auenbrugger, einer Tochter des rühmlich bekannten Arztes, die mit reiner Intonation und wahrem Affekte singt. Nicht bei ihrer liebenswürdigen Schwester Mariane, welche ich noch sehr krank sah, und welche seitdem gestorben ist, die das Klavier spielte und componirte.

Nicht bei dem Fräulein von Paradis, welche blind ist, obgleich Mesmer versicherte, sie durch seine Magnete curirt zu haben.

Nicht bei dem Freiherrn von Swieten, Präsident der Studienhofkommission, der mir schon vor Berlin als ein eifriger Liebhaber und Kenner der Musik, ja selbst als Componist bekannt war.

Noch verdient die Militärmusik bemerkt zu werden, welche zu Wien alle Abend vor der Hauptwache auf dem Hofe gemacht wird, ehe man den Zapfenstreich schlägt. Sie bestehet aus zwey Schalmeyen, zwey Klarinetten, zwey Waldhörnern, Einer Trompete, zwey Fagotten, Einer gewöhnlichen und Einer großen Trommel. Die beiden Trommeln sind oft auf eine glückliche Art zur Begleitung einiger musikalischen Gedanken gebraucht. Man kann hier einige Ideen über den Rhythmus schöpfen, der einen großen Theil der Wirkung der alten Musik machte, und der in der neuern Musik obgleich mannichfaltiger, doch auch unmerklicher geworden ist, seitdem der Kontrapunkt eingeführt, und der Gesang mehr vervollkommnet worden ist.

Die Tanzmusik ist in Wien gewöhnlich gut, und wird markirt und hebend gespielt, ohnerachtet der eigentliche österreichische Tanz viel sanfter und gemäßigter ist, als man sich bey uns einen Steyerschen Tanz vorstellet. Er besteht bloß aus fortgehendem Walzen von einer Anzahl tanzender Paare. Aber dieß geschieht in gemäßigter Bewegung, und ist viel anständiger, als das bey uns in die engländischen Tänze eingeführte wilde und heftige Walzen. Die Tanzspieler hatten sonst unter sich eine Zunft, welche man das Spielgrafenamt nannte. Wer nicht in diese Zunft getreten war, durfte nicht öffentlich zum Tanze spielen. Auf Kaiserlichen Befehl aber ist 1783 das Spielgrafenamt gänzlich aufgehoben worden. Aber eine Musiksteuer ist noch vorhanden, so wie bey uns. Alle Auflage auf die Freude des Volks hat für mich einen sehr widrigen Begriff. Ausschweifungen aller Art muß man einschränken, und selbst dabey sind Auflagen unwirksam. Aber Einschränkungen und Auflagen auf Freuden? Ich bedaure, daß dieser Gedanken einer gesetzgebenden Macht eingefallen ist!

Friedrich Nicolai

WAS IST DER GESCHMACK DER NATION?

Sollte man glauben, daß ein grausames, ekelndes, die Menschheit entehrendes Schauspiel, wo man Thiere zusammenhezt, sie kaempfen und einander zerfleischen laeßt, seit einer langen Reihe von Jahren so haeufig in Wien besucht wird, daß der Unternehmer desselben im Stande ist, mehrere tausend Gulden jaehrlich Pachtschilling davon zu bezahlen? Nichts ist richtiger! Die Liebhaber der Heze sind im Durchschnitt zahlreicher, als die Freunde des gesitteten Theaters.

Dieses blutige Spektakel wird alle Sonn- und Feyertaege des Nachmittags gegeben. Das Wetter mueßte ausserordentlich mißguenstig seyn, wenn nicht haeufige Zuschauer aus allen Klassen und Staenden sich einfinden wuerden, um zu sehen, wie ein Stier mit

Hunden kaempfet, wieviel er mit dem Horn spieset und in die Hoehe wirft, wie ein Wildschwein um sich schlagen kann, wie die Woelfe ein Lamm zerreißen, oder ein junges Schwein von einem Baeren lebendig gefressen wird. Da wird denn durch die ganze Woche davon gesprochen, und am naechsten Sonntag findet man sich aufs neue dabey ein.

Man findet immer eine Menge vornehmer Frauen und Fraeuleins darinn. Die Buergerssoehne fuehren ihre Maedchen, die sie zu heyrathen gedenken, zur Ergoetzung dahin, und man kann sich vorstellen, was dies fuer empfindsame zaertliche Muetter geben wird. – Andere halten und ernaehren grosse Fanghunde, in der einzigen Absicht, sie zu den Hezen herzuleihen, um sagen zu koennen: dieses Schwein oder jenen Baeren hat mein Hund solo gefangen; diesen Ochsen hat er allein gehalten, und jenen Wolf haette er umgebracht, wenn man ihm nicht das Maul aufgebrochen haette.

Man bezeigt seinen lauten Beyfall in der Heze eben so wohl durch das Klatschen, als im Nationaltheater bey den ruehrendsten Szenen. – Vor mehrern Jahren wurde in Wien eine Komoedie verfaßt und aufgefuehrt, unter dem Titel: Was ist der Geschmack der Nation? Haette der Verfasser darunter geschrieben: Die Heze! so haette er die Muehe fuer sein ganzes Stueck sparen koennen.

Johann Rautenstrauch

DAS LIEBE PÜPPCHEN HETZE*

Wollt' ich die Hetze entschuldigen: so sollt' es mir vielleicht nicht an Gruenden noch Beyspielen fehlen. Aber ich will es nicht thun, denn sie ist und bleibt ein wildes barbarisches, einer gesitteten Nation unwuerdiges Schauspiel.

Am Samstag reitet ein Mann in eleganter Jagdkleidung mit dem Hirschfaenger an der Seite, durch die Stadt und alle Vorstaedte. Zwey buergerliche Trommelschlaeger klempern vor dem Pferde her,

* Durch einen Zufall brannte im Jahre 1794 das Hetz-Amphitheater ab, und seitdem ist dieses infame Spectakel nicht wieder erlaubt worden. Indessen mag diese kurze Schilderung derselben ad nauseam hier stehen bleiben.

und hinten folgen 3 bis 4 Kerle, ganz in gelbes Leder gekleidet, mit der Miene Huronischer Skalpirer, und theilen links und rechts Zettel aus, die so voll des albernsten Unsinnes stecken, als waeren sie im Narrenthurm geschrieben worden.

Sonntags am fruehesten Morgen wird auf den in der Mitte des Hetzamphitheaters stehenden Steigbaum, eine schwarz und gelbe Flagge aufgesteckt, und an die Ecken aller Gassen die naehmlichen Tollhaeusler-Zettel geklebt. Die gelben Skalpirer laufen auf allen Strassen herum, und hoeren in ihrer Mord-Uniform in den Kirchen die heilige Messe.

Nachmittags um 2 Uhr zieht die Wache an das Hetzhaus; und ein Schwarm Tambours und Pfeiffer von den Garnisonirenden Regimentern lagert sich auf den Balkon des Amphitheaters, wo er um 3 Uhr das Getoese der tuerkischen Musik anhebt.

Nach 3 Uhr traben schon dichte Haufen Neugieriger zum Stubenthor, ueber die Mauthbruecke, und zum Theresienthor hinaus. Ihnen folgen eine Stunde spaeter viele Fiaker, theils mit vielkoepfigen schweren Buerger-Familien, theils mit zaertlichen Hausknechten, und Handwerksburschen, nebst ihren Schoenen beladen. Noch eine halbe Stunde spaeter fliegt manches vergoldete Pirutsch, ein paar halb oder ganz adeliche Geschoepfe wiegend, zum thierischen Kampfplatz.

Sobald man ueber die Fortification hinaus ist, hoert man die kriegerische Musik. Wenn man auf etwa 300 Schritte sich genaht hat, wird man durch ein wuethendes Gebell von hundert grimmigen Hunden erschuettert und betaeubt. Befindet man sich am Eintritte des Hetzhauses, so waelzt sich eine Gestankwolke der Nase entgegen, so scheußlich wie sie Pater Kochem seiner Hoelle gibt.

Man tritt durch enge schlichte Treppen in den hoelzernen Zirkus. Er strotzt von unten bis oben von einigen Tausend Dilettanten jedes Geschlechts, Alters, Standes und Ranges. Man sieht in den Logen Grafen und Graefinnen; auf den ersten Galerien, Kammerherren, Ritter, Raethe, Negocianten, Kaufleute, Officiere, Gardisten, Stallmeister, Kammerdiener etc. mit Frauen, Toechtern, Liebhaberinnen, jungen Wittwen, Kammerjungfern vermischt; im zweyten Stock Dikasterianten, Moenche, Buerger, Friseurs, Studenten, Ladendiener,

Kutscher, Lakeyen, Stubenmaedchen, Koechinnen, Putzmacherinnen, Fleischhackersweiber mit ihren Kindern etc., im dritten Stock alles Kreti und Pleti, welches nicht mehr als 10 Kreuzer zu bezahlen vermag.

Eine scharfe Hetze, eine blutige Hetze, eine sehr blutige Hetze, eine sehr scharfe kaempfende Hetze, eine Hetze auf Mord und Tod, ein starker herrlicher Thierkampf, eine schoene Osterhetze etc. Dieß ist die gemeine Fraseologie. Zuweilen versteigt sich aber der Herold gar ins figuerliche: Der in den vier Elementen kaempfende Baer. Die Donnerkeile Jupiters. – Der Esel in der Bataille. – Die Schlittenfahrt im Sommer – Gute Nacht Schweizer! . . . Aehnliche Sottisen hat die k.k. Hetzpachtung in großen Vorrath, um damit ihrem Canibalenspiel einen vermeintlichen Schwung zu geben.

Durch diesen Knittelwitz gereizt, harren die Zuseher auf den Schmauß, der ihrer Neugierde soll gegeben werden . . . Es oeffnet sich ein Thor. Der nun auch in gelbes Leder gekleidete Hetzmeister springt auf den Kampfplatz, thut mit der Hetzpeitsche einen Klatsch: und augenblicklich schweigt Musik und Laerm. Alles ist in stiller Erwartung. Noch ein Peitschenknall! ein wilder Ochs stoßt ein anderes Thor auf; der Hetzmeister retirirt sich.

Man laeßt anfangs einige Lettfeigen von Hunden los, um das Thier bloß zu necken, und hitziger zu machen; endlich kommen ein paar Veteranen des Hundezwingers; der Ochs haelt ihnen die Hoerner dicht am Boden entgegen, aber eben dadurch gibt er auch seine Ohren preis. Sie packen ihn an beyden Seiten bey diesen Extremitaeten, und halten ihn stockstill. Im Augenblick dieser Heldenthat fallen Pauken und Trompeten ein; ein Huzza des Poebels, das Stampfen und Haendeklatschen der H.H. Hetzliebhaber acompagnirt dazu, und auf einen Wink des Meisters fuehren die tapfern Hunde den ueberwundenen Ochsen vom Platz.

Der naehmliche Auftritt wiederhohlt sich mit einigen Baeren, Hirschen, Woelfen, Wildschweinen. Es ist gegenwaertig auch ein Loewe, eine Loewinn, eine Hyaene, ein Leopard, unter der Truppe, sie scheinen aber allemahl etwas mit Opium betaeubt zu seyn; denn ihre Tapferkeit ist eben nicht die groeßte. Den Beschluß macht gewoehnlich ein Baer, der trotz des ihn umgebenden Feuerwerks seinen Raub hohlt, und verzehrt.

So endigt dieses rohe Schauspiel, das den Fleischern, Lakeyen, Kanzellisten, Hausknechten etc. auf drey vier Tage lang an den Tafeln der Trakteurs und in den Bierhaeusern Stoff zu Lobreden ueber den Muth der Ochsen, Baeren und Hunde gibt.

Um sich von der tollhaeuslerischen Rhetorik der Hetzzettel zu ueberzeugen, nehme man den ersten beßten zur Hand. Aber freylich, ueber eine solche Waare gehoert ein solches Schild.

Ich weiß, daß ein großer Haufe großer Kinder laut weinen wuerde, wenn man ihnen das liebe Pueppchen Hetze ganz naehme. Aber man lasse wenigstens von Woelfen, Baeren und andern grimmigen Raubthieren, nie andere Thiere auf dem offenen Hetzplatz zerreissen und auffressen. Ein solcher, schon an sich selbst aeußerst eckelhafter Anblick, stumpft das Gefuehl der Zuseher gaenzlich ab, und stimmt ihren Karakter zu grausamen Empfindungen.

Johann Pezzl

EIN BERLINER ERLEBT DIE HETZE

Dieses abscheuliche Schauspiel in Wien zu finden, und so großen Zulauf zu demselben zu finden, muß einen Fremden in Erstaunen setzen. Der allgemeine Charakter des östreichischen Volks ist sanft. Freilich ist es auch zu Wollüsten und sinnlichen Genüssen aller Art sehr geneigt. Aber es ist doch unbegreiflich, wie in Wien sogar Leute, die nicht zum Pöbel gehören, mit Wohlgefallen diese Grausamkeit ansehen können; und eben so unbegreiflich ist es, daß in Wien, wo bis noch vor kurzer Zeit beständig ein so großer Schein von Andacht öffentlich zur Schau getragen ward, dieses unmenschliche Schauspiel von je her an den Sonn- und Festtagen gegeben worden ist.

In England hält man den Sonntag so heilig, daß niemand sich trauet, ein Spiel Karten in die Hand zu nehmen, oder ein musikalisches Instrument zu spielen; und in Wien entheiligt man die Tage der Ruhe und des öffentlichen Gottesdienstes damit, daß man unter dem Gräßlichsten Getümmel unschuldige Thiere martern läßt.

An den Wochentagen macht sich das Volk zu Wien ein unentgeldliches Schauspiel, bey der Ochsentheilung zwischen dem Stubenthore und Mauththore. Dicht vor dem Hetzhause ist der Ochsenstand, ein durch verschiedene Geländer eingeschlossener Platz, in welchen die ungarischen Ochsen getrieben und zum Verkaufe gestellt werden. Wenn nun die Schlächter mehrere Ochsen kaufen, und einen nach dem andern wegführen wollen, so machen die ungarischen Ochsen allerley Sprünge, werden oft wild und beschädigen die Schlächter. Dahin laufen denn eine große Menge Menschen, gaffen, schreyen und toben, wenn der Ochse sich losreissen will, und die Umstehenden in Gefahr setzt.

Die Eingangspreise bey der Hetze des Sonntags sind so theuer und theurer als auf dem Nationaltheater: Für eine Loge 4 Fl. 20 Kr., die *Entrée* auf die *Gallerie Noble* (großer Gott! Bey einem solchen Schauspiele eine *Gallerie Noble!*) 1 Fl. 20 Kr., im ersten Stocke 40 Kr. u.s.w. Aber „die Herren Hetzliebhaber, die gute brauchbare Fanghunde mit sich bringen, genießen freyen Eintritt auf dem für Hunde und ihre Mitführer angewiesenen Platz". Einen würdigeren freyen Platz konnte man freilich den Herren Hetzliebhabern nicht anweisen, als den Hundeplatz.

Schon des Morgens an diesen heiligen Tagen sind an allen Ecken Zettel angeschlagen, welche oben den Kaiserlichen Adler führen. Darauf folgt denn die Nachricht, daß das k.k. privilegirte Hetzamphitheater, unter einer wohlbesetzten türkischen Musik, – mit einer sehr großen Hetze, – mit einer durchaus starken Hetze, – mit einer historischen prächtigen Hetze, u.d.gl. in so und so viel Auftritten, wieder werde eröffnet werden. Diese Hetzen haben denn auch, gleich als ob es Komödien wären, meistens besondere Namen: Z.B. der Esel in der Bataille, die Schlittenfahrt im Sommer, das trojanische Pferd, u.s.w. Die Erklärungen der verschiedenen Auftritte sind voll der plumpsten Abgeschmacktheiten, welche witzig seyn sollen. Z.B. „Ein frischer Bär, der zu allen Dingen den Kopf schüttelte, soll zu einem billigen Jawort gezwungen werden, und sollte er hartnäkkig seyn, so wird man ihn beym Ohr ertappen. – Unser Schußbartl die Wildsau schießt wie ein Pfeil aus ihrer Falle heraus.

Allemal müssen Schweinereyen dazwischen kommen (so sprechen unsere Hunde), das wird uns noch tolle machen. – Ein ungarischer Vollstier wird verschiedene Sprünge, und Solo tout machen," u.d.gl.

Die gemeinen Leute, so wie sie alle eben an den Sonn- und Feyertagen aus der Messe kommen, und noch Gebete käuen und an den Rosenkränzen zupfen, bleiben Haufenweise an den Ecken bey den Anschlagszetteln stehen, lachen über den albernen Witz, und freuen sich im voraus des hundischen Vergnügens, welches Nachmittags auf sie wartet. Schon gegen drey Uhr wird in der Gegend des Hetzhauses die Trommel gerührt, und die Hatz ausgerufen. Das Hetzhaus ist ein hölzernes ziemlich hohes rundes Gebäude, welches einen großen mit Sand beworfenen Platz einschließt. Das Erdgeschoß enthält lauter Kammern, worinn die wilden Thiere eingeschlossen sind, und vermittelst einer aufgezogenen Fallthüre auf den Platz gelassen werden können, und neben der Thüre, wo die Zuschauer hinein gehen, sind größere Behältnisse für die Hunde.

Ich habe dieses unmenschliche Schauspiel Einmal gesehen. Ich wollte um vieles nicht missen, es gesehen zu haben; denn gewisse Abscheulichkeiten muß man mit Augen sehen, um sie sich vorzustellen. Aber ich möchte es auch um vieles nicht noch einmal sehen. Gleich beym Eintritte ins Haus schlägt ein widriger Gestank von den Ausdünstungen der Thiere und von dem Aase, womit sie gefüttert werden, nebst dem Bellen der Hunde, dem Brüllen der wilden Thiere und dem unbändigen Geschreye der Hatzmeister entgegen. Gleichwohl fand ich die drey Reihen übereinander gebauter Logen und Gallerien voll gepfropft von Zuschauern beiderley Geschlechts. Nicht bloß vom Pöbel; man sah auch Herren wohl frisirt und gepudert, in gestickten Kleidern. Ja was noch bedaurungswürdiger und beynahe unbegreiflich war, ich sah da Frauenzimmer mit allen Reizen der Natur, mit allem Aufputze der Kunst gezieret, und sah ihre schönen Hände sich wechselweise bewegen die Riechfläschchen zu öfnen, und unmäßig zu klatschen wenn die Hunde einem Thiere nach dem Ohre schnappten. Man darf nicht glauben, daß die Thiere noch natürlichen Muth und Kraft ihrer Wildheit haben oder zeigen können. Es wäre wenigstens noch auf eine Art sehenswürdig, die wilde Kraft und Behendigkeit eines ungezähmten Thieres zu betrachten. Aber auch dieses siehet man nicht einmal. Die Thiere sind schon durch vorige Kämpfe abgemattet und furchtsam gemacht. Wenn die Fallthüre aufgezogen wird, so pflegen sie nicht immer herauszufahren, sondern sie ziehen sich in den hintersten Theil ihres Lochs zurück. Alsdenn bringen drey oder vier Kerle einen großen Hebebaum, und stoßen so lange auf das Thier zu, bis es aus Schmerz in den Hebebaum beißt, an welchem sie es alsdenn aus dem Loche auf den Platz hinausziehen. Sogleich werden zwey oder mehr große Hunde, welche bis dahin unter beständigem wütendem Bellen von den Hatzmeistern sind gehalten worden, losgelassen.

Gemeiniglich suchen die abgehetzten Thiere zu fliehen, so lange sie können, aber sie werden bald von den Hunden gepackt, gezaust, in die Ohren gebissen, oder ihnen gar die Ohren abgerissen. Sonderlich, wenn das letztere geschiehet, läßt sich das viehische Gelächter nicht beschreiben, welches die Zuschauer ausstoßen, und das unmäßige Geklatsche mit den Händen, und das Getrampel mit den Füßen. Weil die Thiere zu weitern Kämpfen sollen aufbewahret werden, so fallen die Hatzmeister, sobald die Hunde gepackt haben, den Hunden in den Nacken, reissen ihnen das Gebiß auf, und halten sie unter dem abscheulichsten Geheule und Gebelle fest, unterdessen das angefallene Thier ächzend, blutend, und vor Schmerz brüllend nach der geöffneten Fallthüre zueilet. Es ist ein unbeschreiblich ekelhafter und scheußlicher Anblick, die armen Thiere so quälen zu sehen.

Ich sah ein schönes Geschöpf, einen großen ungarischen Vollstier, der noch nie war gehetzt worden, sich einige Minuten lang mit größtem Muthe und Stoßkraft gegen sechs oder acht bissige Hunde wehren. Aber in kurzem hatten sie ihn hinter den Ohren gefaßt; an jedem Ohre und sogar am Lippenfleische hiengen zwey, die er unter gräßlichstem Brüllen und unter eben so gräßlichem Gelächter der Zuschauer herumschlänkerte, ohne daß sie los ließen, bis ein Ohr abfiel. Ein Paar andere Hunde hiengen an den Seiten; und endlich faßte ihn einer in die Hoden, daß das Thier brüllendheulende Töne des unbeschreiblichsten Schmerzes ausstieß, die keinen der hartherzigen Zuschauer zu einiger Empfindung bewegten. Man ließ alsdenn zwey Bären zugleich heraus, oder vielmehr die unbarmherzigen Knechte mußten sie mit wiederholten Stößen aus ihren Löchern hervorziehen; denn sie waren in vorherigen Hetzen schon so elend zugerichtet und so kraftlos gemacht, daß sie gar nicht heraus wollten. Der eine war schon so gelähmt, daß er kaum fort konnte, und der andere, hatte ein Ohr verlohren. Die Hunde fielen über den ersten her, und würden ihn gleich zerrissen haben, wenn die Hatzmeister sich nicht dazwischen geworfen hätten. Der andere, voll der heftigsten Angst, wollte die Fallthüre seines Loches aufstoßen, und da es nicht möglich war, so scharrte er, als ob er Konvulsionen hätte, in ein Paar Minuten ein Loch wohl zwey Ellen tief vor der Thür, um unter dem Grund herunter zu kriechen, wenn er gekonnt hätte. Endlich folgte der allerscheußlichste unter den scheußlichen Auftritten.

Es wurde ein zahmes Schwein und zwey hungrige Wölfe hervorgebracht, welche das Schwein in Gegenwart aller Zuschauer lebendig auffraßen. Da merkte ich endlich doch, daß ich nicht der einzige war, bey dem das Herz sich umkehrte, da dieses wehrlose Thier, unter kreischendem Geschrey, von einem Wolfe bedächtig und ohne Mühe am Halse befressen wurde, indessen der andere eben so ruhig dessen Bauch aufgebissen hatte, mit der Schnauze im Leibe wühlte, und die Eingeweide verschluckte. So etwas ganz unnennbar abscheuliches machte denn doch, daß verschiedenen Zuschauern, und besonders verschiedenen Zuschauerinnen, die Gesichter lang wurden, und daß sie, so wie ich, aufstanden und weg eilten. Ich wollte, wenn ich es könnte, die Abscheulichkeit dieses Schauspiels mit noch lebhafteren Farben schildern, um wo möglich die ganz fühllosen Menschen, die daran noch Gefallen finden können, doch einigermaßen zur Empfindung zu bringen. Derjenigen, die mit dem Anfange des letztern scheußlichen Auftrittes mit mir hinausgiengen, waren die allerwenigsten; und von der Treppe bis zur letzten Thüre hörten wir noch das wiehernde Gelächter des rohen Haufens, der sich an den Todesqualen des Thieres weidete. Dieser schändliche Auftritt war in dem Anschlagszettel folgendermaßen beschrieben:

„Die Raubwölfe werden auf eine lächerliche Art ihren Raub nehmen.“ Man muß wahrhaftig eine Hatzmeisterseele haben, um nur einen solchen Auftritt zu erdenken, geschweige darüber witzeln zu wollen.

Erstaunen muß man, daß jetzt, da in der Morgenröthe, die sich über das bisher so dunkele Oestreich zu erheben anfängt, etwas besseres zu hoffen gewesen wäre, ein so abscheuliches Schauspiel noch ferner die Sitten des Volkes verderben darf. Man giebt zur Ursache an, weil das Einkommen der Thierhetze dem Armen-Leute-Fond zu gute kommt. Ich frage: Ist denn bey der so großen Menge begüterter Einwohner dieser üppigen Stadt alle Empfindung von dem Elende ihrer armen Nebenmenschen so gänzlich erloschen, daß man Blut und Qual wilder Thiere verpachten muß, um von dem barbarischen Vergnügen des undenkenden Theils der Nation ein Almosen zu erpressen? Verpachten? und für welche armselige Summe? Ist Wien wirklich so sehr gesunken, daß man es nicht vermeiden kann, das moralische Gefühl eines Theils der Einwohner verderben zu müssen, damit man Fünftausend Gulden aufbringe, um etwan achtzig armen Leuten einen kümmerlichen Unterhalt zuzuwenden? Nein! das kann nicht seyn! Das muß nicht seyn! Ich frage: Sollte in Wien keine Gesellschaft wohldenkender Menschen zusammenzubringen seyn, welche aus edler Empfindung von Menschenliebe und von der wahren Ehre der Bewohner Wiens, jährlich von ihrem Überflusse die Summe von fünftausend Gulden, zu Auskaufung der schimpflichen Pacht der Thierhetze, zurücklegen möchte, auf daß die Nachwelt im Jahre 2240 nicht sage: Damit achtzig Arme täglich acht Kreuzer bekämen, duldete das große, das reiche, das prächtige Wien ein die Menschheit entehrendes Schauspiel!

Friedrich Nicolai

DER KASPERL

So nennet sich der Lustigmacher des Theaters in der Leopoldstadt. Er ist seit vielen Jahren schon unter diesem Namen bekannt, beruehmt und bis auf den heutigen Tag noch eben so sehr beliebt, als Anfangs.

Man darf ihn, ohne Schmeicheley, den Liebling der Wiener nennen. In allen Stuecken, die daselbst gegeben werden, spielt er unter dem Namen Kasperle die lustige Person.

Zuschauer aus allen Staenden stuerzen in Menge hinein, und noch nie hat das vortrefflichste Stueck im Nationaltheater so viel ununterbrochene Vorstellungen ausgehalten, als manche Farcen dieser Buehne. „Merkur, der neue Modezauberer“ wurde im vorigen Winter, bey vollem Hause, dreyzehnmal nacheinander gegeben. Man gebe das unvergleichlichste Stueck zehnmal im Nationaltheater ununterbrochen, und man wird den Unterschied sehen.

Die Ursache, warum dieses Vorstadt Theater so haeufig besucht wird, ist klar. Man giebt daselbst die eigentlichen Volksstücke. Sprache, Handlung, Scherze und Possen sind zwar oefters plump, aber ihre Schilderungen sind natuerlicher, als jene des grossen Theaters, und machen folglich desto mehr Eindruck. Sie mahlen die Menschen nicht, wie sie seyn sollen, sondern wie sie sind, und waehlen zur Vorstellung lauter Gegenstaende, die nicht ueber den Horizont ihrer alltäglichen Zuschauer gehen.

Die Anmassung der Schauspieler in der Stadt, daß es ihnen allein zukomme, vernuenftige und regelmaessige Stuecke vorzustellen, und die Unterstuetzung dieser laecherlichen Forderung mag eigentlich Ursache seyn, daß der Unternehmer dieses Theaters sich mit seinen Vorstellungen nur auf lauter niedrig komische Stücke einschraenkt, und sich nie ueber diese Sphaere hinaus wagt.

Der immer gleich gute Fortgang seiner Entreprise dient indeß zum Beweis, daß er den Geschmack des grossen Haufens, die Faehigkeit seiner Gesellschaft und die tauglichste Art Stuecke fuer seine Buehne genau kennt. Er weiß, daß man in seinen Vorstellungen lachen will, daß man keine grossen heroischen Handlungen von seiner Gesellschaft vorgestellt haben will, daß man ernsthafte Schauspiele nicht bey ihm sucht, und daß man nicht mehr von ihm und seiner Gesellschaft fordert, als ein – Vorstadtschauspiel.

Diese nemliche Gesellschaft wuerde weit strenger beurtheilt werden, wenn sie es wagen wollte, ihre Vorstellung auf dem

Kaerntnerthortheater zu geben. Sie wuerde bey eben den Zuschauern den Beyfall in der Stadt verlieren, den sie sich vor derselben erworben, weil man gewohnt ist, jeden Unternehmer des Kaerntnerthortheaters fuer einen Nebenbuhler der Nationalhofschaubuehne anzusehen, und ihn mit seiner Gesellschaft aus diesem Gesichtspunkt zu beurtheilen – welches denn natuerlich nicht vortheilhaft ausfallen kann. –

So viel ist indessen richtig, daß La Roche (der eigentliche Name des Kasperls) alle moeglichen Talente zu einem grossen komischen Schauspieler besitzt. Seine Sprache, sein Ton und besonders sein Geberdenspiel wuerde auch einen Kato lachen machen. Wenn er nicht der grosse Mann ist, der er seyn könnte; so hat es ihm an Gelegenheit gemangelt, sich besser auszubilden, und mit der Natur das Studium mehr zu verbinden.

Gleichwohl wuerde er bey keiner andern Gesellschaft solche Progressionen machen, als bey dieser. Hier sind und werden alle Stuecke auf ihn eingerichtet. Man denkt sich so zu sagen in diesem Hause kein Stueck, ohne ihn. Wenn das Wort Kasperle nicht auf dem Zettel steht, so ist es – leer. Aus diesem Grund waere zum Beßten des Unternehmers zu wuenschen, daß er in Zeiten sich um ein paar Zoeglinge dieses Wiener Lieblings bewerben moechte, denn auch die Kasperl sind sterbliche Menschen, und wo sollte man gleich wieder einen andern hernehmen?

JOHANN RAUTENSTRAUCH

EIN SPEKTAKEL DER NATUR

Den 29ten gab die Natur eines von ihren schrecklichen Spektakeln. Ein Wolkenbruch trieb die Fluesse aus ihrem Ufer, die nun Elend, Verwuestung und Tod vor sich herwaelzten. Die halbe Wienstadt sah diesem verheerenden Schauspiele zu. Doch nicht alle mit gleichen Empfindungen. An einigen Gesichtern konnte man die waermste Theilnehmung lesen; andern gefiel das Spiel der Wellen, die bald ein Pferd, bald eine Katze, bald ein halbes Haus auf ihrem Ruecken dahertrugen, und einige, die ihre Geschaefte bis 6 Uhr in der Stadt zurueckhielten, bedauerten sehr, daß das Wasser schon halb abgelaufen war, und daß sie zu spaet kamen. Es wurde auch, so wie bey allen Spektakeln, raesonnirt und deraesonirt genug. Nun! so giebt uns Gott ja abermal einen augenscheinlichen Beweis seines Zorns: sagte eine geistliche Spitznase, denen dergleichen Uiberschwemmungen wahres Wasser auf ihre Muehle sind.

Ich bitte um Vergebung, erwiederte ein Herr, der kein Abderit war, der Fluß lief hier, bevor die Häuser standen; aber das könnte vielleicht ein kleiner Abderitenstreich seyn, daß man die Häuser so nahe an ein Wasser hinbaute, das bey grosser Trockne durch seinen pestilenzischen Gestank Faulfieber verursachet, und bey seinem Anschwellen die Einwohner zu ersäufen droht.

Euer Hochwürden haben wohl recht, versetzte eine hohlaugigte Betschwester, die zugleich kuppelt und auf Pfaender leiht.

Ist es aber wohl ein Wunder, da man die Geistlichkeit und uns fromme Christen verfolgt?

Das heist wohl in den Tag hinein geredt: fiel ein drollichter Bildhauer ein. Es gehn ja auch Wolkenbrüche in Ländern nieder, wo die Leute noch durch und durch erzkatholisch sind. Und ist nicht erst vergangenes Jahr die Tyber ausgetretten, wo der heilige Vater wohnt, und wo lauter geistliches Blut ist?

Nein! so ein Wasser denk' ich nicht, sagte ein Dikasteriant, und doch hab ich, so lang ich die Ehre habe, Sr. Majestät zu dienen, noch keinen Eisstoß und keine Uiberschwemmung ausgelassen.

Aber wär es dann nicht möglich, durch künstliche Dämme, und mit Vorsicht angelegte Wasserbehälter, diesen Austretungen Schranken zu setzen? fragte ein Herr, der eben nicht sehr ansehnlich, aber doch sehr vernünftig aussah.

Es sind dieserwegen schon die herrlichsten Projeckte gemacht worden, antwortete ein Spoetter, aber sie hatten alle den Fehler, daß ihre Ausführung unmöglich war.

Aber das war doch ein wirklicher Abderitenstreich, ließ sich ein Auslaender vernehmen, der selbst ganz Abderit zu seyn schien, so einen verheerenden Fluß durch eine so volkreiche Vorstadt zu leiten. – –

Kurz die halbe Wienstadt hatte an diesem Tag den Kopf voll

Wasser, und wo man gieng und stand, wurde von dieser kleinen Suendfluth gesprochen.

Sie waeren auch nicht sobald aus ihrem Wasserwirbel herausgekommen, wenn sie nicht ein Biedermann oeffentlich erinnert haette, daß die ungluecklichen Opfer dieses Wasserspektakels ihre Mitbrueder sind. Eine Erinnerung, die freylich der edle Menschenfreund, der im Stillen, und ohne sich zu entdecken, wohl thut, nicht bedurfte.

Nun fuhr mit einemmal der Geist der Großmuth in sie, und eh noch drey volle Taege verflossen waren, hatten sich die Geldbeytraege auf 2641 fl. 48 kr. belaufen; welches, mit Erlaubniß zu reden, fuer eine Volkmenge von zweymalhundert sechzigtausend Menschen, die zusammen genommen taeglich wohl zwanzig und mehrtausend Gulden im Kartenspiel, oder fuer Kastraten, oder fuer Maetressen, oder fuer Taschenspieler, oder fuer andere unnuetze und oft schaedliche Zeitvertreibe und Taendeleyen versplittern, eben nicht viel war. Indessen wurde doch ihren mitleidigen Herzen oeffentlich ein Kompliment gemacht, woran auch sogar diejenigen Theil nahmen, die nichts gaben.

Joseph Richter

UNTERHALTUNGSKALENDER EINES JUNGEN WIENER HERRCHENS

Des Sonntags weid' ich mich an unsern schoenen Hetzen,
Am Montag muß mich Kasperle ergoetzen.
Am Dienstag laedt mich's deutsche Schauspiel ein,
Am Mittwoch trag' ich nur mein Ohr hinein,
Zeigt sich am Donnerstag nicht Stuwers Kunst,
So giebt es wenigstens doch eine Feuersbrunst.
Am Freytag kann ich frueh die Ochsentheilung sehen:
Die wechsl' ich Abends dann mit Assembleen.
Nur Samstags, ach! ist meine Lust erschoepft,
Seitdem man nicht mehr raedert, haengt und koepft.

Alois Blumauer

ÜBER DIE BEGRÄBNISSE

Ich war neulich in einer Gesellschaft, wo man die Gabe Gottes, Rede genannt, hoeher schaezte, als ein todes Schweigen beym Spieltische.

Das Gespraech rollte Anfangs wie gewoehnlich; endlich gab der Todesfall eines Hausfreundes zu einer langen Unterredung Stoff. Man sprach viel von der Art seiner Krankheit, von den lezten Augenblicken seines Lebens, von dem Geistlichen, der sich hatte dreymal ruffen lassen, weil Seine Hochwuerden nicht eher hatten kommen koennen, bis sie abgespeißt, und die halbe Verdauung gemacht, und endlich von den Klagen der Witwe ueber die schweren Begraebnißkosten.

Dieser lezte Punkt brachte die ganze Gesellschaft in eine allgemeine Gaehrung. Ein jeder von den Anwesenden hatte entweder den Druck dieser Last selbst gefuehlt, oder er wußte ein Beyspiel anzufuehren, wo einer seiner Verwandten und Freunde ihn hart empfunden hatte. Alle kamen darinn ueberein, daß die Begraebnisse der Verstorbenen mancher lebenden Familie das Brod wegnaehmen, die Wirthschaft manches ehrlichen Hausvaters in Unordnung braechten, und daß man sich beynahe mehr fuer die Beerdigung, als fuer den Tod selbst zu fuerchten habe.

Auf diese gemeinschaftlichen Klagen folgte Untersuchung, man spuerte den Ursachen nach, warum die Begraebniße so theuer zu stehen kaemen, man that fromme Wuensche, fuer die Hemmung dieses schaedlichen Uebels, und kurz! man aeusserte so redliche menschenfreundliche Gesinnungen fuer das Wohl der Buerger, man sprach so vernuenftig ueber diesen in Wahrheit nicht gleichgueltigen Gegenstand, daß ich auf der Stelle beschloß, die Anmerkungen dieser Biedermaenner zu sammeln, und in eine Art von Abhandlung zusammenzuziehen.

Vorlaeufig muß ich erinnern, daß alle die Maenner, welche an diesem Gespräch Antheil genommen, eifrige Verehrer der Religion, wahre aechtglaeubige Christen waren, so aechtglaeubig, daß selbst die heilige Inquisition, wenn sie nach irgend einem aus ihnen, ihre langen und spitzigen Geyerkrallen ausgestreckt haette, ihn gewis (welches selten geschieht) wider ungerupft wuerde entlassen haben. Dieses blos zur Nachricht fuer diejenige Klasse, die, wenn von irgend etwas die Rede ist, was doch nur das Intereße einiger Menschen, die Religion selber aber im geringsten nicht betrift, gleich ueber Unglauben und Freygeisterey schreyen, aber so grimmig schreyen, daß davon die Mauern der Stadt mit samt dem Stephansthurm zusammenfallen moechten.

Nun zur Sache!

Vorurtheil, Aberglaube, Luxus von einer Seite, Interesse, Habsucht von der andern scheinen die Hauptursachen dieses verderblichen Uebels zu seyn.

Ich weis nicht, wie man auf den Gedanken verfallen ist, als wenn eine praechtige Begraebniß dem Verstorbenen zu einer ganz besonderen Ehre gereiche, man hoert nichts gewoehnlicher als diese Redensart: Man muß Sie oder Ihn doch huebsch begraben lassen – es ist die lezte Ehre.

Was in aller Welt kann das zum guten Namen einer Person beytragen, wenn auf etlichen Kirchenthuermen Gloken gelaeutet werden, eine Schar weißer, schwarzer, brauner, weißschwarzer oder braunweißer Bettelmoenche vorantrabet, ein paar klaegliche Posaunen mit einen paar elenden Saengern die Luft durchheulen, ein duzend silberne Bruderschaftsheiligen den Sarg belaestigen, eine lange Reyhe rothweiß- und schwarzmaentelicher Geheimnißbrueder der Leiche folgen, und wie die Herrlichkeiten so weiter gehen. Was sag ich, kann dieses zur Ehre eines Verstorbenen beytragen? Wer wird des Verstorbenen Charakter hoeher schaetzen, ihn laenger in seinem Andenken erhalten, deswegen weil er schoen ist begraben worden? oder nennt man vielleicht das Ehre, wenn Kinder und Poebel herbeylauffen, den schoenen Zug wie eine Komoedie angaffen und ihre Zunge an dem Lebenswandel des Verstorbenen wetzen?

Doch der Aberglaube sieht die Pracht beym Begraebniße als eine gottesdienstliche Feyerlichkeit an, die selbst dem Verstorbenen zu etwas nutzen koenne. Fuerwahr ein seltener Einfall! Dem Leichnam hilft es nun einmal gewis nicht, dann der eilt schon seiner gaenzlichen Zernichtung entgegen, und die Wuermer haben nicht so viel feine Lebensart, daß sie mit einem schoenbegrabenen Koerper saeuberlicher umgiengen, als mit einem andern.

Der Seele kann es nun auch nicht zu ihrer Verklärung zu statten kommen, denn ob man gleich schon wunderliche Dinge in der Welt behauptet hat; so ist es meines Wissens noch keinem Theologen in Sinn gekommen, zu behaupten, daß man die Seele in Himmel laeuten, posauenen, oder mit einer Truppe Bettelmoenche dahin eskortiren koenne.

Also nicht des Todten wegen braucht so viel Aufwand bey den Begraebnißen gemacht zu werden: wohl aber findet die Eitelkeit der Lebenden dabey ihre Rechnung. Es ist eine Art von verderblichem Luxus. – Man will es dabey wie in mehreren andern Stuecken den andern gleich, oder noch zuvor thun, faellt dabey, wie in mehreren Stuecken, in uebertriebenen Aufwand, und richtet dadurch sein Hauswesen zu Grunde.

Man sage nicht, daß die schuldige Achtung gegen die Verstorbene einen solchen Aufwand noethig macht. –

Welcher Mann wird von seiner hinterlassenen Haelfte, von seinen Kindern, Verwandten oder Freunden fordern, daß sie seines toden Koerpers wegen sich in beschwerliche Kosten stecken, und vielleicht gar dadurch in Mangel gerathen sollen.

Oder gesetzt auch, daß der Verstorbene dieses fordern wollte (welches doch nicht leicht zu vermuthen) sollten wir, die Lebendigen nicht so klug sein, und es bleiben lassen?

Doch – die Klagen so vieler ehrlicher Hausvaeter, die Seufzer so mancher bedraengten Wittwen ueber die schweren Begraebnißkosten sind ein Beweis, daß schon viele wuerklich davon zurueckgekommen sind, und daß sie gerne das drueckende Joch des Vorurtheils abschuettelten, wenn nicht anderer Seits Intereße und Habsucht mit verdoppelten Kraeften arbeiteten, und die Leute zu den verderblichen Aufwand zwaengen.

Ich habe einmal in einem alten Buche gelesen, daß es eine traurige Sache um den Menschen sey, weil er weder kann gebohren werden, weder heurathen, noch sterben, ohne der Geistlichkeit dafuer Tribut zu zahlen.

Was das Gebohrenwerden und Heurathen betrift, so sind die

Taxen (weil es ohnehin gewoehnlich eine freudige Sache ist) doch noch ertraeglich, wie wohl auch diese einigen schwer genug fallen, aber bey den Begraebnissen sind sie ein wenig uebertrieben.

Die Rede ist hier nur von den eigentlichen Begraebnißtaxen. Und von diesen behaupt' ich, daß die Geistlichkeit sie zu hoch getrieben, daß sie jeder Familie beschwerlich fallen, daß sie manche gar zu Grunde richten.

Diese Ausdruecke scheinen hart zu seyn, und mancher wird glauben, daß sie aus einer Feder fließen, die sich gern wider die Geistlichen spitzt – wir wollen sehen, ob ich sie vertheidigen kann.

Stellen Sie sich einen Hausvater vor, der das Jahr durch gerade so viel Einnahme hat, als noethig, um sich, seine Frau, und seine Kinder zu erhalten, daß dieses der Fall vieler Hausvaeter sey, glaub ich nicht erst beweisen zu duerfen. Nun setzen Sie, daß eine Krankheit diese Familie heimsucht. Die Frau und ein paar Kinder werden bettlaegerig. Durch dieses muß die ganze Wirthschaft schon in Unordnung gerathen. Der Mann kann nicht mehr ungehindert seine Geschaefte treiben, folglich, wenn er ein Handwerksmann, nicht mehr so viel verdienen, die Einnahme des Manns ist geringer, die Ausgaben staerker. Die kranke Frau und Kinder brauchen Wartung, Arzney, und Huelfe. Die Gefahr der Krankheit wird groeßer, der Mann will seine Frau und Kinder vom Tode retten, ihm blutet das Herz, er versetzt, verkauft alles, was er hat, und sieht sich nun entbloeßt von Allem. Jezt kommt der unerbittliche Tod, und reißt ihm das Weib von seiner Seite. Der Mutter folgen ein paar Kinder. Die Verlegenheit des Mannes waechst mit jedem Augenblick, die Leichen muessen begraben werden. Umsonst ist der Tod, aber nicht umsonst die Begraebniß – Die Geistlichen wollen bezahlet seyn, und fragen nur nicht woher. Der Mann muß borgen, sich in Schulden stecken, und ist vielleicht auf immer zu Grunde gerichtet.

Wenn Sie mit dieser Schilderung noch nicht zufrieden sind; so wenden Sie den Fall um. Setzen Sie, der Mann, von dessen Haenden einzig die Familie ihre Unterhaltung bekam, wird nun auf das Krankenbette hingestreckt. Von dem Augenblick, wo er nicht mehr arbeiten kann, hoert auch sein ganzer Verdienst auf – Das Weib in in der groeßten Unruhe bietet alle ihre Kraft auf, ihm Huelfe zu leisten, den lezten Heller giebt sie her, dem Brodgeber das Leben zu erhalten. Aber vergebens, er verschlimmert sich taeglich, und er – stirbt.

Jezt denken Sie sich das Weib mit Kindern umgeben, ohne Trost, ohne Geld, ohne Aussicht in die Zukunft, in dem erbarmungswuerdigsten Zustande von der Welt, denken Sie sich dasselbe, wie sie Goetter und Menschen zu bewegen sucht, – nicht um ihren Kindern den schreyenden Hunger zu stillen – nein! um den Geistlichen die Gebuehren zahlen zu koennen.

Finden Sie jezt den Ausdruck noch zu hart, daß die Begraebnißkosten manche Familie zu Grunde richten? ich hoffe das Bild, welches ich Ihnen eben dargestellet, wird Sie vom Gegentheil ueberzeugen. Zwar habe ich es mit einem warmen Pinsel ausgemahlt, aber ich nahm es nicht aus meiner Einbildungskraft, ich nahm es aus meinem Herzen. Mehr wie einmal habe ich solche traurige Auftritte gesehn, und sie haben mich oft zu Thraenen gezwungen, aber – oft zum Rasen gebracht.

Freylich wohl hat man dieses Unwesen schon laengstens eingesehen, und weise Verordnungen haben demselben schon abzuhelfen gesucht. Es sind gewisse Klassen festgesetzt, und die Taxen fuer jede dieser Klassen bestimmt worden.

Doch dadurch ist nur so viel gewonnen, daß es nicht der Willkuehr der Geistlichkeit lediglich ueberlassen ist, im Grunde sind diese Taxen noch immer uebermaeßig und zu hoch gespannt, die geringste Klasse fordert noch immer einen Aufwand, der ein ganzes Hauswesen zerruetten, oder ein durch vorhergehende Krankheiten schon zerruettetes ins voellige Verderben stuerzen kann.

Ich schreibe kein Wort nieder, welches ich nicht auf das strengste mir zu erweisen getrauete. Ich koennte Quittungen beylegen, die *argumenta ad hominem* abgaeben, wenn ich nicht ueberzeugt waere, daß die Meisten meiner Leser dergleichen selbst in Haenden haetten, wodurch Sie aller Welt vor Augen legen koennen, wie empfindlich Sie von dieser Landplage sind mitgenommen, und wie unbarmherzig Sie von der ehrwuerdigen Geisel sind disciplinirt worden.

Doch vielleicht wird nach Beschaffenheit der Personen, der

Umstaende von diesen Taxen etwas nachgelassen? vielleicht beschuldige ich mit Unrecht die Geistlichkeit in Forderung dieser Taxen eines Eigennutzes und einer Haerte, die mit dem Geluebde der Armuth, der Menschlichkeit und der christlichen Liebe sich so wenig zusammenreimet?

Ich wuenschte hier mehr als jemals Unrecht zu haben. Zum Unglueck aber lehrt mich die Erfahrung das Gegentheil. Ich weis Zuege, die mit dem Betragen des liebvollen Samaritans im Evangelio, einen solchen abstechenden Kontrast machen, daß ich sie zur Ehre der Menschheit lieber verschweigen will; sie wuerden, wenn ich sie bekannt machte, das Blut jedes Ehrlichdenkenden in Wallung bringen, und sie moechten ein verhaßtes Licht auf einen Stand werfen, der unsre ganze Achtung und Ehrfurcht verdient.

Moechte das wenige, was ich ueber die Begraebniße gesagt, auf guten Boden fallen, und zum Nutzen des Volkes aufkeimen, und wachsen; dieses wuensch ich aus ganzem Herzen.

Ein guter Hirt wird seine Schafe zwar scheeren, aber nicht schinden.

JOHANN CHRISTIAN FRIEDRICH SCHILLING

SCHLUSSGEBET EINES TOTENGRÄBERS

Herr! ich kann mit Sicherheit beten für die Seelen der Verstorbenen, und kein Schauer befällt mich, weil ich ihnen allen zur Ruhe geholfen habe! . . . Ich habe sie alle hübsch zugedeckt, daß keine über mich klagen kann, und es müßte keine ehrliche Seele seyn, die mir das Gegentheil beweisen sollte; denn daß ich sie alle untereinander gelegt, kam daher, weil ich bei genauer Untersuchung außer dem Geschlechte keinen Unterschied fand. Meinetwegen darf niemand sterben, aber wir wollen doch alle leben, darum bitte ich Dich, um das tägliche Brod und ein ewiges Leben. Amen.

JOACHIM PERINET

DAS SACKBEGRÄBNIS

Eine allerhöchste Verordnung und ihr Widerruf

Es war ein alter, uebel verstandener Gebrauch, unsere Kirchen, und die Kirchhoefe selbst in der Mitte der volkreichsten Staedte mit Leichen zu pflastern: *Pour honorer les morts, on tue les vivans.*

In der That mußten an solchen Plaetzen Ausduenstungen entstehen, die den Andaechtigen, besonders bei grossem Gedraenge in den warmen Jahreszeiten, nicht anders als hoechst ungesund seyn konnten. Indessen hatten der Stolz der Reichen, und der fromme Wahn der eifrigen Kristglaeubigen ueberhaupt, diese Sache zu einem Ehren- und Seligkeitspunkt gemacht. Die einen wollten mit schoenen Grabsteinen ihr Andenken auch nach dem Tode noch verherrlichen; und die andern glaubten, nahe bei einer Kirche, in geweihtem Erdreich zu liegen, manchmal mit einem Kerzchen oder Laempchen beleuchtet, und mit Weihwasser besprizt zu werden, seyn Dinge, die kraeftig und unfehlbar in den Himmel helfen.

Gesunde Fysik siegte endlich, wiewohl sehr langsam, ueber frommen anstekenden Glauben. Man verlegte die Grabstaetten wenigst aus der Stadt selbst in die geraeumigern, und etwas luftigern Vorstaedte. Da indessen jaehrliche zehntausend Leichen, mitten in der Gesellschaft einiger hunderttausend Lebender immer noch eine ekelhafte Masse von Faeulnis ausmachen, so geschah im J. 1784, was laengst haette geschehen sollen. Man errichtete ausser den Linien, auf freiem Felde einige Grabstaetten, wohin nun alle in Wien sterbende gebracht werden; die Leichen der kaiserlichen Familie ausgenommen, die ihre Gruft bei den Kapuzinern auf dem Neuen Markt haben; und jene der reich begueterten Vasallen, die sich gewoehnlich nach ihren Familien Gruften auf ihre Gueter nach Oestreich, Boehmen, Maehren, Ungarn etc. abfuehren lassen.

Uibrigens ist jedem unverwehrt, sich mit allen Gloken von ganz Wien und dessen Vorstaedten, ins Paradies hinueber laeuten zu lassen, wenn er es fuer seine Seele behaglich haelt; auch sich so viele Messen und Requiem zu bestellen, als er zu seiner Erloesung noethig zu haben glaubt. Aber abends koemmt der schwarze Todtenwagen und legt ihn neben den armen Tagloehner, fuer den kein Paternoster ist gebetet worden.

Das Holz ist, wie man weiß, in Wien sehr theuer; indessen nehmen die zehntausend Saerge der jaehrlich hier sterbenden eine grosse Menge dieses Artikels hinweg, das ohne Nuzen unter der Erde verfault. Diesem zu wehren, und die Verwesung der Todten mehr zu befoerdern, gab der Kaiser gegen Ende des Jahrs 1784 eine Verordnung, daß alle Leichen bloß in einen leinenen Sak genaeht, und so in die Erde gesenkt werden sollten.

Keine Verordnung wirkte ein so allgemeines Mißvergnuegen, als dieses Sakbegraebniß. Die hiesigen Griechen machten zuerst eine Vorstellung dagegen, indem sie anzeigten, daß es gegen ihren Ritus sey; in Boehmen, Maehren, etc. dachten die Leute sogar an das Auswandern; einige auswaertige Fabrikanten, die eben im Begriff waren, sich in den oestreichischen Staaten anzusiedeln, machten es zur wesentlichen Bedingung ihrer Einwanderung, daß sie sich in Saergen duerften begraben lassen. Die allgemeine Unzufriedenheit bewog endlich Se. Majestaet, dem Vorurtheil mitleidig nachzugeben, und die Begraebnisse nach voriger Art und Weise zu gestatten. Der Oberste Kanzler erhielt darueber in den ersten Tagen des Monats Januar 1785 folgendes allerhoechstes Handbillet:

„Da ich sehe, und taeglich erfahre, daß die Begriffe der Lebendigen leider! noch so materiel sind, daß sie einen unendlichen Preis darauf setzen, daß ihre Koerper nach dem Tode langsamer faulen, und laenger ein stinkendes Aas bleiben: so ist mir wenig daran gelegen, wie sich die Leute wollen begraben lassen; und werden Sie also durchaus erklaeren, daß nachdem ich die vernuenftigen Ursachen, die Nuzbarkeit und Moeglichkeit dieser Art Begraebnisse gezeigt habe, ich keinen Menschen, der nicht davon ueberzeugt ist, zwingen will, vernuenftig zu seyn, und daß also ein jeder, was die Truhen belangt, frei thun kann, was er fuer seinen todten Koerper zum voraus fuer das Angenehmste haelt.“

Dieses Handbillet, welches wohl unendlich mehr Eindruk haette machen muessen, wenn der grosse Haufe denken koennte, that weiter keine andre Wirkung, als daß die Oestreicher eilig zum Tischler liefen, und sich neue Saerge bestellten . . .

Johann Pezzl

6

Die vielen Schmausereien der Wiener

IM KAFFEEHAUS

In jedem Wiener Kaffehaus wird das Schicksal von Europa jeden Tag wenigstens dreymal entschieden. Da kommen die alten ehrlichen Philister sowohl als alle uebrige Neuigkeitskraemer zusammen.

Zuerst greifen sie nach dem Todenzettel, sehen, ob sie nicht irgend einen Bekannten darinn finden. Da nun selten ein Tagverzeichniß der Toden erscheint, aus welchem nicht einer oder der andere Jemand von den Anwesenden bekannt war; so fehlt es nie an Stof zu vorlaeufigen Gespraechen, bis die neuen Zeitungsblaetter ankommen.

Da wird der Lebenswandel des Verstorbenen, seine Krankheit, die Ursache seines Todes, seine Verlassenschaft, sein Testament, seine Wittwe, seine Kinder und alles, was man von ihm kennt und weiß, zergliedert und beurtheilt. Man spricht so gleichgiltig von dem naechsten Bekannten, als ob man vom Tode des Großveziers in Konstantinopel redete. „Gott tröst ihn", sagt einer, „es war ein ganzer Hecht."

Endlich naht sich die Stunde, wo gewoehnlich der Brieftraeger die neuen Zeitungen bringt. Ein Heißhungriger, der mehrere Tage keinen Bissen zu essen hatte, kann nicht gieriger nach einer ihm dargebotenen Speise langen, als diese Herren nach den Erlanger, den Regenspurger, den Frankfurter und den Koellner Zeitungsblaettern. Nun geht das Raisonniren im Ernst an. Die Koenigreiche, Republiken und Fuerstenthuemer werden, der Reihe nach, aufgestellt, die Finanzen der Potentaten berechnet, bestimmt, und geordnet. Man laeßt die Flotten mit einander raufen, und Armeen von Norden nach Sueden marschiren.

Hiezu kommen noch die Privatneuigkeiten, die der eine vom Heitzer aus der Staatskanzley, der andere von einem Hofkriegsrathsboten, der dritte von dem Portier eines Gesandten vernommen haben will. Jeder behauptet, was er gehoert hat, einer widerspricht dem andern, und keiner will jener Parthey, fuer welche er sich erklaert hat, den mindesten Nachtheil zufuegen lassen.

Einer ist oestereichisch, der andere ist preußisch; der dritte franzoesisch, der vierte englisch, der fuenfte russisch, der sechste hollaendisch, der siebente amerikanisch, der achte tuerkisch, der neunte etwa neutral – jener schimpft ueber den Erlanger, dieser ueber den Koellnerzeitungsschreiber, und so entsteht ein Laerm, troz einer Judenschule.

Wenn man alles drucken lassen koente, was zu Wien in den Kaffehaeusern von Zeit zu Zeit ueber die gangbaren Staatssachen gesprochen wird; man wuerde den seltsamsten Mischmasch von Unsinn, guten Einfaellen und Widerspruechen vor sich haben.

Johann Rautenstrauch

EIN KAFFEEHAUSGESPRÄCH ÜBER DIE LUFTKUGELN

Krispin, Hanns, Kaspar, und abermal ein Kaffesieder.

Kasp.: Eine Schale schwarz! – Nun was giebts Neues meine Herren?
Hanns: Da les' ich eben wieder von den Luftkugeln –
Kaf.: Die Franzosen gucken unsern Herr Gott stark in die Karte –
Kasp.: Wenns ihnen nur nicht geht wie denen, die den babilonischen Thurn bauten –
Kaf.: Und den Riesen, die vor einigen hundert Jahren den Himmel stuermen wollten –
Hanns: Auf die letzt fliegen sie noch in den Himmel hinauf –
Kaf.: Ja! wenn der heilige Petrus nicht vor der Thuer stuend –
Krisp.: Wir kriegen ja auch so eine Kugel –
Hanns: Zu den Unkosten geb ich keinen Kreuzer.
Kasp. und Kaf (Zugleich): Nicht einen Heller!
Krisp.: Aber sehen moecht' ich's doch –
Kaf.: Ja! sehen muß ich sie auch –

Kasp.: Ich auch, wenn ich lebe –
Hanns: So etwas laß ich nicht aus –
Krisp.: Aber liebe Herren! – Wenn alle so daechten, wie Sie – Wenn keiner dazu beytragen wollte – Wuerden wir die Kugel wohl zu sehen kriegen?

ANONYM

BIERHAEUSER

Es wird in Wien beynahe so viel Bier als Wein getrunken.

Dieses sollte man in der Hauptstadt eines eigentlichen Weinlandes, wie Niederoesterreich ist, nicht vermuthen.

Es muß also wohl doch etwas Wahres an dem seyn, was viele arme Leute behaupten: da sie Abends nichts Gekochtes zu essen vermoegen, so haben sie nur zwischen einem Glas Wein und Glas Bier zu waehlen, welches mit einem Stueck Brod, und etwa noch Kaese, kaltem Fleisch, oder so was gewuerzt wird. Der wohlfeilste Wein kostet doch so viel als das mittelmaeßige Bier; dieser Wein, fuer 6 Kreuzer die Maß, ist, wie man wohl denken kann, ziemlich herbe und sauer. Statt sie zu saettigen, vermehrt er vielmehr, durch seine beitzende und zehrende Kraft, den Hunger, und verursacht in der Nacht Hitze und Durst. Dagegen gibt ihnen ein gleich großes Glas Bier mehr Fette und Nahrung, und gewaehrt ihnen durch seine betaeubenden Ingredienzien einen festen tiefen Schlaf. Und in dieser Ueberzeugung trinken sie, besonders in den Sommer-Monathen, viel mehr Bier als Wein.

Indessen ist es nicht bloß die duerftigste Menschen-Classe, die den Wein voruebergeht, und sich in die Bierhaeuser eingewoehnt; Lakayen, Studenten, Kuenstler, Kanzelleyleute, mittlere Buerger, die alle es wohl vermoechten, ein Glas Wein zu trinken, bringen ihre Abende in Bierhaeusern zu. Darum sind diese auch viel besser eingerichtet, als die Weinkeller. Es gibt einige darunter, die damastene Wandtapeten haben, und mit marmornen Tischen, Wandspiegeln und kristallnen Kronleuchtern verziert sind.

Diese Bierhaeuser sind, nebst den Kaffeehaeusern, die eigentlichen Tempel der politischen Kannegießereyen. Die Leute welche sie besuchen, duenken sich schon etwas von der Stimmung der Cabinette zu wissen, und mischen sich desto mehr in die Schlichtung der großen Welthaendel, je weniger sie von denselben errathen. Die vielen Lakayen erzaehlen beym belebenden Glase fleißig diese und jene Anekdote, dieses und jenes zweydeutige Wort, was sie bey der Tafel ihrer Herrn, oder sonst aufgefangen haben. Darueber wird dann die gehoerige Masse von politischem Senf gegossen; man schließt Allianzen, laeßt Flotten auslaufen, Armeen marschiren, Potentaten sterben oder reisen etc. Und je lebhafter die Unterhandlungen gehen, desto angenehmer schmeckt das Bier.

Die Zahl dieser Haeuser belaeuft sich auf ueber 500. Da die Tranksteuer auf den Wein aufgehoben ward, blieb sie doch bisher noch immer auf dem Bier; vermuthlich, um die Bierconsumption zu vermindern, und die Oesterreicher eher mehr an ihr natuerliches Getraenk, den Wein, zu gewoehnen.

Johann Pezzl

MUSTER EINES FLEISCHHACKERS
(Super – Super fein.)

Fleischhacker: Grueß di Gott! Schwarzl.
Koechin: Schoen guten Morgen, Herr Hansmichel.
Fleischhacker: Was willst d'haben?
Koechin: Ein saubers Schlegerl haett ich gern; aber etwan wieder eins, daß schon ein halbes Jahr aufm Eis g'legen ist? d'Gnaedige Frau hat mich weiter gestern nicht ausgemacht.
Fleischhacker: Dein gnaedi Frau ist nicht gscheid. Waßt d'was? Sag deiner Frau, sie soll mirs ehender allzeit sagen lassen, was fuer ein Fleisch als s'will. I laß ihr ein Maler kommen, der ihr eins malt – oder ein Pudel, der ihr eins – –
Koechin: So mach der Herr Hansmichel nur, daß ich fortkomm, sonst krieg ich wieder ein Greinets.
Fleischhacker: Da! (langt einen Schlegel herab) Nit wahr das g'rath dir?

Koechin: Geht wohl mit.
Fleischhacker: Wart du (schlagt sie auf den Hintern)
Koechin: Nicht so keck Herr Hansmichel! Und was soll's kosten?
Fleischhacker: Kein Kreuzer rechter als 1/2 Thaler.
Koechin: Izt geh der Herr! dies Schlegerl da?
Fleischhacker: (Es ihr aus der Hand reissend) Wenn's eng nicht recht ist, so laßts bleiben.
Koechin: Mehr als einen halben Gulden darf ich nicht geben.
Fleischhacker: Mag d'Jungfer kein Kaß?
Koechin: Um 12 Groschen auch nit?
Fleischhacker: Izt laß di ham geigen.
Koechin: No! So behuet den Herrn Gott! Herr Hansmichel.
Fleischhacker: Geh nur dein schwabischen Gang. – –

Es thut mir leid, es offenherzig sagen zu muessen, daß nicht etwan blos die Knechte, sondern wohl auch ein guter Theil der Fleischhackermeister selbst diese grobe poebelhafte Sprache mit ihren Kundschaften fuehren. Schon an sich ist es unanstaendig, und gesetzwidrig, Jemanden Injurien zu sagen; aber unverzeihlich ist es, solche Schimpfwoerter gegen Leute auszustossen, von denen man lebt.

Wem es etwan auffallen sollte, daß die Magd nicht ganz den Wienerdialekt rede, der beliebe sich zu erinnern, daß sich die Aussprache der Koechinnen, seitdem galante Herrn mit ihnen zu Markt und zur Fleischbank gehen, verfeinert und verbessert haben.

Joseph Richter

MUSTER DER WIENERISCHEN GEFÜHLLOSIGKEIT
Extra feine Waare.

(Verschiedene Buerger sitzen mit ihren Frauen an einem langen Tisch. Die Maenner spielen, die Weiber richten ihre Naechsten aus.)
Der Wirth hastig zur Stube eintretend: O je, das war ein Spaß. 'S wird d'Herrn reun, daß S' nit mitgangen seyn.

Ein Schneider: Nu! was wird dann g'schehn seyn?
Der Wirth: Ha! Ha! d'Luftkugel ist ihnen davon g'flogn.
Ein Perueckenmacher: Und sind lebendige Leut d'rin gsessen?
Der Wirth: Das glaub i. Des Stuwer sein Suhn und noch vier andre Bubn.
Die Weiber (alle Zugleich): Nu! so erzaehl uns der Herr doch, wie's zugangen ist.
Der Wirth (an der Glocke ziehend, zum Unterkellner): G'schwind, ein Seitl von mein besten Sechzehner (setzt sich zwischen die buergerlichen Damen). No! da habn's halt die Kugel mit was waß i, angfuellt, und wie s'angfangen hat in d'Hoeh z'steign, haben sie s an einer Schnur zu der Galeri hintragn, wo die Damesen sitzen, und wie die s' ein weil hint und vorn angschaut habn, hat s'der Stuwer endli in d'Hoeh steign lassen. Da habn alle z'sammgschrien: brafo Stuwer! brafo! – Pums! reißt d'Schnur ab, und die Luft-Kugel fort, was Geist, was hast, ueber's grosse Gruest, und ueber alle Baeumer weg. Da habn s' no mehr brafo gschrien, weil s'glaubt habn, daß der Stuwer d'Schnur mit Fleiß abgrissen hat. Wie's aber gsehn habn, daß der Stuwer d'Haend uebern Kopf z'sammen gschlagn hat (weil sein Sohn auf der Kugel gwesen ist), da habn s' angfangen ein Laerm z'schlagn, und sind alle ueber Hals und Kopf gegn d'Donau glofn. Da haett's den Spaß sehn solln. Wie wir hin kommen sind, ist d'Luftkugel just auf den Boden nieder gsunken, und so spassig, – die eine Haelfte von der Kugl ist auf dem Land bliebn und die andre im Wasser.
Die Weiber: Und ist kein Menschen nichts g'schehn?
Der Wirth: Na! kein Menschen; aber wenn's um ein Minuten ehender niedergangen warn, so warn s' alle ersoffen –
Die uebrigen Maenner: Waer ihnen Recht g'schehn, warum treibn s' solche Kindereyen?
Die Weiber: Hat denn den armen Narrn Niemand was geschenkt?
Der Wirth: Nu ja! schenken a noch? Habn wir nicht fuern Einlaß ein Zwanzger bezahlt?
Der Perueckenmacher: Den Spaß haett ich doch sehn moegn.

Joseph Richter

DAS LOTHRINGER BIERHAUS

Da Essen und Trinken Leib und Seele naehrt, und der Wiener auf den ersten so viel, und auf die letzte mit unter auch seinen Theil haelt, so wird man mir beistimmen, daß ich billig einen Ort angenehm nenne, wo fuer beide Beduerfnisse in so reichlichem Masse gesorgt wird.

Nah der unausgebauten Kaiserlichen Burg, und dem durch seine Kriegsgeraethe rennomirten Arsenaltheater, fast *vis à vis* der Galantriekirche des geflugelten Heiligen, wo *sub umbra alarum suarum* viel Schabernak angesponnen, und in Gegenwart des Erzengels, manches holde Engelchen gekapert wird, erhebt sich in der Nachbarschaft eines Faerbers und Kupferstichhaendlers ein vier Stoeck hohes Gebaeude, woraus vor Lieb' und Simpathie zu ihren Nachbarn die meisten mit gefaerbten Wangen und in Kupfer gestochenen Nasen, besoffen taumeln, um sich dann auf dem benachbarten Graben zu unterhalten.

Ein daemmernder Eingang, woraus der Dunst berauschter Enthusiasten entgegendampft, fuehrt zu einer finstern Schnekenstiege, auf der man in das erste Stockwerk der Profanen, oder um einige Stufen hoeher, zu einer Versammlung deutscher Engellaender hinansteigt, die uns eines der sieben Wunder beweisen, daß Halbengellaender sich mit Halbfranzosen vergleichen, oder daß das Ober- und Untere Parlament, auf einen Endzweck zusammengestimmt, ohne Rauffereien sich betragen koenne.

Das ganze ist gar ein wunderschoener, lieblicher Ort! Das Labsaal und die Zuflucht der Lechzenden, das Sinnbild der Toleranz, der Sammelplatz der Kuenstler, Kanzellisten, Komoedianten und durstigen Gelehrten. Es ist das Orchester der Virtuosen, die Auslage der Hausirerinnen, der Tempel der Bieristen, und die Auswahl von Leuten, an denen Hopfen und Malz gewiß nicht verloren ist. Hier ist nur ein Wirth und ein . . . Schweinstall – *enfin* – ein Bierhaus.

Es werden sich wohl einige Unaufgeklaerte maechtig wundern, daß ich unter so zahlreichen Biergelagen der Stadt, eben eines meiner Aufmerksamkeit wuerdige, das vor kurzer Zeit, dreifach in den Personen des Vaters, des Sohns und der Tochter, verdorben war, aber der philosophische Saeufer und der appetitliche Fresser vom Gefuehle, werden es am besten wissen, welche Veraenderung fuer ihren Magen bei einer neuen Epoche vorgegangen sey, und wie sehr der neue Wirth die Gurgel seiner Lehrlinge zu netzen, und ihren Vielfraßbauch zu stopfen gelernet habe?

Schon der Geruch, der aus dem zu ebener Erde, gelegenen Saufwinkel, in die Nasen steigt, macht die Gaumen luestern, und man kann den Augenblick kaum erwarten, die Freßlitanei des Kellners zu vernehmen, um sich Speisen anzuschaffen, von denen die Haelfte wohl auf dem Markte, aber nicht in der Kueche vorraethig ist.

Voll heiliger Erwartung sauft man, der oft Stundenlangen Speisebereitung entgegen, und harret auf die Erscheinung eines Schweinebraten oder gespikten Haasen unter dem Gelaerme des Kellners, wie die Juden bei einem Donnerwetter auf die Ankunft des Messias.

Nro. 1 Frißt ein Polizeikommissair mit Heißhunger schwarzes Wildpret. Nro. 2 Schlaegt ein Rechtsverdreher, eine Taubenpastete in sich: Nro. 3 Sticht ein angehender Medikus, der ohnlaengst einen Plutzer gemacht, ein Paar Pluetzer-Horner aus. Nr. 4 Frißt ein gelehrtes Gansbiegel das andere. Nro. 5 Zergliedert ein Schauspieldirekteur einen Schaafkopf. Nro. 6 Zerrt ein Theolog an einer langen unausgesottenen Bratwurst. Nro. 7 Verschlingt ein Ausgemergelter eine Porzion Lungenbraten. Nr. 8 Schmauset ein Stutzer eine kleine Tracht Voegeln und Nr. 9 Laeßt sich ein Aufgeklaerter an einem gebothenen Fasttage seine Eyer im Schmalz mit Schinken treflich schmeken.

Jeder Mund ist thaetig, jeder Magen theilnehmend, und jede Gurgel begehrlich; selbst unsere Schoenen besuchen dann und wann den sonst bei ihnen so verruffenen Ort, um ihren Fuehrern zu beweisen, daß sie mit ihnen nur eine Seele und ein – Bauch sind.

Joachim Perinet

Joseph II., 1781. Von J. Franck.

Theresiens letzter Tag. Von Löschenkohl.

Die sogenannte Lindenallee im Augarten. Von Ziegler.

Der Feuerwerksplatz im Prater. Von Ziegler.

Gedenkblatt auf das Toleranzedikt. Von Löschenkohl.

Geistliche aller christlichen Konfessionen, versammelt unter einem Kruzifixus mit jansenistischer – also antijesuitischer – Armstellung.

Das große Luftschiff des Herrn Stuwer. Von Löschenkohl.

Wiener Straßenverkäufer.

Modekarikatur auf die Bouffanten.

Wiener Straßentheater. Von Maulpertsch, 1785.

Die Haarkräusel-Fetischisten auf dem Graben.

Scheißereyen.

Erster Klumpen.

Erlogen ist das dictum:
„ Cacatum non est pictum. „

Titelseite der »Scheißereyen« von Rautenstrauch.

Das Fahren in den Städten. Karikatur auf das Wiener Verkehrschaos auf dem Michaelerplatz.

Der Spaziergang des Abends am Graben, oder: der »Schnepfen«-Strich.

Josephs II. letzte Rede.

Das Trauergerüst im Stephansdom, errichtet von den Bürgern Wiens für Joseph II.

Joseph Pezzl

Alois Blumauer

DIE VIELEN SCHMAUSEREIEN DER WIENER

Berlin hat 140,000 Einwohner, die etwan jährlich 20,500 Stück Rindvieh verzehren. Wenn Wien 206,000 Menschen hat, die blos 39,000 ungarische Ochsen essen, ohne die innländischen, die auch an 4000 ausmachen, so sieht man deutlich den sehr viel größern Verbrauch des Rindfleisches in Wien. Es essen, durch die Bank gerechnet, die Berliner eben so viel, die Wiener aber mehr als den vierten Theil mehr Rindfleisch, als die Londner, die fast nur Rindfleisch essen. Wenn man nun weiter den ungeheuren Verbrauch des übrigen Fleisches vergleicht, bemerkt man offenbar, wie sich die Einwohner von Wien ueberfüllen; und man würde es noch mehr bemerken, wenn man den Verbrauch von Wildpret, Federvieh und andern Leckerbissen vergleichen könnte, der in Wien ganz übermäßig groß ist. Wenn es wahr ist, daß Mäßigkeit oder Schwelgen, Sättigung oder Uebermaaß, Sparsamkeit oder Verschwendung, verschiedenen Einfluß auf den sittlichen Charakter und die Neigung und Fähigkeiten einzelner Menschen und folglich, da ein Staat aus vielen einzelnen Menschen bestehet, auch auf die Verfassung eines Staats haben, so wird man Vergleichungen der jährlichen Konsumtion verschiedener Oerter nicht für Befriedigung eitler Neugierde halten. Ungerechnet noch, daß Wien zu Mehlspeisen und Kuchen verhältnisßmäßig sehr viel mehr Getraide verbraucht als Berlin. Es ist mir daher sehr glaublich, daß ganz Oestreich wohl schwerlich 19/20 des Verbrauchs von Wien liefern kann.

Die unterirrdischen Gewölbe in der Mehlgrube und überhaupt auf dem neuen Markte, wo die Mehlhändler ihren Vorrath aufbehalten, sind wirklich sehenswürdig; da ein großer Theil des Markts mit Gewölben untergraben ist.

Der Obstmarkt an der Schranne auf dem hohen Markte, täglich Vormittags zwischen 10 und 12 Uhr; und der Obstmarkt am Schanzel, wo das zu Schiffe ankommende Obst verkauft wird, besonders Sonntags Nachmittags zwischen 3 und 4 Uhr, ist mit Vergnügen anzusehen. Hier bemerkt man auch die Neigung der Wiener zur Schleckerey. Man siehet täglich auf dem Obstmarkt eine ziemliche Anzahl wohlgekleideter Leute, welche ihre Hüte voll Obst kaufen, und es mit sehr sichtlichem Appetite im Spatziergehen verzehren.

Es wird in Wien mehr Bier getrunken, als man von einer Stadt, die in einem Weinlande liegt, vermuthen sollte; wie man dieß auch in der so weinreichen Pfalz findet.

Wein trinkt auch der gemeinste Mann. Der geringste kostet 7 Kr. Dieser aber ist so schlecht und sauer, daß ihn selbst der gemeine Mann den Darmfresser (Gedärmfresser) nennt. Handwerksleute trinken Zehner (oder das Maaß für 10 Kr.). Wenn die Wiener viel essen, trinken sie auch nicht weniger; obgleich doch noch nicht soviel als im funfzehnten Jahrhunderte.

Das Wohlleben, die Weichlichkeit, die vielen Schmausereyen der Wiener, fallen jedem Fremden in die Augen, Ein wohlhabender Bürger in Wien isset beynahe den ganzen Tag. Schon in der Frühe schlürft er im Sommer ein Paar Seidl (halbe Maaße) Obers oder Milchrahm in sich, und genießt eine gehoerige Anzahl Kipfl oder Milchbroedtchen dazu. Im Winter aber tunkt er seine Eierkipfl in Milchkaffee, und ehe er in die Messe geht, stopft er eine gute Portion Gebetwürstl in sich. Noch Vormittags ist er im Sommer im Kirschweinkeller, oder im Winter im Methkeller anzutreffen, und dabey wird wieder etwas kaltes genossen. Zu Mittage ißt er gewöhnlich vier Gerichte, und von jedem nicht wenig. Alsdenn setzt er sich ein halbes Stündchen in einen Schwungstuhl, Stühle mit Stahlfedern, die in Wien zum Schaukeln nach Tische gebraucht werden. Ich sah einen solchen, der 50 Fl. gekostet hatte.

Er schaukelt sich, um die Verdauung zu befördern. Dafür kann er auch gegen vier Uhr ein tüchtiges Jausen- oder Vesperbrodt zu sich nehmen. Um fünf Uhr gehet er im Sommer in einen öffentlichen Garten zum Kegelspiel, und nach einem halben Stündchen empfindet er daselbst schon wieder Hunger. Da ist dann ein Aufgeschnittenes (geschnittener kalter Braten), geselchtes Kaiserfleisch (geräuchertes Rippenfleisch), oder gebachene Hendel (geviertelte in Schmalz oder geschmolzene Butter und Mehl gebackene junge Hühner) bereit, die ihm sehr wohl schmecken. Im Herbste oder Winter gehet er ins Lothringer Bierhaus, oder in das bey der Schlange auf der Kärnthnerstraße. Daß er da Luft- oder Hornerbier trinkt, ist das wenigste. Er ißt auch gebratene Schnecken, eingerührte Eyer, Lungenbratl, oder wenigstens doch eine gute Portion Kipfl. Demohnerachtet kann er zu Hause gegen acht Uhr doch wieder eine Abendmahlzeit von drey Gerichten verzehren. Oder, wenn er mäßig seyn will, geht er in ein Gewürzgwölb, speißt ein hundert Austern, trinkt einen süßen Wein dazu, und spielt eine Partie Woida, eine Art von Hazardspiel.

Die meisten Wiener halten das beständige Schmausen für einen sehr großen Vorzug ihrer Stadt. Sie glauben, wer nicht so viel esse wie sie, sey ein elender Mensch, ein Hungerleider. Besonders thut man meinem Vaterlande Brandenburg in Wien sehr oft die Ehre, es das Hungerland zu nennen. Ein Paar Leute in Wien, und die nicht zum Pöbel gehörten, sagten mir verschiedenemal in großer Gesellschaft ins Gesicht: „In Berlin esse sich niemand satt, denn ein Bürger in Berlin esse mehr nicht, als Suppe, Fleisch und Zugemüse." Dies sollte vielleicht nicht Beleidigung, sondern nur Selbstlob, oder gar Nationalstolz seyn. Ein sehr guter Bekannter von mir ließ sich in einer öffentlichen Gesellschaft in Wien diskursweise verlauten, daß er kürzlich in Berlin gewesen wäre. „Ha!" rief jemand: „Ha! die Berliner sind Lumpen. Wenn sie einen Gulden verzehren, verzehren wir zehn." Der Mann sagte eine wichtigere Wahrheit, als er sich vermutlich selbst einbildete. Weiter aber wußte er auch von Berlin gar nichts. Uebrigens war der Mann ein Professor.

Der große Werth der Genügsamkeit scheint freilich in Wien ganz unbekannt zu seyn, und die schädliche Wirkung der Schleckerey auf Leib und auf Geist wird wohl von sehr wenigen überlegt. Es giebt vielmehr daselbst nicht wenig Leute, welche sich einzubilden scheinen, daß dieses übermäßige Wohlleben ein Beweis von der höchsten Kultur sey.

Friedrich Nicolai

CONSUMTION VOM JAHRE 1786

Vom 1. November 1785 bis zum 31. October 1786 sind an den Linien von Wien verzollt worden:

Ochsen	42.197 Stuecke
Kuehe	1.511 Stuecke
Schafe	53.925 Stuecke
Kaelber	66.353 Stuecke
Laemmer	164.700 Stuecke
Schweine	96.949 Stuecke
Spanferkel	12.967 Stuecke
Oesterreichischer Wein	454.063 Eimer
Auslaend. u. Ung. Wein	10.276 Eimer
Bier	382.578 Eimer
Weiß Mehl	379.804 Zentner
Schwarz Mehl	293.041 Zentner
Gries	9.920 Zentner
Huelsenfruechte	55.225 Metzen
Weitzen und Korn	148.655 Metzen
Gerste	136.232 Metzen
Hafer	719.286 Metzen
Heu	18.471 Metzen
Stroh	1,286.517 Buende
Unschlitt	23.927 Zentner

Obschon der Tarif der Einfuhr nicht ganz genau den Stand der hiesigen Verzehrung darlegt, so gibt er ihn doch bis auf wenige Artikel, und den Ueberschuß der durch Schleichhandel hereingebrachten Dinge, genau. Laßt uns also aus dieser Liste eine Vergleichung der Verzehrung vom Jahre 1786 mit dem Jahre 1785 anstellen. Wien verzehrte in dem Jahre 1786 gegen das vorhergehende

Mehr:

Ochsen	1.156 Stueck
Kuehe	192 Stueck
Schafe	4.931 Stueck
Laemmer	17.524 Stueck
Spanferkel	91 Stueck
Bier	5.748 Eimer

Weiß Mehl	8.912 Zentner
Schwarz Mehl	30.848 Zentner
Gries	2.785 Zentner
Huelsenfruechte	10.249 Metzen
Gerste	62.446 Metzen
Hafer	14.784 Metzen
Stroh	56.355 Buende
Unschlitt	2.396 Zentner

Weniger:

Kaelber	4.886 Stuecke
Schweine	1.607 Stuecke
Oestr. Wein	93.642 Eimer
Auslaend. u. Ung. Wein	373 Eimer
Weitzen und Korn	3.670 Eimer
Heu	1.436 Fuhren

Die Verzehrung des Jahrs 1786 war also um ein betraechtliches staerker, als die Verzehrung des vorigen Jahres. Selbst die zwey verminderten Artikel der Kaelber und Schweine, werden durch die Zahl der Ochsen Schafe und Laemmer ersetzt. Die Bevoelkerung muß also im steigen seyn.

Nur mit dem Wein bin ich in Verlegenheit. Daß die Wiener im Jahre 1786 um 94015 Eimer weniger sollen getrunken haben, als im vorhergehenden Jahre, kann ich nimmermehr glauben. Die richtigste Aufloesung dieses sehr großen Abstandes wird wohl seyn, daß auf Veranlassung der Kameraladministrazion eine große Menge Wein von den aufgehobenen Kloestern zum Verkauf nach Wien gebracht wurde, welcher Zollfrey in die Stadt ging, und also den betraechtlichen Unterschied in den Mauthregistern machte.

Johann Pezzl

DIE BÄUCHE

Je vollkommener eine Sache ist, je mehr Ansehen gewinnet sie auch, je mehr Ansehen eine Sache gewinnet, je mehr wird sie geschaetzt, je mehr eine Sache geschaetzt ist, je angenehmer wird sie dem Besizzer, um so mehr ist nun ein vollkommener Bauch fuer den Eigenthuemer angenehm, und der Mann zu schaezzen, der ihn traegt, weil meistens aus ihm in den Kopf die Duenste steigen, die wir bewundern muessen, und folglich der Bauch das Hauptwerkzeug der menschlichen Vernunft ausmacht.

Es giebt zweierlei Baeuche, Baeuche, die sich selbst stopfen, und Baeuche, die gestopfet werden: die vorzueglichsten Gattungen sind:

Grosse Bäuche, vulgo Baeuche der Grossen, sind die größten, weil sie oft ganze Völkerschaften fressen.

Geistliche Bäuche, sind nicht viel kleiner, aber werden allmaehlig angezapft.

Gelehrte Bäuche, sind sehr dik, und graenzen an Wassersucht, sind uebrigens der Sammelplatz von Unreinigkeiten, und scheinen eines Laxatives sehr benoethiget zu seyn.

Gemeine Bäuche, meistens gesunde Baeuche, z.B. Bierbraeuer, Fleischer, Baeker, Mueller etc. etc.

Hausherrenbäuche.

Juristenbäuche, in ihnen stekt meistens der Kodex aller Ragouts.

Weibliche Bäuche, gehoeren in das Findlingshaus, oder zur Untersuchung der gelehrten Frauen.

Stuzer-Bäuche, sind unbequem, und empfehlen nicht sonderbar; meistens sind sie die Herbergen der Winde.

Ein Rektor Magnificusbauch, hat einen sehr feuchten Ursprung, denn er laeßt fast immer Wein rinnen, bevor er zu seiner Vollkommenheit gelangt.

Domherren- oder Prälatenbäuche, gehoeren unter Antiquitäten, oder sind wenigstens Toleranzartikel.

Medizinerbäuche, sind von Arnzneien angeschwollen.

Judenbäuche, werden erst fette, wenn sie getauft sind.

Verlegerbäuche, gleichen den Baeuchen der Paechter i.e. sie maesten sich vom fremden Gute.

Autorenbäuche sind ausgeronnen.

Jede Bauchsorte hat ihre Eintheilungen, und je grösser ein Bauch ist, je mehr Achtung erfordert er auch, denn nur er und das Kleid empfehlen den Mann.

„Wem Gott ein Amt giebt, dem giebt er auch Verstand.“ Und ich behaupte: Wem Gott ein Amt giebt, dem giebt er auch einen Bauch, oder umgekehrt, dem, der einen Bauch hat, ein Amt, wenn er seine Rekommendazion nicht muthwillig vernachlaessigt.

Ich habe keineswegs Lust, ein Bauchredner zu werden, und das Publikum wuerde vielleicht mit mir das Bauchgrimmen bekommen, wenn ich alle die Eigenschaften manches respektablen Bauchfleisches zergliedern wollte.

JOACHIM PERINET

7

Gänse und Affen

DIE MARCHANDES DE MODES

Wenn Narrheit, Uibermuth, Taendelei, Ausgelassenheit, Verfuehrung, und alles, was die Mode, den Luxus, das Verderbniß der Sitten befoerdert, in Wien angenehm ist, wenn ueberhaupt alles, was aus Frankreich koemmt, oder sich französisch nennt, hier angebethet wird, so sind die Puzhaendlerinnen die angenehmsten Geschoepfe, und die ersten Gottheiten, denen auf ihren oft zertrümmerten Altären der meiste Weihrauch lodert, und die mit aller Selbstverlaeugnung wieder neue Goettinnen schaffen, denen ein Wald- oder Theatergott, wohl gar ein Stadtkupido opfert.

Die Puzhaendlerinen sind die Professorinen der unteren kleinen Schulen, worinnen der Grund zur Aufklaerung, Buhlerei und französischen Sitten gelegt wird.

Nicht genug, daß sie selbst die Welt verderben, errichten sie auch noch ein anstekendes Kollegium, wozu unbesonnene Muetter ihre Kinder senden, um die Moden ihrer Zeit zu studiren, und dabei die alte Sitte zu vergessen.

Das Haus oder das Gewölbe einer Marchande de Modes, ist eigentlich wie ein Taubenschlag, wo man aus und einfliegt: die taeglichen Kunden derselben, die, freilich nur aus Weibern bestehen sollten, wozu sich aber die Männer so willig gebrauchen lassen, die Versammlung der Weiberklatschereien, und der Zotten, machen den Ort zur Saeule des Pasquins, und zur *salva Guardia* aller Gattung Kuppelei, denn wer sich mit einer Marchande de modes gut zu verstehen weiß, hat den sichersten Weg zur Pränumerazion auf Exemplarische Schülerinnen eingeschlagen.

Eine Marchande de Modes heißt eine Handelsfrau der Moden*, und da nun unter diesen nicht nur allein Hauben, Kleider, Handarbeiten, Schminke u. dgl. sondern Koketterie, Ausschweiffung, Verfuehrung, selbst Krankheiten gerechnet werden, so kann man der unbefangenen Jugend zur Bildung ihrer Sitten und ihrer unvaterlaendischen Sprache keine bessere Anweisung als die Lehrsizze dieser Meisterinnen geben, bei denen die Modesitte ihre Katheder aufschlaegt, und die eigentlich die wahren Klassiker der Franzosen sind.

Was laermt ihr Dummkoepfe von Philantropinen, Pflanzschulen, Seminarien, und dergleichen Erziehungsinstituten? macht eure Augen auf, und schweigt!

Das Weib ist die Schoenheit der Schoepfung, und wenn es ausgebildet ist, das Meisterstuek derselben; der Schritt zu dieser Vervollkommnung ist gethan, wo man hinblikt, weiset uns die Auslage eines Haubenstokes an die Seminaristinnen unseres kuenftigen Gluekes, die man warlich nicht zu Stoeken gebildet hat! Hier lernt die Jugend den wahren Werth des Lebens kennen, den Unterschied zwischen Laster und Tugend einsehen, und entscheiden, wie sehr das erste sich bereichere und die leztere darbe; hier lernt sie die Wirtschaft, alles zu verwirtschaften, hier lernt sie die Kunst, Kopfpuze, selbst ihren Männern aufzusetzen!

Heil dir, gluekliche Zukunft! Heil euch ihr Juenglinge, denen man, mit allem Fleisse verzohene Weiber aufbewahrt! Ihr seyd erst faehig die Annehmlichkeiten zu fuehlen, die wir izt nur in Embrionen sich entwickeln sehen.

JOACHIM PERINET

* Puzhändlerinn eigentlich Modekrämmerinn.

LIED ÜBER DIE BOUFFANTES DER WIENERISCHEN MÄDCHEN

(Im Ton: Aber wo bleibest du so lange)

1.

Behorcht mein Lied, ihr Wienernymphen!
Und sprecht, ob selbes gut gemacht;
Doch müßt ihr nicht die Nasen rümpfen,
Wenn mancher in das Fäustchen lacht –
Ich sing von Moden und Bouffanten!
Die man in Wien hat aufgebracht,
Gleich ungemeinen Beifall fanden:
Vernehmet mich von dieser Tracht.

2.

Man lernte hier gleich die Methode,
Daß alles, was nur weiblich hieß,
Nach dieser schönen, neuen Mode
Sich gleich Bouffante machen ließ.
Die Fräuleins wie die Stubenkätzchen,
(Auch Frauen hattens nachgetan:)
Sie hiengen sich so zwei Maträtzchen
An ihre schlanken Lenden an.

3.

Die Köchin kaufte sich Bouffante,
(Man liebet ja, was dick und fett),
Ach, Kucheldirnen von dem Lande
Verlangten sie recht hübsch und nett,
Man wußt sich trefflich drein zu finden,
Wie selbst allhier fast jede weiß,
Die Mädchen auf den meisten Gründen,
So spricht der Junge wie der Greis.

4.

Noch kleine Mädchen mußten haben
Sogleich recht herzige Bouffant,

Sie ließen schön am Hof und Graben,
Es trug sie hoch und niedrer Stand.
Denn, wer will unsre Mädchen kennen,
Befrage sie im ernsten Ton:
Bouffante schmücken holde Schönen,
Hiezu ein großer Chignion.

5.

Dieß macht der schlimme Modenteufel
Und wer es klüger überlegt,
Der wird gewiß und ohne Zweifel
Durch ihre Schönheit nie bewegt,
Verherrlichen sie Wuchs und Leben?
Nein! holde Kinder! glaubt es nicht!
Nur was euch die Natur gegeben,
Fällt jedem Kenner ins Gesicht.

6.

Ein Mädchen, so den Putztisch liebet,
Ist leider schon zu sehr verderbt,
Die sich nur in den Moden übet,
Zuletzt nur Schande, Armut erbt –
Ja, merkt euch dieß, ihr Wienermädchen!
Besonders im geringen Stand;
Babette! Amalchen! Lies! und Kätchen!
Gewöhnt euch nicht an die Bouffant!

7.

Vermeidet stets die schlauen Stutzer,
Die euch zwar lieben – doch warum? –
Denn sie sind bloße Pflasterputzer,
Im Reden und Betragen dumm.
Entfliehet, Beste, ihrer Schlinge!
Am meisten reizt sie ein Bouffant,
Damit sie euch nicht zeitlich bringen
In Reu, Verachtung, Spott und Schand.

HANNER

SEUFZER EINES MAEDCHENS UEBER IHRE SCHNUERBRUST

Ich bin so eng zusammengepreßt, daß ich den Magenkrampf darueber bekommen moechte! Und doch muß es seyn, sonst wuerde es unter meinem Halstuch so armselig aussehen, als ob theure Zeit im Lande waere.

JOHANN RAUTENSTRAUCH

DIE SCHÄDLICHE WIRKUNG DES GEBRAUCHS DER MIEDER

Nachdem die schädliche Wirkung des Gebrauches der Mieder (um eine schöne Taille erpressen zu wollen) auf die Gesundheit und besonders den Wuchs des weiblichen Geschlechtes allgemein erkannt ist und die Nichttragung derselben hauptsächlich zu ihrer guten Konstitution und ehelichen Fruchtbarkeit unendlich viel beiträgt, so hat die Kanzlei ein Cirkular an alle Länderstellen zu erlassen, in welchem in allen Waisenhäusern und Klöstern, und wo immer sonst eine öffentliche weibliche Erziehung sich vorfindet, die Tragung der Mieder von was immer für Gattung sogleich untersagt; auch soll in sämmtlichen Schulen anbefohlen werden, daß kein Kind weiblichen Geschlechts mit Mieder aufgenommen und gelitten werde; – da ganze Nationen ohne selbes leben, ja nur um so gesünder und stärker dabei sind.

JOSEPH

GAENSE UND AFFEN

Oft bewundere ich meine lieben Landsleute, und wenn ich manchmal ueber sie lache, so geschiechts wahrhaftig nicht aus boesem Herzen. – Die Damen putzen sich mit vielem Geschmack; und wirft man uns gleich ueberhaupt vor, daß wir die Affen der Franzosen so, wie die Auslaender insgemein, sind, so kann man uns doch einen gewissen Originalgeist, der ueberall hervorblikt, nicht ablaeugnen. Ich scherze wahrhaftig nicht, und wer wollte bey einer so ernsthaften Sache scherzen, und ich sage daher sehr freimuethig, daß ich oft ganz ausserordentliche Dinge an unsern Schoenen entdeke. Gewiß ist es, daß die meisten unter ihnen ihre ganz eigenen Manieren besitzen, den Maennern recht herzlichen Ekel vor ihnen zu erwecken. Die originaelsten Gaenschen unter den Frauenzimmer, und die originaelsten Schoepskoepfe und Affen unter den Maennern trift man sicher in Wien an. Ich habe meine Tage nicht so viele Koketterie und Dumheit vereinbart gefunden, als hier Orts unter den jungen Leuten Die Maedchen sind so voll Affektazion, so voll Grimassen, und dabey so poebelhaft und ungeschlachtet, daß man sich fuerchten muß, mit ihnen in Gesellschaft zu seyn. Die suessen jungen Herren sind noch unausstehlicher, ausgemachte Geken! Was sie reden ist Unsinn, was sie treiben sind Possen, sie schwatzen von allen, und wissen von allen nichts; sie sind alles, und sind im Grunde nichts; dabey sind sie so impertinent wie die Saenftentraeger, und der Ton den sie untereinander fuehren, ist der Ton dieser Leute, sie prostituiren sich, und die, so das Unglueck haben, sie zu kennen, bey jeder Gelegenheit. Sie sind ueberall zu sehen, und ueberall hinter den Maedchen her und ihnen zur Seite, die einzig Geschmack an diesen armseligen Dingern finden. Wo sie sind, betragen sie sich unanstaendig, sie verdienten, wie die Hunde aus der Kirche gejagt zu werden, die sie entehren. Auf den Spaziergaengen, im Theater, auf der Maskerade, ueberall sind sie zum Aerger da. Der Juengling von guter Erziehung weicht ihnen sorgfaeltig aus, und jedes ehrbare Maedchen huettet sich, daß sie nicht zur Unehre ihrer Bekanntschaft geraeth. Man wird mich hoffentlich verstehen, von welcher Gattung von Leuten, unbeschadet anderer, ich rede.

FRIEDRICH HEGRAD

HAUSFREUNDE

Die Mode der Italiener, vermoege welcher jede artige Frau, neben dem Manne, ihren eigenen erklaerten Liebling oder Aufwaerter hat, ist auch in Wien zur herrschenden Mode geworden. Fast in allen guten Haeusern findet man Favoriten der Frauen.

Die meisten Maenner finden diese Gewohnheit sehr natuerlich und sind nur dann mißmuthig, wenn sie nicht wissen, wer der eigentliche Liebhaber ihrer lieben Haelfte ist. So weit sind sie schon gebracht, daß sie ihr einen Liebhaber an die Seite wuenschen muessen, weil sie ihr doch, durch ihn, Vorstellungen ueber gewisse Dinge thun lassen koennen, die ihre aeussere Glueckseligkeit, den grossen Punkt, dem heut zu Tage alles andere untergeordnet ist, angehen.

So giebt es Maenner, die nichts eifriger suchen, als eine gute Eintracht mit ihren Nebenbuhlern. Wenn sie wuenschen, daß ihre Gattinnen sich zu diesem oder jenem bequemen moechten, so muß der Hausfreund fuer den sogenannten Herrn vom Hause vorher ein gutes Wort einlegen, und das hilft denn gemeiniglich. Es koemmt bey jeder Sache nur auf eine gute Einleitung an.

JOHANN RAUTENSTRAUCH

MEINE FRAU

Der sechste Monat ists, wenn ich nicht irre, daß ich verheurathet bin. Mein Weib ist ein schoenes Weib, daß muß ihr alle Welt nachsagen, und ohne Prahlerey zu melden, sie sagt es ihr, so viel ich hoere, wirklich nach.

Daß es ein ganz besonders Ding ums Heurathen sey, das wußt' ich wohl, da ich noch ledig war; denn ich habe seit Kindesjahren fleißig meinen Gevatter Busenbaum gelesen, und der, obschon er nur ein Kasuist ist, versteht doch das Heurathen ut octo.

Aber izt seh ich, daß es noch ganz was anders ist. Ich melde von diesem und jenem nichts; denn das sind beym Lichte betrachtet, Kindereyen. Ich habe aber ganz andere Dinge auf dem Herzen.

Ich meyne die noblen Gesellschaften, die izt alle in meinem Hause zusprechen. Es ist zum verwundern, wie ich auf einmal ein Mensch geworden bin, der mit Grafen und Kavaliers zu thun haben darf, da ich sonst ein Kerl war, dem man schon auf zehn

Schritte seine hochadeliche Nase entgegenwies, das will sagen, mich als einen Menschen profundissime infra se betrachtete.

Meine Nachbaren machen ueber derley Sachen grosse Augen. Sehr billig! Ich mache ja selbst grosse Augen. Andere sagen und murmeln, ich wuerde ein Hahnrey werden. Ein Hahnrey? – Im Grunde will das nichts sagen – die Sache muessen wir ueberlegen.

Es koemmt hiebey lediglich auf zweyerlei Dinge an. Erstens: bin ich der einzige Hahnrey in der Stadt? und zweytens: wie wird die Hahnreyschaft bezahlt?

Der einzige bin ich einmal nicht, da kann ich meine Seligkeit verwetten. Da weiß ich zum Exempel, daß die Frau von ... oder eigentlich der Herr von ... auf Rechnung seiner Frau von einem gewissen Grafen ... eine jaehrliche Pension von 8000 fl. rheinisch, halb in Geld, und halb in Konventionsmuenze zieht. Die Praesente, Spazierfahrten, Kinder aus der Taufe heben, u.d.gl. stehen extra.

So weiß ich ferner, daß dem Herrn ... ebenfalls auf Rechnung seiner Frau von dem .. Roß und Wagen, Equipage, und was sonst ins Haus gehoert, unterhalten wird. Jedes Kind kriegt uebrigens noch zum Pathengeschenk eine Obligation von 1000 fl. ebenfalls rheinisch, zum Behuf des ehemaligen Heurathsguts.

Noch ferner weiß ich, daß der Hochwuerdige ... eine gewisse junge Frau ... gern sieht, und dieses sein Gernsehn mit wahrer apostolischer Milde mit einem jaehrlichen Gehalt von 1000 fl. rheinisch verinteressiret.

Omne trinum perfectum heißt es aber: denn sonst koennte ich noch wohl einige Beyspiele anfuehren. Soeben hat mir auch ein sehr glaubwuerdiger Mann in einem schwarzen Rocke versichert, daß ihm allein 36 Haeuser in der Stadt bekannt sind, wo die Hahnreyschaft in pleno jubilo florirt. Ich wuerde billig an der Tradition zweifeln, wenn der Mann nicht einen schwarzen Rock haette.

Was will ich also mehr, christliches Publikum? Der erste Punkt ist gehoben. Die Authoritaeten sind da – leben und leben lassen ist ein christliches Axioma – es ist ein schwerer Kasus!

Es kaeme also aufs Bezahlen an. Wie ich weiß, und gesehen habe, bezahlt man gut, besonders die hohe Noblesse, versteht sich, wenn man einen Fetten erwischt; aber die, hohl mich St. Velten, sind so gar dick eben nicht gesaet. Gar viele haben sich mit Pensionen, und Kinder aus der Taufe heben herzlich verblutet.

Thu ich da doch, als wenn das alles mein baarer Ernst waer? Aber so wahr ich meiner Mutter Sohn bin, alle, die mir so kommen wollen, werden sich verwundern, wie ich sie ausfenstern werde. Was? mir zumuthen, daß ich einen schlechten Kerl abgeben soll, daß ich wegen einem elenden Lumpengeld meine und meines Weibes Ehre aufs Spiel setzen soll? Das moegen nur so weggeworfene Kerls thun, die grade nicht mehr werth sind, als daß man sie mit sammt ihren Weibern an den Pranger hinstellt. Mag das in Wien auch noch so sehr Mode seyn: aber eher trete ich meinem Weibe die Seele aus, als daß sie mir die Ehe nur beugen, geschweige brechen soll.

Und angekuendiget, und jedermaenniglich, den daran gelegen seyn kann, hiemit ad notam gegeben sey es: Wer mir von all dem zweydeutigen Loeflergesindel mit schiefen Augen ins Haus tritt, der schau sich bey Zeiten um die Thuere um. Besser, sag ich, ein ehrlicher Kerl seyn, und sparsam leben, als im Pierutsch fahren und dergleichen, und die Leute mit Fingern auf eins zeigen, und sagen: Seht da den schlechten Kerl, der mit seinem Weib hausiren geht, und – –

Das ist so der Abfaum von nichtsnutzigen Leuten, und die Regierung sollte fuer sie eine eigene Espeze von Zuchthaus bauen. Die Weiber koennten allenfalls Gassen putzen; denn Polizey muß seyn.

Tobias Knaut

SEUFZER EINES WEIBCHENS, DEREN GATTE DEM TRUNCK ERGEBEN

Das ist nicht mehr auszuhalten. Beym Tage hat er nicht Zeit sich mit mir zu beschaeftigen, weil er trinken muß; und bey der Nacht hat er genug zu thun, seinen Rausch auszuduensten, folglich bin ich eine foermliche Wittib.

Liebe und Wein sind Todfeinde. Jedes Maedchen, das zu heyrathen gedenkt, sollte zuvor ihren Geliebten in Ansehung des Trunks auf die Probe stellen. Bemerkt sie den kleinsten Hang zu dieser Unart an ihm; so darf sie versichert seyn, daß er eher einer Weinflasche als ihr biß in den Tod getreu bleiben wird.

JOHANN RAUTENSTRAUCH

MUSTER EINES STUTZERS
(Eine Szene vom Graben)

Zwey Erzstutzer gehen um die Mittagsstunde am Graben auf und ab. Nachdem sie so einige Zeit mit ihrer gewöhnlichen Unverschämtheit den ehrlichen Leuten, die keine Stutzer sind, unter die Nase gelacht, und jedes vorübergehende Frauenzimmer durch ihre Lorgnets angeblinzelt hatten, ruhten sie endlich an dem Eckstein der untern Breunerstrasse von ihrer Karavane aus.

Der Eine: Ich bin mued, Bruederl – –

Der Andere: Bist heute Nacht g'wis auf Kommando gwesen?

Der Eine: Errathen – und wo glaubst d'wohl? – Da, les einmal d'Einladung – (giebt ihm ein Billet).

Der Andere: Wie Teufel, kommst du zu der Eroberung?

Der Eine: Um einen brillantenen Ring kann ich s'ja ein paar Wochen zum Narrn habn –

Der Andere: Mich hat d'Sonn heut frueh auch in einem fremden Zimmer angescheint (zeigt ihm ein Billet). Kennst du die Schrift?

Der Eine: Ist d'Vestung endlich uebergangen? Bist lang genug davor glegn –

Der Andere: Sie ist ein goettlichs Weib, und wenn ich einmal einer acht Taeg treu bleib, so ist's gwis die.

Der Eine: Was sagt dann der Mann?

Der Andere: Wenn er nur alle Abend sein Spiel und seinen Rausch hat. Das uebrige bekuemmert ihn wenig.

Der Eine: Ha! Ha! da kommt die ehr- und tugendsame Frau von und zu . . . (Die Dame thut ebenfalls sehr freundlich mit den Stutzern).

Der Andere: Sie ist wieder in der Hofnung –

Der Eine: Woher weißt du denn das?

Der Andere: Ich hab juengst bey meiner Tante mit ihr suppirt. Da hat s'fast die ganze Kompagnie bespien –

Der Eine: Der Papa wird nicht schwer zu errathen seyn – – Was kommt denn dort fuer eine Equipage? Beym Teufel! ich glaub, es ist gar d'papierne Dame?

Der Andere: Wahrhaftig! Schau, schau, wieder eine neue Equipage – 's Papier muß wieder mit Aggio gehn – (Die Dame grüßt die Stutzer sehr vertraut aus der Karosse.)

Der Eine: Grueß, wie du willst – mich kriegst nimmer –

Der Andere: Den Schneckerlbaron hat s'auch schon auszogn – Er kaut immer an Naegeln, wenn er auf der Gassn geht, und geht jetzt schon in d'Wirthshaeuser essen – (es kommt abermal eine Equipage). Kennst du die da?

Der Eine: Freylich! es ist die Ding, die . . . Sie hat juengst ihrn Schmuck versetzt, sonst waer ihr Kerl eingsperrt worden.

Der Andere: Tragt s'noch Lorettohaeubl unter der Haubn? –

Der Eine: Weißt du auch davon?

Der Andere: Natuerlich! d'Kammerjungfern halten gewis 's Maul?

Der Eine: Die weiß d'Koquetterie und d'Bethschwesterey recht mit einander zu verbinden. (Abermal eine Equipage)

Der Andere: Auch wieder ein rother Kopf mit schwarzen Haarpuder –

Der Eine: Das Weib soutenirt sich, und man weiß ihr wenig nachzusagen –

Der Andere: Ba! ba! wenn ich mir Muehe geben wollte – Von allen unsern Weibern ist eine so viel werth als die andere; nur mit dem Unterschied, daß's die eine feiner anzustellen weiß. Bey mir ist das ein richtiger Satz: ein Weib, das den Putz und 's Spiel liebt, ist eben so leicht zu fangen als eine Maus, die auf den Speck geht.

Der Eine: (zwey Sackuhren zugleich aus der Tasche ziehend): Bald 1 Uhr. Ich muß Toilette machen –

Der Andere: Ich auch. Ich freß mit der Baronin im Augarten –

Der Eine: Und bey mir waers noethig, ich theilte mich wieder in hundert Theil ab?

Der Andere: Im Casin sehn wir uns doch?

Der Eine: Vor Mitternacht nicht – *à Dieu.*
Der Andere: Bhuet dich Gott Bruederl – (gehn beyde ab).

JOSEPH RICHTER

DER ZUFRIEDENE

Eya! mir ist wohl hienieden:
Gäb's auch eine beßre Welt,
Sey's! ich bin mit der zufrieden,
Wenn sie manchem auch mißfällt.

Geht kein Weib mit mir zu Bette,
So behelf' ich mich allein:
Fehlt mir Wein – an jeder Stätte
Lädt ein frischer Quell mich ein.

Reichthum, Geld und Gut ist eitel;
Adam, Seth und Abraham
Lebten ohne Geld im Beutel
Dennoch frey von Sorg' und Gram.

Sagt, was nüzten mir auch alle
Schäze, die der Chan besitzt?
Selbst als Herr vom Erdenballe
Wär' ich froher nicht, als izt.

Kaum des Himmels göldne Pforten,
Wo man keine Freude mißt,
reizen mich, da aller Orten,
Wo ich bin, der Himmel ist.

J. F. RATSCHKY

SEUFZER EINES KAMMERDIENERS UEBER SEINEN GRAFEN

Nun weis ich bald keine Meze mehr aufzutreiben, soviel es auch immer hier giebt, die Sr. Hochgraefl. Gnaden noch nicht bekannt seyn sollte. Seit zehn Jahren ist mir die einzige Beschaeftigung auferlegt, alle Tage frisches Wildpret zu liefern.

Sollte mein Graf sich einst zu tode – ergoezen, so wuenscht' ich, daß alle seine weiblichen Kundschaften mit seiner Leiche gehen mueßten, der Zug wuerde wenigstens drey Stunden dauern.

JOHANN RAUTENSTRAUCH

WIENER MAXIMEN

Um Leib und Seele gut zu versorgen, muß man alle Monate beichten gehen, alle Vierteljahre zum Abfuehren einnehmen, und jaehrlich wenigstens einmal zur Ader lassen.

Man muß seinen Naechsten lieben, wie sich selbst, das heißt: man soll das Weib eines andern so lieb haben, als sein eignes.

Im Himmel muß man, der Sicherheit wegen, ein paar ansehnliche Patronen oder Fuersprecher haben, und auf Erden ein paar Referenten. Zu den ersten muß man oefters seine Andacht und zu den letztern seine Opfer verrichten.

Ein Rausch ist besser als ein Fieber.

Die naechste Treue ist man sich selber schuldig. Warum soll man einem andern etwas mittheilen, da man nicht wissen kann, ob man es einst nicht selbst braucht?

Die Welt liegt im Argen; drum soll man nie, ohne Unterpfand, etwas wegleihen. Das Spiel und das Negozium leiden keine Freundschaft.

Ein Maedchen ohne Geld, das man heyrathen will, ist wie eine Lampe ohne Oehl. Die Flamme der Liebe hat keine Nahrung und erlischt bald.

So lang man jung, gesund und frisch ist, muß man seine Freyheit genießen. Koemmt der Herbst des Lebens heran, wird der Koerper baufaellig, daß man bald eine Waerterinn noethig hat, so ist es Zeit zu heyrathen.

Wenn die Frau rechts geht, darf der Mann links marschiren. Nimmt sie sich einen Aufwaerter, so sucht er sich eine – Freundinn.

Niemand liest, um zu lernen, sondern um zu – kritisiren. Man liest die Satyren am liebsten, und schimpft hernach auf den, der sie gemacht hat.

Johann Rautenstrauch

8

Einige Seufzer

OEFFENTLICHES SPEKTAKEL

Den 27ten July wurde den Liebhabern und Liebhaberinnen kriminalischer Exekutionen ein oeffentliches Schauspiel gegeben. Es mußte naemlich der unglueckliche Kutscher, der mit anscheinenden kalten Blute sein Maedchen entleibte, erst auf der Schandbuehne stehen, und sich dann der jaehrlichen Strafe von 50 Stockschlaegen unterwerfen.

Wenn gleich dieses Spektakel nun schon zum drittenmal wiederholet wurde, und der Platz, wohin das Theater dermal verlegt worden, noch einmal so viel Zuschauer faßte als der vorige, so waren doch nicht blos die Plaetze von unten, sondern auch alle Balkone, Fenster, und Dachfenster bis zum Erdrucken besetzt; und man will mehr als eine gefuehlvolle Dame bemerkt haben, die, um sich ein erspiegelndes Beyspiel zu nehmen, durch ihr Theaterperspektiv waehrend der Exekution mit unverwandtem Auge nach dem Ort der Strafe hinsah.

Auch junge Springer tummelten ihre Engelaender unter den Zuschauern herum; und fuer diese konnte so ein Auftritt noch immer am lehrreichsten seyn, wenn sie sich dabey an alle die ungluecklichen Geschoepfe erinnern wollten, die sie durch die niedertraechtigste Kunstgriffe der Verfuehrung zum Opfer ihrer wilden Lueste, vielleicht auch zu Kinder- und Selbstmoerderinnen gemacht haben – –.

Joseph Richter

EIN LIED AUF DEN KUTSCHER, WELCHER 1782 DEN 27. JULY IN WIEN SEINE LIEBSTE UMGEBRACHT

Menschen kommt und schaut den Blinden,
den die Liebe blind gemacht,
der zur Fülle seiner Sünden,
seine Liebste umgebracht.
Eine Wut von drey Sekunden
büßt er schon viel tausend Stunden;
Sünder! Mancher schaut dir zu,
und verdient es so wie du.

Hunger, Kerker, Brandmark, Streiche
wurden deines Frevels Lohn;
o wie viele zählst du Gleiche,
die des Rächers Aug entflohen.
Viele sehn für dein Verbrechen
dir das Rad auf d'Backen stechen,
doch sie sehn dir lachend zu
und verdienens so wie du.

Schaut dort hinter sichern Mauern
jenen größern Mörder an,
der vom Blute armer Bauern
seinen Wanst kaum füllen kann;
dieser goldbordierte Schinder
würget Mann und Weib und Kinder,
doch er schaut dir lachend zu
und verdient ja mehr als du.

Mütter, die mit eignen Händen,
(Scheusal menschlicher Natur!)
ihrer Töchter Ehr verpfänden
und sie gleichsam an der Schnur,
ohne Muttertrieb zu spüren,
auf der Venus Schlachtbank führen,

ach! die sehn dir auch noch zu
und sind sträflicher als du.

Blicket in entfernte Klöster,
sucht die Winkel reiner aus,
streut nicht mancher Weibertröster
heilig Gift ins fromme Haus?
Sie, die ohne zu erröthen
tausend gute Seelen tödten,
schauen dir auch höhnisch zu
und verdientens fast wie du.

Der gefährlichste Verbrecher,
leider nur! man kennt ihn nicht,
der dort mit vergoldtem Becher
kranken Menschen Heil verspricht,
Gold im Menschenblute fischet,
China mit . . . Europa mischet,
dieser schaut dir strafen zu
und verdienet mehr als du.

Jene Vaterstellvertreter,
die nur unter Vaterschein
statt verwaister Kinder Retter,
Helfer, Zuflucht, Schutz zu seyn,
nur vom Blute der Pupillen
ihre eignen Beutel füllen,
O! die Mörder schaun dir zu
und verdienen mehr als du.

Wenn ich alle, die ich wüßte,
die noch größere Mörder sind,
im August noch schreiben müßte,
wär ich im September blind.
Lauter Schelmen, die mit Ehren
sich vom Menschenblute nähren;

sie sind frey und sehn dir zu
und sind sträflicher als du.

Zwar du darfst die Strafhand küssen,
du hast nur zu sehr gefehlt;
Andere werdens auch noch büßen,
wo nicht hier, auf jener Welt:
Aber tausend edle Seelen
sieht man auch unschuldig quälen;
diese sehn dir weinend zu
und verdienens nicht wie du.

Michael Ambros

SEUFZER EINES KLIENTEN IM VORZIMMER EINES ADVOKATEN

Als ich dem Monarchen eine Bittschrift uebergeben wollte, durft' ich kaum zehn Minuten warten. Zehntausend Sorgen fuer das Wohl Seiner gesammten Staaten hinderten Ihn doch nicht, mich anzuhoeren. Aber ein Mann, dessen ganze Sorgfalt sich auf den Bezirk seiner Schreibstube beschraenkt, laeßt mich Stundenlang stehen, bis er sich bequemt, das Geld anzunehmen, was seine Kanzley von mir fordert.

Wahrlich, so ein Hof- und Gerichtsadvokate ist gluecklicher, als ein Regent. Er fordert in einer sogenannten Expensspezifikation was ihm – beliebt; wer sich weigert, muß Moderirungstaxen bezahlen. Alle Zwangsmittel stehen ihm zu Gebote, die Saumseligen zum schleunigen Erlag seiner Expensen anzuhalten. Jeder Federzug von ihm vergroessert die Summe. Der Landesherr fordert nicht mehr, als man geben kann; der Advokate fragt nicht, von woher man ihn befriedigen wird, er sagt nur, womit, und spricht: da siehe zu! Zahlst du nicht, so laß' ich dich pfänden oder – einsperren. Erlegst du willig nicht so und so viel, so zahlst du mit Gewalt doppelt.

Johann Rautenstrauch

BRIEF EINER ARMEN SEELE AN EINEN ADVOKATEN

Beruehmter Ungerechter Herr!

Ich bin kein Geist, du Vielfraß! aber ich bin auch kein Mensch, denn du hast mich zur lebendigen armen Seele gemacht! Du hast gemacht, daß ich fast nur ein Hembd anzulegen habe, um hiemit die Prozeßfuehrenden zu schreken, Du hast mein Fleisch verzehrt und mich zum Gerippe gemacht, Du hast mich zum Heuler und Zaehneklapperer geschaffen!

Elender! der Henker ist dein Bruder, die Dieberei deine Schwester, dein Vater der Betrug, deine Mutter die Suende, und die Gerechtigkeit deine Hure! Gieb zuruek, was du gestohlen hast, und nimm dafuer deine Papierrisse wieder, mit denen du meinen Abtritt gefuellet, zaehle mir die Rechnungen her, in denen du dich verrechnet, zeige mir den Storchenschnabel, mit dem du meine Kassa verkleinerst, und die Mittel, mit denen du die deinige vermehret hast.

Bastard! den die Gerechtigkeit mit dem Wucher zeugte, Scheusal der Menschheit, *Malum necessarium* der Gesellschaft, und grosses Ehrenmitglied der Räuberakademien? Hoere mich an, und wirf mir wenigstens die halben Intereßen von meinem Kapitale aus, das du verschlangst! Erbarme dich meines Weibes, die zu alt ist, mich zu retten, und meiner Kinder, die zu ehrlich sind, dir zu dienen! Sey barmherzig wie Gott, wenn du auch nicht so gerecht bist, sey gerecht, wenn du auch nicht barmherzig bist, und sey barmherzig, wenn ich auch nicht reich bin, mein Weib nicht schoen ist und meine Kinder redlich denken. Ich verbleibe

Dero Pflichtschuldigster
Lazarus

ANTWORT

Erzdummer Gimpel!

Waerst du nicht so ungeschickt gewesen, dich attrapieren zu lassen, so koenntest du wie ich in der menschlichen Gesellschaft mit allen

Ehren unaufgehalten wandeln, und ausser Sorgen seyn.

Ich kann dir nicht helfen, ohne mich bloß zu geben, und das einzige, worinn ich dir dienen kann, ist, daß ich dein Weib unterhalte und unsere Kinder in's Spital zu bringen suche.

Sey vernuenftig, und bringe mich, als deine letzte Stuezze nicht auch zum Falle: dulde die noch kurze Zeit deiner Strafe, und ueberlege, daß nach Verlauf derselben dich kein Mensch darum ansieht. Deine Frau befindet sich in gesegneten Umständen, das heißt: sie ist recht wohlauf, und laeßt dich als Strohwittwe gruessen: dein aelterer Sohn und deine grosse Tochter schlagen ganz aus der Art; der erste wird ein ehrlicher Kerl, und die leztere haelt sogar auf Tugend, das koemmt nun freilich von der verdammten Modeerziehung, aber ich lasse sie nun beide von meinem Hausinformator unterrichten, der einmal Zuchthausverwalter war; die uebrigen geben sich allgemach, und werden dir gewiß noch Freude bringen, wenn sie nicht gar mit der Zeit in deine eiserne Fusstapfen tretten.

Harre also, Freund getrost der Aufloesung deines Schiksaals, und denke, daß Freud und Leid abwechslen in der Welt; daß nichts ewig waehre, und daß das Heute an dir, Morgen an mir zum Sprichworte geworden sey.

Halte dich ja nicht darueber auf, daß du unter Schurken leben must, geht es wohl den ehrlichen Leuten besser, und koennen sie uns in das Herz sehen? Sey ruhig, Bruder! und leide mit Geduld, laß deinen Hintern buessen was dein Herz verbrochen und deine Hand gesuendiget hat; opfere die harte Kasteyung der Vorsicht auf, und fasse Muth, so ein grosser Schurke du auch immer warst, denn noch leben deine Freunde, du selbst in deinen Kindern und dein Saamen wird nicht ausgehen in alle Ewigkeit.

Dein dich
beklagender Freund
Michel Greif.

JOACHIM PERINET

Die Gerichtsstellen sind vereinfacht worden; aber sind es auch die Gesetze? Sind die Prozesse gehemmt, oder wenigstens verkuerzt, sind die Blutigel der Menschheit, die Advokaten beschraenkt, die Gerichtstaxen vermindert worden? Noch sind sie es nicht!

Noch immer ist das Hinterhaus des Tempels der Themis die Hoehle der Chikane; noch bewohnen beyde ein gemeinschaftliches Quartier, und was noch mehr zu bewundern ist, sie vertragen sich wie gute Nachbarn. Noch gestattet die Gerechtigkeit ihren Priestern, die Buerger des Staats durch gerichtliche Formalitaeten zu entkraeften, und auszusaugen. Die geringfuegigsten Haendel, welche in einer halben Stunde geschlichtet werden koennten, werden durch die Advokaten zu Prozessen von der Dauer mehrerer Monate gemacht, so daß die blossen Expensen oefters den kleinen Werth des strittigen Gegenstandes doppelt und dreyfach uebersteigen.

Leider ist unsere Rechtsgelehrsamkeit ein ungeheures Chaos, dessen Gemische von Gesetzen, Glossen und Kommentarien der ungelehrte Buerger in seinem Kopfe nicht errathen kann, und ihm folglich bey dem mindesten Vorfalle, die Nothwendigkeit auflegt, sich an einen Mann zu wenden, der das sogenannte buergerliche und kanonische Recht, den Kodex, die Pandeckten, die roemischen Gesetze, und den ganzen Plunder laengstvergessener Jahrhunderte, samt den nachherigen Modifikationen unter seiner Peruecke behergt. Aber soviel ist unwidersprechlich wahr, daß diesem ungeachtet drey Viertheile aller gewöhnlichen Prozesse ohne Juristen und folglich auch ohne uebermaessige Kosten geschlichtet werden koennten.

Was haben z.B. die Advokaten bey simplen Schuldforderungen zu thun? Es mueßte sehr zweydeutig um die Rechtmaessigkeit einer Forderung aussehen, wenn man zu ihrer Bekraeftigung einen Juristen brauchte.

Es ist eine der traurigsten Wahrheiten, daß so viele Buerger im Staate von Advokaten, durch unbarmherzige Anhaeufung der Expensen ohne Noth zu Grunde gerichtet worden sind, und taeglich noch werden. So mancher ehrlicher Mann, der nun ein Bettler ist, haette aufrecht erhalten werden koennen, wenn die Advokaten mitleidiger gegen ihn gewesen waeren. Muß denn derjenige, den schon die Zahlung weniger Dukaten in Verlegenheit setzt, der Expensen wegen, in die Unmoeglichkeit versetzt werden, keines von beyden entrichten zu koennen? Kann ein Schuldner sechs Dukaten eher bezahlen, wenn er durch zehen Dukaten Unkoesten dazu angehalten wird?

Jeder Patriot, der dieser Sache ernstlich auf den Grund zu sehen sich bestrebt, wird finden, daß dieß ein Uibel im Staate ist, welches vielleicht grausamer wuetet, als alle Landplagen, weil es naeher liegt, und seine Verheerungen unvermerkt allgemein verbreitet.

Freylich haben wir eine Taxordnung, welche gelinder ist, als ehedem. Aber die Advokaten binden sich nicht daran, fordern mehr als ihnen gebuehrt, und wer es nicht zahlen will, kann es auf die gerichtliche Moderirung ankommen lassen, die auf seine Koesten geschieht, anstatt sie auf Kosten dessen geschehen sollte, der mehr fordert, als ihm gebuehrt. Die meisten Advokaten bedingen es sich, noch ueberdies, von ihren Klienten zum Voraus aus, daß sie nicht um die moderirungsmässigsten Taxen dienen wollen, sondern daß ihre Klienten das Uibrige, was sie fordern, darauf zu zahlen sich verpflichten sollten.

Die Urtheilstaxen sind gegen ehedem gewaltig erhöht worden. Der Sachfällige muß zwey Urtheile, jedes mit zwoelf Gulden bezahlen. Vielleicht war die Absicht dabey, die Prozesse zu vermindern; aber es ist erwiesen, daß sie sich aus eben dieser Ursache nicht vermindert, sondern vermehrt haben. Uibrigens ist der Schmerz fuer den verlierenden Theil gleich heftig, es mag nun das Gericht oder der Advokat seyn, von dem er durch große Kosten gedrueckt wird.

Was vollends unbegreiflich scheint, ist dieses: daß der Kläger, nach der neuen Gerichtsordnung, nicht, wie vormals, die Auslage fuer beide Urtheile, (oder vielmehr fuer die doppelte Ausfertigung des gefaellten Spruchs) vorlaeufig bestreiten darf, sondern daß das Taxamt ebenfalls eine Gegenparthey des Beklagten werden, und fuer das ihm zugestellte Urtheil die Taxe besonders eintreiben, und manchmal einzelner Gulden wegen ihn in separato, unter Verursachung neuer Kosten pfaenden und exekutiren muß. Das heißt, meines Erachtens, eine Sache nicht vereinfachen, sondern vergroessern und vervielfaltigen.

Aus dieser Behandlung der simpelsten Rechtsangelegenheiten ziehe man nun die Schlußfolge, von welcher Gestalt die verwirrten und verwickelten Prozesse seyn moegen, welche Bedrueckungen dabey geschehen können und wirklich geschehen? Man schließe ferner, ob durch so ein Verfahren die wohlthaetige Absicht des Monarchen erreicht, oder verfehlt wird?

JOHANN RAUTENSTRAUCH

VOM HOLZBEDUERFNIS DER AERMERN KLASSEN

Das Holz ist in Wien noch immer, im Verhaeltnisse mit den uebrigen Lebensmitteln, in sehr hohem Preisse, und gehoert mit unter die vorzueglich beschwerenden Rubriken einer Haushaltung aus der mittleren Klasse.

Man glaubte durch Aufhebung der Holztaxe dem Uibel wenigst in etwas abzuhelfen, und es hatte das Ansehen, als ob man es noch verschlimmert haette. Der Vorrath des Holzes fuer so ungeheure Beduerfnisse ist noch nicht groß genug, um die Bestimmung des Mittelpreises der Konkurrenz selbst ueberlassen zu koennen.

Der Monarch hat durch einen ziemlichen Vorrath des Kameralholzes, mit dem er das uebermaessige Steigen des Privatholzes zu verhindern sucht, einen neuen Beweis gegeben, wie sehr er sichs angelegen seyn laeßt, die verfaenglichsten Mittel einzuschlagen, den Buerger gegen die bedrueckende Gewinnsucht sicher zu stellen.

Dem Buerger von gutem Einkommen ist freilich dadurch meistens geholfen; aber des Armen, der sich durch einen taeglichen, mageren Erwerb nur ein kuemmerliches Leben fristet, und nicht im Stande ist, eine Klafter Holz auf einmal zu kaufen, scheint die vaeterliche Vorsorge bei diesen guten Anstalten ganz vergessen zu haben.

Sein Holzbeduerfnis zu befriedigen hat der Arme keinen anderen

Weg, als zu den sogenannten Fuetterern, welche nebst dem Futter fuer Pferde, Stroh, Schwefel, Kien, u.s.w. auch Holz kreuzerweis verkaufen.

Ich habe ihrem Holzverschleiß ein Bisgen nachgespuert, und er verhaelt sich so:

Der Fuetterer kauft die Klafter weiches Holz beilaeufig um 6, und das harte um 8 bis 9 Gulden. Er sucht sich eine Gattung von geraden, unaestigen Scheitern aus, schneidet sie zu Haus in zween Theile, erhaelt, da eine Klafter auf hundert und fuenfzig Scheiter gerechnet werden darf, von selber dreihundert, und zertheilt diese in sehr kleine, kaum zwei oder drei Finger dicke Splitter. Nach einer richtigen Auszirklung, die ich mit einigen Scheitern gemacht habe, erhaelt er von jedem achtzehn, zwanzig, auch mehr solche Splitter. Da er nun vom harten Holz vier davon um einen Kreuzer verkauft, und die Klafter wenigst 6000 solche Splitter giebt, so setzt er die Klafter fuer etliche zwanzig Gulden ab.

Der Arme hat also zu dem, daß er das Holz um mehr als zwei Theile theurer bezahlt, als der Vermoeglichere, noch das Ungemach, im Verhaeltnisse mit ihm, beinahe noch so viel Holz verbrennen zu muessen, weil das in zu kleine Theile gespaltene Holz schneller in der Flamme verschwindet, und weniger anhaltende Waerme gewaehrt, als ein dickes Scheit.

Es klagten mir einige mit Traenen in den Augen ihre Noth, indem sie bei einem kuemmerlichen Verdienste von zehn, zwoelf, fuenfzehn Kreuzern im Winter, jenachdem die Grade der Kaelte sind, des Tages fuer zwoelf, siebenzehn bis zwanzig Kreuzer Holz verbrennen, und doch noch dabei frieren.

In der Stadt allein sind neunzehn Fuetterer. Wenn nun, wie man sicher annehmen kann, jeder zu 100 Klafter des Jahrs absetzt, so wird bloß in der Stadt von der Armuth ungefaehr fuer 11400 fl. Holz gekauft, das man ihr unter bessern Anstalten vielleicht um vier oder fuenftausend Gulden haette zusichern koennen. Da aber die weitschichtigen Vorstaedte noch ungleich zahlreicher von der Armuth bewohnt sind, so ueberlaß ich jedem ueber die blutige, vom Holzwucher ihr jaehrlich abgenommene Summe einen willkuehrlichen Kalkul zu ziehen.

Die auf diese Art sich Holz verschaffen muessen, moegen folgende Klassen seyn: Kaerglich pensionirte Wittwen, ausgediente Hausoffiziers, zu Bettlern gewordene Quieszenten, pensionirte Offiziers, Handwerksleute von geringerm Verdienste, verheurathete Bediente, Beamte, die dem Wucher die Haelfte ihrer Gage abgetretten, und von der andern Haelfte ein paar Vierteljahre voraus verkauft haben, Tagloehner von verschiedenen Gattungen, und ueberhaupt die Armuth, die mit einem Almosen von zween, vier bis acht Kreuzern des Tages aus der Armenkasse ein elendes, kuemmerliches Leben dahinschleppt, u.s.w.

Es waere ein unvergeßliches Verdienst um die bedauernswuerdige verarmte Menschheit, wenn Maenner, die bei einer solchen Sache etwas mit Erfolg zu sagen haben, diesen Umstand nicht zu unbedeutend faenden, um an einem Entwurfe zu arbeiten, der diesem Uibel mit einemmal abhelfen koennte.

Franz Kratter

DIE HAUSHERREN IN DEN VORSTÄDTEN WIENS

Man sang von dem Kutscher, vom Teufel und Juden
Von Fressern der Menschen die Trauergeschicht,
Von Weibern und Hexen, Gespenstern und Truten;
Und wie! von den Hausherrn sang man noch nicht?
Geliebteste Wiener! ich hab *sie* gewählt,
Gewißlich mein Liedchen ein Jedem gefällt.

Kommt, wertheste Freunde! kommt, lasset uns sehen,
Wie oft mancher Hausherr mit Armen verfährt;
Ja, ja, Ihr werd't Scenen der Grausamkeit sehen,
Ich hab' diese Klagen schon öfters gehört.
O Himmel! ertheile zum Dichten mir Muth:
So sing' ich Gekränkten schön, wahrhaft und gut.

Laßt uns viele Hausherr'n vom Anfang betrachten.
Wer waren sie? Hausknechte, Kutscher, Lakai. –

Doch keineswegs will ich ein jeden verachten,
Es sei gleich ein jeder auch, wer er nur sei;
Mir gilt ja ein Graßbauch, ein Dickkopf auch gleich,
Wenn er nur durch Dummheit geworden ist reich.

Hier läßt sich im Ernste ja keineswegs scherzen;
Euch Armen, Euch sing' ich aus heiliger Pflicht!
Und Euch zur Beschämung, Ihr steinernen Herzen!
Ihr sehet die Armuth und schont ihrer nicht.
Doch fühlbare Herzen sind gar nicht gemeint,
Ihr seid ja des Mangels, der Menschenlieb' Freund.

Hier geht so ein Neidhart, vom Richter begleitet,
So stolz als ein Midas und Krösus einst ging.
Von Habsucht, von Dummheit und Wucher geleitet,
Als ob er die Adler des Jupiters fieng;
Der Wächter voll Ehrfurcht geht hinter ihm drein.
Was soll dies bedeuten? Was wird es wohl sein?

Was wollt ihr noch fragen; kommt, höret sie fluchen,
Schon dringen sie frech in die Wohnung hinein,
Ein' geldlose Wittwe alldort zu besuchen,
Weil sie ihre Zinse noch schuldig wird sein,
Ein' Wittwe, die sich mit der Tochter ernährt,
Zwar arm, – dennoch ehrlich, wie jeder erklärt.

Helft jenen, die tief in das Elend gesunken,
So viel Ihr vermöget, es ist Eure Pflicht.
Gott, der selbst den bittersten Kelch getrunken,
Wird dieses ersetzen im strengsten Gericht!
Ja, geizet für Arme aus heiligem Neid,
Damit Ihr erlanget die ewige Freud.

Ihr bietet zwar Hunden und Vögeln die Hände,
Doch jene die Unglück ins Elend gebracht,
Verlaßt Ihr; – sorgt vielmehr für Zierde der Wände.

O Geizhals! im Armen den Heiland betracht,
Der dir einst zum Heile am Marterbaum starb
Und durch seinen Tod dir das Leben erwarb.

O wär' dieß Projekt doch im Gange zu bringen!
Ich hab' es ja bloß für die Hausherr'n gemacht.
O könnte mein Anschlag für allzeit gelingen!
Der Arme würd' nicht mehr so höhnisch verlacht,
Wenn er in den Stande des Elends verfällt,
Und ihn noch die Schaare der Dummköpfe quält.

Verfiele ein Hausherr bei mir in die Schulden,
Ich ließ ihm zur Strafe kein Obulum nach,
Er müßt' auch zur Schande noch dieses erdulden,
Als Reiter besteigen sein eigenes Dach,
Damit ihm ein andermal fehlte der Muth,
Die Armen zu plagen, fast bis auf das Blut.

So müßt' man die Hausherren Dachreiter nennen;
Ja; Inwohner, lacht nur, dieß wär Euch ganz recht,
Auch Hausmeister lassen sich hier nicht beschönen,
Weil sie sind gezeuget aus Grobians G'schlecht;
Doch nicht jeder so ist ein geiziger Mann,
Dem trag ich auch niemals das Schindelpferd an.

Wer hat doch die Arme in Mangel versetzt?
Ein' Krankheit, wie dieses ja öfters geschieht. –
Doch Freunde! die Sonne wird niemals verletzet,
Wenn sie auch schon trübes Gewölke umzieht;
So glänzt auch die Tugend in jeglicher Noth,
Sie traget ihr Schicksal und hoffet auf Gott.

So gieng es auch diesem so dürftigen Weibe;
Die Kleider die waren aus Mangel versetzt;
Man ließe den Armen nur jenes am Leibe;
Die Kästen, die Bilder, all's wurde geschätzt;

Man nahm auch die Betten, sie lagen auf Stroh;
Der Hausmeister, Wächter, die scherzten sich froh.

Hier half weder Bitten, noch klägliches Weinen,
Kein Flehen, noch rührendes Trauergetön,
Noch härter als Marmor, wer sollt' es vermeinen,
Blieb hier diese Schaare der Schätzenden stehn;
Zum Richter zu gehn war auch nicht erlaubt,
Er war sein Gevatter, wie jeder behaupt.

So läßt sich die Armuth im Unglücke trotzen;
Doch denket, Verhärt'te, an jenes Gericht!
Dort gilt keine Freundschaft, kein Geld, noch Schmarotzen,
Ja lacht nur Ihr Spötter, es ist kein Gedicht;
Die Frommen, die fühlen dort ew'ge Freud,
Die Bösen dort Strafe in ewigem Leid.

Die Ihr oft Altäre erbauet im Leben,
Und ewige Lichter und Jahrtage stift't,
O säumet nicht, reichlich den Armen zu geben,
Die öfters der Hunger und Geldmangel trift.
Der Herr wird ersetzen, ich stehe Euch gut,
An Eurem Vermögen, an Ehre und Gut.

Die silbernen Herzen auf vielen Altären
vermehren, Ihr Freunde, kein rühmliches Lob;
Betracht in Armen den Herrn aller Herren
Der Euch durch den Reichthum auf Erde erhob.
O ladet statt Mönchen nur Dürftige ein;
Dieß wird Gott zur Ehre und nützlicher sein.

Johann Peter Rull

MUSTER EINES HAUSHERRN

NB. Super feine Waare.

Der Inwohner: Ich habe Sie zu mir heraufgebeten, damit Sie mit eignen Augen den Schaden sehen, den das Regenwetter angerichtet hat.
Hausherr: Hat halt eing'regnt.
Inwohner: Sie sehen hier zwey Kleider, die mir der Regen verdorben hat.
Hausherr: Muessen halt nichts mehr hinlegen, wann's regnet.
Inwohner: In meinem Zimmer glaubte ich vom Regen sicher zu seyn.
Hausherr: Wie's halt geht.
Inwohner: Der Hausmeister versichert, daß die Decke einstuerzen werde, wenn Sie das Dach nicht bald ausbessern lassen.
Hausherr: Wenn's einstuerzt, laßt man halt eine andre machen.
Inwohner: Itzt koennten Sie es mit einer Kleinigkeit richten. Hernach kostet es Ihnen sechsmal so viel.
Hausherr: Kostet ja nur mein Geld.
Inwohner: Aber ich danke dafuer, in einem Hause zu wohnen, das stuendlich ueber mir zusammen stuerzen kann.
Hausherr: Muessen halt ausziehn, wenn Ihnen's Logis nicht anstaendig ist.
Inwohner: Gewiß, das werd' ich – und noch dieses Quartal.
Hausherr: Wird halt jemand andrer einziehen.

NB. Der Vorrath von dieser Waare ist sehr groß, und man darf sicher rechnen, nach jedem dritten Haus einen Hausherrn anzutreffen, der dem Muster gleicht.

MUSTER EINES HAUSMEISTERS

NB. Super-Super fein.

(Ein Inwohner, der schon eine halbe Stunde vergeblich geläutet hat, und vor Kälte fast erstarret ist, stürmt nun mit Gewalt an der Hausglocke. Der Hausmeister kommt unter vielen Flüchen ans

Thor, braucht aber, weil er betrunken ist, noch andere 10 Minuten, bis er das Schlüsselloch findet. Endlich schließt er auf.)

Der Inwohner: Das ist doch unausstehlich. Uiber eine halbe Stunde laeut ich schon.
Der Hausmeister: Habn erst einmal g'laeut.
Der Inwohner: Uiber fuenfzigmal, sag ich ihm: Er sieht ja, daß ich ganz starr vor Kaelte bin.
Der Hausmeister: Hab wirklich nichts gehoert –
Der Inwohner: Natuerlich, weil er geschlafen hat.
Der Hausmeister: Na! ich hab nit g'schlafn.
Der Inwohner: Um so aerger! So hat er vor Rausch die Thuer nicht gefunden.
Der Hausmeister: Na! i bin nit b'soffen.
Der Inwohner: (ihm Geld in die Hand drückend): Er wuerde diesmal nicht so gut davon kommen, wenn er's nicht waer – Geh er, geh er, und schlaf er seinen Rausch aus, mir aber hat er zum letztenmal das Thor geoeffnet; denn morgen gibt mir der Hausherr entweder den Schluessel, oder ich ziehe aus. –
Der Hausmeister (für sich): Schau! was nit no! ein Rausch? – – Das hat mir no kein Mensch g'sagt – G'wis von dem einfaeltigen Groschen, den S'mir alle Tag gebn? – – (Der Inwohner geht, ohne weiter zu antworten, die Treppe hinauf.)

Wer das Unglueck hat, unter dem Schluessel eines Hausmeisters zu stehen, wird gestehen muessen, daß ich aus den Subjekten, mit denen die Hausherren der Residenzstadt Wien ihre Thore zu besetzen pflegen, gewis das Allerhoeflichste zum Muster gewaehlt habe.

Joseph Richter

FIAKER UND LOHNKUTSCHER

Die Zahl der Fiaker mehrt sich noch immer. Gegenwaertig – im May 1788 – sind ihrer 648.

Es ist eine Sache, die der Aufmerksamkeit werth ist, daß taeglich sechshundert Kerls mit 1200 Pferden auf geradewohl in Bereitschaft stehen, und daß ihnen der bloße Zufall doch stets sichern Unterhalt verschaft. Nebst diesen muß jeder Fiaker jaehrlich sechs und dreyßig Gulden Abgabe bezahlen, welche dem Armeninstitut zufließen, eine billige Auflage, weil sie bloß einen Zweig des Luxus trifft, und der Armuth jaehrlich einen Beytrag von 32000 Gulden liefert.

Bey alle dem scheinen sich die Fiaker wohl zu befinden, weil ihre Zahl noch immer steigt. Ja einige treiben mit ihren Waegen und Pferdgeschirren eine Art von Prachtliebe: Vergoldung, Pluesch, Lack etc. geben ihren Equipagen eine Nettigkeit, die man an den Fiakern zu Paris, Bruessel, Straßburg, etc. keineswegs gewohnt ist. Haetten sie nicht die karakteristische Numer im Ruecken, man wuerde viele derselben fuer ordentliche Herrschaftswaegen ansehen.

Die Wienerischen Fiaker haben fuer ihre Fuhren keine ihnen vorgesetzte obrigkeitliche Taxe, sondern jedermann handelt mit ihnen willkuerlich. Ich halte dieses fuer besser, als sie einer Taxe zu unterwerfen, weil man bey derselben sicher entweder schlechter bedient wuerde, oder, um gut gefahren zu werden, von selbst ueber die Taxe zu zahlen belieben wuerde.

Wer gut und schnell will gefahren werden der muß einen jungen Fiakerkerl nehmen; diese sind meist muntere, rasche, und wie natuerlich, rohe Bursche, aber doch immer besser als die Alten; diese sind muerrische, langsame, verhaertete Bengel, viel groeber als die andern, und schonen im Fahren ihre Pferde mehr, als es dem Fahrenden lieb ist.

Man faehrt von einem Ende der Stadt zum andern, z.B. von der Burg an bis zur Hauptmauth, gewoehnlich fuer 12 Kreuzer, aus der Stadt in eine Vorstadt fuer 15 Kr. bey schoenem Wetter versteht sich; an regnerischen Tagen steigt der Preis.

An einigen Plaetzen lassen sich die Fiaker verhaeltnißmaeßig theurer bezahlen, als an andern; z.B. die Fiaker auf der Landstraße sind im Durchschnitt theuerer als die Fiaker zu Mariahuelf; die Fiaker neben der Kaiserl. Reitschule theuerer, als die Fiaker auf dem Kohlmarkt. Auch ist eine Spazierfahrt in einem Pirutsche theuerer, als im gewoehnlichen Wagen. Die Ursache dieses Unterschiedes ist unbekannt.

Der Stadtlehnwaegen moegen etwa dreyhundert seyn. Sie sind nicht numerirt, haben alle Arten von modischen Wagenformen, und alle Eleganz eines regelmaeßigen Staatswagens, wenn man einen solchen verlangt. In einem Fiaker kann man keine ordentliche Etikettemaessigen Besuche machen, sondern muß einen Lehnwagen dazu nehmen; denn diese werden fuer ansehnlicher gehalten als jene. Man bezahlt des Tages drey Gulden fuer einen solchen Wagen mit zwey Pferden, und fuer einen ganzen Monath 60 Fl. nebst einer Belohnung fuer den Kutscher.

Viele Leute nehmen zu einer Spazierfahrt aufs Land einen Lehnwagen. Ich rathe jedermann, lieber einen Fiaker zu nehmen, denn die Lehnkutscher thun so delikat mit ihren Bestien, daß man nicht vom Fleck mit ihnen kommt.

Seit 3–4 Jahren nimmt die Zahl der Pferde der Privatleute etwas ab. Manch großes Haus haelt um 10–12 Pferde weniger; manche Familien vom Mittelstande statt 4 nur noch zwey, und manche, die ein Paar gehalten hatte, laeßt sich im Lehnwagen zur Visite, zum Spectakel, in die Kirche, und in den Prater fahren.

Dieses traegt ebenfalls zur Vermehrung der oeffentlichen Fuhrwerke bey.

JOHANN PEZZL

SEUFZER EINES FIAKERS

Da steh' ich schon seit sechs Uhr des Morgens, und hab' noch nichts verdient, obgleich es schon Mittag ist. Sonst hatt' ich um diese Zeit schon ein paar Gulden im Sack.

Wer da wissen will, ob die Zeiten gut oder schlecht sind, darf nur uns fragen. Wenn man so den ganzen halben Tag umsonst ruft: Sie! fahren wir! und die Leut' so auf die Strassen hinsehen, als wenn sie Groschen suchten, da ist theure Zeit.

Und so ists itzt. Selbst die gewissen Extrafuhren aufs Lusthaus oder zwischen die Brücken haben meistens aufgehoert. Die gnaedigen Frauen und Fraeulein wissen es schon anzustellen, daß ihre

Liebhaber nicht mehr so weit zu fahren brauchen, um sich mit ihnen zu unterhalten. Man nimmt das Ding nicht mehr so genau.

Und doch werden fast alle Monate mehr Fiaker angenommen. Wenn das so fortdauert, so werden die Fiaker bald einander selber fahren muessen.

JOHANN RAUTENSTRAUCH

SEUFZER EINES KUTSCHERS, DER IN KALTER WITTERUNG AUF SEINE HERRSCHAFT WARTEN MUSS

Um neun Uhr bestellen Sie mich, und itzt ists schon bald halb eilf Uhr, und kommen noch nicht. Wie die armen Narren, die Pferde, friert! – Ist dir kalt Brauner? Moechtest schon gern im Stall stehn? Schau, mich friert auch. – Daß die Herrschaften doch nicht denken, daß Kutscher auch Menschen sind! Ich moecht's einmal probiren, und moechte meine gnaedige Frau mit ihren Fraeulein statt mir und meinen Pferden da herunter auf die Strasse stellen, und ich und meine Pferd sollten statt ihnen droben in der Gesellschaft seyn. Das waere spassig! Ich wollte der gnaedigen Frau ihren Platz einnehmen, und meine Pferde koennten die Fraeulein vorstellen. Das Geld verspielen und die Leut' ausrichten kann ich so gut, als meine Frau. Und die Pferde wollt' ich leicht abrichten, daß sie sich die vordern Hufe kuessen liessen. – Aber was die in der Kaelte machen wuerden, das moecht ich sehen. Gelt Brauner du auch?

JOHANN RAUTENSTRAUCH

SEUFZER EINES NACHTWAECHTERS

Husch, wie kalt ists! Ich bin wohl ein rechter Narr gewesen, mich um das muehseligste Brod auf der Welt zu bewerben. Alle Naechte, Jahr aus, Jahr ein, zu wachen, und am Tag zu schlaffen, das ist ja die verkehrte Welt. Wahrhaftig, wenn's mir nicht um die Ehre waer', ich wollt' lieber ein Tagloehner werden. Aber, Sapperment, es freut einen doch, wenn's heißt: das ist ein Mann, dem man die Stadt anvertrauen kann. Wenn unser einer nicht ehrlich waer, was koennt' man anstellen!

JOHANN RAUTENSTRAUCH

LIED ÜBER DIE OEBSTLERWEIBER IN WIEN

Bewundert die Kühnheit!
Ich singe von Weibern,
Die lauter Gespenster
In menschlichen Leibern:
O Benediktspfennig,
Und Lukasbillet!
Versiegelt mich, daß mirs
Nicht Uibel ergeht.

Durch siebenzehnhundert,
Und mehrere Jahre,
Da nahm man noch immer
Die Hexen beym Haare;
Kaum höret die Hexe
Auf, Mode zu seyn,
So trittet statt ihrer
Die Oebstlerin ein.

Die Xantipe war einst
Ein tapfres Luder,
Sie krauste ihr Männchen
Ohn Kamm und ohn Puder;
Doch Xantipe selber
Floh Hexen im Haus,
Ein wienerisch Obstweib
Jagt hundert hinaus.

Probier es nur einer,
Und schmäle beim Kaufen

Gewiß er wird eilend
In Sicherheit laufen;
Da schreit sie: du Flegel,
Du Lümmel, du Pock!
Geh, flick dir, du Stinker!
Die Hosen und Rock.

Dieß kleckt nicht, da Kapo:
Du Rotzbub, du Schlenkel,
Du Lauser, du Mistvieh,
Du Diebsknecht, du Schwenkel,
Du Stockfisch, du Stiergrind,
Du Affengesicht!
Du lebest auf Erden,
Verdienst es doch nicht;

Nun weiter: du Schindhund,
Du Lump, und du Schliffel,
Du blinder Stierander,
Du Esel, du Büffel,
Du Sauschwanz, du Hundsfot,
Du Teufels Prophet,
Geh, daß dir der Henker
Den Kragen umdreht.

Wild ist es, wann Katzen
Aus'm Ofenloch gucken,
Wild schauen die Bären
Beym Menschenverschlucken,
Wild schaut ja der Teufel
Aus'm Kobel heraus,
Doch furchtbarer schaut noch
Das Oebstlerweib aus.

Sieht einer beim Koerbchen
Die Oebstlerin sitzen,

So därfte ein Samson
Vor Schröcken schon schwitzen:
Drum, schwangere Frauen,
So nehmt euch in Acht!
Sie haben schon mehrer
Ins Unglueck gebracht.

Man sagt, daß der Teufel
Jüngst Nachricht bekommen,
Die Oebstlerin hätt' ihm
Den Vorzug benommen,
Er schlich dann aus Vorwitz
Zur Oebstlerin hin;
Sie brach ihm die Hörner
Und prügelte ihn.

Doch selten was Schlimmes,
Wo nicht auch was Gutes;
O Schinder! sey lustig,
Und fröhlichen Muthes!
Und wenn schon oft lange
Kein Rößchen verdirbt:
Genug, wenn nur zuweilen
Ein Oebstlerweib stirbt.

Michael Ambros

9

Wiener Charaktere

EQUIPAGEN

Diese gehoeren allerdings unter die Lieblingssteckenpferde der Wiener. Ein alter Krueppel kann oefters damit dem artigsten jungen Mann bey einem Maedchen den Rang ablaufen. „Was willst du mehr? (spricht ihre Mutter) Du bekömmst Wagen und Pferde, einen eigenen Bedienten, ein Stubenmädchen etc. Beym andern mußt du zu Fuße gehen, und hast vielleicht nicht einmal ein Stubenmädchen, geschweige denn einen Bedienten." Solche Beweggruende muessen freylich Eindruck machen; das bethoerte Maedchen reicht dem ausgemergelten Freyer ihre Hand, hebt das Herz, ohne es selbst zu wissen, fuer einen kuenftigen Hausfreund auf, und spricht: „mein Schicksal will es so, denn die Ehen werden im Himmel geschlossen."

Wer in einer Stadt, wie Wien, dem grausamen Luxus des Fahrens Einhalt machen koennte, wuerde sich wahrhaftig um das gemeine Beßte sehr verdient machen. Im Grunde ist es doch nichts anders, als die Weichlichkeit, welche unsere Zeitgenossen nach Equipagen so luestern macht.

Kein rechtschaffener Mann darf sich Hofnung machen, ein Maedchen aus einem sogenannten guten Hause zum Weibe zu bekommen wenn er nicht ueberzeugend darthun kann, daß er Wagen und Pferde zu halten im Stande ist. – Leider geschieht es oft, daß Leute im Alter zu Fusse gehen muessen, die in ihrer Jugend von Haus zu Haus gefahren sind.

So lang ein Doktor der Arzneykunst zu Fusse geht, glaubt der wenigste Theil, daß er geschickt ist, gut zu kuriren. Und doch sind die Beyspiele nicht selten, daß solche Maenner manchmal groessere

Boecke machen, als medizinische Fußgaenger. Auf allen Fall troestet man sich damit, daß es mehr Ehre macht, von einem fahrenden Arzt unter die Erde befoerdert zu werden, als von einem Gehenden.

Das Verbot des schnellen Fahrens wird zwar von Zeit zu Zeit erneuert; aber es hilft nichts. Alle Jahre wird man in dem allgemeinen Todenverzeichniß eine Menge ungluecklicher Schlachtopfer finden, mit deren Blut das Pflaster von Wien gefaerbet worden. Wenn ein Buerger lebendig geraedert worden, so untersucht man, ob es mit dem Vorder- oder Hinterrade geschehen ist. Der Kutscher steht nur fuer das erstre. Das Getuemmel in den Strassen verursacht, daß man oefters das Warnen der Kutscher nicht hoert; und wenn dieser Zeugen hat, daß er ein Einzigesmal geruffen, so ist er gerechtfertigt.

Johann Rautenstrauch

SCHOOSHUENDCHEN

Alle Frauen und – Fraeuleins, die sich unter die geschmackvolle Welt zaehlen, haben Schooshuendchen von dieser oder jener Race, nachdem es die Mode mit sich bringt. Man trete so einem kleinem Hunde nur auf die Pfote, so hat man gewiß die Gunst einer Frau auf lange Zeit verlohren.

Die grossen Schwachkoepfe, welche auf der Welt nichts weiter verstehen, als den Frauen die Cour zu machen, tragen diese Huendchen oeffentlich auf den Promenaden und in den Strassen unter dem Arme; ein Aufzug, der ihnen eine so kleine und thierische Miene giebt, daß man in Versuchung geraeth, ihnen gerade unter die Nase zu lachen, um es ihnen zu lernen, daß sie Menschen werden.

Johann Rautenstrauch

O WEH – MEIN ARMER HUND!

O weh! – o Weh! – mein armer Hund! –
Was Teufel ist das fuer ein Laerm?

Ein ungeschickter Bedienter hat den Schooshund der Gnaedigen auf die Pfote getreten; o kommt ihr doch zu Huelfe, sie liegt halb in Ohnmacht, und der arme Hund, o weh! sie bekoemmt die Kraempfungen. –

Ha! Ha! Ha! Ueber einen Hund? –

Ja, ueber einen Hund, Bester, denn der gilt sehr oft mehr als ein Mensch; und ich versichre Dich, geneßt Dianens Liebling nicht bald, so ist die Gnaedige des Todes.

Es darf heut ein Domestik krank werden, und man laeuft nicht so eilig nach den Doktor, als man den Hundearzt herbeyholet, wenn der Hund zu winseln anfaengt.

Jede Frau vom guten Ton hat ihren Hund von verschiedener Race, je nachdem es der herrschende Geschmack mit sich bringt. Sie legt ihn auf seidne Kissen, giebt ihm frueh und zur Jause Koffee, und wenn man ja will, daß sie zur Visite oefters kommen soll, um ihr das Geld abgewinnen zu koennen, so muß man ihrem Liebling tuerkisches Getraenk vorsetzen, welches sie ihm zu geben vor allen Anwesenden kein Bedenken traegt.

Will man sich einschmeicheln, so muß man den Hund liebkosen, oder wohl gar anbeten, und ihn bey lebendem Leibe schon unter die Gottheiten zaehlen.

O rasender Unsinn!

Johann Friedel

PFERDE, HUNDE, KAZEN

Die Neigungen und Launen der Menschen sind wie sie selbst zerschieden, der liebt den Plato, der den Epikur, die den Empfindler und die den lokeren Zeisig; einem wird die Natur zum Studium und zur Moral, einer dienet sie zur Unterhaltung; jener liebt die Einsamkeit, dieser das Gewimmel. Eben so unterhalten sich nun einige gerne mit den Menschen, die andere mit den Thieren, oder zur beliebigen Abwechslung mit beiden.

Die Pferde sind nicht nur allein zum Nuzzen, sondern auch zum Vergnuegen der Menschen, und dienen zum ziehen, zum tragen, und zum reiten. Ohngeachtet ihrer Staerke sind sie die Sklaven des Menschen, der ihnen ein Gebiß in den Mund legt. Die Reichen halten sich eigene Pferde, von denen sie sich gleich den Römern in ihren Französisch lakirten Triumphwaegen herumschleppen lassen, oder ihnen auf ihren Ruekken sizzend, den Sporn zu Lustreisen und Strapazzen geben, die der Mensch nicht Lust hat, zu Fusse zu verrichten.

Auch giebt es eine gewisse Gattung Miethpferde, die man ihrer Hagerkeit wegen, wahre Steckenpferde junger Kanzellisten, Studenten, und Kaufmannsdiener nennen kann, von denen sie auch ausser den Aposteltagen, zu Schanden geritten werden.

Seit einiger Zeit wird den Weibern sogar das Reiten zur Annehmlichkeit, und sie wissen oft so gut die Pferde als ihre Männer zu spornen und zu leiten.

Die Hunde, diese treuen Thiere sind die taeglichen Gesellschafter der Menschen und die wahren Oreste und Pilade, die den Menschen im Elende, selbst nach dem Tode nicht verlassen. Sie bestehen aus einer grossen, mittleren und kleinen Gattung.

Die grossen sind theils zur Sicherheit auf Reisen und in Haeusern, theils die Begleiter der Fleischer, Heznarren und Ochsenstand-Liebhaber, die oft ganze Kuppeln zu der Generalprobe ihrer Geschicklichkeit fuehren, sie gleich angenommenen Kindern in die Kost geben, um einst Freude an ihnen zu erleben, und ihnen mit grossen Buchstaben ihre Nammen zum Eingebinde um den Hals schlagen, wodurch sie so, wie die Grossen durch goldene Halsgehaenge sie zu ihren Sklaven machen, auf deren Staerke sie stolz sind. – Ein solcher Hund frißt oft mehr als eine kleine Familie, und reißt den Kindern das Brod aus den Haenden, das sie so eben in den Mund stekken wollten, – – – Pfui! Ueber die Hundeseelen!

Die mittlere Gattung ist um das dritte Haus zu treffen; der Armste haelt sich einen Hund, der ihm theils die Zeit vertreibt und den Gram wegspielt, oder auch durch Kuenste und guten Verkauf sein Brod gewinnt.

Die kleinste Gattung besteht meistens aus Schooshuendchen der Weiber, derer Lieblinge und Beischlaefer diese Rabenaase werden.

Wie oft vertritt nicht solch ein Mistvieh die Stelle des Liebhabers, der sich sehnlichst in dessen Platz wuenschte? Welche rasende Vorliebe hegen nicht diese Hundenaerrinnen fuer ihre vierfuessigen Geschoepfe? Vergessen sie nicht oft lieber auf Gemahle und Kinder, und jagen den Dienstbothen zum Hause hinaus, der den Medor oder die Bella schief anzubliken wagt? Leider ist diese Hundewuth zur Mode geworden.

Die Katzen sind zwar nicht zur Zierde, aber doch, ohngeachtet ihrer Gefaehrlichkeit fuer Kinder, zum Nuzzen eines Hauses, denn sie sind die Grosinquisitoren der Ratten und Mäuse.

Gewissen Leuten wandelt eine Ohnmacht bei dem Anblick, oder nur der Witterung von Kazen an, und wieder andere lieben sie rasend, so wie ein altes Sprichwort sagt: „Wer die Katzen gern um sich hat, liebt auch das Frauenvolk". Noch weiß ich aber nicht, ob die Simpathie in Betref des schönen Balges oder der Falschheit statt finden sollte?

Joachim Perinet

UEBER DAS FAHREN IN STAEDTEN

Der Mensch hat sich nun einmal die Grille in den Kopf gesezt, daß er der Herr der Welt sey, und daß alle übrigen Geschöpfe* blos zu seinem Besten von dem lieben Gott wären auf die Welt gesetzt worden. Es haben zwar verschiedene Thiere wider diese von dem Menschen an sich gerissene Oberherrschaft protestirt; es hat wohl auch mancher aufrührerische Bär oder Wolf, wenn er gerade mit so einem Herrn der Welt an einem schicklichen Ort von Angesicht zu Angesicht zusammentraf, handgreiflich das Gegentheil bewiesen; indessen hat doch der Mensch noch bis diese Stunde bald durch List, und bald durch Gewalt sein Souvrenitätsrecht zu behaupten gewußt.

Dem zu Folge spannt er den Ochsen vor den Pflug, und ißt ihn dann zur Dankbarkeit; daher legt er dem Esel die größten Lasten auf, und macht zur Vergeltung welsche Salamien aus seinem Fleisch;

* Wenn eine gewisse Klasse von Insekten (die Kapuziner werden errathen, welche ich meine) Verstand haette, so wuerde sie ueber die menschliche Grille von Oberherrschaft herzlich lachen müssen.

so muß auch der Wolf seine Haut zu Wildschuren hergeben, und der falsche Fuchs die aufrichtigen Damen mit seinem Balg bedecken helfen, und so ist nichts natürlicher, als daß der Mensch auch das edle Pferd* seinem Willen unterjochet habe.

Es muß ihm Länder erobern, und Schlachten gewinnen; unzähliche Bedürfnisse aus fernen Ländern herbeyschaffen, und die eignen Landesproduckten hinausführen, seine Leidenschaft zur Jagd unterstützen; kurz es muß ihm zur Bequemlichkeit, zum Vergnügen und zum Nutzen dienen.

Die Belohnung ist freylich nicht die beste, und es ist gar nichts seltnes, so ein edles Pferd, das seinem Herrn die redlichste Dienste geleistet, und ihm wohl auch in der blutigen Schlacht das Leben gerettet hatte, in seinen alten Tagen an einem Fiackerwagen ziehen zu sehen.

Indessen ist es meine Absicht gar nicht, diese dienstfertige Geschöpfe wider den Herrn der Welt in Schutz zu nehmen; denn erstens finde ich es selbst noch viel zu bequem, besonders auf Reisen, mich von diesen edeln Thieren tragen oder fahren zu lassen, und dann würden mir die Bauern vielleicht für diese Pferdeproteckttion wenig Dank wissen, weil es wohl manchem Landjunker, Falls die Pferde den Prozeß gewännen, einfallen könnte, statt ihrer die Bauern an seinen Pflug oder Wagen zu spannen.

Der Mensch mag also noch ferners seine Oberherrschaft über diese Mitgeschöpfe ausüben, nur soll er sich ihrer so bedienen, daß er damit seinen eignen Mitbürgern nicht zur Last falle.

Unsre Vorfahrer besassen freylich die grossen Kenntnisse nicht, die wir besitzen; dafür aber wußten sie auch von mancher Thorheit nichts, die uns eigen ist.

So hätten sie es vielleicht für eine Satire gehalten, wenn ihnen jemand zumuthete, daß sie bey gesunden Leib zur Kirche fahren, oder ihren Freund, der mit ihnen in einer und eben der Gasse wohnte, im Wagen besuchen sollten. Schon blos die vielen engen

* Zweyfuessige edle Thiere giebt es sehr viele, aber unter den vierfuessigen Thieren ist das einzige Pferd bis izt fuer adelich angegeben worden; denn man nennt es das edle Pferd, und vielleicht hat auch wirklich hie und da ein Pferd mehr Verdienst um den Staat, als mancher Landjunker, den es zieht.

Gassen sind ein Beweis, daß sie ihre Städte für Menschen, und nicht für Pferde gebauet haben. Dann hatten die französischen Köche ihr Fußgestell noch nicht so sehr verderbt, daß sie nöthig gehabt hätten, sich der Pferdfüsse bey Besuchen oder Promenaden zu bedienen, endlich liebten sie auch ihre Kinder zu sehr, um ihnen durch Pferde das Brod wegfressen zu lassen.

Um so grösser müßte also ihr Erstaunen seyn, wenn sie wieder zur Welt kommen und sehen sollten, daß nun ihre Nachkömmlinge bald mit einem Zug von Viern und Sechsen in der Stadt herum Post fahren, bald in einer Pirutsche im gestreckten Lauf durch die engsten Gässen hinrollen, und mit den armen Fußgehern eine Parforcejagd anstellen.

Aber wie würde nicht ihr Erstaunen zunehmen, wenn sie hörten, daß viele dieser fahrenden Nachkömmlinge aus Müssiggängern bestehen; daß die meisten aus ihnen den *Vis-à-vis,* den *Solitaire,* das *Cabriolet,* den *Pot de chambre**, oder den Gallawagen, in welchem sie Figur machen, noch nicht bezahlt haben; daß der schnurbärtige Kutscher und die Riesen von Bedienten Bauernburschen seyen, die der Hang zur Faulheit in die Stadt gezogen; daß man die muessige Bettelmönche einzuschränken suche, der Troß vom noch müssigern Lackeyvolke aber zum Nachtheil des Ackerbaues immer anwachse; daß in mancher Hauptstadt nun bald so viele Pferde als Menschen wohnen, und daß man beynahe anfange, das Fußgehen für eine Infamie zu halten; daß die Advokaten ihre Partheyen, die Aerzte ihre Pazienten, die Wirthe ihre Gäste, und die Kaufleute ihre Kundschaften mit Koth besprizen; daß wider das starke Fahren die weisesten Verordnungen ergangen, und daß keine befolgt werde?

Wenn man den guten Vorfahren alles dies sagte, und sie endlich mit ihren eignen Augen unsre Kavaliere und Damen als Kutscher erblickten, und sehen sollten, wie unsre Kaufmannsherren, die durch die Woche Häringe, Stockfische und andere Spezereywaaren nach Haus geführet haben, mit eben denselben Pferden (aber freylich nicht auf einem Leiterwagen) ihre theure Ehehälften zur Kirche

* Eine gewisse Art franzoesischer Waegen, in denen die Pariser und auch Fremde, die bey Hofe etwas zu suchen haben, nach Versailles fahren.

führen, würden sie nicht in ihrem Erstaunen ausrufen: O tempora! o mores!

JOSEPH RICHTER

EIN GROSSER PLATZ MIT VIELEN KUTSCHEN

Erklärung eines allegorischen Kupferstichs

1) Ein grosser Platz in einer Hauptstadt, mit vielen Kutschen angefuellet.
2) Seitwaerts ist eine grosse Kirche.
3) Zween Bediente ruffen nach dem Kutscher ihrer Herrschaft.
4) Die Damen, die ihren Pallast der Kirche ueber haben, stehen in einem theatermaessigen Kopfpuz unter dem Eingange der Kirche und thun, weil sie eine halbe Sekunde ausser dem Fußsacke sind, sehr erfroren.
5) Ihre Kutscher kommen im vollen Laufe angefahren. Die Fußgeher wissen kaum, wie sie sich retten sollen; daher laufen einige mit den Koepfn zusammen, oder werfen sich auch ueber den Hauffen, viele retten sich mit Noth an die Seitenhaeuser.
6) Ein junger Kavalier jagt im Pirutsche in eine enge Gasse hinein, und nimmt die Reihe so kurz, daß er sich den Hals brechen mueßte, wenn seine Pferde nicht mehr Verstand haetten, als er.
7) Aus der entgegen gelegenen Gasse koemmt eine Dame mit vieren gefahren. Der Vorreiter zerhaut mit der Peitsche eine Laterne. Die Glasscherben fliegen den Fußgehern ins Gesicht.
8) An der andern Seite der Haeuser fuehrt ein Reitknecht zwey Sattelpferde an der Hand. Sie schlagen von allen Seiten aus, bespritzen die Fußgeher mit Koth, und setzen ihr Leben in Gefahr.
9) Ein Herr, der am uebelsten vom Koth zugerichtet worden, will mit seinem Stock nach dem Reitknecht schlagen, der ihm unter die Nase lacht; aber indem er ausholt, kommen Saenftentraeger hinter ihm her, die ihn sehr unsanft an die Wand schleudern, und dann „aufgeschaut!“ schreyn.

JOSEPH RICHTER

AUF EINIGE MEILEN WEIT

Sie irren sich, Freund, wenn Sie glauben, wir Wiener liebten nicht auch die Vergnuegungen, die uns das Land anbietet. Sie koennen auf einige Meilen weit im Sommer auf dem Lande herumfahren, und fast in jedem Dorfe Gesellschaften aus der Stadt antreffen. – Nußdorf, Klosterneuburg, der kahle Berg, Mauerbach, Simmering, Schoenbrunn, Laxenburg, Baaden, und ungleich mehre Oerter locken den nach Zerstreuung, nach Unterhaltung luesternen Staedter zu sich. Es ist billig, daß ich Ihnen die Unterhaltungen von einigen diesen Oerter in etwas beschreibe.

Nußdorf – am Fuße des Leopolds Bergs auf der einen, und an der Donau von der andern Seite ist zwar nur ein Dorf, aber, wie die meisten um Wien herumliegenden Doerfer, mit den schoensten, geschmackvollsten Lusthaeusern geziert. Ausser den Privatgesellschaften, welche die Eigenthuemer dieser Gaerten und Lusthaeuser den Sommer, auch Fastnachtzeit hier veranstalten, und die sich allemal durch Trink und Freßgelage auszeichnen, finden sich auch fast woechentlich das ganze Jahr durch geschlossene Gesellschaften in dem grossen Saale zu Bachanalien ein, wo gegessen, getrunken, geschaeckert, bockgesprungen, und Lanzen gebrochen werden, daß es eine Freude ist. Sie koennen sicher darauf rechnen, daß mehr als die Haelfte von Mutter Evas Geschlechte, das man hier antrifft, die gutherzigsten Kinderchen sind, und bey solchen freundlichen Kinderchen kann ja unmoeglich den Gaesten die Zeit lang werden. –

Auch nach Klosterneuburg fahren oft von Wien Gesellschaften hinaus. Aber hier geht es etwas solider zu: denn Seine Hochwuerden der Herr Praelat, faenden es wider seine geistliche Wuerde, wenn die Gaeste, welche ihm die Ehre ihres Besuchs goennen, etwas mehr, als sich unter den Tisch zu saufen, suchen wollten. Auch wird hier weiter nichts, als der reiche Klosterschatz, der schoene Keller, und die Praelatur besehen, – dann auf gut deutsch, dem edlen Rebensafte der Krieg angekuendiget.

Der kahle Berg wurde, so lange die Geistlichen noch in ihren Zellen eingeschlossen waren, selten besucht, ohngeachtet hier die schoenste Aussicht ueber die ganze Ebne Wiens, und eine unglaubliche Strecke des Donauflusses ist. Seit dem aber die guten Moenche ihre Zellen verlassen, und nun Tracteur und Wirth da zu finden ist – o, da wandern ganze Karavanen hinauf. Sie sollten nur sehen, Freund, wie an dem Orte, wo so lange Zeit mit dem groesten Gott ergebenen Herzen Nichts gethan wurde, (denn Essen, Trinken, Psalm singen, Dosen drechseln, und solche Kleinfuegigkeiten mehr, wird man doch wohl nicht unter wichtigere Geschaefte, als Nichtsthun rechnen wollen?) – izt pokulirt, musicirt, getanzt, geherzt, Schneken im tiefen Walde gesucht, Schmetterlinge gehascht, und Maulwurfsjagden gehalten werden. Accidit momento, quod non speratur in anno.

Eben so lustig und wohlbehaglich befinden sich die Gaeste izt in Mauerbach, ohngeachtet, wie der Ruf geht, die Wiener auch vorher schon nie, ohne mit einem dicken Nebel vor den Augen, von da nach Hause schlendern konnten.

Auch in Simmering, einem Dorfe an der Landstrasse nach Ungarn, finden sich Gesellschaften die Menge ein. Kaufmannsbuerschchen, mit ihren Putzmacherinnen, Staeussermaedchen, oder mit sonst einer irgendwo aufgehaschten Dulcinea Venaria, waehlten diesen Ort vorzueglich zu ihrem Tummelplaz. Der Wirth freut sich dieser Herrn vorzueglich, denn er weiß, sie verschlampampen mehr, als jeder andere Gast. Er ist daher auch so hoeflich, jeden zu adeln. „Wie befinden Sie sich Herr vom rothen Igel? – „Und Sie, Herr vom blauen Hut?“ – und so weiter. Was mir uebrigens an diesen Herren vorzueglich gefallt, ist, daß sie die Narrenlinie passiren muessen. Ich zweifle nicht, daß manche, wenn sie vor St. Marx vorbeyfahren, zu sich selbst sagen werden: auch ich gehoere hinein.

Unter den nahem Oertern wird Schoenbrunn, das Sommerschloß der verstorbenen Kaiserinn, am meisten besucht. Der Garten, welcher ganz frey fuer Jedermann ist, gehoert unter die vorzueglichern Merkwuerdigkeiten, die man in und um Wien sehen kann. Einzeln, oder auch in Gesellschaften treffen Sie oft zu Hunderten die Gaeste an, welche schon frueh hinausfahren, im Kaffeehause fruehstuecken, im Garten bis eins oder zwey spatziren gehen, dann sich zu der Tafel setzen und zechen, wieder in den Garten eilen, und mit all' dem Gefuehle des wahrens Vergnuegens sich unterhalten. Dieser Ort hat den Vorzug, daß er meistens nur von ausgesuchten Gesellschaften besucht wird. Sie finden hier wirklich oft die artigsten Leute aus allen Staenden, und man hat hier, – wie fast bey allen unsern uebrigen Zusammenkuenften die Konvention getroffen, ganz frey und ungezwungen seinen Launen froehnen zu duerfen. Man speist sehr gut, und um verschiedene Preiße; man thut am besten, wenn man die Anzahl der Gesellschaft, den Preiß der Tafel, und die Stunde, wenn man speisen will, schon Tags vorhero dem Tracteur durch die kleine Post meldet. Auch Laxenburg hat diese Vorzuege, nur wird es nicht so oft besucht, weil es weiter entfernt, und so zu sagen das Sanssouci unsers Kaisers ist.

Hingegen wimmelt es den Sommer durch in Baaden. Wenn sie in Wien waeren, Langeweile haetten, Familienbekanntschaften mit oder ohne Absicht suchten, – gehn sie nach Baaden; in Zeit von vier Wochen kennen sie die halbe Stadt. Unsre Damen und Fraeulein die ins Bad gehen, sind die anmuthigsten Goettinnen, die man sich auf den Zaubergefilden dieses Lebens wuenschen kann. Hier wohnt Frau von S. – ihr Gemahl muß seiner Geschaefte wegen in der Stadt bleiben – sie weiß sich die Zeit zu Nutze zu machen und laeßt sich frottiren, daß sie frisch und gesund aus dem Bade zurueck in die Arme ihres lieben guthherzigen Maennchens koemmt. Dort spaziert das gnaedige Fraeulein von O., Anmuth und Freundlichkeit und alle Grazien schweben um sie. Sie klagt ihrem Papa, daß Gott weiß, was fuer Unpaeßlichkeiten sie plagen. Das Bad wird vorgeschrieben, – es wird hinausgefahren, nach ein paar Tagen eine Wehmutter geholt, – vierzehn Tage vergehn, und man sieht das gnaedige Fraeulein mit einemmal frisch und gesund wieder und ein Schwarm großnasigter, breitschultriger und dickwadiger Ritter, flattert um sie herum. – Ist das nicht fuer Sibariten das herrlichste Leben, das sie sich wuenschen koennen?

Wenn Sie die Menge unsrer Kaffeehaeuser, Gaerten, Tanzsaele und Promenaden, und zugleich die Menge der Leute, welche man zu jeder Stunde des Tages in diesen Orten antrift, ueberrechnen, so werden Sie erstaunen, ueber die Anzahl der Muessiggaenger, Schwelger, und solcher Menschen, die ihr ganzes Leben zwischen Schlemmen, Spazierengehn, und Schlafen theilen. Vielleicht ist kein Ort in der Welt, wo man muessigere Geschoepfe von Menschen antrift als hier. Die grosse Anzahl derer, welche von ihren Kapitalien leben, und die noch groessere Anzahl solcher, welche sich des Tages reichlichste Aerndte oft schon in einer Viertelstunde verdienen; die Buergerssoehnchen reicher Vaeter, – und endlich, die fast unuebersehbare Menge des Adels mit seinem Gefolge, das so selten reellere Beschaeftigungen kennt, scheint diese Sibariten-Laune erzeugt und genaehrt zu haben. Indeß ist eben dieser Geschmack am Muessiggange, fuer die vielen Fremden, welche zu uns kommen, vortheilhaft. Ohne erst sich durch viele Umwege Bekanntschaften und Unterhaltungen zu suchen, findet sie der Fremde allenthalben, wo er hinkoemmt.

JOHANN FRIEDEL

DIE SOGENANNTEN SCHOENEN WIENERINNEN

Da ich bei dem lezten Feuerwerke so manche schoene Wienerinn sah, so kann ich sie auch billig zur Annehmlichkeit machen.

Die groeßte Hauptzierde Wiens sind ohne Zweifel unsere gemalnen und ungemalnen Gesichter, die als die Even der Rippenschoepfung den Laimkuchen Adamen das Leben verspielen, und als ein getreuer Spiegel ihrer eigenen Schwachheiten ihnen zur Aneiferung der Naechstenliebe dienen.

Der Name Wienerinn geht weit und breit in der Welt herum; und ob man schon auf gereifte Frauenzimmer nicht viel haelt, so ist doch die schoene Wienerinn ein gerne gesehenes Spektakel, wo sie nur immer aufgefuehret wird; aber von der vernuenftigen Wienerinn sind nur wenige Exemplare mehr vorhanden.

Dieß sey nicht von Euch gesagt, Ihr edlen lieben Wienermaedchen, die Ihr zugleich mit Eurer Annehmlichkeit, Verstand und Tugend vereiniget, sondern ich meine nur jene Bildchen ohne Gnade, die wir in allen Kirchen, Theatern, Redouten, auf allen

Spaziergaengen, Saelen, bei allen Gesellschaften, Pikeniken, musikalischen Akademien, Hauskomoedien, Hezzen, Feuerwerken, Bereitern etc. finden! Diese lieben Naerrchen meine ich, die bloß Ihre Laervchen ohne Hirn zur Schau tragen, ueber alles ohne Koepfchen raisonnieren, alles mit ihrem Naeschen beriechen, alles mit ihrem Muendchen beplappern, alles mit ihren Aeuglein erstechen, und alles mit ihren Herzchen umfassen. Diese Kreatuerchen meine ich, die sich so viel einbilden, und von Nichts wissen, so viel schnattern, und nichts verstehen.

Sie wundern sich, daß mir so etwas angenehm seyn kann? – Ey, ey! – Warum denn nicht? Fragen Sie nur meinen Wirth im Prater, und der wird es Ihnen sagen, daß Gaense meine Favoritspeise sind.

JOACHIM PERINET

LORGNETTEN

Weil man in Deutschland hoerte, daß nun in Frankreich die kurzen Gesichter Mode sind, und alles mit einer Lorgnette begukt wird; so hat man auch zu Wien, des Wohlstandes wegen, sich nicht entbrechen koennen, die besten Augen etwas blöde zu finden, und zu ihrer Schonung sich Lorgnetten anzuschaffen.

Nun wimmelt es in Wien so wie in Paris von unbarmherzigen Lorgneurs, die sich vor einen hinstellen, und ihn mit festem unverwendetem Auge so lange betrachten, daß er glauben muß, man habe Lust ihn zu anatomiren.

Diese Gewohnheit ist so gemein, daß sie gar nicht mehr fuer unanstaendig gehalten wird. Die Damen sind nicht einmal mehr boese darueber, wenn es nur in der Komedie, oder auf den Spaziergaengen geschieht. In Gesellschaft aber wuerden sie es fuer eine grosse Unverschaemtheit ansehen.

Diese Lorgneurs sind indessen nichts weniger als Physiognomen, welche ihren Tiefblick anstrengen, um den Karakter der Person aus den Gesichtszuegen zu erkennen. Die kleinste Stellung des Koerpers ist fuer sie eben so wichtig, als die Bildung des Gesichts.

Wenn im Theater eine huebsche Aktrize aus der Scene tritt, so fahren eine Menge Haende zugleich nach den Taschen. Und oft hoert man mit Ungeduld die Worte neben sich toenen: Schade, daß ich meine Lorgnette nicht bey mir habe.

In kurzer Zeit bringen alle diese Lorgneurs es wirklich dahin, ihre Augen, die vorher vortrefflich waren, wirklich zu verderben und bloede zu machen, so daß sie hernach oefters, noch ehe sie den Fuß zum Haus hinaus sezen, schon nach der Lorgnette greifen, um allenfalls – den Koth zu besichtigen, ueber den sie schreiten wollen. O ihr herrlichen Pariser Moden!

Johann Rautenstrauch

DAS MÄDCHEN AN IHREN SPIEGEL

O Spiegel, wie lebendig scheint
Mein liebes Bild aus dir!
Mein Rath, mein Zeitvertreib, mein Freund,
Mein Alles bist du mir!

Du unterhaeltst mich stundenlang
Mit freundlichem Gesicht;
In jedem Umgang fuehl ich Zwang,
Nur in dem deinen nicht.

Und ist mir oft so aergerlich,
Daß ich's nicht sagen kann,
So faengt bey'm ersten Blick auf dich,
Mein Mund zu laecheln an.

Die schoenste Freundesharmonie
Herrscht zwischen mir und dir;
Du seufzest mit aus Sympathie,
Und lachst und weinst mit mir.

Kein Freund auf Erden stimmt so sehr
Nach meinen Launen sich,

Kein Freund auf Erden liebt mich mehr,
Als du, mein zweites Ich!

Du bist mein Lehrer jederzeit,
Nie werd' ich deiner satt;
All meine Liebenswuerdigkeit
Verdank' ich deinem Rath.

Aufrichtiger, als du bist, kann
Kein Freund auf Erden seyn;
Du zeigst mir jedes Fleckchen an,
Und waer es noch so klein.

Dabey bist du galant, und sagst
Mir stets, wie schoen ich sey,
Und Komplimente, die du machst,
Sind keine Schmeicheley.

O Lieber, thu nur immerhin,
Wie du bisher gethan,
Und werde, wenn ich aelter bin,
Mir ja kein Grobian.

Alois Blumauer

MUSTER EINER WIENERERZIEHUNG
Secunda Sorte

Frau von X.: G'schwind Peterl kueß der Frau Gotl d'Hand.

Frau von Y.: Ey! ey! der Peterl wird ja alle Tage schoener – und braver. –

Peterl (küßt der Frau Gotl d'Hand, und greift ihr zugleich in den Sack, ob sie keine Bonbons darinn hat): Hast d'mir nichts bracht?

Frau von Y: Nein, lieber Peterl, heut hab ich nichts; aber wenn ich wieder komm –

Peterl: Bist eine wilde Sau –

Frau von X.: Was sagst du? du gottloser Bub! Nehmens S'ihms nur nicht uebel, Frau von Y. –

Frau von Y.: Wer soll so was uebel nehmen? 'S ist ja nur ein Kind.

Frau von X.: Wart nur, Peterl, das sag ich dem Papa, wenn er nach Haus kommt.

Peterl (zur Mutter): Bist a ein wildi Sau. – (lauft davon.)

Mutter (aus vollem Hals lachend): Das ist ein kleiner Schelm. – Ich versichere Sie, Frau von Y. –, aus lauter Verstand ist er so schlimm.

Frau von Y.: Die Meinigen machen's um kein Haar besser. (ebenfalls lachend): Was thut mein Franzl gestern seinem Instruktor? Sie wissen, daß er gern ein Rausch hat – da hat er also auf dem Sessel eingschlaffen, und da geht mein Franzl mit seinem kleinen Wax-stoeckl hinter seinen Sessel, und zuendt ihm d'Paruecken an. Sie haetten den Instruktor sehen sollen, wie er mit brennenden Kopf im Zimmer herum gesprungen ist. Ich und mein Mann habn glaubt, wir lachen uns z'todt.

Frau von X.: Ja, die Kinder treibn's jetzt. – Mein Peterl ist noch ueber ihren Franzerl. – Sein Kindsmensch hat g'wis schon ein paar hundert Ohrfeigen von ihm kriegt.

Frau von Y.: Haben Sie noch die alte Margreth?

Frau von X.: Ich haett s' schon laengst weg gethan, aber sie ist mir gar zu lieb wegen den Christenthum. Sie hat meinen Peterl den ganzen Vater unser und den Glauben schon gelernt, und um ein Eyrnes Kipfl macht er mir's heilige Kreuz 10 mal nach einander.

(Peterl schaut zur Thür herein.)

Frau von X.: Komm her, lieber Peterl, und zeig der Frau Gotl, wie du's Kreuz machen kannst.

Peterl: I mag nicht.

Frau von X.: Ich schenk dir ein Kreuzer, wenn du ein schoenes Kreuz machst.

Peterl: Gieb mir den Kreuzer eher.

Frau von Y.: Da hast ein Groschen, lieber Peterl. Aber jetzt mußt d' ein schoens grosses Kreuz machen.

Peterl (nimmt den Groschen, lacht spöttisch, und macht ein Kreuz)

Die Mutter (ihn druckend und küssend): O du lieber Aff du. Ich freß dich vor lauter Liebe.

NB. Solche Affenfresserinnen zaehlt Wien zu hunderten.

JOSEPH RICHTER

DIE MUETTER

Wenn die Toechter sitzen bleiben, und alt werden, ohne Maenner zu bekommen, so ist wohl Niemand mehr daran schuld, als ihre Muetter.

Sie bringen ihnen anfaenglich verkehrte Grundsaetze bey. Sie sprechen in den Kinderjahren schon immer von dem grossen Glueck mit ihnen, das sie einst als Frauen machen werden. Sie lehren sie sehr fruehe die reizende Schminke der Zaertlichkeit und Koketterie annehmen; praegen ihnen nichts als Liebe zu Kuensten ein, welche die Wollust reizen und verschoenern; legen ihnen keine andere Pflichten, als die Pflicht zu gefallen ans Herz, und waehrend sie dem Endzweck dieses Unterrichts entsagen, werden sie zugleich so stolz, daß sich so leicht keiner getrauet, ihnen einen Heyrathsantrag zu machen.

Endlich wagt es einer oder der andre, sich um sie zu bewerben. Da werden ihm wenigstens zweyhundert Fragen zur Beantwortung vorgelegt, und wenn er nur bey einer einzigen stokt, so wird ihm angedeutet, daß er sich keine Hofnung zu machen habe.

Es kommen neue Verehrer; aber allemal scheiterts beym Heyrathskontrakt. Indessen werden die Toechter mannbar. Je aelter eine Waare wird, je mehr verliert sie von ihrem Werth, wenn man auch die uebrigen Zufaelle nicht in Anschlag bringen will.

Am Ende werden die Maedchen selbst mißvergnuegt. Es bleibt keine Wahl mehr uebrig, und nun wird der erste, der den Antrag thut, angenommen, und die ganze Sache binnen wenig Wochen ins Reine gebracht. Solche Braeute koennen sich wenigstens ihrer sechs Parthien ruehmen; aber freilich werden sie es nie sagen, daß sie von fuenf derselben wieder verlassen worden.

Glaubt es, ihr Maedchen; die Maenner werden rar und theuer werden! Es wird eine Zeit kommen, wo man nicht mehr fragen wird: Mein Herr! wieviel können sie mir Wittwengehalt versichern, wenn Sie sterben? sondern man wird blos fragen: „Können Sie so viel erwerben, daß wir nicht darben müßen?“ und vielleicht werden dann die glücklichen Ehen wieder anfangen.

JOHANN RAUTENSTRAUCH

EIN GARDINEN-GESPRÄCH ZWISCHEN PAPA UND MAMA

Papa: Du, Schaz, wir sollen doch bald sehen, daß wir unsern Franz unterbringen. – –

Mama: Ich hab' auch schon daran gedacht. Wenn wir nur wueßten, was wir aus ihm machten?

Papa: Wie waer's, wenn wir ihn eine Kunst lernen liessen?

Mama: Pfuy! eine Kunst! du schaust doch gar nicht auf deine Ehre. Bedenk nur deinen Karakter.

Papa: Das ist freylich wahr – – zum Soldaten hat er keine Lust –

Mama: Ich moecht' auch nicht. Ja, wenn ich wueßt, daß immer Fried bleibt, aber todtschiessen laß ich meinen Sohn nicht –

Papa: Die Medici haben kein uebles Leben. – –

Mama: Gefaellt mir auch nicht – Es ist gar gefaehrlich, und sie muessen jetzt gar viel studieren.

Papa: So lassen wir ihn einen Advokaten werden.

Mama: Das waer mir schon recht – Disputiren kann er genug; aber ich fuercht'; er moecht mir Verdammt werden.

Papa: Um die Handlung waer's wohl ein huebsches Ding.

Mama: Seit dem die Auslaenderwaaren verboten sind, ist nicht mehr viel dabey zu machen.

Papa: Was wollen wir also mit ihm anfangen?

Mama: Schau, Schaz, ich denk halt, wir sollen sehn, daß wir ihm in einer Kanzley einen Platz verschaffen. Da koennt er huebsch bey uns im Haus bleiben, und duerft nicht von Wien weg. Seine sechs Schulen hat er, und Französisch kann er ja auch ein wenig – und mehr braucht er ja nicht.

Papa: Ja! wenn wir sonst gar nichts aus ihm machen koennen, so muß ich freylich schaun, daß ich ihn bey uns im Amt unterbringe.

JOSEPH RICHTER

WIENER CHARAKTERE

Weichen Sie doch dem Herrn von X.Y. aus, wenn er Ihnen auf der Gasse begegnet. Ich bitte Sie darum; denn wen er einmal beym Rokknopf erwischt, den laeßt er vor Sonnenuntergang nicht los. Wie eine grosse Spinne in ihrem Gewebe auf Muecken laurt, so laurt er auf seine Bekannte, denen er die Neuigkeiten aussaugt. Hat er sie dann einmal erhascht, so eilt er mit seiner Beute mach einer Bouticke oder einem Hausthore hin. Hier zwingt er sie in eine Ecke hinein, und pflanzt seinen dicken Bauch vor, daß sie ihm unmoeglich entrinnen koennen.

Nu! weil ich Sie nur einmal habe, faengt er an. Ich hab lang genug auf Sie gelauert. Nun müssen Sie mir Neuigkeiten erzählen.

Ich weiß nichts. –

Was? Sie sollen nichts wissen? Das machen Sie mir nur weiß.

Sie erwürgen mich ja – –

Warum erzählen Sie mir nichts?

Wenn ich nichts weiß!

So lügen Sie mir was vor. Wird noch Krieg?

Ich glaube ja – –

Mit dem König aus Preußen – Doch lassen Sie mich los.

Ey! Sie müssen mir noch mehr sagen. Wer wird's mit dem König halten?

Die Republick St. Marino und der Kaiser in China.

Was Sie mir da Neues sagen! Haben Sie nichts vom neuen Kaiserthum gehört?

Nein!

Sie müssen davon gehört haben – –

Ja, ich hab davon gehört –

Was haben Sie davon gehört?

Daß wir ein neues Kaiserthum kriegen werden.

Was man alles erlebt! Wer wird aber dann das Römische bekommen?

Der Pabst –

Das wäre zum Erstaunen – –

Ich bitte Sie um Gottes Willen, lassen Sie mich. Ich habe nothwendige Geschäfte.

Nur noch eine Neuigkeit – – –

Allein troesten Sie sich ja nicht mit dieser los zu kommen. Sie muessen sich nun ruhig in Ihr Schicksal ergeben, und so lang auf der Folter bleiben, bis er des Fragens muede wird, oder ein neues Opfer seiner Neugierde erblickt. Die Neuigkeitssucht ist bey dem Herrn von X.Y. so tief eingewurzelt, daß er keinem Armen einen Kreuzer geben kann, ohne ihn um eine Neuigkeit zu fragen. Seine Frau versichert mich, daß beym Erwachen seine ersten Worte seyn: was giebt es Neues? Und sein Beichtvater macht gar kein Geheimnis daraus, daß ihn Herr von X.Y. jedesmal nach erhaltner Absolution um Neuigkeiten frage. Indessen hat Herr von X.Y. die Tugend an sich, daß er alles glaubt, was Sie ihm sagen – und je groesser eine Luege ist, je wahrscheinlicher findt er sie.

Der Frau von Z. kann ich es unmoeglich laenger nachsehen. Ihr Bettelstolz verdient die Geisel. Bey jedem dritten Wort hat sie ihren alten Adel im Mund. Hoert sie, daß Jemand eine edle Handlung verrichtet habe, so ist ihre erste Frage: ob er von alten Adel war? Und sagt man ihr dann nein; so dreht sie die schoene Handlung so lang herum, bis sie eine unedle Seite daran entdeckt.

Ohne den Beystand einer alten Magd, die ihr halb umsonst dient, mueßte sie sich selbst das Bett machen und die Schuhe putzen, und doch darf es dieser treue Dienstboth nicht wagen, ihr nahe zu treten, weil ihr vor der Ausduenstung des Poebels uebel wird. Ihre Armuth erlaubt ihr nicht, einen Lackey zu halten; sie hat aber noch eine alte Liverey von ihrem seligen Manne; diese muß dann der Hausmeister, wo sie wohnet, gegen eine Erkenntlichkeit von 3 kr. an Sonntaegen anziehen, und ihr nachtreten, wenn sie in die Kirche geht. Das erste Bild, das in ihrer Kammer in die Augen faellt, ist das Familienwappen. Sie brennt eine Lampe davor, so oft etwas Oel von ihrem Salat uebrig bleibt.

Die Haelfte des Tags bringt sie damit zu, daß sie den Staub davon wischt. Weh der Fliege, die es wagt, das adeliche Wappen zu be – – sen. Sie muß des grausamsten Todes sterben. An ihrem Namenstage legt sie ein Stueck Papier zum aufschreiben in die Kueche, und wenn sie es dann Abends leer findt, so entschuldigt sie den alten Adel damit, daß er nun auf dem Lande seyn werde.

Am neuen Jahrstag schickt sie in die Haeuser des alten Adels auf alten Spielkarten ihren Glueckwunsch – verschließt sich dann aber in ihre Kammer, um, wie sie sich ausdrueckt, vom Poebel nicht ueberlofen zu werden.

Ich wuerde diese Naerrin nicht zur Schau ausgestellt haben, wenn sie, bey ihrem adelichen Blut nicht zugleich aeusserst poebelhaft, rachsuechtig und verlaeumderisch waere.

Noch hab ich zu sagen vergessen daß sie sich bey allem Ahnenstolz nicht schaemt, von ihren buergerlichen Nachbarn Holz, Schmalz, Butter, und sogar ihr buergerliches Geld zu leihen.

Die Fraeule von A. ist ebenfalls eine ausgemachte Naerrin. Sie bildet sich ein, daß alle Maenner in sie verliebt seyn. Sie duerfen Sie nicht einmal fluechtig ansehen, so haelt sie es fuer eine Liebeserklaerung. Nach ihrer Meinung gehen unsere andächtige Kavaliers blos ihretwegen zu den Michaelern. Wird in ihrer Gasse eine Nachtmusik gegeben, so kann sie Niemanden gelten als ihr. Es ist eine kleine Galanterie von Seiten des Fuerstens von B. oder des Grafen von C. Die Graefinn von D. ist auch blos deswegen toedtlich krank geworden, weil ihr Gemahl im Theater mit dem Perspektiv nach dem Fraeulein gesehen hat. Sie darf nicht in den Augarten gehen, ohne von Liebhabern umrungen zu werden. Liebhaber ist in ihren Augen aber alles, was Beinkleider traegt, in der Allee auf und abgeht, oder sich zu ihr auf die Bank setzt. Auf der Redoute kann sie die Menge ihrer Verehrer gar nicht zaehlen. Da gehoert aber wieder alles unter Verehrer, was mit ihr tanzt, oder ihr auf den Fuß tritt, oder ihr im Gedraenge Stoesse giebt. Juengst sah sie den jungen Grafen von E. in ihr Haus treten. Sie glaubte, daß er sie nun von ihrer Mutter zur Ehe begehren werde. Wie erstaunte sie, als sie ihren vermeinten Liebhaber nach einer Hebamme fragen hoerte! Solche Auftritte, deren sie schon mehrere erlebte, und besonders ihr

Spiegel, der nicht schmeichelt, sollten sie laengst von ihrer Einbildung geheilet haben. Allein das Fraeulein scheint mir eine so inkurable Naerrin zu seyn, daß selbst die moralische China (der lachende Spott) nichts wider ihr Fieber vermoegen duerfte.

Fraeulein von F. hat eine andere Art von Narrheit. Sie besitzt wirklich Reize, und es haben, ungeachtet ihrer grossen Armuth, schon einige vermoegliche Buergersmaenner um sie geworben. Allein Fraeulein von F. wies sie mit dem Bescheide ab, daß ihr Pappa ein kaiserlicher Beamte gewesen, und daß sie nicht ausser ihrem Stande heurathen koenne. Wenn das Fraeulein keine Naerrin waere, so wuerde sie einsehen lernen, daß ein braver Buergersmann ein eben so nützbares und ansehnliches Glied des Staats sey, als ein Beamter, und daß es besser waere, ein reiches Buergersweib zu seyn, als eine arme gnaedige Frau.

Joseph Richter

MUSTER EINES KANZLEYBEAMTEN

Secunda Sorte

NB. Eine Wirtshausscene, nach der Natur gemalet

Kanzleybeamter (Sich auf einen Stuhl werfend): Vor allem ein Maßl! Mich durstet, wie einen Jagdhund.

Kellner: Ein Seitl wollen S'?

Kanzleybeamter: Ich will dich seiteln. Ein Maßl bringst mir – dickkopfigter Luemmel! – (zu den übrigen Gästen): die habn mich wieder ghabt. Seit halber vier Uhr sitz ich auf einem Fleck. Gott schenk mir nur langes Leben! aber wissen moecht' ich, wie's zugehn wird im Amt, wann ich nimmer bin.

Ein Gast: Ja! das ist gewiß, die Herren Beamten werden jetzt stark angestrengt.

Kanzleybeamter: Herr! wir muessen arbeiten wie d'Eseln. D'Haelfte von uns hat sich schon z'Schanden gearbeitet. Ich darf nicht reden, wie ich will – aber ich weiß schon, was ich weiß.

Ein Gast: Ja! ja! die guten Zeiten sind vorueber. – –

Kanzleybeamter: Erinnert's mich nur nicht dran. – Da war's doch der

Mueh werth, ein Beamter z'seyn.
Der Wirth: Was wir triebn habn z'Baden draus?
Kanzleybeamter: Und wie wir uns im Weinlesen lustig g'macht haben. – –
Der Wirth: Und wie oft die Herren statt der Kanzley Kegelscheiben gangen sind.
Kanzleybeamter: Was wollt's sagen? Ich bin oft's ganze Monat nicht fuenfmal ins Amt kommen. (immer fort trinkend:) Kein Ochsentheilung haett ich nicht ausglassen. Ich haett mich eher kassiren lassen. Ha! ha! einmal ist ein Schweinjagd gewesen – da ist gar keiner von uns ins Amt kommen.
Der Wirth: Da wird's wohl einen Putzer gebn habn?
Kanzleybeamter: Mir und dir nichts. Wer haett ihn dann gebn sollen? Sind ja d'Vorgsetzten selbst alle bey der Schweinjagd gewesen.
Ein fremder Gast (mit etwas spottender Miene): Ja! nun glaube ich gern, daß die Herren Beamten das Arbeiten schwer ankommen muesse.

NB. Diese Waare ist noch nicht ganz aus der Mode; man kennt sie sehr leicht an ihrer poebelhaften Aussprache, und ihren Grobheit und Unwissenheit verkuendenden Gesichtszuegen. Am Speisetisch nimmt sie immer den obersten Platz ein. Sie schaut mit Verachtung auf alle Leute herab, die keine Beamten sind, und wirft gern mit Ochsen und Eseln herum, wenn von Buechern, oder neuen Einrichtungen die Rede ist.

Joseph Richter

EIN KAISERLICHER HIRTENBRIEF

Drey Jahre sind nun verflossen, daß ich die Staatsverwaltung habe übernehmen müßen. Ich habe durch diese Zeit in allen Theilen der Administrationen meine Grundsätze, meine Gesinnungen, und meine Absichten mit nicht geringer Mühe, Sorgfalt und Langmuth hinlänglich zu erkennen gegeben; Ich habe mich nicht damit begnügt, eine Sache nur zu befehlen, ich habe sie ausgearbeitet und entwickelt; Ich habe die von Vorurtheilen, und eingewurzelter alter Gewohnheit entsprungenen Umstände durch Aufklärung geschwächt, und mit Beweisen bestritten. Ich habe die Liebe, so ich fürs allgemeine Beßte empfinde, und den Eifer für dessen Dienst, jedem Staatsbeamten einzuflößen gesucht.

Hieraus ist nothwendig, daß, von sich selbst anzufangen, man keine andere Absicht in seinen Handlungen haben müße, als den Nutzen und das Beßte der größern Zahl. Ich habe den Chefs Vertrauen geschenkt, und Gewalt eingeräumt, damit sie sowohl auf die Gesinnungen ihrer Untergebenen, als in der That, wirken können.

Die Auswahl der Personen ist ihnen ganz und gar frey gelassen worden, schätzbare Wahrheiten habe ich von den Chefs, so, wie von jedermann, immer mit Vergnügen aufgenommen. Täglich und stündlich war ihnen meine Thüre offen, theils um ihre Vorstellungen anzuhören, theils ihre Zweifel aufzuklären. Nun halte ich es für meine Pflicht, und derjenigen Treue gemäß, die ich dem Staate in allen meinen Handlungen lebenslang gewidmet habe, daß ich mit Ernst auf die Erfüllung und Ausübung aller ohne Ausnahme von mir gegebenen Befehle und Grundsätze halte, welche ich bis itzo nicht ohne Leidwesen, so sehr vernachläßiget sehe, daß zwar viel befohlen und auch expedirt, aber auf die Befolgung und Ausübung auf keine Art gesehen wird; daraus entstehet, daß so viele wiederholte Befehle erfolgen müssen, und man dennoch vor nichts versichert ist, ja nur die meisten in so weit handwerksmäßig die Geschäfte behandeln, daß nicht mit der Absicht, das Gute zu bewirken, und die Leute von demselben zu belehren, zu Werke gegangen, sondern nur das Höchstnothwendige geleistet werde, um nicht in einen Prozeß zu gerathen, und die Kassation zu verdienen; auf diese mechanische knechtische Art, ist es unmöglich, mit Nutzen die Geschäfte zu betreiben. Wer ein Vorsteher, es sey geistlich-, weltlich- oder Militärstandes, seyn und verbleiben will, muß

1) Von nun an alle nach Maaßgabe des ihm anvertrauten Faches der Staatsverwaltung von mir erlassene Hauptentschließungen und Normalresolutionen, neuerdings aus den Registraturen erheben,

selbige sammeln, und dergestalt fleißig lesen und durchgehen, damit er den wahren Sinn derselben und deren Absicht sich ganz eigen mache.

2) Hat die Erfahrung nur leider bewiesen, daß, anstatt das Gute in einer Resolution aufzusuchen, und den Sinn, den man gleich nicht recht begreift, zu ergründen, oder nach billigem Vertrauen auf die bekannten Gesinnungen selbe mit Eifer zu ergreifen, und die Befolgung sich angelegen seyn zu lassen, man nur denselben auf der unangenehmen oder verkehrten Seite betrachtet, dessen Expedition so lange als nur möglich, verzögert, ohne Erläuterungen dahin giebt, keinen Menschen belehret, und dergestalt nur ein unwirksames Geschrey auszubreiten trachtet, ja meistens eine unbedeutende und öfters zur Befolgung nicht genug klare Belehrung hingiebt, damit aber den wahren Unterschied nicht beobachtet, daß der Landesfürst durch seine Befehle, nur seine Gesinnung und Absicht zu erkennen giebt, seine Hof- und Länderstellen aber gemacht sind, seine Willensmeynung bestimmter zu erkären, und alle Wege, welche zu deren richtiger, genauer und geschwinder Befolgung führen können, zu wählen, Anstände zu entfernen, auch darauf beständig zu wachen, daß sie fleißig und ohne Ausnahme befolgt werden, weil nur aus dem ganzen Umfange und aus genauer Befolgung das wahre Gute entspringen kann.

Ohne dieses Absehen und Gesinnung wäre die Beybehaltung so vieler Hof- und Länderstellen, und übrigen davon abhängigen Beamten, die übelste Staatswirtschaft, weil mit so viel Kosten, so viele Leute gehalten würden, die mehr zur Verwirrung und Vereitlung der Geschäfte, als zu deren Befolgung und Beförderung, dienen.

Wenn diese Stellen nur materialisch verbleiben, nicht wirken, und nicht nachsehen, so könnte keine wirthschaftlichere Einrichtung geschehen, „als sie sämmtlich abzudanken, und dadurch Millionen zu ersparen, welche an der Contribution nachgelassen würden," und wovon der Unterthan eine viel größere Wohlthat spürte, als ihm itzt bey schlechter Verwaltung von so zahlreichen Beamten zugehet; es könnten die Befehle und Berichte, eben so gut gerade hierher ad

Centrum von denen Dominien oder Kreishauptleuten einlaufen, allhier die Generalien gedruckt, an alle hinausgeschickt, so wie alle die partikulären beteffende Gegenstände abgethan werden, als wenn, so wie anitzo, durch einen langen Umtrieb, eine kahle Begleitung des Kreishauptmanns der Landestelle, heraufgegeben, und so die erfolgende Entschließung ohne weitere Belehrung abgefertigt wird, wodurch nur Zeit verlohren, und viele Aufsätzemachende, Uiberlegende, Eintragende, Abschreibende, und endlich Unterschreibende besoldet werden. Wenn nun aber, wie ich es für die Zukunft hoffen will, und einzuführen wissen werde, diese sämmtlich vom Staate Besoldete blos allein nach ihrem Amte mit allen ihren Kräften, auf die Befolgung aller Befehle, auf die Aufklärung und Einleitung aller Aufträge wachen, und das Gute in allen Theilen erhalten und bewerkstelliget werden wird, alsdann ist deren Zahl und Beköstigung eine väterliche Vorsorge, wovon jedes Individuum in der Monarchie seinen Nutzen zu ziehen hat.

3) Aus diesem folget, daß bey allen Stellen, ohne Ausnahme, jedermann einen solchen Trieb zu seinem Geschäft haben muß, daß er nicht nach Stunden, nicht nach Tagen, nicht nach Seiten seine Arbeit berechnen, sondern alle seine Kräfte anwenden muß, die Geschäfte vollkommen nach der Erwartung, und nach seiner Pflicht auszuführen, und im Fall er keine Geschäfte hat, auch derjenigen Erholung, die man billig doppelt empfindet, wenn man seine Pflicht erfüllt zu haben sich bewußt ist, genießen.

Wer nicht Liebe zum Dienst des Vaterlandes und seiner Mitbürger hat, wer für Erhaltung des Guten sich nicht von einem besondern Eifer entflammt findet, der ist für Geschäfte nicht gemacht, nicht werth, Ehrentitel zu besitzen, und Besoldung zu ziehen.

4) Eigennutz von aller Gattung, ist das Verderben aller Geschäfte, und das unverzeihlichste Laster eines Staatsbeamten. Der Eigennutz ist nicht allein vom Gelde zu verstehen, sondern auch von allen Nebenabsichten, welche das einzige wahre Beßte, die aufgetragene Pflicht, die Wahrheit in Berichten, und die Genauigkeit im Befolgen, verdunkeln, bemänteln, verschweigen, verzögern oder

entkräften. Jeder, der sich dessen schuldig macht, ist für alle weitere Staatsdienste gefährlich und schädlich, so wie der, der es weis und nicht entdeckt, mit ihm unter der Charte steckt, und ebenfalls entweder von dessen Eigennützigkeit seinen Nutzen ziehet, oder nur die Gelgenheit erwartet, solches gleichfalls zu thun.

Ein Chef, der von seinen Untergebenen dieses leidet, ist meineydig gegen sein Jurament, wogegen kein Erbarmen oder Nebenrücksichten statt haben können. Ein Untergebener, der seinen Vorgesetzten nicht angiebt, handelt gegen seine Pflicht, die er seinem Landesfürsten, und allen seinen Mitbürgern schuldig ist.

5) Wer dem Staate dienen will und dienet, mag sich gänzlich hindansetzen, wie schon oben gesagt worden, aus diesem folget, daß kein Nebending, kein persönliches Geschäft, keine Unterhaltung ihn von dem Hauptgeschäfte abhalten und entfernen muß, und also, daß auch kein Autoritätsstreit, kein Ceremoniel, keine Courtoisie oder Rang ihn im mindesten abhalten muß, zur Erreichung des Hauptzieles das Beßte zu wirken, der Eifrigste zu seyn; auf die beßte Ordnung unter seinen Untergebenen zu halten, heißt, der Erste und Vornehmste zu seyn; ob also Insinuata, Noten, und dergleichen Kanzleysprünge oder Titulaturen beobachtet, ob in Stiefeln, gekämmt oder ungekämmt, die Geschäfte geschehen, muß für einen vernünftigen Mann, der nur auf derselben Erfüllung siehet, ganz gleich und alles eins seyn, er muß selbige betreiben, kein Mittel unterlassen, damit sie guten Fortgang gewinnen, er muß mit Schwächern und Kränklichen Nachsicht, Geduld mit seinen Untergebenen tragen, ihr Vertrauen zu gewinnen wissen, und nichts für Kleinigkeiten halten, was wesentlich ist, hingegen aber alles Unwesentliche hindansetzen; das wird der Mann seyn, der ein ächter Vorgesetzter in seinen Theilen, so wie jeder ihm Untergeordnete in seinem Fache seyn wird.

6) So wie eines jeden Pflicht ist, zuverläßig zu berichten, alle Fakten nach den Hauptgrundsätzen zu beurtheilen, und seine Meynung freymüthig beyzurücken, so ist es auch die Schuldigkeit eines jeden Staatsbeamten, daß er selbst auf Abstellung aller Mißbräuche, auf die

wahre und beßte Art zur Befolgung der Befehle, auf die Entdeckung der dagegen Handelnden, nämlich auf alles, was zur Aufnahme und zum Beßten seiner Mitbürger gereichen könnte, nachsinne, als zu deren Dienst wir sämmtlich bestimmt sind. Die gute Ordnung aber erfordert, daß ein Untergebener diese seine Gedanken durch seinen Obern einreiche, dieser, wenn er der Mann ist, der er seyn soll, und seyn muß, wird den vielleicht in seinem Eifer Irrgehenden, mit Belehrung und Uiberzeugung väterlich zurechtweisen. Thut er dieses, und findet er, daß ein solcher sein Vertrauen verdiene, so kann er es benutzen, jeder Chef soll aber vorzüglich dieses zu verdienen trachten, und wäre er höchst sträflich, wenn er nicht auf diese Art gegen seine Untergebenen benehmen, oder wohl gar das Gute, was sie vorschlagen, unterdrückte, und aus Nebenabsichten, oder vielleicht aus Eigendünkel ihnen nicht über ihre Anzeigen widerfahren ließe.

7) Die Schuldigkeit jeden Chefs ist, daß er alles Unnütze und Unnöthige anzeige, und zur Abstellung vorschlage; sowie ein jeder Untergebener es seinem Chef vorzutragen hat, was er nur als einen Umtrieb der Geschäfte ansiehet, der zum Wesentlichen nicht führet, und nur zwecklose Schererey und Zeitverlust verursacht, damit der gleichen Hindernisse sogleich auf die Seite geräumt, und deren Hände nicht unnütz beschäftigt werden, denen es sonst an hinlänglicher Zeit zum Nachdenken, und zu wichtigern Sachen gebrechen müßte.

8) Da das Gute nur eines seyn kann, nämlich jenes, so das Allgemeine und die größte Zahl betrift, und ebenfalls alle Provinzen der Monarchie nur ein Ganzes ausmachen, und also auch nur eine Absicht haben können, so muß nothwendig alle Eifersucht, alles Vorurtheil, welches bis itzt öfters zwischen Provinzen und Nationen, dann zwischen Départements so viele unnütze Schreibereyen verursacht hat, aufhören, und man muß sich einmal nur recht eigen machen, daß bey dem Staatskörper, so wie bey dem menschlichen Körper, wenn nicht jeder Theil gesund ist, alle leiden, und alle zur Heilung auch des mindesten Uibels beytragen müßen. Nation,

Religion muß in allem diesen keinen Unterschied machen, und als Brüder in einer Monarchie, müßen alle sich gleich verwenden, um einander nützlich zu seyn.

9) Fälschlich werden die verschiedenen Theile, und Branchen einer Monarchie unter einander verwickelt und verkannt; schon vom Landesfürsten anzufangen, dünkt sich jener der Mäßigste zu seyn, welcher nicht, wie viele, das Vermögen des Staats und seiner Unterthanen als sein vollkommenes Eigenthum ansieht, und glaubt, daß die Vorsicht Millionen Menschen für ihn erschaffen, und sich nicht träumen läßt, daß er für den Dienst dieser Millionen zu diesem Platze von derselben bestimmt worden; und jeder von den Ministern hält sich für den Gewissenhaftesten, der nicht die Plusmacherey, um sich seinem Landesfürsten beliebt zu machen, zum einzigen Augenmerk nimmt; ersterer und die letztern glauben sich gefällig genug, wenn sie die Staatseinkünfte als ein Interesse betrachten; welches ihnen von dem Kapital, des innern Staatsreichthums zustehe, und für dessen Erhaltung sie zwar wachen, zugleich aber möglichst bedacht seyn müßen, daß die Benutzung in allen Gefällen und Rubriken, um ihr Kapital nur stets auf höhere Procente zu bringen, immer wachsend gemacht werde.

So hält der Civilstand den Militärstand blos für Eroberungen und Abhaltung des Feindes, in Friedenszeiten aber für einen Blutigel des kontribuirenden Standes, und der Soldat glaubt sich wieder berechtigt, vom Lande den möglichsten Nutzen zu verschaffen.

Der Mauthner siehet nur auf die Vermehrung der ihm anvertrauten Gefälle, und so trachtet der, dem die Leitung der Bergwerkerzeugung obliegt, nur sein verschmelztes Erz zu vermehren, selbes wohlfeil zu erzeugen, damit dessen Abführung gut ausfallen könne; und der Richter befleißigt sich seinerseits nur, daß das Ansehen und alle Formen in Behandlung der Gerichtshändel wohl beobachtet werden.

Dieses sind die Hauptleitführer eines Staats, welche sammt allen ihren Individuen, nur auf sich und nicht auf das Allgemeine sehen, ja unter ganz falschen Grundsätzen die Staatsverwaltung betrachten. Der Soldat besteht aus mehreren Tausenden in der Ordnung gehaltenen, und zum Dienste des Staats gebildeten Leuten, das wenige, was sie an Gehalt empfangen, verzehren sie im Lande; und sind also Consumenten, dasjenige, was ihnen der Staat in Natura verschaft, nämlich Nahrung und Kleidung, wird im Lande bis auf ein sehr weniges producirt, manufacturirt und fabricirt, ja die Beurlaubung giebt dem Ackerbau, den bürgerlichen Gewerben, mehrere Hände, und die Leichtigkeit zu heyrathen, macht sie also ebenfalls zu Prokreanten. Die Finanzen, welche von dem Landesfürsten immediate geleitet und bestimmt werden, betrachte ich nicht im obigen Gesichtspunkte mit dem grossen Haufen, sondern ich erwäge hierbey, daß, da die Belegung und Benutzung der Gefälle willkührlich vom Landesfürsten und seiner Finanzstelle abhängen, ein jedes Individuum, so entweder Besitzungen oder einen Nahrungsverdienst im Lande hat, sein durch seiner Voraltern Vorsicht, oder durch seinen Schweiß und Industrie erworbenes Vermögen dergestalt und mit einem blinden Vertrauen in einer Monarchie auf den Landesfürsten kompromittirt, daß nämlich jeder nur in so weit beleget und beytragen wird, als es die unumgängliche Nothwendigkeit des Ansehens und der daraus entstehenden Sicherheit, die Verwaltung der Gerechtigkeit, die innerliche Ordnung, und die mehrere Aufnahme des ganzen Staatskörpers, von dem jeder einen Theil ausmacht, fordert; daß ferner die Monarchie in der Ausgabe nichts außer diesen Hauptabsichten verschwenden, die Abgaben auf die wohlfeilste Art erhalten, und dem Staate in allen seinen Theilen zu bedienen trachten wird, wofür dem Allgemeinen und jedem Individuum Rechenschaft zu geben schuldig, und seiner eigenen Vorliebe für Personen der Freygiebigkeit selbst gegen Nothleidende (wiewohl einer der vorzüglichsten Tugenden des Wohlhabenden) bey Verwaltung der allgemeinen ihm nicht gehörigen Staatseinkünfte sich keineswegs überlassen dürfe, sondern nur mit dem ihm als Partikulier eigenthümlichen Vermögen, sich dergleichen Vergnügen verschaffen möge. Sollte er aber nach hinlänglicher Vorsehung der Monarchie in allen Theilen etwas Ansehnliches in den Ausgaben vermindern können, so ist er schuldig, es in der Einnahme durch Nachläße zu vermindern, weil jeder Bürger nicht für den Uiberfluß, sondern nur für das Bedürfniß des Staats beyträgt.

10) In Geschäften zum Dienste des Staats kann und muß keine persönliche Zu- oder Abneigung den mindesten Einfluß haben, so wenig, als sich verschiedene Charaktere und Denkungsarten untereinander in dem bürgerlichen Umgange in eine freundschaftliche Verbindung bringen lassen, eben so muß in Geschäften deren Wohl und Beförderung das einzige Ziel der Dienenden seyn, und jedem der liebste, der schätzbareste seyn, welcher am tauglichsten und fleißigsten ist.

Dieß ist die Pflicht der Obern gegen Ihre Untergebenen jene aber, so in gleichem Charakter und Range untereinander sind, müßten die nämliche Wirksamkeit, die nämliche Thätigkeit in Geschäften haben, und zusammen ohne Rücksicht auf den Rang oder Ceremonie, die Geschäfte behandeln, betreiben, einander besuchen, sich verabreden, einer den andern belehren, nicht Beschwerde gegeneinander führen, vielmehr alles vergessen, um das Geschäft in Gang zu bringen; sie müßen die wechselseitigen Unvollkommenheiten ertragen, geschwächte Gesundheit zu gut halten, Tage und Stunden möglichst anwenden, und kurz, als Freunde, als Brüder, die nur ein Ziel haben können und sollen, miteinander handeln. Dieß versteht sich vorzüglich von denen Chefs, und diese müßen also auch ihre Subalternen untereinander dazu anhalten.

11) Die Eigenliebe muß keinen Diener so weit verblenden, daß er sich scheue von einem andern etwas zu lernen, er mag nun seines gleichen oder weniger seyn, die gute Wirkung, die ein oder anderer in Einleitung eines Geschäfts und dessen Ausübung erfunden hat, muß er eben so froh seyn, seinen Mitbrüdern und Collegen zu erklären, so wie diese froh seyn müßen, selbige von ihm zu erfahren; alles in dem allgemeinen Hauptziel zum Beßten für den Dienst des Staats.

12) Die Expedition der Befehle, so wie in wichtigen Sachen die Anfrage und Berichtabstattungen, müßen nicht nach dem Materiellauf für Raths- und gewöhnliche Expeditionstage verschoben bleiben, sondern derjenige Trieb, der jeden zu Erfüllung des Endzwecks

beseelen muß, muß sie auch in diesem leiten, und ohne weitern Zeitverlust in Bewegung setzen.

13) Da alles darauf ankömmt, daß die Befehle richtig begriffen, genau vollzogen, und die verwendete Individuen, nach ihrer Fähig- und Unfähigkeit, richtig beurtheilt, erkannt und darnach angewendet werden, so hat eine jede Landesstelle ihre Untergebenen zu respiciren, und alljährlich entweder in Person des Chefs, oder durch einen abgeschickten vertrauten Mann zu untersuchen, und besonders selbige auf die ordentliche Haltung der Protokollen, Erfüllung der Vorschriften und Befehle anzuhalten. Bey diesen Untersuchungen müßen hauptsächlich die eingeführten Conduitenlisten rektificirt, und in Meynungen, die man von diesen Beamten in Publiko hat, erhoben und bestimmt werden.

Die Kreishauptleute müßen auf die nämliche Art ihre Kreiskommissarien und diejenigen Dominien visitiren und bereisen, welche unter ihrer Aufsicht stehen.

14) Jeder wahre Diener des Staats und Redlichdenkende, muß bey allen Vorschlägen und Verbesserungen, welche offenbar für das Allgemeine, es sey in der Belegungsart, in der Besteuerung, oder in einer wirthschaftlichen Gebährung, nutzbarer, einfacher, oder ordentlicher ausfallen können, nie auf sich zurücksehen, nach seinem persönlichen Interesse oder Annehmlichkeit die Sache berechnen, und sich dagegen, wenn sie ihm lästig, und dafür, wenn sie ihm nutzbar wäre, erklären, sondern er sich stets nach dem grossen Grundsatz benehmen, daß er nur ein einziges Individuum sey, und daß das Beßte des größten Haufens dasjenige, so wie eines jeden Partikuliers, und des Landesfürsten selbst, als einzelner Mann betrachtet, weit übertreffe.

Er muß erwägen, daß er an dem, was für das Allgemeine, dessen einzelnen Theil er ausmacht, nutzbar ist, ganz gewiß, wenn es ihm auch Anfangs nicht gleich einleuchtend, dennoch in der Folge die Vortheile selbst finden wird.

Dieses sind in Kurzem meine Gesinnungen; daß selbige befolgt zu machen, mich Pflicht und Uiberzeugung leitet, kann mein

Beyspiel beweisen; und daß ich selbige in Ausübung setzen werde, kann man hiernach versichert seyn. Wer nun mit mir so denkt, und sich als einen wahren Diener des Staats, so lange er selbigem dienet, ganz mit Hindansetzung aller andern Rücksichten widmen will, für diesen werden vorstehende meine Sätze begreiflich seyn, und deren Ausübung jedem so wenig, als mir, beschwert fallen; jener aber, der nur das seinem Dienst anklebende *Utile* oder *Honorificum* zum Augenmerk hat, die Bedienung des Staats aber als ein Nebending betrachtet, der soll es lieber voraus sagen, und ein Amt verlassen, zu dem er weder würdig, noch gemacht ist, dessen Verwaltung eine warme Seele für des Staats Beßte, und eine vollkommene Entsagung seiner selbst und aller Gemächlichkeiten fordert.

Dieses ist, was ich jedermann zu erkennen zu geben nöthig finde, damit das so wichtige Werk der Staatsverwaltung zu seinem wesentlichen Endzweck, von einem jeden Gebrauchtwerdenden geleitet werde.

JOSEPH

10

Von Landmädchen, Stubenmädchen und Grabennymphen

WUNDERSELTSAME KLAGE EINES LANDMAEDCHENS IN DER STADT

Du lieber Gott, bald dankt' ich dir
Wohl nicht fuer deine Gabe;
Noch nie war mir's so aergerlich,
Als in der grossen Stadt, daß ich
Ein huebsch Gesichtchen habe.

Schon sechzehn Sommer trug ich es
Zu Haus, doch niemand nannte
So engelschoen mein Angesicht,
Auch hatt' ich all die Plagen nicht,
Wie hier bey meiner Tante.

Kaum steh' ich auf, so bin ich schon
An's Putztischlein gebunden.
Der Tante Jungfer pudert, schmiert,
Und glaettet, nadelt, faltet, schnuert,
Zwo lange, lange Stunden.

Die Tante will, es soll mein Kopf,
Den Damenkoepfen gleichen:
Da laeßt sie meiner Wangen Roth,
Das du mir gabst, du lieber Gott,
Mit Mennig ueberstreichen.

Ich durfte sonst von Bauch hinein!
Und Brust heraus! nichts wissen; .
Doch hier gehn Maedchen ja so schwer,
So steif und schnurgerad' einher,
Als steckten sie an Spiessen.

Die Herren in Gesellschaft sind
Gar unverschaemt im Scherzen,
Betheuern zuversichtlich mir,
Kupido saess' im Auge hier,
Und ziele nach dem Herzen.

Ich wueßte nicht, daß so ein Ding,
Mir je in's Aug gekrochen:
Und doch behaupten alle kuehn,
Mit Pfeil und Bogen saess' er drinn,
Und habe sie gestochen.

Oft sehn sie gar – Gott weiß, woraus
Sie solche Luegen saugen –
Auf meinen Wangen Rosen stehn,
Auf meiner Stirne Lilien,
Und Sonnen in den Augen.

Da werd' ich kurios, beseh'
Im Spiegel mich, und finde
Von allem diesen keine Spur:
Gewiß, die Herren luegen nur,
Und luegen ist doch Suende.

Gar unausstehlich ist's, wenn sie –
Sie nennen's glaub' ich – schmachten;
Da thun sie so erbaermlich klein,
Ohrhaengen, wie die Eselein,
Daß man sie muß verachten.

Wie frey konnt' ich zu Haus herum
Auf Feld und Anger gehen!
Hier gafft und schielet man nach mir,
Als wie nach einem Wunderthier,
Daß man fuer Geld laeßt sehen.

Da schneiden sie vor Liebesgram
Gesichter zum Erschrecken;
Und sind doch weiß und roth, wie ich,
Und lassen Trank und Speise sich,
Wie andre Menschen, schmecken.

Oft kommen sie herangehuepft,
So recht, als wie die Hasen,
Und seufzen eins von Liebesqual,
Und wischen sich wohl hundertmal
An meiner Hand die Nasen.

Doch kehret oft im Augenblick
Ihr Muthwill' unvermuthet;
Dann spitzen sie das Zuengelchen,
Und schimpfen auf die Haeßlichen,
Daß mir die Seele blutet.

Ist etwa mein Gesichtchen schuld
An allen diesen Suenden,
Du lieber Gott, so mache, daß
Ich haeßlich werde, oder laß
Die Herren all erblinden.

Alois Blumauer

ÜBER DIE STUBENMÄDCHEN IN WIEN

Wer haette es sich traeumen lassen, daß Geschoepfe, bestimmt, gewisse Gefaeße, die zu heimlichen Verrichtungen gebraucht werden, ihres Innhalts zu entledigen, Waende abzustauben, Zimmerboeden zu saeubern, Tische und Kaesten zu wixen etc. etc. mit einem Worte Dienstboten zu seyn – wer haette es gedacht, daß Kreaturen solcher Art in der Hauptstadt Deutschlands eine so große Rolle spielen wuerden, als wir jetzt taeglich und stuendlich sehen? Wer haette geglaubt, daß diese Stubenhexen der maennlichen Jugend und selbst – mit Erlaubniß zu sagen – vielen jungen und alten Ehemaennern so gefaehrlich werden sollten? Wer haette vermuthet, daß man junge Toechter vor ihrem Umgang sorgfaeltig bewahren muesse, sie kaum mit ihnen ausgehen lassen duerfe, und daß sie ueberhaupt einen so schaedlichen Einfluß jemals haben wuerden? Und doch ist nichts gewisser, als dies – sie machen eine wichtige Epoche in der Geschichte unserer Sitten.

Seit einigen Jahren beklagen unsere Wiener Buergersmaedchen, unsre halbe und ganze Fraeuleins und sogar die gnaedigen Frauen aller Gattungen sich heftig ueber die Stubenmaedchen, weil sie ihnen theils ihre Liebhaber abfischen, theils ihre Maenner wankelmuethig, und nicht selten gar untreu machen.

Daß diese Klagen eben nicht in der blossen Einbildung bestehen, kann jeder begreifen, der hoeren und sehen kann. Die Buergersmaedchen und Fraeuleins machen doch meistens Bekanntschaften, um Maenner zu bekommen, und wissen also sehr wohl, daß man den jungen Herren, die man auf immer habhaft zu werden wuenscht, nicht allzuviel Freyheiten erlauben darf; die Stubenmaedchen hingegen sind nicht so eigensinnig, und erlauben mehr, ohne so große Ansprueche zu machen. Es ist also kein Wunder, daß manche Liebhaber, die ohnehin reine Liebe und Bestaendigkeit nur vom Hoerensagen kennen, sich wegen der Sproedigkeit und Strenge ihrer Goettinnen bey gefaelligern Stubennympfen zu entschaedigen suchen. Ein gleiches geschieht auch oefters von leichtsinnigen Ehemaennern, die sich wegen einer kleinen haeuslichen Uneinigkeit an ihren Gattinnen raechen wollen.

Das wesentliche dieses Gegenstandes laeßt sich, meines Erachtens, in zwo Fragen zusamm ziehen, in deren Aufloesung zugleich die Mittel eingehuellt sind, dem Unwesen, daß diese Figuren anrichteten, soviel moeglich Graenzen zu setzen.

1) Wodurch sind die Stubenmaedchen so reizend und so gefaehrlich geworden?
2) Woher koemmt es, daß (fast Alle) diese Maedchen Buhlerinnen sind oder werden?

Die Ursache ihres gefaehrlichen Reizes liegt klar in ihrer Tracht. Sie ist die vorteilhafteste, die anziehendste, fuer den weiblichen Koerper, sie setzt die Formen aller Gliedmassen in ihr wahres Licht; sie zeichnet Lenden und Hueften vortreflich aus – kurz, sie reizt das Auge.

Unsere Frauen und Fraeuleins irren gewaltig, wenn sie glauben, daß die erschrecklichen Vestungswerke von Fischbein, Eisendraht und Roßhaar, womit sie jetzt ihre Hueften zu verschanzen pflegen, etwas beytragen, sie zu verschoenern. Sie konnten nichts aergeres ersinnen, sich zu verunstalten, als dies. Man kann das Natuerliche nicht mehr vom Erkuenstelten unterscheiden. Daher ruehrt es, daß die Manner zulezt alles fuer Blendwerk halten, die Augen mit Widerwillen von diesem Bauschwerk abwenden, und sie dafuer an der lieben Natur weiden. Hierinn liegt der Grund, warum die Frauen und Fraeuleins die Stubenmaedchen fuer ihre groeßten Feindinnen, fuer ihre gefaehrlichsten Nebenbuhlerinnen zu halten alle Ursache haben.

Eine andere Ursache, warum viele Maenner und Juenglinge so gerne nach den Stubenmaedchen blicken, liegt darinn, daß sie vorzueglich bedacht sind, sich immer nett, weis und reinlich zu tragen, wo hingegen viele Frauen und Fraeuleins oefters in ihrem Auge so nachlaeßig, so schmutzig sind, daß es manchmal einem voelligen Eckel erwecken moechte, sie anzusehen. Ich habe einen Mann, und darf Niemand mehr gefallen, spricht manche Frau, und vergißt, daß es Pflicht fuer sie ist, die Augen ihres Gatten zu reizen. Wer mich so nicht will, soll mich anderst auch nicht haben, spricht manches Fraeulein, welches der Schlamperey ergeben ist, und denkt nicht, daß denjenigen, welche vielleicht ein Auge auf sie geworfen haben, darueber der Appetit vergeht, sich ernstlicher um sie zu bewerben.

Indessen hab' ich der Reinlichkeit der Stubenmaedchen nicht

deswegen gedacht, als ob sie tadelnswuerdig sey; *au contraire!* Aber daß es dabey nicht bleibt, daß sie es den ersten Koketten von Wien gleich treiben, daß sie sich weit kostbarer kleiden, als ihnen zusteht, daß sie mehr Schminke und wohlriechende Pomade verbrauchen, als ihre Herrschaften, daß sie so frey und oeffentlich ihre Netze auswerfen – dies sollte allerdings laengst Aufmerksamkeit erregt und Abstellung verursacht haben.

Man gehe nur durch die Strassen der Stadt, und betrachte diese Geschoepfe etwas genauer, so wird man erstaunen. Die sogenannten boehmischen Hauben (das einzige Kennzeichen, daß sie Stubenmaedchen sind) verlieren sich schon sehr ins Kleine; viele fangen schon an, sich zu frisieren, und geheftete Hauben zu tragen. Ihre Haare um die Stirne herum sind *à la Rippamonté* kurz abgeschnitten, und in das Gesicht gekaemmt. Sie machen sich tief herabhaengende Chignons, trotz jedem Fraeulein. Sie sind weiß und roth geschminkt, trotz jeder Dame. Sie tragen tintuechene Gekroese um den Hals. Ihr Busen ist so herauf gepreßt, so offen, so bloß, wie bey den ersten Koketten. Ihre sogenannten Roekel, oder wie man die Dinge heißt, sind nach der Art wie die hiesigen Jaquetkleider gemacht, mit einem Kragen, mit Fischbeinen ausgesteift, um einen englischen Leib zu machen. Ihre Roecke sind mit Faelbeln garnirt. Alles ist von Seide, oder gar von Mousselin. Fuertuecher von Tintuch, weiße seidene Struempfe, die schoensten Schuhe, grosse Modeschnallen, Ohrgehaenge, und Ringe an den Fingern machen den Reiz vollkommen.

Ob das alles sich so schlechterdings von ihrem Lohn bestreiten laeßt, oder ob andere Accidenzien dazu erforderlich sind, davon soll besser unten gehandelt werden.

Hiemit noch nicht zufrieden, spielen sie auch die Rollen der Empfindsamen, machen Anspruch auf die Schoengeisterey, lesen fleißig Komoedien, Romane, Gedichte, lernen ganze Scenen, Stellen oder Strophen auswendig, und raesoniren sogar ueber die Leiden des jungen Werthers. Wenn man nun vollends Fruehmorgens im Augarten oder Prater manche Stubenmaedchen entweder *en philosophe* mit einem Buch in der Hand, oder Arm in Arm geschlungen, mit einem Chapeau (der oft nichts mehr, und nichts weniger, als ein verkleideter Bedienter ist) voll so schmachtender Geberden und Affekten erblickt, als ob sie vor lauter Zaertlichkeit und Gefuehl zerschmelzen wollten; so moechte man graue Haare auf dem Buckel bekommen.

Nun fragt sichs, woher es koemmt, daß (fast alle) diese Maedchen Buhlerinnen sind, oder werden?

Seitdem es etlichen Stubenmaedchen geglueckt hat, in gnaedige Frauen verwandelt zu werden, seitdem denken die meisten: was jenen geglueckt hat, kann mir auch gluecken! Sie verdingen sich daher am liebsten zu jungen ledigen Maennern, oder zu alten Wittwern. Indem sie diese eitlen Einbildungen verfolgen, kommen sie natuerlich auf die Gedanken, sich durch den Putz zu verschoenern, und anziehend zu machen. Ihr Dienstlohn ist nun nicht dazu hinreichend, was ist also zu thun? Nichts anderes, als denen Karessen oder Anerbietungen unserer jungen Herren, und uebrigen herumstreichenden vazirenden Ehebrecher Gehoer zu geben, um durch ihre Geschenke und Belohnungen sich in den Stand zu setzen, den erforderlichen Putz anschaffen zu koennen. In kurzem sind also die vorher ganz gleichgueltigen und unbedeutenden Dienstmaedchen in halbe Goettinnen metamorphosirt. Freylich schlagen ihre Entwuerfe, ansehnliche Frauen zu werden, insgemein fehl; aber der angefangene Pracht will fortgesetzt werden, und da ist nun der beste Rath dieser: mitzunehmen, was koemmt! Man wird mich verstehen.

Johann Rautenstrauch

VERTEIDIGUNG DER STUBENMÄDCHEN

Die Stubenmaegdchen in Wien sind ohnstreitig sehr angenehme Dinge, von denen junge und alte, ledige und verehelichte, Profanen und Geweihte Wunder zu erzählen wissen.

Troz alle dem, was J. R. pro & contra wider diesen Stand schrieb, ist doch dies Zwittergeschlecht zwischen Kammerkaze und Jungfer, mehr lobenswerth als verächtlich, ja ich behaupte, daß kein Dienstbothe seine Pflicht so genau befolge, als sie die ihrigen, die sie in der Stube zu verrichten pflegen.

Daß sie Maedchen seyen, zeigt ihr Name, daß sie Dienstbothen, ihre Bereitwilligkeit und Bezahlung, und daß sie Stubendienste verrichte, die sauberen Folgen*.

Allerdings sind sie zur Zierde und zur Nothwendigkeit: zur Zierde in ihrer Tracht, zur Nothwendigkeit fuer Leute, die, wenn sie auch die Rast ausser dem Hause haben, sich ohne einen Dienstbothen nicht behelfen koennen, oder solche, die bei einem grossen Vermögen und einer weit umgreiffenden Wirthschaft mit der Köchinn allein uebel bedienet sind.

Was ihre Tracht betrifft, so ist sie, wie gesagt, eine der reizendsten, die nur je, zur Angel, Weiberlist ausstudirte, denn wir sehen es auf unseren Redouten, wie sehr sie die Damen lieben, und wie gerne sie ihren Stand erniedrigen, wenn sie ihre Absichten erhoehen koennen.

Zeigen Sie mir den ungeschliffenen vermöglichen Ehemann, der sich mit der Frau allein begnueget, ihr die ganze Last des Hauswesens aufbuerdet, und sich nebst einer Koechinn noch ein gesundes Stubenmädchen haelt, das die Wirthschaft versteht, und der Frau unter die Arme greift? Wo ist der ledige, oder besser zu sagen, unverehelichte, der wenigstens in seiner Abwesenheit jemand haben muß, der ihm unterdessen das Zimmer huetet, wenn er nach Hause kommt, die Thuere oefnet, und dem er den Schluessel anvertrauen kann? oder der sich nicht in einer abseitigen Wohnung allein zu schlafen scheut, und also zur Sicherheit sich in seinem Vorzimmer eine weibliche Schildwache haelt?

Wer kann es nun bei diesen und vielen anderen Gelegenheiten jemand verdenken, wenn er sich zu dieser Absicht ein bluehendes artiges Geschoepf lieber, als eine alte rinnaugigte Hexe waehlt, die als ein Verwahrungsmittel wider jede Versuchung Ekel verursacht, und ihn taeglich in fuerchterlichen Traeumen mit dem Bilde des Teufels plagt.

Ich finde im Grunde nicht laecherlicher, als die Eifersucht mancher Frauen, die diese Einschiebslein in ihrer Hauswirthschaft

* Ich meine hiedurch die Reinlichkeit und den Eifer, mit dem die Zimmer gesäubert werden.

mit scheelem Blike betrachten, da sie doch im Grunde zufrieden seyn sollten, jemand gefunden zu haben, mit dem sie ihre haeusliche Arbeit theilen, oder ihm ganz ueberlassen koennen? denn die Klage, warum und woher manche Stuben-Schoenen bei kleinen Lohne oft so gepuzt erscheinen, liegt nur in der Neugierde der boshaften, neidischen Eheweiber.

Wer weiß, was sich solch ein arbeitsames Maedchen wohl unter der Hand verdienet? wie viel ihr das Hinunterleuchten, das Spielgeld, das Brieftragen sowohl vom Herrn als der Frau verstohlener Weise eintraegt? wie viel sie als Aufbetterinn, Fruehstueckmacherinn, etc. verdiene?

Wenn man nur immer das Schlechte vom Menschen denken will, so koennte man ja eben so leicht fragen, warum die Frauen so wenig von ihrem Marktgelde uebrig behalten, und der Gemahl, so oft der ruestige Instruktor oder Bediente eine neue gestikte Weste oder einen neuen Hut traegt, gar auferbaeulich nach dem Kopfe greift?

Ich nehme nun ein fuer allemalle die Stubenmaegdchen in meinen Schuz, und es thut mir leid, daß ich mir nicht ein eigenes Komptoir halten kann, ihre Verdienste zu pruefen, und der Welt die Attestaten vor Augen zu legen, wie gut sie sich gehalten haben.

Dieß, hieße, ihre so verschriene Ehre gegen ihre Feinde vertheidigen, den Widersachern eine lange Nase drehen, und mir selbst eine glueckliche Zukunft oefnen, wo mir alle Stubenmaedchen zuliefen, und ich alle dreiviertel Jahre die entlassenen als Kammerfrauen unterbringen koennte.

JOACHIM PERINET

EINE KLEINE PHISIOGNOMIK FUER GRABENNYMPHEN

Eine kleine Phisiognomik ist zu eurer Kunst unentbehrlich. Das heißt, ihr muesset beym ersten Anblick wissen, ob dies oder jenes Stueck Wild den Schuß verdiene oder nicht. Ich will euch also die Hauptkennzeichen hier kurz und gut mittheilen.

Alte Herren, die in einem Kapot eingeschlagen, den Hut tief ins Gesicht gedrueckt, ungefaehr eine halbe Stunde nach Sonnenuntergang mit langsamen Schritten den Graben und Kohlmarkt auf und nieder gehen, und so oft eine von euren Schwestern vorbeystreift, ein kleines Huesteln bekommen, sind schußmaeßig.

Welsche Abbés, die entweder an den Kaufmannsbuden oder am Milanischen Kaffeehaus lehnen, und, indem ihr vorbeystreichet: *o che bella ragazza!* was fuer schoene Madele! leise bey sich rufen, sind schußmaeßig, oder wissen euch wenigstens ein anders Wild aufzutreiben.

Offiziere, die ausser einer weissen Hose alle uebrigen Militaerzeichen abgelegt haben, und im Vorbeygehen an euch anstossen, oder mit dem Stock auf den Hintern schlagen, sind schußmaeßig. Das Hinternschlagen dienet euch zugleich zum Zeichen, daß sie Kavaliere sind.

Diejenigen Herren, die sich zwar das Ansehen der Geschaeftigkeit geben, euch aber ein paarmal den Weg abzuschneiden suchen, und euch nur mit halben Blicken ansehen, sind junge Ehemaenner, die Zeugen scheuen. Ihr duerfet sie also nur in ein Seitengaeßchen locken, dann sind sie hoch schußmaeßig.

Maenner, die in der Kirche einen langen Rosenkranz haben, dabey aber bald nach dem Himmel, bald nach eurer Schnuerbrust und bald noch mehr abwaerts schielen, sind groeßtentheils heimliche Suender; aber eben deswegen um so schußmaeßiger; nur muesset ihr etwas Vorsicht brauchen, und ihrer Reputation schonen.

Abbés oder andere saubere Herren, die bey eurem Anblick tiefer ins Gebuesche, oder gegen die Donau sich verirren, und oefters umsehen, ob ihr ihnen nachfolget, dabey schuechtern links und rechts herum blicken, sind erz schußmaeßig, und sollten sie auch ein Buch, oder selbst das Brevier in der Hand haben.

Stallmeister und Bereiter sind auch zum guten Theil schußmaeßig. Es finden sich aber viele Liebhaberinnen zu diesem Wild, und eure unprivilegirte Broddiebinnen schiessen euch viele vor der Nase weg.

Kavaliere, die in der Michaelskirche die ganze letzte Maesse hindurch plaudern, und schaeckern, oder wenn sie kutschiren, mit der Peitsche nach euch hauen, sind schußmaeßig.

Kaufmannsdiener, oder auch ihre Principalen, die euch tief in die

Hand druecken, und bey einer Elle ein Viertel gratis geben, sind schußmaeßig.

Stutzer, die ohne ein Pferd zu haben, in Stiefel und Spornen herumlaufen, oder an Kaffeehaeusern durch halbe Tage mit der Tobackpfeife im Maul stehen, sind schußmaeßig. Ihr moeget aber zusehen, ob ihr das Schußgeld aus ihrem Balg heraus kriegt.

Schußmaeßig sind endlich: alle Herren, die ohne Fernglas nicht mehr sehen koennen; am schußmaeßigsten aber sind diejenigen, die euch gnaedige Fraeuleins nennen, und sich die Gnade ausbitten, euch nach Hause begleiten zu duerfen. Das sind entweder Anfaenger, oder Fremde, die den Brauch nicht wissen. Diese muesset ihr ja nicht entwischen lassen; denn so ein Wild wiegt oft sechs andere auf.

JOSEPH RICHTER

DIE CHANCEN IM MONAT JÄNNER

Dieser Monat ist euch sehr guenstig, und der Neujahrstag allein kann euch für ein paar Wochen eure Revenüen versichern.

Die grosse Hof-Galla zieht ausser euren gewoehnlichen Verehrern eine Menge Fremde nach der Stadt. Ihr duerfet euch also blos fruehzeitig in der Burg einfinden, und allen, denen ihr durch eure Blicke au dessous die Zaehne lang gemacht habt, auf Visitkarten eure Adresse geben. Wenn euch das Glueck recht wohl will, so koennet ihr auch bey dieser Gelegenheit irgend einen reichen Geken im Ernst in euch verliebt machen; denn ihr waeret nicht die ersten Grabennymphen, die zum Range einer erklaerten Maetraesse erhoben werden. Ausser dem ist euch der Monat Jaener auch deswegen guenstig, weil die Witterung gemeiniglich trocken, und die Sonne schon um 4 Uhr untergeht. Ihr ersparet also nicht blos an Schuhen, sondern es bleibt euch auch laengere Zeit zur Jagd uebrig.

Das beste Wild fuer diesen Monat sind Thuerhueter, Heizer, Marquers, auch Livereybediente bey Praesidenten und Hofraethen; denn alle diese bekommen ansehnliche Neujahrsgeschenke, und haben, wenigstens die ersten Tage, den Beutel gespickt.

Am 20ten koennt ihr die Jagdbahn nach dem Schottenplatz

verlegen. Es wird hier ein grosses Fest begangen, und wo Beutelschneider ihre Rechnung finden, da koennet auch ihr nicht leer ausgehen.

JOSEPH RICHTER

BEGEGNUNG AN DER TÜR EINER GRABENNYMPHE

Ein Kavalier will einer Grabennymphe eine Visite machen, und begegnet seinem Bedienten, der eben von der naemlichen Nymphe die Treppe herab koemmt. Der Bediente erschrickt, und sein Herr erstaunet nicht weniger, daß er und sein Lakey Schwaeger seyen.

JOSEPH RICHTER

VORSCHLAG ZUR ERRICHTUNG EINES KRANKENHAUSES FÜR VENERISCHE MÄDCHEN

Man hat Arbeitshäuser, Findelhäuser, – – warum nicht auch ein Krankenhaus, wo ohne allem Unterschiede des Standes, und ohne allem Anstande jedes Mädchen, so wie sie sich meldet, ohne weiterm, zur Heilung angenommen würde? Die Stiftung eines Hauses für venerische Mädchen, ist in meinen Augen eine wichtigere Stiftung, als zehn Klöster voll kontemplativer Mönche. Diese nützen nicht den hunderdsten Theil dem Staate von dem, was jene dem Staate schaden; und ich glaube nicht, daß durch alle horas der ganzen Christenheit ein einziger *Chaudepisse* kurirt geworden.

Dieses Haus müßte geräumig, müßte mit allen nöthigen Zugehören versehen seyn. Die Zuheilende, welche sich meldet, müßte ohne Verzug angenommen werden, und um diese Kreaturen nicht abzuschrecken, nicht nur allein die Kur, sondern auch die übrigen Bequemlichkeiten umsonst erhalten; ja, ich würde der Armen so gar bey ihrem Austritte ein *Viaticum* reichen lassen. Niemand dürfte sich unterstehn, ihr den geringsten Vorwurf deßhalb zu machen; sie stünde unter der Jurisdiktion dieses Krankenhauses; erhielte ihren Lizenzzettel von dem Direktor desselben, wofür sie sich aber

Begegnung an der Tür einer Grabennymphe

wöchentlich ihrer Gesundheit wegen in dem Hause zu melden hätte; die dabey angestellten Feldscherer, müßten in den Eid genommen werden, kein Mädchen, bey dem sie nur die geringsten Spuren einer Ansteckung vermutheten, frey zu lassen; selbst alle übrigen Feldscherer und Doktores, sollten bey Verlust ihrer Freyheiten und Privilegien, und namhafter Geldbusse, kein Mädchen außer diesem Hause, in venerischen Krankheiten übernehmen, wenn sie ihr Lizenzzettel gelöset hat; ja sie sollten heimlich verpflichtet seyn, wöchentlich Rapport über alle ihre venerischen Kuren abzustatten, damit das Direktorium mit Beyhilfe der Polizey, jene feile Lustdirnen, welche sich zu melden schämen, von selbst abholen, und im Hause kuriren kann.

Ich gebe hier nur einen flüchtigen Entwurf über diesen Gegenstand. Ich überlasse es Menschenfreunden, welche wirksamer handeln können, diese Sache weiter zu beherzigen. Aber daß die Nation wahren Nutzen daraus schöpfen werde; daß sie nach und nach zu ihrer Gesundheit, zu ihrer Thätigkeit wieder gelangen werde, wer kann es läugnen?

Nun ist dieser Vorschlag freylich für Wien, wo man die Hure lieber füttert, als kurirt. Der Drache Vorurtheil wird freylich mit seinem Schwanze gewaltig losschlagen – aber soll man sich irre leiten lassen deshalb? – Das Findlingshaus hat bey seinem ersten Vorschlage eben so viel Lärmen erregt. – Aber man drang durch. Und sollte die Wohlthat, gesunde Bürger zu erhalten, nicht eben so groß seyn, als die schon erhaltenen – zu erziehen! Ich glaube, das eine kann ohne dem andern nicht füglich erreicht werden.

JOHANN FRIEDEL

GRABSCHRIFT EINER DIRNE

Hier liegt ein Ehrenfestes Weib
Ihr Leben war ein Zeitvertreib
Sie starb im Schweiße für ihr Brod
Viel Hunde sind des Hasen Tod.

JOACHIM PERINET

11

Von Gassenkehrern und Soldaten

SEUFZER EINES GASSENKEHRERS

Gott fuehrt seine Heiligen wunderlich, sagte einst ein Jude, als er den Staupbesen bekam. Und was soll ich sagen?

Ich, der ich sonst keine Kleiderbuerste anfaßte, muß nun taeglich mit dem Kothbesen mich oeffentlich beschaeftigen, damit Leute, die ich ehedem kaum ueber die Schulter ansah, bequem ueber die Strassen wandeln koennen.

Hab's freylich verdient! Ich war nicht klug genug, und betrog zuwenig, Wenn jeder, der's eben sowohl verdient, als ich, gleiches Schicksal haette, warlich, mancher der itzt an mir vorueber faehrt, wuerde in meine Gesellschaft kommen.

JOHANN RAUTENSTRAUCH

BRIEF EINES GASSENKEHRERS AN EINEN BEAMTEN

Liebster Bruder!

In meinem Leben glaub! ich dir nichts mehr, weil du mich gleich das erstemal so angefuehrt hast. Du bist mir der saubere Kunde! du bist durchgekommen, und mich haben sie erwischt? Du schwelgst in der grossen Welt herum, und ich muß bei Wasser und Brod nun darben? Ich habe Strafe, und du geniessest die Belohnung, der Teufel soll dich hollen, Bruder!

Immer geht mir ein Stich durch's Herz, wenn ich vor deinem Hause die Strasse saeubere und mich der alten Zeiten erinnere, wo wir oft stundenlang mit unsern Schoenen auf die Schurken mitleidig herabblikten, die nun meine Brueder sind.

Theuerster Bruder! ich weiß, du vermagst noch vieles, ich bitte dich also um Gotteswillen, geh' in dein Gewissen, und mache mich von meinen Banden los, sonst muß ich wahrhaftig verzweifeln, wenn ich dich in deinem lakirten Wagen erblike, und dir doch nicht mit meinem Besen die Fenster einschlagen darf. Es ist noch nicht aller Tage Abend, und der Herr Bruder weiß wohl so gut, als ich, wie leicht einem Menschen etwas zustossen kann?

Hab die Guete, unterdessen fuer mein Weib zu sorgen, wie du es vorhin gewohnt warst, und liebe meine Kinder als die Deinigen; vor allem aber bitte ich dich, dein Leben zu aendern, und wenigstens das Viertel deiner Intereßen den Armen zu geben, deren Orden wir so ruehmlich vermehret haben. Gedenke, daß ein Gott im Himmel und ein Kaiser auf der Erden sey.

Dein bereits
Gefangener Bruder
N. N.

ANTWORT

Arme Seele!

Du bist nicht die erste und wirst auch nicht die letzte seyn, fuer die ich in der Seelenoktave ein Kerzchen opfere, auch sind die Trommelfelle meiner Ohren durch das Geschrei der Armuth schon zu sehr verlezet, um dein Winseln zu hoeren. Wer hauchte dir den unseligen fruchtlosen Gedanken ein, mein Herz ruehren zu wollen, das mit Schweinsleder wie mein Kodex ueberzogen ist? Wisse, Ungluecklicher! ich bin das Strafwerkzeug eines hoeheren Wesens, ich und meines gleichen, sind die Pest der Schoepfung, und die Ruthen der Zuechtigung, mit denen der Schoepfer des Guten und Boesen euere Vergehungen bestrafet!

Waerst du, bedauernswerte Seele! friedlich mit deinem Nachbar, oder waerst du nicht so dumm gewesen, dir das Geld ausgehen zu lassen, so koennte ich dir deinen Prozeß noch in die Jahre verlaengern; itzt aber trage die Schuld deiner Zanksucht und buesse fuer den Fehler deines auszehrenden Beutels. – Auch ich habe fuer Weib und Kinder zu sorgen, und meine verschwenderische Frau frißt die Diebstaehle von meinen Klienten. Gieb dich also zur Ruhe, ungluecklicher Geist und stoehre du nicht auch noch meine ohnehin schlaflosen Naechte, die mir mein Gewissen und meine zaertliche Frau macht.

Harpax

JOACHIM PERINET

DIE MAKEL UNEHELICHER GEBURT

Die Makel unehelicher Geburt sind in allen öffentlichen Diensten oder Handwerken oder bei was immer für einer Beweisführung gänzlich aufgehoben.

JOSEPH

DER SCHLAPPERMENTSTAG

Da liegen wir auf unserm Bett,
Und schaun einander an,
Und merken, freylich etwas spät,
Wie übel wir gethan.

Der Beutel ist so hell und rein,
Und aus dem Magen her
Steigt so ein leises Seufzerlein:
Wenns doch schon Morgen wär!

Nein, nein! So lebt sichs gar nicht gut;
Das heißt nicht ordentlich;
Die Mäßigkeit giebt gutes Blut;
Durch Sparen nährt man sich.

Ists nicht gescheuter, nach und nach,
Und alle Tage satt,
Als so auf einmal jäh und jach
Versaufen, was man hat?

Ists nicht gescheuter, nüchtern seyn,
Und Wald und Feld besehn,
Sich freun an Gottes Sonnenschein,
Und am Spazierengehn?

Und diskuriren allerley
Von mancher Stadt und Land,
Als sich zu saufen, ohne Scheu,
Um Sinnen und Verstand?

Und dann des andern Tages krank
Und matt und müd' und arm
Zu liegen auf der Ofenbank,
Voll Ungeduld und Harm.

Und das verfluchte Spielen gar!
Das ist das rechte Feld!
Mit Zank und Aerger immerdar
Kömmt einer da ums Geld.

Und hat man auch einmal Gewinn,
So hohlts der Teufel gleich.
Da ist kein Glük noch Segen drinn,
Kein Mensch wird davon reich.

Allein dieß sey das letztemal!
Geschworen sey es hoch!
Die Welt ist so ein Jammerthal,
Wir machens ärger noch

Durch die verdammte Schwärmerey,
Durch Saufen, Tanz und Spiel,
Als hätten wir der Geyerey
Nicht ohnedas zuviel.

Izt aber soll es anders gehn,
Und das von Morgen an.
Izt wird man jeden Deut umdrehn,
Eh man ihn bringt an Mann.

Und kömmst du wieder, fünfter Tag,
Du Hungerleiderkind,
So soll uns klingen Geld im Sak,
So wahr wir Männer sind!

Von einem Soldaten

BRIEF EINES GEMEINEN SOLDATEN AN SEINEN OFFIZIER

Herr Offizier!

Tausend Sakerment! ich bin ja kein Hund, daß Sie mich so unkristlich traktiren, und mein Arsch ist ja, hohlen mich zehn Teufel! schon muerbe von Schlaegen? . . . Was haben Sie dann um aller Welt Willen davon, daß Sie mich so kuranzen, und mich bei lebendigem Leibe zum Kirschnerfelle durchgaerben? Kann ich wohl dafuer, daß ich den neulichen Antrag nicht in meinem Alter uebernehmen konnte, das Briefchen an ihre Maetresse, Amantinn oder wer sie seyn soll, abzugeben, und haben sie denn nicht junge Leute genug, die die Kuppelei mit Vergnuegen uebernehmen? Muessen Sie darum so abscheulich auf mich sezzen, und mir jeden kleinen Rausch, den mein Alter um so leichter macht, mit Pruegel-Prozenten verrechnen? Ist es vor Gott und der Welt gerecht, daß mich solch ein junger Leker – (Vergeben Sie es meinem aufbrausenden Graukopfe!) daß mich solch ein junger Leker wie einen Sklaven behandelt, da ich doch schon ehe Pulver roch, bevor Sie noch ihre Windel besch . . . haben? . . . Beim Teufel, Hr. Offizier! ich weiß, was Subordinazion ist, aber ich lasse mich arquebusiren, wenn sie es je im Stande sind, mir die Uibelthaten zu vergelten, die Sie mir zugefueget haben.

Machen Sie mit mir, was Sie wollen, meine Narben bringen mich mit Ehren in die Grube, und es lag mir nur daran, Ihnen die Wahrheit in den Bart zu sagen, der freilich nur aus Pflaumen besteht.

Karl Herz

ANTWORT

Statt aller Antwort erfolgten
aus Gnade 25
Pruegel

Joachim Perinet

WAR DER MANN KEIN DUMMKOPF?

Zu Delphos sah ich einen alten Krieger auf Kruecken wandeln, der seine Jugend dem Vaterlande opferte, und nun mit Narben bedekt sein Brod erbettelt.

War der Mann kein Dummkopf?

Joachim Perinet

12

Allenthalben Widersetzlichkeiten

WARUM WIRD KAISER JOSEPH VON SEINEM VOLKE NICHT GELIEBT?

Ich habe nur dieß Einzige voraus zu schicken, daß ich unter dem Worte: Volk, den groeßern Theil der Nation verstehe. Einzelne Unterthanen lieben freilich ihren Fuersten, und es ist kein Stand, vom Bauer bis zum Minister, unter dem Kaiser Joseph nicht Anhaenger, Freunde, und Bewundrer haette; aber der groeßere Theil der Nation, das Volk liebt ihn nicht . . .

Woher sonst die Geringschaetzung der weisesten Verordnungen? Woher die Gleichgueltigkeit, wenn er die gefahrvollsten Reisen unternimmt, und die Kaelte, wenn er gluecklich zu seinem Volke zuruecke kehrt? Wird ein Volk, das seinen Fuersten liebt, gerne Schmaehschriften wider seinen Fuersten lesen? Wird es diese Schmaehschriften mit einer Art von Raserey aufkaufen und verbreiten, oder ihren Urhebern, statt ihnen seine Verachtung fuehlen zu lassen, noch Beyfall zuklatschen? Es ist also erwiesene Wahrheit, daß Joseph von seinem Volke nicht geliebt werde: da aber alles in der Welt seine Ursache hat, so muß auch diese Abneigung ihren zureichenden Grund haben. Vielleicht glueckt es mir, ihn zu entdecken.

Ich werde anfaenglich anfuehren, was Joseph fuer sein Volk gethan hat, und dann, was er vielleicht haette thun sollen, um allgemein geliebt zu werden: wenn anders ein Fuerst allgemein geliebt werden kann.

Noch ehe die unvergeßliche Theresie das Loos aller Sterblichen traf, durchreisete schon Joseph seine Staaten, um einst, als Alleinherrscher, nicht mit fremden Augen zu sehen, nicht mit fremden

Ohren zu hoeren, um Vater seines Volkes zu werden – und doch liebt ihn sein Volk nicht.

Er entriß sich mehr als einmal den zaertlichen Armen seiner großen Mutter, eilte durch tausend Gefahren, blos vom Schutze des Himmels begleitet, in die entferntesten fremden Provinzen, stiftete mit ihren Beherrschern dauerhafte Bande des Friedens, kehrte mit tausend neuen Kenntnissen bereichert in seine Staaten zurueck – und doch liebt ihn sein Volk nicht.

Hatte Getreidewucher oder listiger Aufkauf des Nachbars, oder schlechte Polizeianstalt in irgend einer seiner Provinzen Theurung und Hunger herbeygefuehrt, so war Joseph der Schutzgott, der dem Uebel Einhalt that, den Wucherer bestrafte, und den Mangel in Ueberfluß verwandelte. Tausende, die ein Opfer des wuetenden Hungers geworden waeren, leben durch ihn – und doch liebt ihn sein Volk nicht.

Denk- und Schreibfreyheit sind nicht Begnadigungen der Fuersten – sind Vorrechte der Natur. Lange wurden sie durch uebelverstandene Staatsmaxime seinen Unterthanen vorenthalten. Joseph gab sie, kaum war das Regierungsruder in seinen Haenden, seinem Volke zurueck – und doch liebt ihn sein Volk nicht.

Ein grosser Theil seiner Provinzen lag in den schaendlichen Ketten der Leibeigenschaft. Joseph zertruemmerte sie, setzte die unterdrueckte Menschheit in ihre Rechte ein, stellte das wahre Verhaeltniß zwischen Fuerst und Unterthan her – und doch liebt ihn sein Volk nicht.

Wer sich nicht zur herrschenden Religion bekannte, war von den meisten Vorrechten des Buergers ausgeschlossen; durfte auf eignen Namen kein Gut, kein Haus, kein Grundstueck besitzen; durfte nicht einmal oeffentlich seinen Gott anbeten. Durch Joseph wurden sie in alle Rechte des Buergers eingesetzt. – und doch liebt ihn sein Volk nicht.

Schmeichler und kleine Despoten hatten vormals den Weg zum Throne versperrt, und wer diese nicht gewann, konnte nie seine Klage ungeschminkt zum Ohr der Fuerstinn bringen. Joseph duldete keine Schmeichler, keine despotischen Diener um sich; der Zutritt zu ihm steht jedem ohne Unterschied taeglich und fast stuendlich offen – und doch liebt ihn sein Volk nicht.

Die Gesetze waren dunkel, der Gang der Rechte langsam, die Richter spielten mit den Gesetzen, und die Rechtsfreunde maesteten sich vom Vermoegen ihrer betrogenen Partheyen. Joseph verbesserte die Gesetze, gab den Rechten einen raschern Gang, beschraenkte die Habsucht der Advokaten, stellte unbestechliche Maenner zu Richtern auf, – und doch liebt ihn sein Volk nicht.

Millionen stroemten fuer Beduerfnisse des Lebens und des Luxus fremden Staaten zu; der Geist der Nation lag in Traegheit; wir waren der Spott des Auslandes, das sich mit unserm Geld bereicherte. Zwar suchte schon die große Theresie Leben und Thaetigkeit in den Geist der Nation zu bringen; aber unerfahrene Raethe, und unsere Kaufleute, die fast alle gedungene Faktoren der Auslaender waren, liessen keine heilsame Anstalt empor keimen. Joseph griff das Uebel bey der Wurzel an, indem er die Einfuhr fremder Waaren verbot. Nun lebt die ganze Nation auf – tausend neue Nahrungswege sind eroeffnet, das Fabrikswesen bluehet, fremde Kuenstler und Manufakturisten treten mit ihren Kenntnissen zu uns herueber, selbst unsere Kaufleute werden, aus schaedlichen Faktoren der Auslaender, zu Selbstdenkern, Selbsterfindern, und Emporbringern des inlaendischen Handels; anstatt unser zu spotten, sieht nun der Auslaender neidisch unser Emporsteigen an. Dies alles bewirkte Joseph – und doch liebt ihn sein Volk nicht.

Unzaehlige Gemeinden waren entweder gaenzlich ohne Seelsorger, oder mußten stundenweit Unterricht und geistlichen Trost holen. Joseph gab nun jeder ihren geistlichen Hirten, der ihr Lehrer, Freund, und Troester seyn soll – und doch liebt ihn sein Volk nicht.

Der groeßte Theil der Geistlichkeit hieng am Aberglauben, wußte nicht, was Christus Lehre sagen wolle, war gar nicht, oder schlecht unterrichtet, und also unfaehig, andere zu unterrichten. Joseph gruendete fast in jeder Provinz eine Pflanzschule fuer Seelsorger und Volkslehrer, waehlte wuerdige, helldenkende Maenner zu Vorstehern, die Fruechte dieser Pflanzschulen entsprechen bereits der Erwartung – und doch liebt ihn sein Volk nicht.

Die Erhebung der Abgaben war nicht verhaeltnismaessig, war laestig und drueckend. Der Duerftige bezahlte oft zu viel, der

Vermoegliche zu wenig. Joseph stellte auch hier ein weises Ebenmaaß her, indem er die Abgaben nach den Besitzungen, nach dem Einkommen bestimmte – und doch liebt ihn sein Volk nicht.

Die Anzahl der Moenche war so uebermaessig angewachsen, daß man sie mit den schaedlichen Hummeln vergleichen konnte, die den arbeitsamen Bienen den besten Honig wegstehlen. Sie assen dem Bauer sein Brod, tranken dem duerftigen Winzer seinen Wein weg. Als ein weiser Bienenvater befreyte Joseph seine arbeitsamen Buerger von diesen schaedlichen Hummeln – und doch liebt ihn sein Volk nicht.

Entehrend war das Joch, das Rom den deutschen Fuersten aufgelegt hatte. Die Bischoefe waren nicht mehr Unterthanen ihrer Fuersten, sie waren Unterthanen des Pabsts. Millionen stroemten durch hundert und hundert Wege dem Kirchenstaate zu. Joseph zertruemmerte diese Sklavenketten, und rettete die Ehre der deutschen Nation. Fast alle Kanaele, durch die Geld nach Rom floß, sind verstopft. Rom leidet; aber seine Bewohner staunen, indem sie seufzen, bewundernd Josephs unerschrockenen Muth an – und doch liebt ihn sein Volk nicht.

Das gemeine Volk hatte lange keine oeffentliche, schattenreiche, gesunde Spaziergaenge. Joseph eroeffnete ihm den herrlichen Prater, den geschmackvollen Augarten. Hier mischt er sich oft selbst, ohne Wache, ohne Begleiter, in das Gewimmel seiner Buerger, zeigt ihnen, daß er keine andere Wache verlange, als ihre Liebe – und doch liebt ihn sein Volk nicht.

Die Unwissenheit der Dorfbader war schrecklich, und ihr Heilmethode rafte mehr Menschen weg, als die Krankheit selber. Joseph entfernte, was nur immer Quacksalber war, und stellte allenthalben gepruefte Wundaerzte an. Nachdem er seinen Unterthanen geschickte Seelenaerzte gegeben hatte, gab er ihnen nun auch erfahrne Aerzte fuer Krankheiten des Koerpers – und doch liebt ihn sein Volk nicht.

Waehrend seine Unterthanen sorgenlos der Ruhe pflegen, hat sich Joseph bereits den Armen des Schlafes entrissen. Oft findet ihn die aufgehende Sonne schon am Schreibpulte, wo er heilsame Entwuerfe macht, Plane prueft, Klagen untersucht, Recht spricht,

Gefahren abwendet – kurz Joseph wachet, indem die halbe Nation schlaeft – und doch liebt ihn sein Volk nicht.

Joseph koennte, wie so viele Fuersten es thaten, und noch thun, der Wollust opfern, die Einkuenfte des Staats mit Maetressen versplittern, Steuern ausschreiben, um einen Kuppler zu belohnen, eine neue Saengerin zu bezahlen, ein neues Opernhaus zu bauen – Wie ganz anders denkt Joseph! er verehrt das schoene Geschlecht, ohne sein Sklave zu seyn, seine Tafel ist kaum eine Tafel eines Privatmannes, die Einkuenfte des Staats sind ihm heilig, wie dem ehrlichen Manne anvertraute Gelder, sein Vergnuegen kostet den Staat nichts, – und doch liebt ihn sein Volk nicht.

Brechen Feuersbruenste aus, oder treten Fluesse aus ihren Ufern, oder was sonst fuer ein Unglueck seine Buerger trift, so eilt Joseph als Retter herbey, hilft, wo zu helfen ist, und wo Huelfe vergebens, troestet, beschenkt, entschaedigt, unterstuezt er die Leidenden, kurz ueberall erfuellet Joseph die Pflichten eines weisen, guten und wuerdigen Regenten – und doch liebt ihn sein Volk nicht.

Nach meiner Einsicht mag es aus folgenden Ursachen geschehen: Kaiser Joseph ist Reformator, ist es sogar im Religionswesen. Er hat Moenche und Nonnen aufgehoben, die uebermaessigen Einkuenfte der Priester beschnitten, die mueßige Geistlichkeit zum Studieren, zur Thaetigkeit, zum praktischen Christenthum angehalten; dadurch sind die meisten Priester seine Feinde geworden, und mit ihnen sein Volk, das aus den Herzen der Priester denkt, aus dem Munde der Priester spricht.

Kaiser Joseph hat die Macht des Adels beschraenkt, und dem Verdienst gegeben, was sonst ein Vorrecht hoher Geburt war. Dadurch ist ein großer Theil des Adels, der, ausser seinen Ahnen, keine andere Verdienste hat, Josephs Feind geworden, und mit ihm der ganze Nachtrab von Geheimschreibern, Kammerdienern, Verwaltern, Inspektoren, Kastnern und Schreibern, die oft mehr, als der Adel selbst, die Unterthanen quaelten, und tyrannisirten, und nun nicht mehr tyrannisiren duerfen.

Kaiser Joseph hat seine Beamten, die bey großem Gehalte sehr wenig arbeiteten, zur Pflicht angehalten; dadurch sind alle Beamten, die gern großen Gehalt ziehen, und nicht viel arbeiten, seine Feinde geworden, und mit ihnen der ganze Anhang von Gemahlinnen, Tanten, Gesellschafterinnen, Lackeien, und Kammermaedchen, die nun alle ueber den Kaiser Joseph schreien, weil sie den Herrn Gemahl, oder den Herrn Vetter, oder den gnaedigen Herrn ueber ihn jammern sehen.

Ein großer Theil der Handelsleute lebte vom Schleichhandel. Das Verboth fremder Waaren versperrte ihnen also den vorzueglichsten Nahrungsweg, und heißt sie nun auf erlaubte Mittel sinnen. Dadurch sind die meisten Kaufleute Josephs Feinde geworden, und mit ihnen abermal der ganze Anhang von Beschauern, Handlungsdienern, Anverwandten, und Tischfreunden.

Die Fabrikanten haetten zwar Ursache, Josephs Regierung zu segnen; allein Kaiser Joseph ertheilt keine ausschliessende Freyheiten mehr, und dadurch sind viele Fabrikanten, die nur allein glaenzen, allein gewinnen, keinen Groeßern oder Gleichgroßen neben sich dulden wollen, seine Feinde geworden.

Kaiser Joseph gab der Gerechtigkeit einen raschen Gang, verbesserte die Gesetze, beschnitt die Sportel der Richter; und mehr bedurft' es nicht, um sich die meisten Advokaten die meisten Richter, und alle zu Feinden zu machen, die das Recht nach ihrem Vortheile zu drehen wußten.

Kurz, Kaiser Joseph hat so viele Feinde, weil er Reformator ist, weil jede Reforme Misvergnuegte machen muß, und weil selbst ein Engel vom Himmel, wenn er als Reformator zu uns Menschen herabstieg, Feinde in Menge haben wuerde – und doch daecht' ich, stuend es nur bey unserm großen Kaiser, die Herzen der Misvergnuegten wieder zu gewinnen, der Abgott seines Volkes zu werden. – – Mir geziemt es nicht, die Mittel vorzuschreiben, aber sagen darf ich: was so viele Edle im Volke wuenschen.

Sie wuenschen, Kaiser Joseph moege am Normale in Ansehung der Pensionen und Besoldungen eine weise Abaenderung treffen. Warum soll die Wittwe eines Beamten, der nicht volle zehn Jahre gedient hat, keinen Gnadenhalt geniessen? Bestimmt denn gerade die Anzahl der Jahre das Maaß des Verdienstes, und kann mancher geschickte Beamte sich in fuenf Jahren nicht verdienter um den Staat gemacht haben, als ein andrer in zehn? Wird durch dieses Normale nicht so mancher Beamte vom Ehstand abgeschreckt, und dadurch der Lieblingsentzweck, die Bevoelkerung, verfehlet? Ist es endlich nicht schon Unglueck genug, wenn eine Familie ihren Vater verliert? muß sie, weil dem Vater nach dem Normale einige Dienstjahre fehlen, auch noch in die aeusserste Duerftigkeit gestuerzet werden?

Die Edlen im Volke wuenschen, daß Kaiser Joseph seine Minister und Raethe, nicht so sehr wie Diener, als wie Freunde behandle. Liebe erreichet immer eher den Entzweck als Strenge. Sie bewirkt, daß man seine Pflichten mit Vergnuegen erfuellt. Beym Militaer ist freylich Strenge die Haupttriebfeder der Maschine, weil der ganze Koerper groeßtentheils aus gezwungenen Gliedern besteht. Der Civilstand aber besteht aus Freywilligen, und eben deswegen wuenschen die Edlen im Volke, daß Kaiser Joseph seine Minister, Raethe und Beamte nicht wie seine Soldaten behandle.

So sehr die Edlen im Volke Kaisers Josephs menschenfreundliche Anstalten: das allgemeine Krankenhaus, das Militaerspital, das Geburts- und Findelhaus und dergleichen, verehren und segnen, so wuenschen sie doch abermal, daß er so viele andere loebliche Stiftungen, z. B. das Armenhaus, das Kaiser- und Johannesspital, u.s.w. nicht haette aufheben moegen, weil dadurch so viele Tausende gekraenkt, und alles wider den Sinn der Stifter unternommen worden: denn diese richteten ihr Augenmerk nicht nur auf den blossen Lebensunterhalt, sondern auch auf die Bequemlichkeit, auf die Ruhe und Zufriedenheit der Gestifteten. Hat nicht endlich Kaiser Joseph durch diese Aufhebung der ferneren Mildthaetigkeit seiner Unterthanen, zum Nachtheil der Menschheit, selbst einen Schranken gesetzt? Wer wird mehr solche milde Stiftungen machen, wenn er sieht, daß man dem Sinne der frommen Stifter so unbesorgt engegenhandle, und den Fond zu ganz andern Absichten verwende?

Die Edlen im Volke wuenschen, Kaiser Joseph moege den Civilstand nicht weniger als sein Militaer lieben. Es ist kraenkend und niederschlagend fuer das Civilverdienst, zu sehen, daß so viele Civilstellen dem Militaerverdienst ertheilet werden.

So wuenschen die Edlen im Volke auch, daß die Soehne der Beamten in Hauptstaedten von der Aushebung zum Militaerstand wieder befreyet wuerden. Die Hauptstaedte waren immer der Sitz der Kuenste und Wissenschaften; wer wird aber seinen Sohn den Kuensten und Wissenschaften widmen, wenn er keine Stunde sicher ist, daß man ihn zum Soldaten aushebe? Wer wird einige Tausend Gulden auf sein Kind verwenden, damit ein Musketier daraus werde? Die Folgen dieser preußischen Einrichtung sind bereits sichtbar. Viele junge Leute bleiben Taugenichtse, weil sie glauben, daß man zum Soldatenstande nichts zu lernen brauche; der Geist der Buerger ist niedergeschlagen, die Anzahl der Hagestolze nimmt taeglich mehr ueberhand, und diese sagen es laut: daß sie kein Weib nehmen, weil sie keine Soldaten zeugen wollen. Wir brauchen ja nicht blos Soldaten; wir muessen ja auch Handwerker, Kuenstler und Gelehrte haben, die zusammengenommen eigentlich den Soldaten ernaehren.

Die Edlen im Volke wuenschen, Kaiser Joseph moege die Unglueecklichen, die sich ohne vorhergegangene Zeichen einer Verrueckung den Selbsttod geben, nicht auf dem Schinderanger einscharren lassen, da die Schande nicht den Verbrecher, sondern seine unschuldige Familie trift. Ueberdies weiß ja der Philosoph, daß sich alles in seine urspruengliche Theile aufloese, daß diese Theile ueberall hinfliegen, und daß also selbst in den Gruben des Schinderangers, sich Partikeln von Edlen, von Frommen – von Großen befinden koennen: das Entehrende faellt also weg. Wer sieht endlich so tief in die Natur des Menschen, daß er mit Gewißheit bestimmen koennte, was Verrueckung, was nicht Verrueckung ist? Der Entzweck dieser entehrenden Begraebnisart ist freylich, andere vom Selbstmorde abzuhalten; aber der Erfolg zeigt es ja, daß dieser Entzweck nicht erreicht werde.

Die Edeln im Volke wuenschen Kaiser Joseph moege die Verbrecher nicht nach dem kalten Buchstaben des Gesetzes behandeln lassen, sondern mit unglueecklichen Muessethaetern gelinder als mit boshaften und abgehaerteten verfahren: und da sein Herz zu erhaben denkt, um sich an diesen Unglueecklichen zu raechen, oder Freude ueber ihre Bestrafung zu aeussern, so wuenschen sie vom Herzen, daß alle Straffen auf Besserung abzielen. Ein Regent soll dem Gotte der Christen gleichen: er soll kein strenger Richter, er soll ein liebreicher Vater seyn. Strenge verhaertet nur die Herzen; aber Großmuth und Guete gewinnt sie.

Die Edlen im Volke wuenschen, Kaiser Joseph moege ueberhaupt mit minder schaedlichen Fehlern oder Schwachheiten der Menschen etwas mehr Nachsicht haben. Unter diese Schwachheiten gehoert die Abneigung, sich in Saecke einnaehen, und dann durcheinander in eine Kalkgrube hineinschleudern zu lassen. Dem Philosophen gilt es freylich gleich viel, ob er hier oder da verwese; aber alle Menschen sind nicht Philosophen. Und dann liegt wirklich fuer gefuehlvolle Menschen etwas Seelenerhebendes und Troestendes in dem Gedanken: Meine Beine werden eine Ruhestaette haben: meine Kinder, meine Enkel werden zu meinem Grabe wandeln: ich werde nicht ausgeloescht aus ihrem Gedaechtnisse seyn. Oder wenn die geruehrte Mutter ihre Kinder zum Grabe ihres Mannes fuehrt und ihnen sagt: Hier ruht euer Vater: erinnert euch seiner Liebe: seyd tugendhaft, und werdet wackere Maenner, wie er. Was ich hier sage, ist nicht Schwaermerey. Wuerde die vortrefliche Theresie wohl so innigst geruehrt am Grabe ihres unvergeßlichen Gemahles gebetet haben, wenn nicht seine Gebeine da geruhet haetten? Ist endlich wohl dem Volke diese Abneigung vor der jetzigen Begraebnißart uebel zu nehmen, da es sieht, daß die Großen ihre besondern Ruhstaette haben, und daß selbst der große Kaiser, der sich lebend so gern unter sein Volk mischt, einst nicht bey seinem Volke ruhen werde?

Die Edlen im Volke wuenschen: Kaiser Joseph moege bey Bestrafung großer Verbrecher auch auf Geburt und Stand einige Ruecksicht nehmen. Die Verbrechen der Geistlichkeit werden im Stillen bestraft, vermuthlich weil man befuerchtet, das Volk moechte, wenn es Priester des Herrn oeffentlich zuechtigen saehe, endlich gegen die Religion selber die Achtung verlieren; tritt aber nicht bey Hofraethen, Justizpersonen und andern Maennern von Ansehen der naemliche Fall ein, und scheint nicht der Poebel, seitdem er Regierungsraethe, und Handhaber der Gesetze die Gassen kehren sieht, bereits die Achtung gegen die Gesetze selbst verloren zu haben? Freylich sagt man, daß nicht der Hofrath, nicht der Graf, sondern der Betrieger, der Falsarius als Zuechtling erscheine; allein der Poebel nimmt die Sache nicht von dieser Seite, denn er sagt noch bis diese Stunde: Heute hat der Graf, der Regierungsrath u.s.w. die Gasse gekehrt. Die Beschimpfung, die durch solche oeffentliche Strafen schon so mancher wuerdigen, um den Staat verdienten Familie schuldlos zugefuegt worden, verdiente wohl auch, daß Kaiser Joseph sein Vaterauge auf diesen Gegenstand wendete.

Daß Kaiser Joseph seine Beamten, die Schulden machen, mit Strenge behandelt, ist billig; aber die Edlen im Volke wuenschen, daß er sie auch so bezahlen moege, daß sie nicht Schulden machen duerfen. Sie wuenschen, daß bey Bestimmung des Gehalts vorzueglich auf die Familie des Beamten Ruecksicht genommen wuerde, welche Ruecksicht um so mehr bey Pensionen fuer diejenigen Beamtenwittwen zu nehmen waere, die mit vielen Kindern belastet sind. – Manche Unverehelichte zieht oft tausend und auch zweytausend Gulden, und wer sechs und sieben Kinder hat, muß oft mit drey- und vierhundert Gulden leben. Das Geld, welches Beamte ziehen, kehrt ja ohnehin mit Wucher in die Staatskasse zurueck.

Die Edlen im Volke wuenschen, Kaiser Joseph moege alten, im Dienste grau oder zur Arbeit gaenzlich unfaehig gewordenen Beamten eine bessere Versorgung anweisen, damit sie nicht gerade im unbehilflichen Alter am elendsten leben muessen. Nicht minder wuenschen sie, daß Diener des Staats nicht wie Livereybedienten abgedanket werden.

Auch wuenschen die Edlen im Volke, Kaiser Joseph moege die Fehler oder Uebersehungen der Beamten, wenn sie nicht von aeusserster Wichtigkeit, und nicht wirkliche Staatsverbrechen sind, nie mit der Kassation bestrafen; am allerwenigsten, wenn der Beamte Familie hat. Der Staat muß nicht vorsetzlich unglueckliche Familien machen, weil sie am Ende ihm selbst zur Last fallen.

Sparsamkeit ist eine schoene Tuegend der Fuersten, und sie ist fuer einen Staat um so noethiger, wo vormals so wenig gespart wurde; allein auch diese Tugend hat ihre Graenzen, und die Edlen im Volke wuenschen, daß Josephs Sparsamkeit nie auf die Linie kommen moege, wo sie aufhoert, Tugend zu seyn. Der menschliche Koerper befindet sich nur damal gesund, wenn das Herz das zustroemende Blut wieder in den Koerper zurueck giebt – und ist es nicht auch so mit dem Staatskoerper?

Die Edlen im Volke wuenschen, Kaiser Joseph moege doch untersuchen, woher es komme, daß sich die Anzahl der Armen taeglich vermehre, und ob am Ende, bey all seiner guten Absicht, nicht gewisse Verordnungen und Aufhebungen daran Schuld seyn koennten?

Die Edlen im Volke getrauen sich es kaum zu sagen, aber sie wuenschen, daß Kaiser Joseph in Entscheidungen nie zu voreilig seyn moege, weil leicht viele Familien dadurch ungluecklich werden. So wuenschen sie auch, daß sein rastloser Eifer von allem Guten bald die Frucht zu sehen, das Gute selbst nicht oft in der Bluethe ersticke. Welche Bloessen hat das nicht ganz zur Reife gelangte Gesetzbuch gegeben? Und wie sehr sind wir dadurch abermal in den Augen des Auslandes herabgesunken?

Die Edlen im Volke wuenschen: Kaiser Joseph moege nicht mit allzugrosser Bereitwilligkeit Denunzianten anhoeren. Es ist weniger schaedlich fuer den Staat, wenn hie und da ein Verbrechen verborgen bleibt, als wenn Freund gegen Freund, Familie gegen Familie mistrauisch gemacht, und das Band der menschlichen Gesellschaft dadurch zerstoert wird.

Die Edlen im Volke segnen ihren Fuersten, daß er Jedem freyen Zutritt gestattet; aber sie wuenschen zugleich, daß er seinen Stellen, denen ohnedas die Bittschriften alle zugeschickt werden, erlauben moege, auch ueber die nicht gezeichneten, einen Vortrag hinaufzugeben, oder eine Vorstellung zu machen, weil es sich ereignen kann, daß mancher verdienstvolle Bittsteller aus Mangel der Signierung in der gerechtetsten Sache abgewiesen werde.

Die Edlen im Volke wuenschen, daß Kaiser Joseph den Kuensten und Wissenschaften mehr Achtung schenke, weil es Schande fuer die Nation ist, wenn die Kunst nach Brod geht, wenn Schriftsteller darben, die sich um die Aufklaerung des Volkes verdient gemacht haben. Ein Volk braucht nach unsrer Staatsverfassung nicht blosse Trivialkenntnisse, es braucht schoene Wissenschaften.

Dies sind ungefaehr die Wuensche der Edlen im Volke. Gott gebe, daß Kaiser Joseph sie erfuelle – oder einstweilen wenigstens lese. Amen.

Joseph Richter

ALLENTHALBEN WIDERSETZLICHKEITEN

Ich habe seit dem Antritt meiner Regierung, mir jederzeit angelegen sein lassen die Vorurtheile gegen meinen Stand zu besiegen, mir Mühe gegeben, das Zutrauen meiner Völker zu gewinnen; und seit ich den Thron bestiegen, habe ich mehrmals Beweise davon abgelegt, daß das Wohl meiner Unterthanen meine Leidenschaft sei; daß ich zur Befriedigung derselben keine Arbeit, keine Mühe und selbst keine Qualen scheue, und daß ich genau die Mittel überlege, die mich den Absichten näher bringen, die ich mir vorgesetzt habe, und demungeachtet, finde ich in den Reformen allenthalben Widersetzlichkeiten von solchen, von welchen ich es am wenigsten vermuthen konnte.

JOSEPH

EIN ZEITGENOSSE UEBER WIEN 1789

Es sind ungefaehr 14 Tage, daß ich in der weltberuehmten Kaiser-Stadt zu Wien angekommen bin, und meine Geschaefte werden meinen persoenlichen Aufenthalt allerwenigstens sechs volle Wochen nothwendig machen. Sie sollen also in dieser Zeit eine, so viel mir moeglich, umstaendliche Nachricht von dieser Residenz und derselben Merkwuerdigkeiten erhalten. Ich war zwar schon vor siebenzehn Jahren beinahe zwoelf Monate hier, und bin also kein Fremdling mehr. Aber, guter Himmel! was hat sich nicht Alles in dieser langen Zwischenzeit geaendert.

Das Pflaster in der Stadt ist jetzt fuer den armen Fußgaenger ein rechtes Labsal. Es ist an den mehrsten Orten eine Gattung breiter Steine eingefuehrt, worauf man so gut als in einem Zimmer geht.

Nur Schade, daß die vielen Karossen und schweren Fuhrmannswagen den ermuedeten Wanderer von dieser guten Bahn abtreiben, und sich derselben widerrechtlich zum Fahren bedienen; die unartigen Fiakres sogar darauf stehen bleiben und auf neue Fuhren warten. Dieses Ungemach jagt den Spazier- und Geschaeftsgaenger bald rechts, bald links, und dann laeuft er alle Augenblicke Gefahr, bald ueberfahren, bald von dem stolzen Herrschafts-Kutscher mit der fluechtigen Peitsche getroffen zu werden.

Kommt nun ein Regenguß, so sollten Sie das Balanziren der buntscheckigten Regenschirme und das Carampoliren der geschaeftigen Leute sehen, wo jeder der erste sein will, und dem andern bald einen Rippenstoß giebt, und dafuer einen tuechtigen Schimpfnamen erhaelt, den er mit der groeßten Gleichgiltigkeit annimmt, ohne sich unzuschauen. Der Wiener scheint, im Ganzen genommen, wenig Muth zu haben. Er laeßt sich an einem oeffentlichen Orte die bittersten Grobheiten sagen, ohne etwas darauf zu erwiedern, als daß der Gegentheil schon seinen Herrn finden solle.

Dann schleicht er sich aus dem zusammengelaufenen Haufen weg, und vergißt in der zweiten Straße das erlittene Unrecht. Die Satisfactionsklagen sollen hier aber auch recht négligent tractirt werden. „Sei der Herr froh, daß er ein ehrlicher Mann und unschuldig ist", das ist der ganze Bescheid, den ein solcher Klaeger erhaelt. Durch diese Methode werden freilich viel hundert Processe unterdrueckt, wo der Richter nicht immer die Wahrheit einsehen kann, weil das eigentliche Factum entweder durch den Anklaeger oder durch die Zeugen ganz verstellt vorgetragen wird.

Daß die Haeuser alle numerirt, und die Straßen mit groß geschriebenen Buchstaben beim Anfang und Ende derselben ihren wahren Namen fuehren, ist fuer einen Fremden, der lesen kann, eine glueckliche Erleichterung. Er kann mit der ersten Woche seinen Mieth-Bedienten entlassen, und sich allein zurecht finden. Die Nummern allein wuerden dem Reisenden wenig Nutzen schaffen, denn sie sind nicht fortlaufend. Denn auf einer Seite lieset man No. 225 und auf der anderen No. 864. Nun sind die Zwischenzahlen in ganz andern Gassen aufzusuchen, die der allgeuebteste Brieftraeger nicht anzugeben weiß, wenn die Straße nicht ganz deutlich angemerkt worden. Die Kaiserliche Burg hat No. 1. und die Reichs-Kanzlei No. 2. Die Burg ist noch immer das altgothische Gebaeude, wie es Kaiser Karl VI. hat auffuehren lassen. Fuer den jetzigen Beherrscher ist sie viel zu geraeumig, da der Hof-Staat ungemein eingeschraenkt ist und die mehrsten Zimmer leer stehen, auch die Gaenge mit Brettern vernagelt sind, um Wachen zu ersparen. Es gleicht mehr einem Frankfurter Wirthshause, wo Alles durchfahren und durchgehen kann, was den Weg abschneiden will. Jetzt laeßt der Monarch gerade unter seinen Gemaechern einen Fußsteig machen, worauf man auf den Wall kommen kann, um Abends spazieren zu gehen. Jeder Privatmann wuenscht das ueberfluessige Geraeusch und Laermen von seiner Wohnung zu entfernen, um ungehindert arbeiten und ruhig leben zu koennen, und der Kaiser, der so viel als alle seine Unterthanen insgesammt denkt und handelt, buerdet sich eine Last auf, um seinem Volke eine Strecke Weges zu ersparen, einige Minuten frueher zu ihrer Erholung zu gelangen. Hiesige Herrschaften lassen allsogleich Stroh streuen, wenn sie krank sind, um das Fahren der Wagen nicht hoeren zu muessen. Der hiesige Stadtrath laeßt sogar die Straßen mit Ketten sperren, so lange seine Consultationsstunden dauern, und der deutsche Kaiser durchdenkt das Wohl Seiner Staaten und das Glueck aller Seiner Voelker im Cabinet Seines Schlosses, liegt krank und fast hoffnungslos darnieder, und laeßt weder Ketten ziehen, noch Stroh streuen, um sich ruhigere Augenblicke zu verschaffen. Der Geist Josephs ist immerwaehrende Thaetigkeit; Stille und Muessiggang kann er gar nicht dulden, sein Auge will Alles sehen, sein Ohr Alles hoeren, seine Seele Alles umfassen, Alles zugleich verrichten, Alles beginnen, Alles beendigen, u.s.w.

Ich will abbrechen, sonst wuerde ich mehr ueber die Gesetzgebung, als ueber Wien schreiben, wozu ich keinen Beruf und Anlage habe.

Wenn sich gleich Wien in den verflossenen 17 Jahren außerordentlich veraendert und verbessert hat, so sind die Wirthshaeuser noch immer die schlechtesten und elendsten, die ich auf Reisen angetroffen habe. Unbequemlichkeit, Unreinheit und Grobheit hat im hoechsten Grade zugenommen. Die vormaligen Wirthe, die sonst geschmeidige drollige Maenner waren, mit ihrer gruenen Kappe auf dem Kopf den Gast nach Moeglichkeit zu bedienen und zu unterhalten suchten, sind jetzo dickbaeuchige, stolze, verdrossene und empfindliche Kreaturen, tragen schoene gepuderte Zopfperuekken, ueberlassen das Schicksal ihrer Gaeste dem Gutbefinden ihrer Ober- und Unter-Kellner, und erweisen einem schon große Ehre, wenn sie mit dem Fremden an einer Tafel zu speisen geruhen. Durch die angekauften guten Kloster-Weine, die sie um einen wohlfeilen Preis erhalten, sind sie lauter reiche, stattliche Maenner geworden, die sich Roß und Wagen zu ihrem Vergnuegen halten, Haeuser an sich ziehen, oder auf den ersten Satz Geld vorschießen, und den ganzen Staat mit einer affektirten hochdeutschen Sprache reformiren, Krieg und Frieden schließen, und auch ueber Religion und Wissenschaft ihr einfaeltiges Urtheil schoepfen. Wer kein Geld hat, oder nicht sehr reich ist, kann in ihren Augen kein ehrlicher Mann sein, und sie schaemen sich nicht, frei zu gestehen, daß sie das Wirthshaus nur aus Zeitvertreib fortfuehren, damit die vielen ledigen Beamten nicht verhungern muessen. Wahr ist es, daß sie sammt ihrem vielen Gelde und ihren Peruecken, dennoch weidlich gefoppt werden und bittere Wahrheiten einschlucken muessen; allein was ist das fuer ein Vergnuegen fuer einen guterzogenen Menschen, in einer Gesellschaft zu sitzen, wo Possenreißerei und trockene Albernheiten vorfallen, und entweder der Wirth zum Gegenstand einer unreifen Satyre gilt, oder ein Gast den Narren machen muß, damit ihn der Wirth umsonst an seine Tafel zieht.

Es giebt ein paar Traiteurs hier, wo man sehr reinlich ist, und wohlfeil und schmackhaft bedient wird. Da geht es aber oft so still zu, als in einem Refektorio, weil Jeder zehrt, bezahlt und fortgeht, ohne ein Wort gesprochen zu haben. Man sieht daselbst so mißtrauisch und zurueckhaltend auf Auslaender, als es nicht einmal in Venedig geschieht. Und wird ja zu Zeiten von Einem und dem Andern etwas gesprochen, so ist es etwa vom Theater, von der Hetze, von einem Privatschmause, von einem Freudenmaedchen, die dem Andern im Vertrauen bekannt gemacht wird, von wem sie ausgehalten sein, und um welche Zeit man ihr Besuche machen kann, ohne den ersten Liebhaber daselbst anzutreffen.

Anonym

DER TOD JOSEPHS II.

20. Februar (1790). Ich war noch im Bett, als man mir sagte, daß Kaiser Joseph der Zweite zwischen fünf und sechs Uhr morgens gestorben sei. Mein Kammerdiener ging in die Hofburg und berichtete die näheren Umstände, die ihm der Leiblakai und ehemalige Hundsbube Michel gesagt hatte. Während meiner Toilette brachte man mir ein schwarz versiegeltes Handbillet, mit dem Datum von Seiner Majestät unterzeichnet, worin mitgeteilt wird, daß er sich von den Geschäften zurückziehe, daß man seinen Befehlen folgen solle, bis zur Ankunft des Nachfolgers, daß die Aktenpakete im Kabinett hinterlegt werden sollen, daß die Resolutionen von Erzherzog Franz unterschrieben und vom Staatsminister Grafen von Hatzfeld gegengezeichnet werden. Ich sandte dem Grafen Rosenberg eine Botschaft, der mir vorschlug, bei ihm zu Mittag zu essen, vorher könne er mich nicht sehen. Dann fragte ich an, ob sich die Minister dem Erzherzog zu Füßen legen sollten, man antwortete mir bejahend. Ich ging daher nach elf Uhr hin. Prosper Sinzendorf meldete mich an. Ich fand seine Königliche Hoheit gut aussehend. Er erzählte mir mit Bedauern vom Tod seiner Gemahlin und sagte mir, was Seine Majestät den Kaiser beträfe, hätte man das wohl erwarten müssen, daß er ihn sterbend angetroffen habe. Er werde sich jetzt nicht von hier wegbegeben. Garden zu Pferd und Fuß an der Batthyány-Stiege. Gestern hat der Kaiser noch an Madame de Chanclos geschrieben, um der kleinen Kosakin 1000 Gulden Pension zu sichern, er hat auch den Fürstinnen geschrieben, um von ihnen Abschied zu nehmen. Bei Frau von der Lippe. Der Kaiser hat gestern noch Spielmann zu sich befohlen, konnte aber nicht mehr mit ihm sprechen. Gallo hat schon jetzt nach dem Tod der Erzherzogin an eine neapolitanische Prinzessin gedacht. Fürst Galitzin ist auch schon beim Erzherzog gewesen. Störck wollte, daß man die Erzherzogin noch während der Niederkunft zur Ader lasse, der unfähige Geburtshelfer hat es nicht zugelassen. Der Blutandrang hat sie erstickt. Als sie ihr Kind umarmte, hat ihr Lebmacher zugerufen, daß sie alle ihre Schmerzen bald vergessen haben werde. Sie hat darauf geantwortet: *Noch nicht ganz.* Der Kaiser gab gestern kleine schwarze Klümpchen von sich, eine Folge der Gangräne, das Wasser hat das Herz durchtränkt, ist in die Gedärme eingedrungen und hat sie durch seine Schärfe brandig werden lassen. Nach vier Monaten kann man nach den Vorschriften zur Wahl eines neuen Römischen Königs schreiten, hat der Graf von der Lippe gesagt. Der Kurfürst von Mainz beruft die übrigen Kurfürsten zu diesem Zweck ein . . . Billet des Kaisers an den Grafen Rosenberg von gestern abend, mit zittriger Hand unterschrieben. Er dankt ihm für seine Freundschaft in den rührendsten Ausdrücken und schließt mit den Worten: „Leben Sie also wohl, ich umarme Sie von ganzem Herzen. Erinnert Euch an mich. Euer treuer und wohlmeinender Freund Joseph.“ Aber keinerlei Geschenk, außer das Testament enthält etwas darüber. Bei meiner Schwägerin, um ihr mitzuteilen, daß Trauerkleider benötiget werden. Um halb sechs bei den Kapuzinern. Es war kalt. Wir warteten eine Stunde, bis der Trauerzug ankam. Frau von Chotek stand neben mir. Nach dem Amt trugen die Kapuziner die Bahre zur Gruft, der Obersthofmeister folgte mit einer Fackel in der Hand. Dann habe ich den Baron zu seiner Frau begleitet, wo ich eine langweilige Gesellschaft vorfand. Beendet habe ich den Abend bei der Fürstin Schwarzenberg, wo auch meine Schwägerin und Frau von Chotek anwesend waren. Die arme Erzherzogin hat nach der Entbindung Madame Chanclos gefragt, ob sie sich gut gehalten habe, ob der Kaiser mit ihrer Tapferkeit zufrieden sein werde. Sie plauderte noch weiter, man bat sie zu schweigen. Gegen Morgen verfiel sie in Krämpfe und starb . . .

Invocavit, 21. Februar (1790) . . . Zu Fuß zum Oberstkämmerer. Kienmayer war dort und Pellegrini traf gleich darauf ein. Er und ich gingen mit der Witwe Clary zum Kaiser, der ziemlich armselig in seinem Schlafzimmer aufgebahrt liegt, von einigen Kerzen umgeben, in Marschallsuniform, den Kopf in ein weißes Tuch gebunden, das Gesicht schwärzlich und gelb wie aus Wachs, die Hände schlecht gefaltet und zu hoch oben auf der Brust, gestiefelt und gespornt, die Uniform schlecht angelegt. Zwei Augustiner, zu seinen Füßen betend. Die Kammerdiener Monnier und Neuberger . . . Am Abend bei der Fürstin Schwarzenberg, da ihr Namenstag, Eleonore, war. Ich trank dort Tee, sie erzählte uns alle Details über den Tod der Erzherzogin. Sie hat sich noch über die Geschenke gefreut, versuchte dann auf Bitten der Madame de Chanclos zu schlafen. Diese sah sie unruhig werden und fragte den Geburtshelfer, der immer noch zu Füßen des Bettes saß und sie beruhigte. Sie ließ dann Störck rufen, der beim ersten Augenschein den Kopf schüttelte und ihr eine Mixtur gab. Sie wollte um jeden Preis aufstehen und klagte über heftige Bauchschmerzen, die in Wirklichkeit von der Gebärmutter kamen. Dann verfiel sie in Krämpfe, die dieses Vieh von Geburtshelfer ganz in Ordnung fand. Störck verließ sie wieder, um zum Kaiser zu gehen. Sie erhob sich mit großer Anstrengung im Bett, fiel zurück, und starb nach entsetzlichen Zuckungen. Störck traf sie schon tot an. Sterbend oder tot hat sie viel Blut verloren, das die Matratze durchtränkt hat und unter das Bett floß. Der Kaiser weinte zusammen mit dem Erzherzog und hatte noch die Schwäche, zu glauben, daß alles gut gegangen wäre, wenn er sich noch hätte hinauftragen lassen können. Er hat nicht einmal eine Hebamme gestattet. Die arme Chanclos hat alle Augenblicke gefragt: „Muß das so sein?“ Der Kaiser hat zwei Abende vor seinem Tod die Totenmesse für die Erzherzogin gehört. Als man zu ihrem Namen kam, sagte er zu seinem Beichtvater: *Mit der armen Erzherzogin muß wol etwas vorgegangen seyn.* Sein Brief an die Fürstinnen ist voll Demut, auch der an den Grafen Rosenberg. Der Beichtvater hat seinen Tod fünf Tage vorausgesagt, und vor zwei Tagen die Spitze der Nase schon weiß gefunden. Es scheint, als ob es der Vorsehung gefallen hätte, durch den von ihm verschuldeten Tod der Erzherzogin, deren Heirat sein Werk war, seinen Stolz zu Schanden zu machen. *Josephus Celer, le Pressé, der Eilfertige.*

22. Februar (1790) Am Morgen brachte mir der Schneider den Anzug für die tiefe Trauer, der Hutmacher den Hut und den Gazeschleier . . . Um sechs Uhr abends bei den Kapuzinern. Ich setzte mich in die Reihe der Ritter vom St. Stefansorden, da es für mich nie einen besonderen Platz gibt, wenn ich an Zeremonien dieser Art teilnehme. Wir warteten bis sieben Uhr auf den Trauerzug. Der Sarg war, als man ihn aufhob, von einem schwarzen Tuch bedeckt, ohne Krone, ohne Szepter. Der Kardinal hielt das Totenamt, das gab Anlaß zu vielen Überlegungen. Dieser Mann, dem so Wenige die Wahrheit zu sagen wagten, der kein anderes Gesetz als seinen Willen kannte, der, von gewissen Vorurteilen erfüllt, diese niemals zu ergründen strebte, hier sahen wir ihn, leblos, ein Bewohner der Grüfte geworden, *requiescat in aeternum.* Er wäre ein liebenswerter und guter Privatmann gewesen, wenn er immer die Gerechtigkeit und die Moral respektiert hätte, wenn er weniger auf sich eingebildet gewesen wäre . . .

23. Februar (1790). Der Marschall Laudon sann gestern nach der Zeremonie darüber nach, was sich der Kardinal in Ausübung seiner Funktion wohl gedacht haben möge, er, dem der verstorbene Kaiser so viel Böses zugefügt hat. Die Kapuziner haben ihn in die Gruft getragen, der Obersthofmeister schritt hinter dem Sarg, der Oberstkämmerer und der Oberstallmeister folgten der Leiche von der Hofburg an und übergaben sie, ebenso die Gardekapitäne, der Obersthofmeister erwartete sie bei den Kapuzinern . . .

Karl von Zinzendorf

TRAUERREDE BEI DEM GRABE JOSEPHS DES ZWEITEN

Joseph unser Kaiser ist todt! Schwerer Gegenstand da, wo man einen Lobredner erwartet, der weder schmeicheln, noch tadeln will.

Kunstwoerter zur Schminke findet der leicht, welcher nur von der guten Seite siehet; Sie fehlen aber da, wo der ehrliche Mann auch von Monarchen die Wahrheit sagen soll.

Ich schwieg auch bey dem Grabe des großen Friedrichs nicht, wo unsere besten Schriftsteller wetteiferten um Licht und Schatten, so zu vermischen, daß man den letzten so wenig als moeglich bemerken konnte. Mir fuehrte die Wahrheit die Feder, und dennoch fand sie sogar in Berlin Beyfall.

Moechte sie doch heute eben der Geist lenken! und die Wirkung hervorbringen, welche der gesunde Staatsbuerger, der ohne Ruhmsucht, noch unedle Absicht denkende Kopf, seinen Lesern zu verursachen wuenscht! Moechte Josephs selbst gewaehlte Laufbahn die Ihm im Kern der Jahre Sein fruehes Grab verursacht! Moechte Sein Beyspiel alle die, welche zum Herrschen geboren sind, zur Aufmerksamkeit reizen! und der Nachwelt zeigen, daß auch arbeitsame Menschen mit dem besten Willen nur irdische Unvollkommenheit hervorbringen koennen, die im Kreislaufe des Wechsels nur die Schwaeche der Menschenmacht bestaetigen, und dem, der Ruhm suchte, der recht zu handeln glaubte, der Staatenwohlfahrt befoerdern wollte, dem Urtheile richtig abwaegender Nachwelt zuschleudern: die mit Unrecht mehr Vollkommenheit von Fuersten, und Gesetzgebern, als von andern Menschenarten fordert.

Unser Kaiser stirbt in einem Zeitpunkte, wo ganz Europa Verwirrung droht: wo der groeßte Theil der Nationen unzufrieden murret: und vielleicht zu klagen Ursache hat. Wo Brabant sich von unserer Verbruederung gewaltsam losriß: wo unsere Kassen geschwaecht sind: die Kriegssteuer, die eingerissene Theuerung den Armen drueckt: wo der nach Blut und Rache lechzende Tuerk den Mordsaebel noch in der wuergenden Faust haelt: wo das Rektifikationswerk scharfsichtige auch redliche Maenner bedarf, um einen klugen Mittelweg zu finden, der uns die Fruechte! unserer Bemuehungen, unser Eigenthum fuer jede Volksklasse versichert: und wo in allen Winkeln die Waffen geschliffen werden, um Entwuerfe zu zernichten, die Joseph bruetete, aber nicht ausfuehren konnte.

Er strebte nach dem Erhabenen, fand unuebersteigliche Hindernisse, und prallte zurueck . . . Nun stuerzen ihn Sorgen, und unbelohnte Anstrengung heute in die Gruft. Und seine Herrschermacht ist denen, die ihn ueberlebten, nur ein unwirksames Gespenst.

Er ist todt! Er ist nicht mehr; und sein jetzt erstarrtes Auge schreckt die nicht mehr, denen sie noch offen stehen. Sie sollten Thraenen hervorbrechen lassen: aber nichts draenget auf die Quellen, woraus sie fliessen sollten.

Joseph ist auch nicht mehr Gebieter; weil Er die Herzen nicht zu fesseln wuste. Seine dreymal hundert tausend Krieger sind fuer Ihn unthaetig . . . Seine gesetzgebende Macht ist zernichtet: Er kann nichts mehr gebieten, verbessern, noch widerrufen: und sein ohne Unterlaß thaetiger, zu Neuerungen geneigter Geist verließ den fuer so grosse Unternehmungen zu schwachen Gliederbau.

Wuenscht mit mir, Freunde! daß Er den Werth edelverdienter Ruhe doch jenseits des Grabes empfinden moege! und da gluecklicher werde, wo unsere wohlverdiente Bemuehungen weniger Widerspruch finden!

Buerger Wiens! . . . Ich rede hier fuer die kleine Zahl der denkenden und richtig abwaegenden Koepfe. Ich wende mich an Landesvaeter, an Volksfreunde; die den ohne Vorurtheil zu schaetzen wissen, der heute aufhoerte, unser Koenig zu seyn.

Wie verschieden waren Eure Urtheile, da er noch lebte? Werdet ihr wohl dem Todten Gerechtigkeit, sein Recht zu leisten wissen?

Fuer Ihn sprechen die Vorrechte der Monarchen; die gewoehnlichen Folgen der willkuerlichen Eigenmacht: der mit so viel Schwachheiten verbundene Name Mensch: und die Pflichten des in Staatsbeduerfnissen, und Vorfaellen nur selten scharfsichtigen Unterthans . . . Wider Ihn hingegen sprechen, dem aeußern Scheine nach Thatsachen.

Fordert aber unser Eigenduenkel nicht von Regenten zu viel? wer von uns vergißt sich selbst, um nur fuer andere zu sorgen? Sollen sie aufhoeren Menschen zu seyn? . . . Wir sind ja nur das Mittelding zwischen Engel und Vieh: Welcher irdische Halbgott koennte uns wohl alle befriedigen?

Joseph trat seine Regierung in einer Zeit an, wo es ihm nicht leicht war, zu seinen Absichten tuechtige auch treue Mitarbeiter zu finden.

Die unerschoepfliche Guete unserer vergoetterten Theresia hatte Boesewichte kuehn gemacht . . . Der moralische Charakter fuer die Vaterlandsliebe war erschlaft: und die eingerissenen Misbraeuche des Ablasses hatten die Zahl der redlichen Maenner geschwaecht. Die Lehrschulen arbeiteten nicht nach dem Staatskatechismus im gehoerigen Geleise: und man war gewohnt, fuer private Vortheile die Hofgnaden zu misbraeuchen. Bey manchen fehlte sogar der Wille, um besser auch klueger zu werden; kurz gesagt! wir waren in viele Maengel despotischer Reiche herabgesunken.

Wo sollte nun wohl der junge noch unerfahrne Herr waehlen?

der in der Kunst Menschen zu kennen, in seinen Juenglingsjahren gewiß wenig Unterricht erhalten hatte? . . . Sein Wille war vielleicht gut; Aber Eigenliebe, die junge Fuersten blendet, fuehrete Ihn unvermerkt auf Irrwege.

Kaum sahe er sich das erstemal hintergangen, so erschien Ihm schon alles verlarvt und verdaechtig. Sein Temperament selbst war zum Mistrauen geneigt. Dieses zeigte er zu frueh: und es wurde vielleicht zur Unzeit allgemein. Hieraus erwuchs eine gewisse Art scheinbarer Gleichgueltigkeit, fuer aechte Verdienste. Der redliche Mann, welcher Ursache fuehlte, auf seinen innern Werth stolz zu seyn, versteckte sich nun in die Schlupfwinkel beleidigter Tugend, und der Betrueger hob den Kopf aus seiner Vipernhoehle empor: schlich mit Verstellungskunst nach Hofe, und suchte das Herz des hilfsbeduerftigen Fuersten zu verhaerten; Vermummte die Wahrheit, und verleitete Ihn zu solchen Entwuerfen, die deswegen fehlschlagen mußten, weil ihre Folgen erst ueberdacht wurden, wenn man sie in der Ausfuehrung unmoeglich fand.

Freylich blieb vielleicht die Absicht des Alleinherrschers gut, aber die Uiberschnellung erwirkte das Gegentheil.

Er entschloß demnach ein Neues Staatsgebaeude aufzufuehren, und riß das Alte auf einmal zu geschwinde nieder: ehe Er Kalk und Steine vorbereitet, ehe Er tuechtige Werkmeister gesucht, noch den gothischen Geschmack seinen Unterthanen vereckelt hatte.

Hieraus entstand eine Unternehmung, die Er allein auszufuehren nicht vermoegend war.

Nun sah Er taeglich neue Hindernisse, neuen Widerstand, neue Verbrechen . . . Der Fehler steckte eben nicht im National-Charakter, sondern in den Gesetzen, in der Erziehungsart, und besonders in Religions-Misbraeuchen. Er glaubte ihn aber im Menschen selbst zu erblicken, und strafte ohne Barmherzigkeit als ein beleidigter Oberrichter. Die bis dahin bey schlechten Handlungen unbekuemmerten und boesartigen Menschen, sahen nun auf einmal Schreckbilder vor sich: da Hofraethe, Justiz-Referenten auf der Schandbuehne erschienen, welches der Wiener nie moeglich glaubte. Man wurde aber hiedurch eben nicht besser, sondern nur vorsichtiger . . . Und nun hieß der mit Recht zuechtigende Fuerst in den Gesellschaften der Bloedsichtigen, schon ein strenger Monarch: und der getaeuschte Poebel bedauerte noch seine Buettel am Schandpfahle.

Solch ein Schicksal traf unsern Kaiser, da er wirklich Gerechtigkeit befoerdern wollte. Er sah Undank; wurde muede. Die Geschaefte thuermten sich auf einander: und der Eckel wurde eine natuerliche Folge solcher Unternehmungen, die bey so verwickelten Widerstande den standhaftesten Vorsatz abschrecken mußten.

Uiberdem wußte Er noch nicht, daß der wirklich boese Mann nicht durch Strenge noch Scharfrichter zur Tugend gezwungen werden koenne. Gerechtigkeit fordert aber auch zuweilen unbewegliche Haerte, wo vaeterliche Nachsicht und Guete unwirksam bleiben.

Wer unsre Volks-Maengel nie erforscht hat, der allein kann in einigen Vorfaellen unter Josephs Regierung Unerbittlichkeit finden. Ich hingegen bin der Meinung, daß der weder Mitleiden noch Nachsicht verdiene, der beydes nicht zu empfinden schien. Will aber auch keines Fuersten Vertheidiger seyn, welcher sich berechtigt glaubt, von Mißmuth oder uebler Laune bestuermt, einige Urtheile seiner Blutrichter zu verschaerfen.

Dergleichen Strenge erschuettert die Volksliebe, weil die Richter der Menschen eben so barmherzig als unser allgemeine Weltvater mit uns verfahren sollen: da Vollkommenheit hier unter die Undinge gehoert, und nicht Sklavenfurcht noch Zuchtpeitsche, sondern kindliche Liebe, Maeßigung, und Vertrauen, die Buerger Tugenden reizen und hervorbringen koennen.

Nun glaube ich wirklich alles moegliche von unserm gekroenten Todten gesagt zu haben, der sogar den Tadel gestattete, da er noch die Zorn- und Strafruthe in Haenden hatte. Wohin schlaegt nun dagegen das Gewicht aus, wenn wir Seine große und gute Handlungen auf die unpartheysche Wagschale des Nachklanges legen?

Joseph gab uns die Preßfreyheit, die Erlaubniß, besser, auch klueger zu werden, und brach uns die Bahn zur Aufklaerung; weil Er wußte, daß ein Monarch weniger von einem Klugen, als von einem fanatischen Volcke zu fuerchten hat. Dieses bestaetigte Ihm Brabant noch auf seinem Sterbebette: Und ich bin gewiß, daß Er groessere Schritte fuer die Befoerderung der Wissenschaften gemacht haette, wenn Sein Stundenglas nicht abgelaufen, wenn der Geschmack fuer dieselbe Ihm jemals von der angenehmen Seite erschienen waere.

Joseph erschuetterte Rom: Er zernichtete viele Misbraeuche, wenigstens in Wien, weil die entfernte Provinzen viel zu tief im Schlamme der Moenchsbrut versunken sind. Er legte aber dennoch den Grund, auf welchen Ihm vielleicht seine Nachwelt Dank und Ehrensaeulen bauen wird. Vielleicht, sage ich, weil ich die furchtbaren Wirkungen des gereizten Fanatismus, und den Einfluß kenne, welchen seine Opferschlaechter noch in denen Herzen unserer Obrigkeiten und Matronen zu ernaehren, auch bey ihren Zoeglingen einzuimpfen, wissen.

Freylich haette im ersten Angriffe weit mehr geschehen koennen, da die Bahn gebrochen war. Aber der in seinen Grundsaetzen, und selbst eingesogenen Vorurtheilen noch wankende Monarch, wurde schuechtern gemacht, und hinterlaeßt uns die gegruendete Furcht, allgemach wieder in die vorige Knechtschaft der Vernunft zurueck zu sinken.

Er hat aber in diesem hoechst gefaehrlichen Fache allezeit sehr viel gethan, weil Er als Held gegen unueberwindliche Priester Rache auftrat: und verdient folglich unsern waermsten Dank, wenn wir Seine Entwuerfe auszufuehren, oder wenigstens zu benuetzen wissen.

Joseph hat ja auch ein neues Wien gebaut; die Residenz! die Belustigungs-Plaetze verschoenert, auch ueberall Geschmack und Neigung gezeigt, seine Unterthanen arbeitsamer zu machen, und zur Freude aufzumuntern. Die Gesetze hingegen, welche dem uebertriebenen Luxus im Volke Schranken setzen sollten, sind in der Geburt erstickt.

Joseph hat auch die Leibeigenschaft, das schreckbarste Ungeheuer in christlichen Laendern, die nachtheiligste Gegnerin der Industrie abgeschaft. Aber der nunmehr freye Bauer weis seine erlangte wesentliche Vortheile noch nicht zu benutzen, weil man ihm nicht vorlaeufig den eigentlichen Werth dieser Freyheit kennen lehrte. Ein Mann, der nur durch Zwang zur haeuslichen Pflicht geleitet werden konnte, bleibt noch nur immer ein schlechter Hausvater, wenn er die Folgen der Arbeitsamkeit noch nicht abzuwaegen weis, besonders in einem solchen Lande, wo durch Moenchen Vorbild und Lehre, der Muessiggang als das hoechste Gut von einer solchen Menschengattung angepriesen wird, die sich aus Traegheit sogar die Muehe des Denkens nicht gestatten.

Joseph hat seine Kriegsheere verbessert, und den Platz in der politischen Wage eingenommen, welchen Oesterreich stets behaupten kann: wenn alle Triebfedern im Staatsuhrwerke richtig zusamengefuegt sind.

Joseph hat viele Staatsschulden bezahlt, auch viele gute Vorkehrungen getroffen, um den Umlauf des Geldes nicht nach Frankreich, und Holland, sondern gegen den Mittelpunkt seiner Laender zu lenken. Er haette auch wirklich unsern landverderblichen Monopolien, und schaendlichen Wuchern das Messer an die raubgierige Gurgel gesetzt, wenn der ausgebrochene Krieg nicht Hindernisse in den Weg legte! um eine National-Kasse zu errichten. Er hat auch die fuerchterliche Zahl unnuetzer Moenche gemindert, und ihren Reliquien auch Lukas-Zettel-Handel geschwaecht: Er hat das heilsame Tolleranzgesetz gegeben; auch dessen Erfuellung nach Moeglichkeit befoerdert! wofuer Ihm viel tausend rechtschaffene Maenner Dankaltaere im Herzen bauen. Er hat das Schulwesen zu verbessern gesucht: Kirchenzucht geordnet: Die Priester Herrsch- und Habsucht gedemuethigt; und seinen Unterthanen eine vernuenftige von groben Misbraeuchen gereinigte Religion einfloessen wollen: Grosse und gefaehrliche Unternehmung!

Joseph wollte auch die erste Fuerstenpflicht erfuellen, Er wollte uns schnelle, gute, und wohlfeile Justiz verschaffen . . . Aber ach! Die Sache wurde auf der unrechten Seite angegriffen die Schreiberey wurde bey undeutlichen Gesetzen, bis in das Unendliche ausgedehnt, die Richter, Agenten, und Advokaten blieben, was sie waren: und die Huelfsbeduerftigen seufzen noch aus eben dem Grunde, der sie ehmals seufzen machte.

So hat unser nunmehr todte Kaiser aber dennoch erwiesen, daß Sein Wille wirklich gut war. Die Buerde der Regierung, die Er als Selbstherrscher allein tragen wollte, wurde zu schwer fuer Seine Kraefte: die Last, die Folgen eines verderblichen Krieges, vereitelten seine Einrichtungen in den Provinzen: und der Ausfuehrung der

Rektifikationswerke stehen noch viele und schwere Hindernisse im Wege.

In dieser Lage wurde Joseph krank; und ertrug seit etlichen Monathen solche Foltern mit wirklichem Heldenmuthe, die gewiß noch wenig Menschen so bitter als Er empfunden, so standhaft ertragen haben. Seine Krankheit war von solcher Art, daß Er wohl tausenmal sterben mußte, wenn der Lungenblasebalg stehen blieb, und Ihm bey jedem Athemzuge den wirklichen Todeskampf fuehlen machte.

Er konnte nicht sterben, bis Ihn alle moegliche Widerwaertigkeiten getroffen hatten, die ein Monarch erleben kann. Er mußte Christ und Weltweiser im ganzen Sinne beyder moeglichen Trostgruende seyn, um so ruhig die Weltbuehne zu verlassen, als wirklich geschehen ist.

Zuletzt sah Er noch so gar, die von Ihm mit so gluecklichen Geschmack gewaehlte Thronerbin, die durchlauchtigste Erzherzogin Elisabeth, die geliebte Gemahlin Seines geliebten Neffen: Die Wonne Oesterreichs, die Beste liebreichste Frau, begraben, die, um Mutter zu werden, den Maertyrer Tod sterben mußte. Er sah es, da Er schon selbst mit dem Tode rang: er trug auch diesen Schmerz mit Seelengroeße, und starb so wie ein Koenig Seiner Gattung sterben soll.

Noch erwarb sich meine Feder im Schmeichlerfache weder Vorwurf noch Lohn. Und fuer Lobreden war ich noch nie ein erkaufter Mietling. Unser Kaiser liebte und suchte die Wahrheit; und wuerde das, was ich nach dem Tode von Ihm sage, auch im Leben gut geheißen haben.

So tretet nur herbey, verwayste Buerger dieses Staates! und urtheilt und trauert mit mir!

Joseph unser Beherrscher verdient Thraenen des Mitleidens bey Seinem Grabe. Wahrlich, Er hat viel gelitten, und Sein Kronenglueck war nie beneidenswuerdig. Sein Herz, sein Leib, seine Seele, alle seine Leidenschaften haben alle moegliche Marter uebertragen muessen, und Er wuerde noch weinen, wenn Er auf uns Zurueck sehen koennte.

Tyrannen allein wollen unfehlbar scheinen, und bestaetigen bis zum Tode ihre Irrthuemer mit Eigensinne. Joseph hingegen hat Sie ohne Schamroethe widerrufen.

Nun hat der auf seine National-Privilegien mit Recht stolze Ungar durch vernuenftige Nachgiebigkeit, das noch am Ende von Seiner Großmuth erhalten, was Er nur durch Stroeme von Buergerblut zur Unzeit haette erzwingen koennen, vielleicht aber auch nie behauptet haette.

Auch Ihr also, ihr Ehrwuerdige Vertheidiger, unsrer gemeinschaftlichen Graenzen! auch ihr werdet mit Euren deutschen Bruedern den betrauren, dessen drohende Eigenmacht noch unlaengst euren National-Geist erschuetterte und aufweckte! Tretet herbey und streuet Blumen unter die Cypressen bey diesem Grabe! Joseph ist todt. Wir wollen seine Asche verehren: Sie sind Uiberbleibsel von Euer angebetheten Theresia, fuer die so mancher Ungar eben so ruehmlich als freudig blutete.

Es wetze die Verlaeumdung ihre Zaehne an Ihm! Wir wollen Ursache suchen, Ihn zu rechtfertigen. Vielleicht wird aus dem, was uns nachtheilig oder drueckend schien, eine allgemeine Wohlfahrt entspringen? Unser neuer Koenig Leopold wird alle Gelegenheit, diese zu befoerdern, zu erhaschen suchen. Sein Verstand ist fassend auch geprueft; Sein Herz ist zugleich das Edelste, welches jemals aus der Schoepferhand erschien, um koenigliches Gefuehl in seinen Wirkungskreis zu leiten. Er wird gewiß fuer das Glueck seiner Unterthanen leben, weil Er ein friedliebender Fuerst ist. Und Sanftmuth wirkt da Wunder, wo das Volk biegsam und gutwillig ist. Leopold ergreift nun den sinkenden Szepter aus der erstarrenden Hand Seines Bruders. Er hat in seinem kleinen Staate schon die Kunst gelernt, wie man in großen Fuerstenpflicht erfuellen soll. Seine Florentiner sehen Ihm mit Wehmuth nach, und beneiden unser ankaeumendes Glueck.

Er geraeth hier wirklich in ein Arbeits-Labyrint, und schwimmt im Strome der Herrschersorgen. Gott gebe, daß Er nicht mit demselben in das Meer der Verwierung fortgerissen werde! Noch nie betrat ein neuer Regent den Thron, wo er so viele Schwierigkeiten zu uebersteigen, so viele verdrueßliche Gegenstaende auf die Seite zu raeumen, zu vermitteln, so viel Maengel zu verbessern fand.

Heraus demnach zur Arbeit, ihr faehige Mitglieder dieses huelfsbeduerftigen Reiches! Heraus zur treuen Mitwirkung, Ihr brauchbare Weltweise! und verlasset fuer die allgemeine Wohlfahrt den gewaehlten Hafen unabhaengiger Ruhe! Ach, meine Segel sind bey grauen Haaren gespannt, und ich will freudig mitrudern.

Ergreift die Waffen mit neu beseelten Muthe, Ihr Helden des Vaterlandes! Kaempft fuer die Nothwehre! um fuer uns, fuer unsern Kronenwuerdigen Leopold den Frieden zu erzwingen! und dem drohenden Schwarm unserer Feinde mit maennlichen Trotze die Stirn zu bieten. Opfert Eure Lieblingsneigung der Buergerpflicht! Folgt der Fahne unsers guten Landesvaters! Bahnt Ihm die Wege zum Ruhme! Wir brauchen jetzt Koepfe, Patrioten und standhaft erfahrne Maenner, die Muth genug haben, da eine Buergerkrone zu verdienen, wo sie ein weiser Koenig mit Gerechtigkeit auszutheilen weis.

Gott lenkt der Menschen Schicksal. Sein weiser Rathschluß gab den Entwuerfen unsers Kaisers eine andere Wendung; und Seine wenige Lebensjahre auf dem Throne waren gewiß nicht beneidenswuerdig, noch gluecklich.

So sey aber jetzt gluecklich, entseelter Monarch! nachdem Du ihn verlassen hast! Deine Unterthanen haben da genug geweinet und geblutet, wo Du sie gluecklich machen wolltest.

Wer am Ende seines Lebens so leidet wie Du, dem ist der Tod selbst eine Wohlthat, und der Fuerst verdient seiner Nachwelt Dank, welcher sie besser und klueger machen wollte.

Dieses war Deine Absicht, und nun haben wir nur Ursache, ueber das zu seufzen, was die Hindernisse hervorbrachte! wir begraben unsern Joseph als einen bedauernswuerdigen Landesvater mit kindlicher Ehrfurcht und Wehmuth, weil Er Ursache fuehlte ueber Sein und Unser Schicksal zu weinen.

Von der Trenck

Nachwort des Herausgebers

Man stelle sich vor: 200 Jahre nach Erscheinen des „Kommunistischen Manifests“ fände im Rheinland in der Benediktinerabtei Maria Laach eine Karl-Marx-Ausstellung statt. Gewiß eine absurde Vorstellung. In Österreich vermag hin und wieder auch das Unvorstellbare Wirklichkeit zu werden, und so findet aus Anlaß des 200. Jahrestages des Beginns der josephinischen Ära 1980 im Benediktinerstift Melk die große Ausstellung statt, die an das Wirken Kaiser Josephs II. erinnern soll, jenes Habsburgerkaisers also, mit dessen zehnjähriger Regierungszeit sich die Aufhebung zahlreicher Klöster verbindet.

Mag manches an der schillernden Persönlichkeit Josephs II. vieldeutig sein – und welche große Gestalt der Historie ist nicht schillernd –, eines ist gewiß eindeutig, daß – wie im feindlichen Preußen Friedrich II. – so im Habsburgerreich Joseph II. zum Motor und Repräsentanten der Aufklärung wurde – man kann genausogut aber auch sagen: zum Vollender der Aufklärung, die Maria Theresia mit manchen Reformmaßnahmen behutsam eingeleitet hatte: „Diese Frau, die man als einen großen Mann ansehen könnte, hat die schwankende Monarchie ihrer Väter gefestigt“, lautete das Urteil Friedrichs II. über die große Antipodin – und diese Frau war nun, am 29. November 1780, gestorben, ihre Kinder angesichts des nahenden Todes noch einmal um sich versammelnd: „Zwanzig Minuten lang spricht sie mit ihnen, dankt ihnen für alle Liebe und richtet ergreifende Worte an jeden einzelnen. Lächelnd bittet sie Joseph, sich seiner Schwestern anzunehmen. Sie weinen. Der Kaiser kniet vor seiner Mutter und küßt ihr schluchzend die Hände, sie segnet ihn und küßt ihn auf die Stirn.“ Nachzulesen in Henry Vallatons Biographie Maria Theresias und im Bilde festgehalten.

Joseph II. war seit 1765 – seit sein Vater Kaiser Franz I., der Gemahl und Mitregent Maria Theresias, gestorben war – Mitregent seiner Mutter gewesen, fünfzehn lange, allzulange Jahre, in denen Maria Theresia seinen ihr allzu kühnen Reformideen in der Regel kein Gehör zu schenken pflegte. Nun war er Alleinregent. „Ich habe aufgehört, Sohn zu sein“, heißt es in einem Brief an den Staatskanzler Fürst Kaunitz. Der Weg war frei, sich als Rebell auf dem Kaiserthron zu präsentieren, als Revolutionär von Gottes Gnaden. Bereits im ersten Jahr seiner Alleinregierung verwirklichte er jene Reformvorhaben, die vor allen anderen bis zum heutigen Tage bewußt geblieben sind: die Gewährung einer erweiterten Pressefreiheit durch das erneuerte Zensurgesetz vom 11. Juni 1781; die Aufhebung der Beschränkungen für Nichtkatholiken im bürgerlichen Leben durch das Toleranzedikt vom 13. Oktober 1781; im Gefolge davon die Befreiung der Juden aus dem Ghetto und ihre Eingliederung ins Wirtschaftsleben; sowie mit kaiserlichem Handschreiben vom 30. Oktober 1781 die Aufhebung der beschaulichen Klöster, wodurch das „Klösterreich“ beträchtlich zusammenschrumpfte: mehr als vierhundert Klöster verschwanden, etwa ein Drittel der Männer- und etwa zwei Drittel der Frauenklöster.

„Kritiken mögen nun treffen, wen sie wollen, vom Landesfürsten bis zum Untersten“, stand im erneuerten Zensurgesetz vom 11. Juni 1781. Als dann die urplötzlich einsetzende Überschwemmung des Büchermarktes durch eine Flut von Publikationen, die vor nichts haltmachten, auch nicht vor dem Papst, bei den deutschen Fürsten Unruhe aufkommen ließ, antwortete Joseph einem von ihnen im Oktober 1781 zynisch: „Die Zensur in Wien scheint Sie zu beunruhigen. Es würde mir ebenso gehen, wenn ich die Menschen nicht genug gesehen hätte, um zu wissen, daß es wenige gibt, die lesen; und wenige, die daraus lernen; und wenige, die wissen, was sie schreiben.“

Die einsetzende Flut von Publikationen: Alois Blumauer, der Literaturpapst der josephinischen Ära, brachte 1782 seine „Beobachtungen über Österreichs Aufklärung und Literatur“ heraus – und im gleichen Jahr erschien bereits, von dem Bibliothekar Anton F. von Geißau (auch als Gaißau oder Geusau zitiert), ein „Alphabetisches Verzeichniß derjenigen Brochüren und Schriften welche seit der erhaltenen Preßfreyheit herausgekommen sind“. Dieser

Gesamtkatalog, der buchhändlerisch eine nützliche Funktion erfüllte, enthielt rund achthundert Titel von durchschnittlich vierundsechzig Seiten, meist auf recht schlechtem Papier gedruckt und ohne Sorgfalt in Packpapier gebunden. Broschüren, die derart das Licht der Welt erblickten, behandelten unter oft kuriosen Titeln die unterschiedlichsten Gegenstände. Als Beispiele seien willkürlich herausgegriffen: Über die Halbfräulein – Über den Mißbrauch des Wörtchens von und Euer Gnaden – Über die zehn Kreuzer Autoren – Über den Selbstmord bey Gelegenheit des Friseurs, der sich erschoß – Das Lamentabel der gnädigen Frauen – Den Hausherrn im Vertrauen etwas ins Ohr – Kasperl, das Insekt unsers Zeitalters – Philosophie der Modeschnallen – Das Gespenst auf dem Hofe – Was ist die Schwiegermutter? – Wer ist ein Dummkopf? – Was wäre dann zu thun, wenn der Kaiser exkommuniziert würde? – Ist der Antichrist blau oder grün? – Der 42jährige Affe. Ein ganz vermaledeites Mährchen – Der Glückshafen für gelehrte Maulaffen – Dreyzehn Zugböcke an einer Papierkalesche – Fixfaxereien bei der Wasserkur – Scheißereyen. Erstes Häufchen.

Und wenn der Verfasser der „Scheißereyen", Johann Rautenstrauch, mit der Möglichkeit rechnet, daß der Titel anecken könnte – was liegt näher, als daß er ihm eine Apologie mit auf den Weg gibt: „Wie! In einer Zeit, wo so manche Alfanzerey, Betrügerey, Buhlerey, Gleißnerey, Kupplerey, Schinderey, Schurkerey und Windbeuteley täglich ausgeübt wird, soll das armseelige Wörtchen Sch..ßerey nicht einmal geschrieben und gedruckt werden dürfen? Eben das Wörtchen, wodurch man alle diese Thorheiten, Unarten, Ausschweifungen und Laster, zum Beßten der Menschheit bezeichnen und entlarven will, sollte Ursache seyn, eine ganze, in der wohlthätigsten Absicht verfaßte Schrift verbieten zu machen? Warlich, man dürfte der ganzen gepriesenen Preßfreyheit zu Grabe läuten, und ihren Namen auf ewig verscharren, wenn diese Vermuthung gegründet wäre."

So entfaltete sich ein immer regerer Literaturbetrieb, schoß üppig ins Kraut und oft auch ins Unkraut: mit Schriften, die ihre Aktualität aus den Tagesereignissen und Tagesbedürfnissen zogen. Schon für Blumauer gehörten die meisten „in die Rubrik Makulatur", fanden als Packpapier Verwendung oder wurden „auf dem Altar der Göttin Kloaka geopfert". Kein Wunder, daß viele, sehr viele der den Themen des Tages gewidmeten Pamphlete verlorengingen, aber selbst die Schriften der Matadore sind oft nur noch in wenigen, manchmal nur in einem einzigen Exemplar nachweisbar.

Einer der Matadore, Johann Pezzl, schreibt in seiner „Skizze von Wien": „Wie ein Sturmwind aus Süden oft in den öden Sandwüsten des inneren Afrika ein Heuschreckenheer emporhebt und plötzlich über eine ruhige Provinz hinschleudert, so hob das kaiserliche Handbillett über die Preßfreiheit im Jahre 1781 aus den öden Köpfen selbstgefälliger Müßiggänger jenes bekannte unzählbare Broschürenheer empor und ließ es auf das erstaunte Wien niederregnen." Auch im fernen Deutschland nahm man von diesem Naturereignis Kenntnis – mit freundlicher Distanz. In Berlin ließ sich Friedrich Nicolai herab, zu hoffen, daß im rückständigen Österreich die Literatur nun aus ihrem langen Schlaf erwachen und ihre Provinzialität abstreifen werde. Und in Weimar äußerte sich Goethe mit leiser Ironie: „Die neusten literarischen Nachrichten aus der Hauptstadt unseres Vaterlandes versichern alle einmüthiglich, daß daselbst die Morgenröthe des schönsten Tages einzubrechen anfange, und ob wir gleich uns ziemlich entfernt von jenen Gegenden befinden, so sind wir doch auch geneigt eben dasselbe zu glauben. Denn gewiß es kann eine Schaar von wilden Sonnenverehrern nicht mit einer größeren Inbrunst, mit einem gewaltsameren Jauchzen und durch alle Glieder laufenden Entzücken die Ankunft der Himmelskönigin begrüßen, als unsere Wiener, freilich auf eine gleichfalls rohe Art die ersten Strahlen einer gesegneten Regierung Joseph des II. verehren. Wir wünschen Ihm und ihnen den schönsten Tag." Die Verehrung und Verherrlichung des Kaisers wich in der Broschürenflut jedoch bald lohnenderen Themen. Wer von den Zehn-Kreuzer-Autoren Erfolg haben wollte, tat gut daran, sich profaneren Menschen zuzuwenden und etwa wie Johann Rautenstrauch über die Stubenmädchen in Wien zu schreiben.

Für den satirischen Zeitgeist dieses Literaturbetriebs bietet Joseph Richters „ABC-Buch für große Kinder" in rund fünfhundert Artikeln köstliche Beispiele. Da kann man etwa unter „Presse" lesen: „Aus der Weinpresse fließt geistiger Most – aus der Buchdruckerpresse kommen oft sehr wässerige Gedanken.“ Und daß in Wien ein anderes literarisches Klima herrscht als im protestantischen Norden, wird einem schlagartig bewußt, wenn man in Richters ABC-Buch auf das Stichwort „Eiche“ stößt: „Die Barden und die Schweine theilen sich in diesen Baum. Die ersten greifen nach den Blättern, die anderen sind klüger und schnappen nach der Frucht.“ Welten trennen diese Wiener Literaten von der zeitgenössischen deutschen Literatur, ihrer übertriebenen Schwärmerei und ihrem Geniekult des Sturm und Drangs.

Ein Literaturbetrieb braucht als Boden, auf dem er gedeihen kann, eine Großstadt, eine Großstadt, wie es Wien als Metropole eines großen übernationalen Reichs war. „Es leben die großen Städte!“ ruft Pezzl in seiner Skizze von Wien aus und schreibt zur Begründung: „Sobald man gesteht, daß Gesetze und Handlungen, daß Künste und Wissenschaften, daß Kultur und Nachdenken, daß Gesellschaft und Verfeinerung die wahren und einzigen Wurzeln der menschlichen Glückseligkeit seien: so verehre man die großen Städte.“ Und es fehlt nicht ein mitleidiger Blick auf Deutschland, wenn Pezzl in gleichem Atemzug schreibt: „Unsere deutschen Reichsstädte machen erst seit der Zeit eine so lächerliche Figur, da sie so sehr von ihrem vormaligen Reichtum, ihrer Bevölkerung und ihrer Größe verloren haben.“ Wien war damals die einzige wirkliche Großstadt im deutschen Sprachraum, und in dieser Stadt wurde – wie Blumauer in einem Gedicht ausführt – nicht nur viel gelesen, sondern mehr noch geschrieben:

In einer Stadt, es ist ein närrisch Ding,
Wo man, um sich zu distinguiren,
Zuweilen lieber auf allen Vieren,
Oder wohl gar auf den Köpfen gieng;
(Wovon zwar das letzte zu dieser Frist
Wohl angieng, weil um manche Wade,
Die derb und voll ist, weit mehr Schade,
Als um die hohlen Köpfchen ist.)
In dieser Stadt nun wird viel gelesen,

Noch mehr geschrieben, von all dem Wesen
Der olim geehrten Pfaffheit; anbey
Von Stubenmädchen und ihren Röcken,
Von Handlung, Finanz und Polizey,
Von Kaufmannsdienern und ihren Säcken,
Von Fräulein, Frauen und ihren Gecken,
Von Schneidern, Pensionen und Leichen,
Von Dienern, die ihren Herren gleichen,
Von Thieren mit langen und kurzen Ohren,
Von Advocaten und Professoren,
Von Bruderschaften und Rosenkränzen,
Von Fahnen, die zuviel flimmern und glänzen,
Von Bäckern, Kaufleuten, Mäcklern und Juden,
Von Ablaßkrämern und ihren Buden,
Von Lukaszetteln und Kardinalen,
Von Jesuiten und ihren Kabalen,
Von Fast und Pochlin und Erzthurmknöpfen,
Von Mönchen und ihren hohlen Köpfen,
Vom Papsten und seinen schönen Füßen,
Von Damen, die gern den Pantoffel küssen,
Und weiß der Himmel wovon noch! . . .

Und weiß der Himmel wovon noch! Aus all dem entsteht als buntes Zeitgemälde die „Aufklärung auf wienerisch".

Die literarischen Matadore solcher „Aufklärung auf wienerisch" waren Johann Rautenstrauch (1746–1801), Joseph Richter (1749 bis 1813), Johann Pezzl (1756–1822) und Joachim Perinet (1763 bis 1816). Nur Richter und Perinet stammten aus Wien, die zwei anderen gehörten zu den „Zuagrasten": Rautenstrauch, in Erlangen geboren, kam 1770 nach Wien, Pezzl, aus Niederbayern stammend, erst 1784.

Wie sahen sie aus, wenn man ihnen auf der Straße oder im Kaffeehaus begegnete? Über Rautenstrauch erfährt man aus den Memoiren des Wiener Bibliophilen Franz Graeffer: „Ein großer, schlanker Mann mit hübschem, frischem Gesicht, hohem Toupet, Haarrollen, sehr langem Zopf, den großen Stülphut in der einen, ein langes spanisches Rohr in der anderen Hand; dunkelblauer Frack mit krebsrotem Kragen und derlei Ärmelaufschlägen; Weste und Beinkleid mit strohgelbem Zeug; hirschlederne, der Gestalt des Beines sich eng anschmiegende, bis über das Knie reichende, rückwärts angeschnallte Stiefel, wie sie einige Zeit die Artilleristen und Ingenieure trugen; langsamer Schritt."

Perinet schreibt in einem Selbstporträt: „Ich bin ein Mensch von 25 Jahren, mein Oberteil ist länger als der untere, meine Nase lang und dick." Und Ignaz F. Castelli, der Wiener Biedermeierdichter, erinnert sich in seinen Memoiren an den jungen Perinet als einen zerlumpten literarischen Bettler: „Perinet war der schnellfingerigste Schriftsteller, den ich in meinem Leben kennengelernt habe. Sein Leben war ein wahrer literarischer Telegraph, und er schrieb Verse mit Dampf. Schade um den talentvollen Mann, daß er sich so ganz zerlumpte. Man kann sagen, er war ein literarischer Bettler, und als er starb, dürften die Autographen seiner Hand leicht zu haben gewesen sein, denn es werden wenige Menschen in Wien gewesen sein, die nicht einen Brief von ihm in Versen mit der Bitte um ein paar Gulden gehabt haben."

Ganz anders Pezzl und Richter. Über Pezzl weiß Friedrich Münter, ein dänischer Theologe und Freimaurer, nach einem Treffen im Jahre 1784 zu berichten: „Er hat, bei allem bäurischen im Gesicht, doch viel feines, und ein sehr helles Auge. Er geht sehr simpel, ungepudert, mit kohlschwarzem Haar, und nährt sich bloß vom Werke seiner Feder." Und der Lexikograph Constantin von Wurzbach lobt die äußere Erscheinung Joseph Richters: „In seiner äußeren Erscheinung war Richter sehr gewinnend. Seine heitere offene Miene, aus welcher Biederherzigkeit und Treuherzigkeit leuchteten, sein wohlwollendes, freundliches, höfliches Wesen, seine Munterkeit und witzige Gesprächigkeit machte, daß man seinen Umgang liebte und suchte."

Joachim Perinet wurde in Wien als Sohn eines Großhändlers und Hausbesitzers geboren. Er verschrieb sich schon früh dem Theater, arbeitete an Zeitungen und Zeitschriften mit und veröffentlichte als erstes einige Gedichtbändchen; von ihm stammt das noch heute populäre „Wer niemals einen Rausch gehabt". Er war der Prototyp des Wiener Bohèmiens, der kein Verhältnis zum Geld besaß und in Kaffee- und Bierhäusern sein Zuhause hatte, so daß man ihn einen Schankpoeten schimpfte; in solcher Atmosphäre schulte er seinen schlagfertigen Witz und seine scharfe Beobachtungsgabe. Als er 1786 nach dem Tod seines Vaters 6000 Golddukaten erbte, verschleuderte er das Geld in kurzer Zeit: „Es war ein so unbezähmbarer Drang, das Geld loszuwerden, in ihm, daß er, wenn Magen und Gurgel ihren Dienst bereits versagten, noch spät des Abends große Düten mit Zuckerwerk kaufte und es unter die Gassenjungen verteilte. Er schaffte sich eine schöne Garderobe, eine Bibliothek ohne Wahl, aber keine Wäsche an. Nach ungefähr sechs Wochen war sein Geld bis auf den letzten Pfennig hin, die Bücher wurden nun verschleudert, die Kleider verkauft, und in der siebenten Woche ersuchte er schon einen Freund um ein – Hemd." So berichtet über ihn Constantin von Wurzbach, der Einblick nehmen konnte in hinterlassene Aufzeichnungen von Perinets erster Frau. Nachdem er sein Geld verjubelt hatte, konnte er wieder wie vorher poetische Bettelbriefe schreiben.

Perinets Prosapublikationen – mit Titeln wie: Kleiner Katechismus der Liebe für Junggesellen, Kleiner Katechismus der Liebe für Mädchen, In der Oktave alter armer Seelen, Wer ist ein Dummkopf?, Annehmlichkeiten, Ärgernisse, Harlequinaden, 29 Geheime Korrespondenzen – drängen sich in einen kurzen Zeitraum zusammen: in die Jahre von 1786 bis 1789. Danach verstummte er als Prosaist und war fortan nur noch ein Theaterdichter, der auch auf der Bühne als Schauspieler auftrat. Seine Broschüren gelten als die vielleicht genialischsten Prosaschriften des josephinischen Jahrzehnts. Ja, Leslie Bodi geht so weit, zu sagen, daß Perinet mit seinem spielerischen Wortwitz und seinen metaphorischen Bildern menschlichen Lebens die Kunst der Wiener Kleinprosa auf einen Höhepunkt geführt habe, wie er später nur wieder bei Peter Altenberg und Karl Kraus erreicht wurde. Daß sich bei Perinet die satirische Beschreibung großstädtischen Lebens mit einer scharfen Sozialkritik verbindet, ist das Spezifische seines Feuilletonismus.

Johann Pezzl, Sohn eines Bäckers, studierte nach Besuch einer Klosterschule 1776 bis 1780 in Salzburg Jura. Danach zog es ihn nach Zürich, bis er das Leben dort als zu philisterhaft eng empfand. 1784 ging er nach Wien. Hier fand er schnell Aufnahme im Kreis der Intellektuellen. In seinem Roman „Marokkanische Briefe", der in seinem ersten Wiener Jahr erschien, definiert er die Stellung des Schriftstellers innerhalb der österreichischen Reformbewegung: „Die Schriftsteller sind die Sachwalter der niedergestampften Vernunft, der gekränkten Menschheit, der unterdrückten Unschuld, der entrissenen Freiheit. Sie bringen die Faustschläge der Tyrannei, die Meuchelschliche der Ränkesucht, die Schandstreiche des Fanatismus an das Licht des Tages, vor das Tribunal der Welt. Ihnen haben es die Menschen zu danken, daß sie Menschen sind." 1785 trat er als Bibliothekar und Vorleser in den persönlichen Dienst des Fürsten Kaunitz. Sein Werk umfaßt vor allem Romane und Biographien, darunter auch eine 1790 erschienene und mehrmals wieder aufgelegte Biographie Josephs II. Nach 1790 verstand er es, sich in die veränderten Verhältnisse zu fügen. Sein Lebensabend war durch die Ehe mit einer wohlhabenden Frau gesichert.

An der Broschürenliteratur nahm er keinen Anteil, man kann aber auch die Meinung vertreten, daß seine „Skizze von Wien" – ein umfangreiches Werk, das 1786 bis 1789 in sechs Einzelheften erschien und dann immer wieder Auflagen und Bearbeitungen erfuhr – die Broschürenliteratur gekrönt und abgeschlossen habe, indem hier aus einer Fülle von Themen und Skizzen ein Gesamtbild der Großstadt Wien in den achtziger Jahren entstand, mit verständnisvollem Blick auch für die Fehler und Mängel – wie Bodi feststellt: „eine vielseitige, bildhafte Analyse der Ergebnisse der josephinischen Reformpolitik". Nichts fehlt in diesem Gesamtbild, nicht die wirtschaftlichen, sozialen und kulturellen Aspekte des Wiener Lebens, nicht die verschiedensten gesellschaftlichen Schichten und nicht die Bauten, Institutionen und Sehenswürdigkeiten Wiens – alles beschrieben in einem reifen klaren essayistischen Stil, in dem sachliche Information impressionistische Farbigkeit empfängt. Derart entstand ein frühes Meisterwerk im Genre der Großstadtdarstellung, ein Werk, dem in seiner ersten und besten Fassung 1923 noch einmal eine Neuausgabe beschieden war.

Treffpunkt der Wiener Schriftsteller und Intellektuellen war das

Kramersche Kaffeehaus in der Nähe des Grabens. Unweit davon, in der Seilergasse, hatte Johann Rautenstrauch seine Wohnung. Über sein Leben ist wenig bekannt. Bevor er nach Wien kam, hielt er sich eine Zeitlang in Straßburg als Schriftsteller auf. In Wien wurde er Lizenziat der Rechte und trat zum Katholizismus über. Er verkörpert den neuen Typus des Wiener Schriftstellers, den freischaffenden Autor, vielleicht am reinsten. Mit der josephinischen Ära war die Zeit der Nur-Nebenbei-Schriftsteller aus den Reihen der Wissenschaftler, Professoren und vor allem Beamten zu Ende gegangen. Es galt nicht mehr als ehrenrührig, für Geld zu schreiben, ein „Lohn-Skribler" zu sein. Die Verleger waren ständig auf Autorenjagd – und Rautenstrauch war begehrt, nicht nur als Herausgeber von Zeitungen und Zeitschriften, auch als Autor. Da tat man manches um des Erfolges willen, etwa indem man sich für eine Broschüre den Titel ausdenkt: Scheißereyen. Erstes Häufchen. Allerdings muß man dann gewärtig sein, in einem Organ wie der Jenaer Allgemeinen Literaturzeitung heruntergeputzt zu werden: „Im Grunde ist der Einfall der niedrigste und verächtlichste Buchhändler- und Buchschmiererkniff, Leser und Käufer herbey zu trommeln: so wie immer ein neuer Marktschreyer seinen Nachbar durch ein pralenderes Aushänge-Bild, einen geschickteren Hans-Wurst u. dergl. auszustechen und den Pöbel an seine Bude zu ziehen sucht."

Bei Rautenstrauch war der Erfolg zu Haus. Seine Broschüre über die Stubenmädchen wurde ein Bestseller, der eine Vielzahl von Gegenschriften hervorrief – mit Titeln wie: Schutzschrift der gekränkten Stubenmädchen in Wien, Ein Stubenmädchen als Strafpredigerin, Schreiben des schönsten Stubenmädchens in Wien, Rede eines Stubenmädchens an ihre Mitschwestern, Wider den Stubenmädchenfeind, dem Verfasser des Büchleins über die Stubenmädchen etwas auf die Nase. – Nicht alle diese Schriften sind bibliographisch festzustellen, noch weniger sind vorhanden, und so läßt sich nicht mehr genau sagen, waren es zwanzig oder fünfzig solcher Schriften, die damals über dieses Thema erschienen. Rautenstrauch war in seinem Element, wenn es Polemik gab, sie war die beste Voraussetzung für neuen Erfolg. Viele seiner Schriften richteten sich gegen die Kirche. Besonders gern behandelte er seine

Themen in Form eines Traums – Joseph II. Ein Traum, Die Frauenzimmer im 19. Jahrhundert, Der Teufel in Wien, Der Projektant im Traume –, so daß Bodi ihn als Spezialisten für Traumbilder aller Art charakterisiert. Wien, wie es ist, ist eigentlich nur zweimal sein Gegenstand: in dem Grillen- und Seufzerbuch und in den Schwachheiten der Wiener: letzteres ist in seiner Thematik ein Werk ähnlich Pezzls Skizze von Wien, ohne daß sich die Einzelheiten zu einem vollständigen Panorama runden. Das Niveau von Pezzl oder Perinet oder Richter erreichte er in seinen Schriften nicht, aber die Art, in der er schrieb, war und ist auch heute noch gefällig zu lesen.

Der universalste unter den literarischen Matadoren der josephinischen Ära war zweifellos Joseph Richter, sowohl in der Vielseitigkeit der Themen als auch im Umfang seiner literarischen Produktion. Sie umfaßt mehr als hundertundfünfzig Titel, darunter sechsunddreißig Theaterstücke. Wie Perinet, begann auch er als Lyriker und veröffentlichte 1775 als erstes einen Gedichtband. Und wie Perinet war auch er gebürtiger Wiener. Er entstammte einer kleinbürgerlichen Familie, die ihm den Besuch des Jesuitengymnasiums Am Hof ermöglichte. Eine Zeitlang war er Beamter. Dann fand er seinen wirklichen Beruf als freier Journalist und Schriftsteller, dessen während der achtziger Jahre erschienene Schriften zur sozialkritischen Bestandsaufnahme des Wiener Lebens im josephinischen Jahrzehnt wurden. Nach 1790 wandelte er sich, im Unterschied zum schweigsam werdenden Perinet, zu einem regierungsfrommen Journalisten und Schriftsteller. 1802 bat er Kaiser Franz als „Invalid, der für seinen Kaiser mit der Feder focht", um eine finanzielle Unterstützung, die ihm auch gewährt wurde, nachdem der Polizeiminister den Antrag befürwortet hatte: „Der Bittsteller hat wirklich Jahre durch in seinen Eipeldauerbriefen und in mehreren eigenst verfaßten Broschüren und Gedichten auf die Stimmung des Volks zu wirken getrachtet, und man hat sich selbst von Seite der Polizeihofstelle seiner Feder bedienet, um durch dergleichen zu rechter Zeit erschienene Flugschriften den Gesinnungen des Staats entsprechende Richtung zu geben, wofür man ihm freylich von Zeit zu Zeit kleine Belohnungen ertheilet hat, die aber nicht hinreichend waren, um denselben lebend zu machen . . ."

Von Richters Schriften aus den achtziger Jahren seien mit Titeln erwähnt: Das ABC-Buch für große Kinder, Der gewöhnliche Wiener mit Leib und Seele, die drei Bildergalerien: katholischer Mißbräuche, klösterlicher Mißbräuche, weltlicher Mißbräuche, die Wienerische Musterkarte, das Taschenbuch für Grabennymphen, Warum wird Kaiser Joseph von seinem Volke nicht geliebt? und: Das alte und das neue Wien. – Lebendig bis zum heutigen Tag blieben von allem, was Richter schrieb, nur seine Briefe eines Eipeldauers, ganz genau gesagt „Briefe eines Eipeldauers an seinen Herrn Vetter in Kakran über d'Wienstadt", von Richter in einem stilisierten Dialekt geschrieben, von dem er glaubte, daß er im „Ausland" verständlich sei, zuletzt 1970 erschienen, wobei die Orthographie leicht modernisiert wurde.

In diesen Briefen erlebt ein Bauernjunge – das naive Naturkind, das sich plötzlich in die Zivilisation versetzt sieht – die Großstadt Wien und schildert seine Erlebnisse dem Herrn Vetter. In die Berichte läßt Richter Gespräche und Dialoge einfließen, und durch die Einführung eines Herausgebers als Kommentator erhöht er die Möglichkeit der ironischen Brechung. Die zwei ersten Eipeldauer-Veröffentlichungen, 1785 und 1787, waren noch durchaus josephinische Broschüren. Erst der Erfolg der zwei ersten Briefe verleitete Richter, daraus von 1792 an eine Fortsetzungsserie mit einer romanhaften Handlung zu machen, eine Fortsetzungsserie, die im Dienst des wiedererrichteten Polizeistaats stand, dennoch aber zu einem einzigartigen Kulturdokument des Wiener Lebens wurde.

Richters literaturhistorisch bleibendste Leistung wurde jedoch die Etablierung des Wiener Feuilletons, die Schaffung einer Kunstform, die fortan ein spezifisches Merkmal der österreichischen Literatur war und zu Beginn dieses Jahrhunderts einen letzten Höhepunkt erreichte, ohne jedoch seitdem vergangen und vergessen zu sein. Man denke heute etwa an Helmut Qualtinger, der die Form der Wiener Musterkarten, die dialogischen Bravourstücke Joseph Richters, wieder zu neuem Leben erweckt hat. Auch Qualtinger zeichnet Musterkarten, nur das Zeitkolorit hat sich geändert, die Themen blieben, und ebenso der Tonfall, der Dialekt, die Atmosphäre, die

Zeitkritik, die Technik des Dialogs mit der Nähe zur barocken Stegreifkomödie. Ob Qualtinger heute, ob Joseph Richter vor zweihundert Jahren – ihre feuilletonistische Kunst verleiht der Alltagswelt Gestalt, Charakter und Symbolkraft und zielt bevorzugt auf den Kleinbürger. Freilich verlor die Sozialkritik, wie sie Richter schon in seinen Feuilletons übte, im Laufe von zweihundert Jahren ihre Naivität. Die literarischen Augen, die heute – um einen Titel von Qualtinger zu gebrauchen – die „Rot-weiß-rote Rasse" belauern, sehen hinter die Erscheinungen. Durch die Hintergründigkeit und die Dämonisierung des Menschlichen unterscheiden sich die Wiener Musterkarten Qualtingers von denen Joseph Richters. Und wenn sich bei Richter, und ähnlich auch bei Perinet, im Laufe der josephinischen Ära die feuilletonistische Kunst zur Schärfe und Prägnanz des zugespitzten Aphorismus entwickelte, so erweist sich Richter auch hier als Wegbereiter einer Kunstform, wie sie für die österreichische Literatur bis tief ins 20. Jahrhundert hinein charakteristisch wurde. Man vernehme etwa eine Gegenüberstellung des alten und des neuen Wien bei dem Stichwort Mütter: „Das alte Wien: Mütter – wirtschaftlich, treu, Selbststillerinnen ihrer Kinder – etwas abergläubisch – aber fromm / das neue Wien: Mütter – Spielerinnen – voll Galanterie – ihre Kleinen feilen Säugammen überlassend – Freygeisterinnen und dabey eben so abergläubisch."

Natürlich schwirrten während der Alleinregierungszeit Josephs II. um die vier Matadore eines in Bewegung geratenen literarischen Lebens noch viele kleinere Geister herum, die nicht so stark hervortraten. Daß auch unter ihnen hin und wieder überzeugende Leistungen des neuentstandenen literarischen Feuilletonismus zu verzeichnen waren, zeigt in diesem Lesebuch etwa Eybels Zwiegespräch zwischen Herrn und Frau von Wachs: bezeichnend, daß es sich auch hier wieder, wie in Richters Musterkarten, um einen Dialog handelt. Der Name Friedels steht dagegen als Beispiel dafür, daß sich josephinischer Wiener Alltag auch wirkungsvoll einfangen ließ in die zur Zeit der Aufklärung weitverbreitete literarische Form des Briefes. Nicht missen möchte man aber auch in diesem ganzen Literaturbetrieb Bänkelsänger wie Ambros und Hanner, deren Straßenlieder die Herzen des Volks höher schlagen ließen, während in der lyrischen Belétage sich Alois Blumauers Satire manchen Wiener Herrchen und Mädchen zuwandte. Und schließlich gehört zur Zeichnung der Wiener Verhältnisse während der josephinischen Ära auch noch die Stimme des Auslands, eine Kontraststimme, wie sie Friedrich Nicolai repräsentiert, der kühl distanzierte preußisch-protestantische Aufklärer aus Berlin, der kein Organ besitzt für den Wiener Menschenschlag – einen Menschenschlag, der auch in der Woge der Reformbewegung in seinem barocken Nährboden verwurzelt blieb.

Dieses Lesebuch ist zwischen Wiener Alltag und Historie zunächst gewiß ein Spiegel der josephinischen Ära, darüber hinaus demonstriert es aber auch, daß in dieser Zeit die Geburtsstunde des Wiener Feuilletons schlug. Daß alle Stimmen, die dieses Lesebuch vereinigt, in der zeitgenössischen Schreibform wiedergegeben wurden, erwies sich als unverzichtbar, wollte man den Duft der Zeit, den Flair ihrer literarischen Zeugnisse beibehalten. Rühmend und dankbar seien die Universitätsbibliothek Salzburg und die Wiener Landes- und Stadtbibliothek erwähnt; in ihren Beständen fand sich fast alles, was in dieses Lesebuch aufgenommen wurde.

München, im September 1979 — JOACHIM SCHONDORFF

Inhalt

Bilderverzeichnis

Die Bilder scheinen auf den Seiten 145–160 auf

Bildquellen: Historisches Museum der Stadt Wien 1, 2, 3, 4, 5, 6, 7, 8, 9, 10, 13, 14, 15 sowie Vorsatzpapier (Ausschnitt der Vogelschau Wiens, Kupferstich von Daniel Huber, 1774)

Wiener Stadt- und Landesbibliothek 11, 12, 16, 17; Textabbildungen Seiten 104 und 249